DU MÊME AUTEUR

Les Visages de Victoria Bergman

PERSONA, Actes Sud, 2013 ; Babel noir n° 117.

TRAUMA, Actes Sud, 2014 ; Babel noir n° 132.

CATHARSIS, Actes Sud, 2014 ; Babel noir n° 142.

Mélancolie

LES CORPS DE VERRE. MÉLANCOLIE NOIRE, Actes Sud, 2015 ; Babel noir n° 189.

UNE VIE DE POUPÉE. MÉLANCOLIE GRISE, Actes Sud, 2021 ; Babel noir n° 285.

SAISON MORTE. MÉLANCOLIE BLANCHE, Actes Sud, 2023 ; Babel noir n° 317.

Titre original :
Otid. Vit melankoli
Éditeur original :
Ordfront Förlag, Stockholm

ISBN 978-2-330-20244-6

ERIK AXL SUND

SAISON MORTE

MÉLANCOLIE BLANCHE

roman traduit du suédois
par Rémi Cassaigne

BABEL NOIR

Si l'on enlève sa mère à un petit oiseau et qu'on la remplace par une botte en caoutchouc, le petit choisira d'en faire sa mère.
Si l'on montre au petit oiseau deux objets, l'un dur et froid mais qui contient de la nourriture et l'autre seulement doux et chaud, le petit choisira toujours celui qui est doux et chaud.

Per Qviding,
Vie et mort de Stina.

1

GARE DE TRIAGE, TOMTEBODA

Il était tôt le matin quand le train de marchandises en provenance du Norrland, chargé de bois pour pâte à papier, arriva à Tomteboda pour aiguillage. Le conducteur de la motrice ne savait pas exactement quand il allait pouvoir continuer sa route. D'après les informations dont il disposait, il pouvait y avoir d'autres retards, et il n'aurait d'ailleurs pas dû se retrouver là. En raison de divers problèmes de régulation, le convoi, au lieu d'emprunter le parcours le plus direct par Hallsberg vers l'usine de pâte à papier de Bråviken, avait été redirigé vers le goulet d'étranglement de Stockholm centre. On allait peut-être le remplacer au sud de la ville.

Depuis ces dernières années, il songeait à retourner en Finlande, l'un des pays où le trafic ferroviaire était le moins libéralisé. Chaque citoyen finlandais payait moitié moins que ses voisins pour la même qualité de service, alors que la Suède avait le système ferroviaire le plus privatisé d'Europe. Ici, aucune étude ne parvenait à ébranler le mythe libéral selon lequel la concurrence était bénéfique dans absolument tous les domaines. Comme une bande de gosses qui jouent au petit train, pensa-t-il.

Après un nouveau point sur la circulation, il décida d'aller inspecter les wagons, ce qui aurait dû déjà être fait à Borlänge, mais n'avait pas été possible pour des raisons logistiques.

Mais il allait commencer par s'en griller une, il l'attendait depuis longtemps. Il sortit de sa cabine. La gare de triage était déserte dans la lumière jaune de l'aube. Appuyé à la clôture longeant les voies, il se roula une clope.

Le vent était déjà doux, il comprit qu'une belle journée s'annonçait. Il cala dans sa bouche la cigarette sans filtre et suça un peu les brins de tabac qui en dépassaient. Les poils de cul, comme on disait chez lui, avaient un goût sucré de cerise.

Tout en haut d'un des wagons de queue, chargé de bois de sapin de plus petit calibre, une bâche claquait dans le vent. Seul un coin dépassait, mais assez pour s'accrocher quelque part et risquer d'entraîner une partie de la cargaison. Parfois, les grues embarquaient des déchets avec le bois, mais n'auraient-ils pas dû le voir à Sveg ?

Il s'abstint d'allumer sa cigarette, la fourra dans la poche de sa veste et se dirigea le long de la clôture vers le wagon. En approchant, il aperçut autre chose, juste sous la bâche.

Perkele !

Il traversa la voie et grimpa sur le wagon, s'agrippa à un des montants métalliques et se hissa sur un gros tronc pour mieux voir.

Alors, il le vit.

Oui, c'était bien une putain de main.

Une main sale dépassait d'un blouson vert foncé déchiré et, quand un coup de vent souleva la bâche, il vit les cheveux.

De longues boucles blondes pleines d'aiguilles et d'éclats de sapin.

Un mort, se dit-il en se demandant s'il allait lui-même regarder de plus près ou appeler la police. Hésitant, il gagna en équilibre le montant suivant.

Le seul cadavre qu'il ait vu était celui de son père. Un vétéran de la guerre d'Hiver qui, à l'automne 1965, rattrapé par ses vieux démons, était parti dans la forêt derrière leur maison de Karleby, s'était fourré l'ananas dans la bouche et avait ôté la goupille. Quand il l'avait retrouvé, le peu qu'il en restait n'était pas beau à voir.

Ça ne pouvait pas être pire, aussi se pencha-t-il pour écarter la bâche blanche.

Un œil noir le fixait avec intensité, et la main morte l'instant d'avant reprit soudain vie.

2

MIDSOMMARKRANSEN

Il faisait une chaleur inhabituelle pour la saison, vingt-sept à l'ombre, et presque pas de vent. La commissaire Jeanette Kihlberg s'assit dans le hamac du jardin, une tasse de thé glacé à la main, et essaya de profiter de son dernier jour de congé. Elle avait pris une semaine pour essayer de mettre de l'ordre chez elle.

Lors de la visite, huit mois plus tôt, elle avait fait le tour du petit terrain en levant les yeux vers les deux étages de cette baraque. Elle n'avait pas beaucoup changé depuis : tristes restes de peinture rouge sur la façade, rares écailles de blanc aux angles, gouttières abîmées et cadres de fenêtres vermoulus.

Elle trouvait qu'il y avait quelque chose de sympathique à ne pas se préoccuper de l'apparence, de ce que voyaient les autres, pour se concentrer plutôt sur l'intérieur. Ce pour quoi elle avait elle-même tant de mal.

Le hamac grinça quand elle tendit le bras vers son thé et ses cigarettes. L'air étouffant, comme appauvri en oxygène, la ramollissait. Il restait tant à faire dans cette maison pour se l'approprier vraiment.

Elle finit son thé puis rentra et alluma la télévision dans le séjour et alla s'installer sur le canapé avec une boîte de photographies pour choisir lesquelles mettre sur le frigidaire.

C'était un programme littéraire qu'elle écouta d'une oreille distraite tandis que l'animateur, un vétéran de la culture, présentait l'écrivain invité.

... et il s'agit donc de votre quinzième livre, dont l'action, pour la première fois, est située à une autre époque que la nôtre, plus précisément dans la deuxième moitié du XIXe *siècle. Pouvez-vous nous en dire davantage ?*

C'est en réalité mon seizième livre, pas mon quinzième...

Jeanette leva les yeux de ses photos et soupira en voyant qui était interviewé.

Per Qviding avait son âge, à peine plus que la cinquantaine, et était remarquablement bien conservé. Il avait commencé sa carrière vingt ans plus tôt, à la fin des années 1990, avec un roman inspiré du mouvement New Age, *Le Voyage de la vie*. Jeanette l'avait lu, et s'en souvenait comme d'un livre philosophique qui tentait d'inviter le lecteur à ne jamais abandonner ses rêves. Elle l'avait trouvé superficiel et mal écrit, et s'était étonnée de le voir devenir d'emblée un best-seller. Per Qviding avait gagné une fortune, voyagé dans le monde entier pour promouvoir son livre, reçu des prix prestigieux et collaboré à la vie culturelle sous toutes ses formes.

Elle revint aux photos étalées sur la table et s'arrêta aussitôt sur celle qu'elle avait imprimée au printemps dernier : son fils Johan en vacances à San Francisco, en compagnie d'une fille. Le sourire de Johan et l'expression de ses yeux suggéraient que cette fille était plus qu'une simple amie.

À la télévision, Per Qviding parlait de son nouveau roman, basé sur des faits réels, et Jeanette se souvint de ce qui s'était passé après le succès de son premier livre. Qviding avait quitté sa femme et épousé son agente littéraire. Son divorce avait donné lieu à des déballages sur la place publique, son ex-femme, amère, l'accusant dans plusieurs interviews d'avoir plagié dans *Le Voyage de la vie* un manuscrit à elle. Ils étaient parvenus à un accord, et Jeanette considérait comme évident que Qviding avait acheté le silence de son ex. Tout cela n'était cependant que des spéculations : la principale intéressée, décédée d'un cancer du sein, ne pouvait plus se prononcer.

Jeanette songea à son ex-mari, Åke, qui avait fait fortune comme peintre. Voilà bientôt dix ans qu'il avait percé. Elle avait beau l'avoir entretenu pendant toutes ses années de galère, il ne lui avait jamais ne serait-ce que dit merci.

Elle regarda la photo de leur fils souriant, âgé désormais de vingt-trois ans. Officiellement, ils avaient eu la garde partagée mais, dans la pratique, le grand artiste n'avait jamais levé le petit doigt pour s'occuper de son fils unique. Jeanette se demandait s'ils avaient gardé le moindre contact.

Soit on résiste contre la solitude, soit on l'accueille, pensa-t-elle.

Pour elle, la solitude était un choix, à deux exceptions près. À côté du trou béant laissé dans son cœur par Åke, il y avait encore un autre recoin vide.

À peu près au moment où Åke était parti, elle avait elle-même rencontré quelqu'un. Une personne qui avait brusquement disparu de sa vie sans qu'elle ne puisse rien faire pour l'empêcher.

Sofia Zetterlund, qui l'avait aidée à résoudre une affaire extrêmement compliquée.

Sofia Zetterlund qui avec le temps était devenue une amie proche.

Qu'avec le temps elle aurait peut-être aimée.

Maudite Sofia.

À présent, il était trop tard pour y changer quoi que ce soit. Trop tard pour tout. Trop tard pour avoir d'autres enfants, trop tard pour réorienter sa vie.

J'ai récemment fait l'inventaire, après le décès de ma tante maternelle, de sa maison près de Ljusdal dans le Hälsingland : dans une boîte, j'ai trouvé quelques journaux écrits dans les années 1860 par une de mes ancêtres. Elle s'appelait Stina et venait d'un village isolé du Jämtland.

Le regard de Jeanette fut à nouveau attiré vers la télévision. Quelque chose dans la voix de Per Qviding avait éveillé sa curiosité. Elle mit de côté la photo de Johan et ces souvenirs vieux de dix ans. Per Qviding avait une bonne voix de conteur, qui mettait en confiance, en quelque sorte. Comme un vieil ami, se dit-elle.

Pour différentes raisons, Stina est par la suite arrivée à Stockholm, probablement faisait-elle partie de ceux qui fuyaient la grande famine. Elle est devenue une sorte de célébrité à Södermalm. Elle errait dans les rues, parlait en langues et a été internée à l'hôpital psychiatrique où on lui a diagnostiqué un délire mystique, comme on disait à l'époque… Je suis absolument sûr que Stina n'était pas folle, mais qu'en réalité elle essayait de nous dire quelque chose. Quelque chose qu'elle avait appris dans son enfance lors d'une expérience de mort imminente. Dans mon nouveau roman, j'ai essayé d'explorer ce sujet qui ne m'est pas totalement inconnu car il se trouve que j'en ai moi-même l'expérience...

Jeanette ne savait pas grand-chose de la vie privée de Per Qviding, à part qu'il se retirait périodiquement de la vie publique pour ne reparaître dans les médias qu'à l'occasion du lancement de nouveaux romans. Même si les critiques n'avaient plus été aussi enthousiastes que pour son premier livre, ses lecteurs n'avaient cessé de les acheter. Si la vie privée de Qviding était relativement inconnue, sa fortune était en revanche un sujet récurrent dans les journaux du soir.

J'ai toujours tenu à protéger mon intégrité personnelle, aussi n'en ai-je encore jamais parlé. Mais je sens que le moment est venu de lever le voile...

Jeanette écouta avec un certain étonnement Per Qviding raconter qu'il avait travaillé comme infirmier anesthésiste dans sa jeunesse, mais que derrière la façade d'une vie rangée il souffrait d'une grave dépendance à l'alcool et aux médicaments. Pendant une de ses cuites quasi quotidiennes, il était sorti en mer à bord d'un bateau à moteur. Il avait eu un accident, failli se noyer, était tombé dans le coma et, tandis que les médecins luttaient pour lui sauver la vie, s'était retrouvé dans une sorte de territoire frontière.

Ce n'était pas une expérience mentale, ni physique... C'était autre chose. Je me suis réveillé, assez curieusement, au septième jour. Quand Dieu est allé se reposer, je me suis réveillé...

Une noyade ? songea Jeanette.

Merci, Per. Ce sera passionnant de vous lire à ce sujet, ainsi qu'au sujet de votre ancêtre Stina... Nous y reviendrons après la pause. À tout de suite.

Jeanette gagna la cuisine avec la photo de vacances de Johan, quelques vieilles photos de classe et une autre prise lors d'un stage de foot, pour décorer la porte du réfrigérateur.

Elle ramassa ce qui traînait sur la table depuis le petit-déjeuner et lança le lave-vaisselle. Dans le séjour, l'émission reprit.

Stina pensait avoir vu Dieu, les flammes de l'enfer et le paradis. Pour ma part, comme vous l'avez peut-être compris, je suis une personne sécularisée. Je considère que la spiritualité a grand besoin d'un discours nouveau et j'évite autant que possible les mots comme Dieu, anges, ciel et enfer. Tout ce verbiage religieux fait fuir les gens et entrave toute discussion sérieuse.

Derrière le bruit de la télévision et du lave-vaisselle, son téléphone sonna. Jeanette regagna le séjour et chercha autour d'elle.

Cessons de séparer spiritualité et science. N'est-il pas complètement idiot de s'abstenir de chercher des réponses dans les domaines que nous ne comprenons pas ? Imaginez qu'une telle attitude ait prévalu en matière, disons, de microbiologie... Nous serions aujourd'hui infiniment plus limités et ignorants. Au lieu de rejeter les personnes comme Stina que l'on a rangées dans la catégorie des possédées, folles ou atteintes de délire mystique, nous devrions prendre au sérieux leurs expériences. En tirer des enseignements, plutôt que de les enfermer.

C'était un des inconvénients à vivre dans une grande maison : son téléphone semblait sauter sur la moindre occasion pour disparaître. Jeanette finit pourtant par localiser la sonnerie. Elle l'avait posé sur la table de l'entrée au retour des courses.

Je crois que le récit de Stina a un intérêt particulier pour nous aujourd'hui, à une époque où nous autres humains sommes confrontés à…

Elle coupa la télévision et alla répondre.

C'était l'inspecteur Jimmy Schwarz, le plus proche des subordonnés de Jeanette à la police de Stockholm. "Je suis en route pour Kvarnholmen, dit-il, et je pense que tu devrais venir toi aussi, même si tu es encore en vacances."

C'était assez triste, mais, tandis que Schwarz lui expliquait la situation, Jeanette s'avisa qu'au fond, elle avait davantage besoin de travailler que de congés.

Rien de tel qu'un meurtre pour mettre en perspective des pensées futiles.

3

MÉLANCOLIE BLANCHE

Dans le Sud-Ouest du Jämtland, trois maisons de rondins se serrent entre forêt et montagne au bord d'un torrent qui se jette un peu plus loin dans un étang. Il n'y a qu'un sentier, des maisons à l'étang. Pour aller ailleurs, il faut s'aventurer en terrain impraticable : tourbières sournoises, profondes forêts, montagnes escarpées et ravins rocheux. Dans la forêt vivent loups, gloutons et lynx, carnassiers dont le nom n'est jamais prononcé par nous autres qui habitons ici. Nous avions une chèvre, voilà quelques années, mais elle s'est sauvée et nous l'avons retrouvée embourbée dans le marais, déchiquetée. Désormais, nous n'avons plus que des poules.

Dans une des maisons habitent Ingar et sa famille, dans l'autre c'est nous, la famille Qviding. Il y a aussi deux dépendances plus petites : l'une sert de remise et de stockage des semences d'hiver, l'autre est le poulailler, entouré d'une petite clôture. L'espace entre les bâtiments est occupé par quelques maigres lopins de terre, principalement destinés à la culture des racines. La troisième maison, la plus grande, est un peu à l'écart des autres, dans un creux au flanc de la montagne, où les sapins se serrent les uns contre les autres. C'est la Maison des Anciens.

Souvent, le soir, on voit un faucon pèlerin planer autour de la montagne, comme pour veiller sur elle, et, parfois, l'été surtout, on entend la musique d'instruments à cordes sortir d'une des maisons. C'est moi au nyckelharpa et Ingar au violoncelle.

Ce soir, la musique se tait soudain. C'est Ingar qui s'arrête de jouer, et je l'imite aussitôt.

Ingar est très sensible à la sonorité du violoncelle, il tourne les chevilles en passant l'archet sur les cordes, et écoute, les yeux clos et la tête légèrement penchée. Nos instruments se désaccordent parfois à cause de l'humidité qui pénètre entre les rondins : même le feu dans la cheminée ne peut la contenir.

C'est le mois d'août de ma seizième année, et je n'ai jamais connu d'été aussi âpre et pluvieux. Ingar peut le confirmer, car nous avons le même âge et avons toujours vécu à Vitvattnet. Cette morte-saison ne veut pas finir. Nous avons de la chance d'être là l'un pour l'autre, car il est plus facile d'oublier la faim quand on est deux et qu'on a de quoi s'occuper.

J'observe ses mains dans la faible lumière du crépuscule qui entre par la fenêtre. Des mains douces aux doigts fins, et je me souviens où elles étaient cette nuit.

Ingar ressemble à un ange. Des boucles blondes et des yeux si profonds qu'ils semblent conduire vers un autre monde. Quel gâchis qu'il les ferme, comme maintenant. Il a aussi bon cœur et aime beaucoup Vidar, mon petit frère, ce qui me réjouit, car Vidar est encore tout jeune, sept ans seulement.

J'essaie mes cordes. Le nyckelharpa est un instrument pour lequel on n'a jamais écrit de musique significative.

Le violon est apparemment plus important : presque toutes les partitions que j'ai vues exigent qu'on accorde le nyckelharpa pour qu'il sonne plutôt comme un violon.

À présent, Ingar ouvre les yeux et me regarde en pinçant les cordes de son violoncelle, jouant un peu avec le craquement du bois sec dans la cheminée. Je lui souris, en faisant comme si son regard ne me touchait pas.

Le morceau que nous jouons vient d'Autriche, un pays très au sud d'ici. L'auteur de ces belles mélodies s'appelle Franz Schubert et il a prévu un piano dans sa composition. Je ne sais pas exactement ce qu'est un piano, mais la partition est couverte de notes brèves, et parfois ça sonne vraiment bien quand je les imite en pinçant mes cordes.

Ingar me fait un signe de tête et nous recommençons du début.

Ce que j'aime le plus, c'est quand nous perdons le contrôle et oublions les notes. Parfois, il joue trop vite par erreur, mais ce n'est que lorsque je le rattrape qu'il remarque qu'il a été trop empressé. Alors son œil lance un éclair et il se met à jouer encore plus vite, en négligeant exprès le tempo. Les tendons de ses mains enflent, les cordes sont frottées bien trop fort et je l'accompagne, je joue jusqu'à avoir tout le corps endolori, mais c'est bon et quand nous arrêtons, nous sommes en sueur et joyeux, même si nous avons enfreint les règles. Cela a beau être une simple mélodie, quelques notes qui entrent et qui sortent, qui vont et reviennent, de sombres rêves naissent alors en nous.

C'est l'attrait de l'interdit : c'est toujours meilleur quand nous défions la partition. Des notes nouvelles surgissent, des rythmes nouveaux, et nous le faisons ensemble. Nous avons fait nôtres d'anciennes mélodies venues de pays lointains, d'une façon qui ne peut naître qu'ici et maintenant. De nous deux, lui et moi.

Nous continuons à jouer dans la lumière bleu foncé d'une nuit d'été tandis que mes pensées vagabondent, et je songe à mon père parti pour un long voyage et qui doit bientôt rentrer. Pe qui nous aime, Ingar et moi, à la différence de mère qui désormais n'aime rien d'autre que le petit Vidar. À part lui, elle ne semble ne s'intéresser qu'à punir au nom de Dieu. Alors peut-être aime-t-elle aussi Dieu, du moins tel qu'Il apparaît dans les écrits de l'Ancien Testament, avant Jésus.

Puis mes pensées reviennent vers moi, Stina de Vittvattnet, tandis que je joue le morceau d'une traite avec Ingar. Quand nous avons fini, il éclate de rire, comme soulagé, appuie son violoncelle contre son épaule et tend la main vers moi.

Le bout de ses doigts saigne : du pouce, j'essuie le rouge et je goûte son goût de fer. Puis j'entrelace mes doigts avec les siens et nous restons ainsi un long moment, fatigués, les mains jointes.

"À ton avis, qu'est-ce qu'il y a derrière les montagnes ?"

Ingar ne répond pas, mais il me sourit.

Et je pense : certains mots sont faits de silence, comme la pierre. D'autres mots chuchotent… Je réfléchis à la formulation. D'autres mots chuchotent comme le vent dans la forêt… ou grondent comme le torrent au printemps. Je noterai ça dans mon journal tout à l'heure.

Il fait sombre quand Ingar et moi suivons le sentier vers l'étang, mais nous connaissons la moindre racine qui s'y love et la moindre aspérité comme des parties de notre propre corps. Nos pieds savent où aller et, à mi-chemin, je m'arrête pour me déchausser. Cela fait une année entière que je n'ai pas marché pieds nus dehors.

Je songe à un petit garçon dont ma mère a parlé. Né trop tôt, trop faible, il est mort presque tout de suite. Exactement comme cet été : il va mourir sans avoir vécu, misérable et insignifiant.

Nous continuons à descendre vers l'étang. La terre du sentier est fraîche contre la plante de mes pieds. Elle va bientôt être recouverte de givre argenté et craquant. Lentement mais sûrement, mes yeux s'habituent à la pénombre et je regarde Ingar. Il a tellement maigri, en un seul été, que ses joues et ses tempes sont creuses et son cou fin et noueux sous ses longs cheveux.

Le seul à s'en être bien sorti cet été est mon père qui avait les joues rondes en rentrant de son voyage. Il était allé dans une grande ville, Särna. Apparemment, la famine n'est pas aussi sévère plus au sud, et pourtant Pe ne rapportait pas grand-chose à manger : un petit sac de pain et quelques sachets de grosses graines pierreuses qu'il fallait faire cuire plusieurs heures avant de pouvoir les manger, et qui avaient un goût sec, presque comme de la terre. Une autre fois que Pe était parti longtemps, en Norvège, il m'avait rapporté un nouvel archet.

Nous nous arrêtons au bord de l'étang et je pose mes chaussures. Le vent est froid : quand je laisse glisser ma robe, j'ai la chair de poule.

Nous nous baignons ici depuis que nous sommes enfants. Aujourd'hui, nous sommes presque adultes.

Après, nous restons sur le dos, nus dans l'herbe. Le temps distille ses secondes et ses minutes en jouissance et en oubli, comme si nous avions une petite chambre pour nous deux ensemble, soumise aux seules lois du corps, excluant le reste du monde.

Je me caresse le ventre du bout des doigts et j'appuie sur le petit renflement juste au-dessous du nombril. "Tu es venu jusque-là, lui dis-je. Ça faisait presque mal."

Ingar descend la tête et la tourne vers le ciel nocturne. Un point lumineux bouge là-haut, peut-être une comète ou un météore en feu, je suis la lumière des yeux jusqu'à ce qu'elle disparaisse derrière la silhouette des sapins au-dessus de nous.

Je ferme les yeux en sentant sa bouche en bas, je plonge les doigts dans ses cheveux humides après le bain. Puis je place délicatement mes jambes autour de son dos.

Ses mains serrent mes hanches et je me mets à les bouger, d'abord lentement, puis de plus en plus vite.

Mais quelque chose vient alors nous déranger, je me fige en tendant l'oreille.

Quelque part, au-delà du murmure des arbres, on entend des voix. Au loin, comme de l'autre côté d'un mur, on dirait un homme et une femme.

J'ouvre les yeux et me redresse sur les coudes tandis qu'Ingar lève le regard vers moi. Je chuchote :

"Depuis combien de temps sommes-nous partis ?"

Il sourit en haussant les épaules.

"Ils nous cherchent, lui dis-je. Ton père et ma mère... Il faut s'habiller."

Ingar a souvent des bleus sur le corps. Son père est plus sévère que ma mère, et peut-être même encore plus bizarre qu'Em. Il ne faut pas qu'ils nous trouvent ici.

Nous nous rhabillons en silence et je me dis qu'être heureux est traître, ça attire l'inquiétude. Comme si la raison punissait le corps d'avoir trop joui.

Nous prenons le chemin du retour et je sens la nausée grandir à mesure que nous nous rapprochons des maisons de rondins.

Ingar s'arrête alors et se tourne vers moi. Ses yeux brillent dans la faible lumière, il ouvre ses bras, je m'y blottis et, la tête posée contre sa poitrine, j'écoute nos battements de cœur, leur double roulement de tambour.

Le mal me quitte aussitôt, coule à terre et dans la montagne.

Une fois rentrée, j'écrirai dans mon journal. Comment Ingar m'a montré ce que pouvait être la vraie vie, ce que ça faisait. *Le sang a un nouvel ingrédient inconnu*, vais-je écrire, *qui le fait bouillonner plus fort dans les veines, battre aux tempes et vibrer dans la poitrine. Jamais – jamais – jamais les couleurs des fleurs des bois n'ont été si vives, l'oseille si fraîche et l'odeur de la forêt si forte.*

Au matin, deux semaines plus tard, le givre tapisse de blanc le sentier entre le village et l'étang.

4

KVARNHOLMEN

Stockholm est un corps sur une table d'opération. Quand on n'intervient pas sur des membres usés, des veines bouchées ou diverses taches de vieillesse, il y a quelque chose à amputer ou à recoudre.

La presqu'île coincée entre Saltsjön et Svindersviken a plusieurs fois connu le bistouri au cours de son histoire. Voilà seulement cinquante ans, Kvarnholmen était une île, puis le détroit a été comblé avec des gravats et l'île est devenue presqu'île. Selon le plan d'urbanisme, elle devrait redevenir une île, quand le béton sera creusé pour faire passer un canal.

En même temps, toute la zone subit d'importantes interventions de chirurgie esthétique, raison pour laquelle le périmètre isolé par la police en contrebas du pont routier menant à Kvarnholmen est entouré de chantiers.

Le corps gisait là où doit passer le futur canal, sous le pont, sur une surface goudronnée ouverte d'environ cent mètres sur cent. Jeanette constata qu'il avait été tué par balles.

Encore un peu avant neuf heures, l'air chaud se mit à frémir au-dessus du macadam quand un hélicoptère passa en glissant vers le nord pour se poser sur le quai côté Baltique. Les légistes venaient d'arriver et préparaient leur intervention en concertation avec quelques policiers en uniforme.

Jeanette gagna un coin du périmètre un peu à l'écart des autres. Des surchaussures aux pieds, elle tenait un téléphone à la main.

"Oui, un objet qui ressemblait à un pistolet, dit-elle. Un témoin a filmé l'agresseur depuis le pont, nous avons un bon signalement. Schwarz est avec moi, je rappelle dès que j'ai du nouveau", termina-t-elle avant de remettre le téléphone dans sa poche.

La voiture de police était garée à l'ombre d'une des piles du pont et le témoin, une fille portant casquette d'étudiant et robe blanche, était sur la banquette arrière.

Elle était visiblement ivre, mais avait pourtant eu la présence d'esprit de filmer le suspect. Elle avait entendu le coup de feu en traversant le pont, puis s'était accoudée à la rambarde, bière dans une main et téléphone dans l'autre. Peut-être n'aurait-elle pas osé filmer si elle n'avait pas été ivre, se dit Jeanette en regagnant la voiture.

La qualité de la vidéo était parfaite. On y voyait un homme d'une trentaine d'années, de taille moyenne, en léger surpoids, avec des pousses de barbe claires et le crâne rasé. Il portait un débardeur blanc lâche, un jean bleu coupé juste au-dessus du genou et des sneakers grisâtres. Il était vraisemblablement encore sur Kvarnholmen, car les véhicules de police étaient rapidement arrivés sur place et avaient aussitôt barré le pont de Svindersvik, ainsi que le passage vers Finnboda. Le gars était armé, on pouvait le supposer assez stressé et, à en juger par la vidéo, probablement sous l'emprise de drogue.

Jeanette essuya d'un revers de la main son front en sueur en soupesant les options du meurtrier présumé. À moins de se tirer une balle, il n'avait pas d'autre choix que de se rendre ou se jeter à l'eau.

La commissaire Jeanette Kihlberg avait suivi la carrière de son jeune collègue Jimmy Schwarz depuis son stage. Elle était là quand Schwarz, frais émoulu de l'école de police, avait vu son premier cadavre et elle l'avait complimenté d'une tape sur l'épaule quand il avait résolu sa première affaire. Quand Schwarz avait été promu chef de groupe, elle l'avait invité à boire quelques bières.

Jeanette et Schwarz marchaient à présent d'un pas vif le long de l'Harmonica, le vieil immeuble de bureaux qui méritait bien son nom : plat, allongé, avec des rangées de fenêtres qui rappelaient les trous de l'instrument. "Plus New York que ça, à Stockholm, il n'y a pas", dit-elle en montrant de la tête les anciens blocs industriels désormais réhabilités et transformés en logements, de hauts bâtiments, à l'échelle suédoise, si serrés les uns contre les autres que le soleil n'atteignait pas la rue. On entendait de temps à autre les sirènes et un hélicoptère qui patrouillait au-dessus d'eux. Le battement de ses pales faisait trembler la lumière sur les façades.

Il lui semblait sentir l'adrénaline de Schwarz. Ou alors c'était sa propre odeur. Cette odeur de sueur avait quelque chose d'âcre. Elle se souvenait avoir entendu dire que c'était dû à un excès d'hormone de stress. Schwarz et elle étaient tous les deux accros à l'adrénaline, mais ils y réagissaient différemment. Il devenait volubile, alors qu'elle se renfermait dans le silence.

Ses années dans la police avaient cimenté l'apparence de Schwarz en archétype du policier de terrain : une armoire à glace avec un visage de boxeur. Intérieurement, c'était un dur – Jeanette se demandait si cela venait de son enfance dans une famille alcoolisée de banlieue. L'expérience des cuites et des bagarres avait forgé son être de la même façon que le métier de policier avait modelé son apparence. Mais il avait un petit pli de peau sur la joue, quelques centimètres sous l'œil, qui sous certains angles ressemblait à une larme.

"Voilà, c'est ici", fit Jeanette en hâtant le pas.

La clôture en béton blanc barrait le bout de la rue. Derrière s'étendait une zone en travaux où le type qu'ils pourchassaient s'était probablement retranché, d'après le dernier rapport de l'hélicoptère. Il y avait une ouverture dans l'enceinte, avec un portail métallique sous lequel il était possible de se glisser. Aucun bruit ne provenait du chantier, où l'air était chargé de poussière autour des tas de gravats et des machines de terrassement.

"Attends", dit Schwarz en prenant sa radio.

Tandis qu'il interrogeait l'hélicoptère, Jeanette jeta un œil par-dessus le portail pour avoir une vue d'ensemble. Le chantier semblait immense, avec des baraques empilées sur deux niveaux, des bennes à déchets et une immense grue au milieu des squelettes de quelques futurs immeubles de sept étages.

Quelques gouttes de sueur coulèrent sur le front de Schwarz. "Donc, le chantier est à l'arrêt ?"

La radio grésilla. “Oui, répondit l’opérateur depuis l’hélicoptère, d’après nos informations, on n’y a pas travaillé depuis deux semaines, il ne devrait donc y avoir personne. Mais je vais voir si on peut avoir de meilleures images de la caméra thermique pour préciser l’info. Ne quitte pas…”

Jeanette regarda Schwarz et comprit que sa décharge d’adrénaline était en train de retomber et qu’il s’efforçait de ne pas la perdre complètement. Elle savait bien qu’il commettait des erreurs dans l’ivresse qui accompagnait la décharge, s’emballait et se jetait dans des situations sans penser aux conséquences.

Mais cela allait peut-être changer. Jeanette l’avait inscrit à l’automne à un cours de psychologie et encouragé à reprendre ses entraînements de boxe. Jeanette savait que la boxe pouvait être un moyen efficace pour apprendre à contrôler l’effet de l’adrénaline. Jeune, Schwarz avait été dans le top cinq de Suède en catégorie welter, mais à presque dix-sept ans il avait tout laissé tomber, lassé d’être sans arrêt exclu. Il avait alors tenu la bride à son agressivité en se mettant à jouer de l’accordéon. Ce qu’il continuait à faire à presque quarante ans.

“La caméra thermique réagit à plusieurs endroits, dit l’opérateur. Juste à l’est, il y a un petit enclos, un terrain appartenant à l’entreprise de construction W&W Bygg. Au moins dix individus s’y trouvent. C’est une ancienne maison de maître qui a plus récemment abrité des activités culturelles pour les enfants… J’envoie le lien de la caméra thermique.”

Pendant qu’ils faisaient le tour du chantier, Jeanette appela des renforts. Deux voitures de patrouille étaient déjà sur Kvarnholmen. Elle leur demanda de s'approcher le plus discrètement possible.

Bientôt, une palissade s'éleva sur la gauche. Elle courait à flanc de rocher et bouchait la vue. Un chemin de gravier montait dans la pente. Quand ils furent à la hauteur de la clôture, le téléphone de Schwarz bipa.

Jeanette vint à côté de lui étudier les images de la caméra thermique. Comment diable pouvait-elle repérer un corps humain par une chaleur pareille ? se demanda-t-elle. Mais en sentant celle que dégageait Schwarz, elle revint sur cette idée.

Elle dénombra onze individus sur l'image.

"Je peux monter sur tes épaules ?" demanda Jeanette d'un ton qui tenait plus de l'ordre que de la question. Schwarz se baissa, elle plaça un pied sur son épaule et se hissa. Il lui attrapa les chevilles et elle se mit debout.

"Tu vois quelque chose ?" demanda Schwarz, mais elle ne lui répondit que d'un *chut*.

Jeanette resta quelques minutes sur ses épaules avant de lui chuchoter de la faire redescendre. Au même moment, les voitures de la force d'intervention se glissèrent derrière eux.

Elle résuma aux dix policiers cagoulés ce qu'elle avait observé de l'autre côté de la palissade. "Une maison de deux étages à une trentaine de mètres. Elle est à l'abandon et envahie de broussailles."

Ils se dirigèrent vers la face nord de la palissade et, alors qu'ils passaient devant un panneau signalant un terrain privé et sous vidéosurveillance, un bruit retentit de l'autre côté qui provoqua chez Jeanette un regain d'adrénaline.

Des pleurs d'enfant.

D'un œil expert, l'opérateur observait depuis l'hélicoptère le déroulement des opérations à terre. Une des sources de chaleur jaune vif se déplaçait rapidement du bâtiment principal vers la palissade et, soudain, la caméra enregistra une nouvelle silhouette, jusqu'ici invisible. Vu sa taille, il s'agissait d'un enfant.

L'opérateur dézooma pour suivre les déplacements des policiers, qui se déployèrent en quatre groupes de trois tout autour de la palissade, tandis que le suspect rebroussait chemin vers la maison, l'enfant dans les bras. C'était maintenant à Kihlberg de prendre une décision.

"Tous les individus sont à présent dans la maison. L'enfant se trouve dans une pièce du pignon sud en compagnie de l'individu."

Quand Jeanette était adolescente, un apaisement merveilleux l'envahissait lorsqu'elle dévalait à vélo les pentes de Tornberget à Haninge, mais sa psychologue lui avait plus tard fait comprendre que cette enivrante adrénaline avait un prix beaucoup trop élevé. Au lieu de s'écorcher les bras, elle devrait chercher d'autres façons d'accéder à la paix de l'âme mais, après avoir essayé la course, la musculation et l'escalade sans en obtenir grand-chose, elle était revenue à Tornberget, le point culminant de la région de Stockholm, avec ses cent onze mètres d'altitude.

Elle était montée au sommet, son VTT sur l'épaule, et s'était assise un moment en haut de la tour d'observation. En s'élançant ensuite avec calme et méthode sur les pentes raides de Tornberget, elle avait compris qu'il ne s'agissait que de contrôler sa peur, de la redouter tout en la maîtrisant.

Quarante ans plus tard, la commissaire Jeanette Kihlberg se trouvait la main sur une crosse de pistolet, devant une maison en ruine de deux étages au rez-de-chaussée de laquelle s'était retranché un meurtrier présumé, vraisemblablement armé, en compagnie d'un petit enfant. Une porte dans la palissade était équipée d'un digicode moderne et elle avait compté jusqu'à trois caméras de vidéosurveillance.

Derrière la porte d'une remise où il aurait dû y avoir des outils de jardinage, se trouvaient de petits lits superposés, deux chaises et une table de camping. À côté, dans un grand conteneur d'environ six mètres sur deux et demi, les mêmes lits superposés. Sur une caisse de bière retournée, un ordinateur portable. Dans la pénombre, au fond du conteneur, on devinait encore beaucoup d'affaires. L'odeur de vieux placard indiquait qu'il s'agissait principalement de vêtements.

Le suspect avait été identifié par les policiers du central : Rikard Stridh, vingt-huit ans, ayant un grand nombre de condamnations pour violences et trafic de stupéfiants à son actif.

À côté de Jeanette, le chef de la force d'intervention venait d'informer le suspect avec son mégaphone que sa position était connue et qu'ils savaient qu'il avait un enfant avec lui. "Rikard Stridh… tu sors en premier. Nous ne voulons pas voir d'armes. Puis tous les autres vous sortez aussi, les mains bien visibles, dans le calme."

Plusieurs des fenêtres du bâtiment principal avaient leurs vitres cassées, béantes, ou obturées par un plastique translucide. On ne voyait aucun signe de vie. Le lierre semblait en revanche bien vivace, et Jeanette avait l'impression de le voir pousser sous ses yeux au rythme de la pulsation lente et régulière de ses tempes. C'était le calme de l'adrénaline, quarante battements à la minute, un état qui exigeait jadis la descente d'une montagne à vélo : des secondes qui cessaient de filer hors de contrôle, mais qu'il était possible d'embrasser du regard et d'analyser.

Pendant une fraction de seconde, une ombre passa derrière les rideaux tirés de la pièce. "Ils sortent", lâcha Jeanette.

Un souffle plus tard, la porte extérieure s'entrouvrit, et une fillette de trois ans s'avança de quelques pas prudents sur les vieilles marches de pierres du perron. Elle traînait presque nonchalamment un ours en peluche, l'air plus curieux qu'effrayé.

Jeanette s'attendait à un enfant négligé, mais en contraste avec le décor où tout semblait en ruine, envahi de broussailles ou mal entretenu, la fillette avait l'air en bonne santé, et son pyjama jaune poussin n'était ni déchiré ni sale. Elle commençait à descendre quand Rikard Stridh sortit derrière elle, les bras écartés.

Son débardeur blanc était couvert de taches sombres de sueur et son crâne chauve luisait. "Ce n'est pas moi qui ai tiré sur Johnny, bredouilla-t-il. Le pistolet est à l'intérieur, ce n'est même pas le mien… C'est celui de Johnny." Il désigna la fillette de la tête. "Son père… Elle s'appelle Klara."

Souvent, c'était la chimie de son corps qui prévenait Jeanette qu'une situation cessait d'être menaçante. La sensation rappelait la gueule de bois après une fête interrompue avant même d'avoir eu le temps de battre son plein : une déception négligeable par rapport au soulagement que rien n'ait dégénéré. Pour amortir la descente, il ne restait plus qu'à faire le ménage.

Elle allait ordonner à un des policiers plus âgés de s'occuper de la fillette quand Schwarz, à son grand étonnement, la devança. Il rejoignit la petite fille, s'accroupit et la prit par la main.

Alors que le pouls de Jeanette remontait à ses habituels cinquante-cinq battements par minute, les autres occupants de la maison commencèrent à sortir sur le perron, un par un. Pendant ce temps, Rikard Stridh fut escorté jusqu'à une des voitures de police pour être gardé à l'écart des autres le temps que son ordre d'incarcération soit prêt. Jeanette l'interrogerait plus tard.

À mesure que la maison se vidait, Jeanette constata que tous étaient à des degrés variables de décrépitude. Tous sauf la fillette en pyjama jaune.

Schwarz lui parlait à voix basse. Cela la tranquillisait. Jeanette déglutit, la gorge nouée. Johnny, songea-t-elle. Le mort sous le pont. Le papa de Klara. Schwarz avait du mérite, mais il fallait faire venir quelqu'un qui puisse prendre en charge la fillette de manière professionnelle. Pour sa part, elle était archinulle pour parler aux enfants.

Jeanette indiqua à l'hélicoptère que l'intervention était terminée et, tandis que le fracas des rotors s'estompait dans le ciel, elle observa les personnes prises en charge. Elles étaient assises devant la maison sur l'herbe sèche pâlie au soleil tandis qu'un policier demandait à chacune de décliner son identité. On n'entendait aucune protestation, juste un murmure collectif et soumis. Toutes étaient sans doute plus jeunes qu'elle, mais les années les avaient plus durement marquées. Sept hommes et trois femmes. On verrait combien étaient citoyens suédois. En revanche il sautait aux yeux que leur groupe était un cocktail de substances diverses. C'étaient des toxicomanes, pas vraiment le profil normal de squatteurs, et sûrement pas des travailleurs du bâtiment clandestins.

Des locataires ? se demanda-t-elle en sortant son téléphone pour faire une recherche rapide sur W&W Bygg. Une société commerciale enregistrée à une adresse de Salem, avec un conseil d'administration de deux membres, Leif et Margareta Wettergren.

"Il n'y a que onze personnes dehors, il en manque encore une, fit remarquer le chef de la force d'intervention en rejoignant Jeanette. La douzième se trouve dans une vieille Cabby garée contre la façade sous un toit en tôle.

— Une caravane ?"

Il hocha la tête.

"La porte est fermée de l'intérieur, et il n'y a pas de réponse. Deux de mes gars attendent le feu vert pour entrer."

La petite caravane des années 1970 était cachée derrière de hautes broussailles sous un morceau de tôle ondulée vissé à la façade de la maison, probablement pour protéger de la pluie son toit rafistolé avec des planches et du contreplaqué.

"Une jeune fille, inconsciente, dit un des policiers qui avait forcé la porte. Déshydratée, je crois", ajouta-t-il en chassant une mouche de la main.

Jeanette s'approcha avec deux membres de la patrouille formés aux soins infirmiers. Elle marchait quelques pas derrière les deux gaillards imposants, commandos pendant l'intervention et à présent dans un tout autre rôle. Dans la pénombre, tout au fond de la caravane, une femme était étendue sur une couchette, nue, à part une paire de chaussettes tube.

Il faisait au moins dix degrés de plus là-dedans : les deux hommes commencèrent par ouvrir les rideaux et une fenêtre pour laisser entrer de la lumière et de l'air frais.

Un rayon de soleil tomba sur le corps, creusant l'ombre de ses côtes et de ses omoplates. La couchette était couverte de taches humides et sombres, comme si le drap l'avait entièrement drainée.

"Son pouls ?"

Les hommes étaient penchés de part et d'autre de la femme. Jeanette remarqua que leurs voix et leurs gestes s'étaient adoucis, sans être pour autant moins efficaces.

"Faible… Respiration ?

— Faible.

— Injection d'adrénaline", décida calmement un des infirmiers, avant d'écarter doucement les cheveux noirs du visage de la femme pour lui ouvrir un œil entre le pouce et l'index.

Le blanc de l'œil apparut, jaunâtre et malsain.

5

KVARNHOLMEN

Minuit approchait. La lumière du soir se tarissait en voiles poussiéreux dans la salle à manger de la villa de maître. L'inspecteur Jimmy Schwarz était assis à côté de sa supérieure, la commissaire Jeanette Kihlberg, devant l'une des quatre tables en face d'un des locataires, pour autant que cette appellation soit exacte. Tous affirmaient n'avoir rien vu et ne pas avoir la moindre idée de ce qui s'était passé.

L'homme devant eux s'était cependant montré un peu plus loquace. Né à Stockholm, trente-neuf ans, l'aîné de la maison. Appelé Jeppe, il était de son propre aveu SDF et accro à la méthadone depuis des années, ce qui se voyait : on lui aurait donné au moins cinquante-cinq ans.

Schwarz avait du mal à se concentrer. Il pensait sans arrêt à Klara, la petite fille qui avait perdu son père quelques heures plus tôt. En ce moment même, une policière spécialement formée s'entretenait avec elle dans une baraque en bois menaçant de s'effondrer. Elle avait déclaré que la fillette avait besoin d'un environnement où elle se sente en confiance.

Quelles conneries, pensa Schwarz. Elle s'était sentie en confiance avec lui, non ? Il avait trouvé un bon sujet de conversation, le foot : elle avait dit aimer Ronaldo, à quoi il avait objecté que Mbappé était *carrément* plus sympa comme idole et elle avait souri en hochant la tête. Elle venait de lui demander pourquoi on disait carrément et lui de se rendre compte qu'il n'en avait pas la moindre idée quand ils étaient venus la chercher.

La jeune femme retrouvée inconsciente avait été conduite à l'hôpital. D'après son passeport, elle s'appelait Besa Undin, venait d'avoir dix-huit ans et était suédoise.

Jeanette regarda Jeppe.

"Connaissez-vous Besa ?

— Non, répondit Jeppe. Je ne peux pas dire ça.

— Savez-vous quels sont ses liens avec la personne décédée, Johnny Bondesson ?"

Jeppe haussa les épaules.

"Elle n'habite pas ici, mais vient souvent passer du temps dans la caravane. Elle s'est échappée d'un foyer, à ce que j'ai entendu dire. Des fois, elle fume à poil devant la porte. C'est sûrement sa pute."

Schwarz nota un éclat noir dans l'œil de Jeanette.

"D'accord, il la paie pour le sexe, traduisit-elle inutilement. Il la paie avec de la drogue ?

— C'est pas mes oignons."

Ils savaient déjà que Johnny Bondesson était un taulard endurci. Le central leur avait envoyé un casier bien rempli. Trois ans plus tôt, il avait été incarcéré pour avoir battu à mort son ancienne petite amie, la mère de Klara, mais il avait été libéré faute de preuves. Elle avait à présent perdu ses deux parents, songea Schwarz.

"Johnny habite ici depuis quelques mois, dit Jeppe. Et je sais qu'il a eu trente ans en mai parce qu'il y a eu une putain de fiesta dans la caravane… Et puis il y a bien sûr aussi tout ce que dit ce vieux journal.

— Quel journal ?

— Il est dans sa caravane. Il n'arrêtait pas de la ramener avec cet article qu'il montrait à tout le monde. Après, si ce que ce torchon raconte est vrai… on n'en sait rien."

Jeanette fit un signe de tête à Schwarz.

"Va voir si tu peux trouver ce journal."

Schwarz se leva et sortit. Ça n'avait beau être qu'à l'arrière de la maison, il se sentait comme un garçon de courses. Elle aurait attendu une seconde de plus, et pas besoin de lui demander, il y serait allé de lui-même.

Les techniciens en combinaison étaient sur place. Il salua leur cheffe, un pilier de la police scientifique, bien que femme, et demanda après le journal.

"Il est là-bas." Elle lui indiqua une petite table où certains éléments de l'enquête étaient rassemblés sous plastique. "Il est vieux de deux ans, et comme d'habitude avec les vieux journaux, il est couvert d'empreintes digitales, pas besoin de mettre des gants."

Schwarz feuilleta le journal en regagnant la maison, et il s'assit sur le perron.

L'article sur Johnny Bondesson s'étalait sur deux pages mais, selon l'habitude des journaux du soir, il était surtout basé sur des photos. Sur plusieurs d'entre elles, il posait avec sa fille alors âgée d'un an, l'air malheureux. Il y avait eu des complications administratives pour obtenir un numéro de sécurité sociale pour la fillette, dans la mesure où sa mère morte était citoyenne polonaise. Klara n'entrait pas dans les bonnes cases quand Johnny avait demandé de l'aide auprès des services sociaux.

Outre cette situation familiale tragique, l'article traitait des difficiles conditions de vie dans les prisons suédoises, dénoncées par Amnesty, et plaignait Bondesson, un garçon mal parti dans la vie, mais qui s'était à présent rangé. Il était sorti de la drogue et avait eu la force de tourner le dos à sa vie criminelle. Pas un mot sur tout ce que Schwarz venait de lire dans son casier judiciaire. Pourtant, Johnny Bondesson n'avait jamais arrêté ni la came ni la baston, merde. Mais l'article continuait en serinant combien ça avait été terrible pour lui, le pauvre, d'être emprisonné pour le meurtre de la mère de sa fille, alors qu'il était innocent. Car Johnny avait un alibi. Le fait qu'il avait déjà été condamné pour violences sur de précédentes petites amies et qu'il s'en était fallu d'un cheveu cette fois-ci qu'il soit reconnu coupable était totalement passé sous silence dans l'article.

Schwarz replia le journal et rejoignit Jeanette qui conversait avec Jeppe, décontractée au fond de sa chaise.

"OK, je comprends bien que, résidant ici, vous avez un accord tacite : vous occuper de vos affaires et laisser les autres tranquilles. Mais vous pourriez nous en dire plus sur ce lieu ? Nous finirons bien par trouver de toute façon, mais vous pouvez nous faire gagner un peu de temps. W&W Bygg ? De quoi s'agit-il ?

— Aucune idée, répondit Jeppe. Mais une bonne femme et son mec passent deux fois par jour. Avant sept heures du matin, et le début du chantier, et à sept heures du soir, quand les ouvriers ont terminé. Ils s'appellent Leif et Maggan."

Schwarz s'assit et passa l'article à Jeanette, qui commença à le lire.

"Et Leif et Maggan étaient là il y a trois heures ? demanda-t-il à Jeppe, qui opina du chef.

— Le soir, ils passent juste voir si tout va bien, mais le matin, ils remplissent la marmite, là-bas, dit-il avec un geste vers la kitchenette. Et le lendemain ils en rajoutent sur ce qui reste de la veille. C'est toujours le même genre de bouillie. Parfois, Maggan apporte aussi quelques pommes."

Schwarz avait jeté un œil dans la marmite quand ils étaient entrés. Son contenu gris-brun rappelait le dépôt qu'on trouve quand on nettoie une évacuation de douche, mais ça ne sentait pas si mauvais. Un fumet doux, poivré, avec une sacrée dose d'ail.

"La vieille prétend que cette nourriture contient tout ce dont on a besoin, et que c'est inclus dans le loyer, mais c'est des conneries, juste un moyen de nous soutirer davantage de pognon." Jeppe se tut pour se gratter le bras. "Mais au final, elle est assez réglo. Elle accepte les paiements en canettes vides et elle a fermé les yeux une fois que je n'avais pas assez pour le loyer."

Un froissement : Jeanette tournait la page du journal.

"Et combien vous payez pour habiter ici ?"

Jeppe fit un sourire édenté.

"Ça dépend du standing… En ce moment, un billet de cent par jour pour la couchette du bas dans la remise. C'est tout compris. Pas d'embrouilles, c'est assez central, mais quand même isolé. Beaucoup plus d'intimité que dans les hôtels pour célibataires, sans parler des foyers.

— Nous avons compté une trentaine de lits, dit Jeanette. Vous n'êtes que treize en comptant Johnny : où sont les autres ?

— Aucune idée. Certains arrivent tard le soir, d'autres pas du tout."

Schwarz rassembla ses impressions de cette maison. Six chambres à l'étage, six autres lits au rez-de-chaussée et encore deux au sous-sol, dont un dans la chaufferie. Avec la remise, le conteneur et la caravane, cela faisait en tout dix-sept chambres, le pire hôtel qu'on puisse imaginer. W&W Bygg était une entreprise créative qui avait trouvé une niche non encore soumise à la concurrence. Hôtel zéro étoile, songea Schwarz en regardant Jeanette pour voir comment elle allait continuer.

"Je comprends, Jeppe, dit Jeanette en reposant le journal. Ramener des prostituées, se droguer, faire la fête, ça ne pose aucun problème. Et tant que ces immeubles en chantier ne sont pas terminés, vous ne dérangez personne."

Schwarz se tourna vers Jeppe, qui souriait toujours.

"Non, bien sûr. Sauf que moi, je ne paie pas de filles, je prends de la méthadone sur ordonnance et je ne bois rien de plus fort que de la bière. J'habite ici parce que c'est ma meilleure option… Mais après votre descente, il va falloir trouver autre chose."

Jeanette arracha une page de son carnet, y nota quelque chose et le tendit à Jeppe :

"Appelez ce numéro de la part de Kihlberg, de la police de Stockholm. Je crois qu'il pourrait avoir un lit pour vous."

Jeppe parut plus confus que reconnaissant. Il prit le papier et gratta sa joue mal rasée en marmonnant un merci silencieux.

"Vous connaissez bien Rikard Stridh ?" demanda Jeanette en tournant les yeux vers lui mais en fixant son regard quelque part derrière.

Croiser le moins possible le regard lors d'un interrogatoire était une technique qu'utilisait parfois Jeanette. On a tôt fait de se laisser manipuler par un sourire, un geste ou une attitude si on a affaire à un menteur habile. En outre, comme un aveugle qui développe avec le temps une ouïe plus sensible, on peut s'entraîner à déceler de nouvelles intonations et nuances de la voix.

Le plus souvent Jeanette se servait de son carnet comme prétexte pour regarder ailleurs.

"Ne dites pas que ça vient de moi, dit Jeppe, mais Rikard et Johnny dealent de la coke, du shit et de l'héro."

Jeanette avait observé ses mimiques. Petits tremblements autour de la bouche, clignements d'un œil mais pas de l'autre, sourires fréquents sans raison. Globalement, la signature d'un menteur, mais dans le cas de Jeppe, il s'agissait vraisemblablement des séquelles d'une longue addiction aux drogues et à l'alcool. Son sourire trahissait aussi une phobie aiguë du flic.

"Quand avez-vous vu Rikard et Johnny pour la dernière fois ? demanda-t-elle.

— Dans la salle à manger… vers sept heures.

— Sept heures ? Ce soir, donc ?

— Ouais. Ils étaient là, ils causaient en fumant et en buvant de la vodka. Je suis juste entré pour remplir mon bidon d'eau, et ils étaient toujours là quand je suis sorti."

Jeanette avait entendu parler de prétendus "hôtels" de ce genre. Une activité clandestine prenant des formes variables. D'après une note interne qu'elle avait eue sous les yeux peu de temps auparavant, on estimait qu'il y en avait au moins une centaine dans la région de Stockholm, dont plusieurs en centre-ville. Un policier tentait en ce moment même de retrouver les propriétaires, et Jeanette espérait qu'ils n'avaient pas déjà effacé les films de vidéosurveillance.

"Merci, Jeppe. Je crois que nous avons fini. Appelez-nous si vous avez oublié quelque chose."

Il sourit à nouveau.

"Ils roulent dans un SUV noir.

— Qui ça?

— Leif et Maggan."

Il y avait apparemment là une dizaine de huttes en bois quand le petit espace vert autour de la maison de maître s'appelait Le Jardin magique, un projet culturel enterré quelques années plus tôt.

La dernière encore debout était une misérable petite baraque de deux mètres sur deux avec des murs rouges et des coins blancs comme une maison suédoise traditionnelle. L'édifice penchait, une échelle branlante permettait d'y accéder. La petite fille en pyjama jaune y dormait, son nounours sous le bras. La soi-disant experte qui s'était entretenue avec Klara semblait soucieuse.

"Nous avons besoin d'un tuteur temporaire, dit-elle en apercevant Jeanette. J'ai appelé les services sociaux. Ils vont revenir vers nous, mais la question est de savoir où Klara va passer la nuit."

La femme secoua la tête.

"Elle ne dit pas grand-chose et, à part avec sa peluche, elle semble éviter tout contact physique. Elle est peut-être traumatisée, légèrement autiste, ou les deux. Je ne sais pas encore, malheureusement, mais en tout cas je préconise du sommeil pour le moment."

Éviter le contact physique ? songea Jeanette en revoyant Schwarz et Klara. Schwarz lui tenait la main et la fillette ne semblait rien avoir contre.

Elle se tourna vers la maison. Schwarz parlait avec les techniciens de la police scientifique et Jeanette reconnut la silhouette géante de leur cheffe. Ils devaient crever de chaud dans leurs combinaisons blanches. Il faisait toujours plus de vingt degrés, peut-être même vingt-cinq.

Devant le portail ouvert de la palissade était garée la voiture de patrouille et, derrière ses vitres teintées, Rikard Stridh attendait, probablement frustré de n'avoir parlé à personne depuis des heures. Par précaution, Jeanette avait demandé aux gars de pousser la clim, façon été islandais. Elle supposa que Stridh avait cessé de suer. Il pouvait bien attendre encore un peu.

"Que disent les légistes ? demanda-t-elle à Schwarz quand il la rejoignit.

— La cause de la mort est un coup de feu en plein visage. Ils ont trouvé des traces de lutte et des empreintes de chaussures dans le gravier autour du corps. Trois différentes.

— Trois ? Pas deux ?

— Trois, dont deux sont des chaussures de sport qui ont marché dans le sang. La troisième paire, ce sont les Converse usées jusqu'à la corde de Johnny."

L'image de ce qui s'était passé commençait à s'éclaircir. Si Jeanette avait eu devant elle un puzzle composé de cinq cents pièces représentant un ciel bleu clair et cinq cents autres une mer d'un bleu identique à s'y méprendre, elle avait à présent trouvé les pièces marquant la ligne d'horizon. Il ne restait plus qu'à trier tout le reste.

Elle regarda son collègue.

"Schwarz… Tu avais l'air de bien t'entendre avec la fillette. Réveille-la et demande-lui pourquoi son papa était tellement pressé de partir aujourd'hui.

— Est-ce que c'est une bonne idée ? L'experte monte la garde.

— Demande-lui aussi pourquoi son père jouait avec son pistolet."

Schwarz hocha la tête, mais il était évident qu'il obéissait, contraint et forcé. Parfois, on avait l'impression qu'il protestait et remettait tout en question par principe, souvent avec obstination. Et les personnes obstinées vivent dans l'illusion d'exercer leur liberté de penser en allant à contre-courant, alors qu'en réalité elles sont entièrement dirigées par ce que pensent les autres, puisqu'il faut absolument qu'elles en prennent le contrepied. Schwarz était exactement comme ça.

Jeanette soupira en constatant qu'elle aussi avait un comportement puéril en s'agaçant à son sujet. Ils se déconcentraient.

Elle composa le numéro du policier chargé des recherches en espérant qu'il en saurait davantage au sujet de W&W Bygg que ce qu'on trouvait en ligne sur le registre des sociétés.

"Salut Jeanette, répondit-il. Je suis en train de faire un résumé. Un instant."

Tandis qu'elle entendait un crépitement de clavier, elle jeta un œil vers la hutte en bois. L'experte croisait les bras à côté de Schwarz qui se penchait dans l'ouverture.

Klara s'était réveillée, elle s'était redressée et se frottait les yeux, son nounours dans les bras.

"Ils ont une boîte postale, dit le policier à l'autre bout du fil. Mais plus intéressant, il y a l'adresse de la société, une maison de plain-pied à Salem, propriété du même couple, Leif et Margareta Wettergren…" Il rit. "Tiens-toi bien… Il y a quatre autres sociétés domiciliées à cette adresse, avec d'autres dirigeants, dans le registre des immatriculations vingt-deux voitures et six camionnettes, et, cerise sur le gâteau, quatre-vingt-dix personnes inscrites comme hébergées à cette adresse.

— Quatre-vingt-dix ?

— Oui, c'est ça. Une par mètre carré, apparemment. Ce n'est pas inhabituel, et je ne pense même pas que ce soit un record."

Même si Jeanette avait assemblé quelques pièces supplémentaires de son puzzle, elle soupçonnait que ce qui s'était produit sous le pont de Kvarnholm n'avait pas grand-chose à voir avec le couple Wettergren. Il fallait cependant aller les voir à Salem. Elle remercia son collègue et raccrocha.

Jeanette rejoignit la hutte. La fillette descendit la petite échelle et prit la main de Schwarz. "Klara devait avoir besoin de dormir un peu", dit-il en s'accroupissant. Il fit un geste en direction de Jeanette. "Elle, là, c'est ma cheffe. Tu voudrais lui redire ce que tu viens de me raconter ?

— Papa a pris son pistolet et a couru après le bonhomme, dit Klara en regardant à la dérobée Schwarz, qui l'encouragea d'un hochement de tête.

— C'est Rikard que tu appelles le bonhomme ?" demanda Jeanette.

La fillette fronça le front.

"Non, Rikard a aidé papa à chasser le bonhomme.

— Et qui c'est, ce bonhomme ?"

Klara commença par secouer la tête, puis elle s'illumina. "Est-ce que tu sais quand papa va revenir ?" demanda-t-elle avec une lueur d'espoir dans ses yeux bleus.

6

SALEM

Il était minuit tout juste passé quand ils approchèrent de Norsborg en route pour Salem. L'objectif, une maison en périphérie d'une zone pavillonnaire, était sous surveillance depuis quarante-cinq minutes mais, d'après la patrouille envoyée sur place, on n'y voyait pas l'ombre d'une seule des quatre-vingt-dix personnes domiciliées à cette adresse.

Schwarz et Jeanette avaient emmené deux policiers en civil, Nils Åhlund et la nouvelle, Olivia Jensen, les seuls disponibles. Schwarz avait travaillé dix ans avec Åhlund et il leur arrivait même de descendre une bière sans causer boulot. Åhlund était loyal et drôlement gentil, peut-être un peu trop pour ne pas lui porter préjudice. Il ne savait pas grand-chose d'Olivia, à part qu'elle était aussi bourrue que mignonne. Olivia et Åhlund étaient tous deux fatigués après une longue journée de travail, elle bâillait au volant et il était assis à côté, les yeux caves.

Schwarz et Jeanette étaient sur la banquette arrière, chacun une tablette sur les genoux : tandis que Jeanette, pour la deuxième fois en quelques heures, établissait une ordonnance de perquisition, Schwarz tentait de tuer cette demi-heure de voiture en mettant au propre le procès-verbal de leur interrogatoire de Rikard Stridh. Schwarz était le premier à reconnaître que ce n'était pas trop son fort.

Il remit l'enregistrement au début pour la troisième ou quatrième fois. Il avait des écouteurs à réducteur de bruit qui le coupaient du monde extérieur et amplifiaient ses propres pensées.

La voix de Jeanette était plus grave qu'en réalité.

Interrogatoire de Rikard Stridh, 910825-0674. Direction : Jeanette Kihlberg, commissaire de police. Assistant : Jimmy Schwarz, inspecteur.

En dépassant Norsborg, Schwarz jeta un œil aux immeubles qui bordaient la route, formés dans le même moule de béton. Difficile d'imaginer que le château de Sturehov, une splendide bâtisse gustavienne, n'était qu'à deux pas. Il y était allé quelques années plus tôt pour un dîner d'anniversaire ayant pour thème le XVIIIe siècle.

Rikard… Pouvez-vous nous décrire ce qui s'est passé alors que vous buviez de la vodka avec Johnny dans la salle à manger ?

De la bouffe d'époque, se rappelait Schwarz. Faisan, sauces françaises et soufflé aux prunes.

Je suis allé pisser et comme à mon retour il n'était plus là, je suis sorti. Je l'ai alors vu poursuivre un type, et j'ai couru derrière, en descendant vers le parking… Puis ils ont disparu sous le pont et il y a eu un coup de feu. Je me suis précipité et j'ai trouvé Johnny la tronche explosée, et l'autre type, pschitt, disparu. J'ai flippé, alors j'ai ramassé le flingue de Johnny et j'ai couru sans réfléchir.

Qu'avez-vous vu de l'homme que Johnny poursuivait ?

Il était grand et mince.

Quel âge ? L'air de quoi ?

Je ne sais pas bien... Il portait une casquette. Peut-être de la barbe. Oui, il était barbu.

Quelle couleur ?

Genre brun.

Quel âge ?

Je ne sais pas, je vous ai dit.

Vous pouvez quand même faire une estimation, à la louche.

Oui, oui... Il devait avoir entre trente et soixante ans.

Schwarz avait remarqué que Stridh était mal luné, peut-être due au froid de canard produit par la clim de la voiture de police. Le type reniflait par intermittence et on l'entendait battre des bras pour se réchauffer.

Un type long et mince entre trente et soixante ans, avec une barbe brunâtre. C'est ça ?

Oui à peu près. Et une casquette.

Décrivez-nous cette casquette.

Une casquette, c'est tout. Couleur sombre.

Et ses autres vêtements ?

Sais pas... Short, tee-shirt... Non, je ne sais pas exactement. Mais des vêtements sombres, en tout cas.

Donc, Rikard, ce n'est pas vous qui avez abattu Johnny Bondesson ?

Non, bordel !

Schwarz mit sur pause pour corriger quelques fautes grossières. Il avait écrit Rikard à la place de Johnny. Il poussa un soupir et appuya sur *play*.

Quelles drogues vendez-vous ? De l'héroïne, des amphétamines, de l'herbe, des médocs ? Vous arrive-t-il de vous disputer pour l'argent ?

Pas de commentaire.

Schwarz inséra une remarque sur le silence de dix secondes perceptible à l'écoute, avant que Jeanette ne pose sa question suivante.

Avez-vous une idée de qui pourrait être ce barbu à casquette ?

Pas la moindre.

Un client ?

Non… Ou plutôt, je… Johnny dealait peut-être, mais pas moi.

Johnny ne deale plus, songea-t-il. Difficile, avec la moitié de la tête arrachée.

L'inspecteur Jimmy Schwarz ôta ses écouteurs et le monde extérieur afflua vers lui sous la forme du fracas sourd de l'autoroute.

Jeanette Kihlberg regardait par la fenêtre. Derrière une couche de poussière grise et un impact de gravillon apparaissait un ciel qui n'était plus pollué par l'éclairage des immeubles. Les étoiles y brillaient, sculptant d'une faible lueur blanche des champs, des lacs et de petits bosquets. Au-dessus du paysage, une lune froide surplombait l'étendue noire.

Les faubourgs de Salem apparurent et, bientôt, ils roulaient le long de rangées de bâtiments bas aux allures de granges. Une violente secousse quand une roue passa sur un nid-de-poule leur signala qu'ils étaient arrivés dans un nouveau monde. Un monde où on ne dépensait pas inutilement l'argent public pour entretenir les équipements communs.

Ils passèrent devant un terrain de foot en gravier avec deux cages sans filets. La lueur d'un réverbère éclairait la façade d'un pavillon voisin portant l'inscription à la bombe noire : *Nous haïssons tout le monde.*

Pas de point d'exclamation, songea Jeanette. La courte nuit d'été ne contient pas d'appel à l'aide, juste une constatation lasse.

Nous haïssons tout le monde.

Ce fut Schwarz qui brisa le silence.

"Putain, quel bled déprimant."

Là aussi une constatation que personne ne commenta. Comme ils tournaient vers le centre de Salem, Schwarz continua à bavarder.

"On a l'impression d'être bien loin de Stockholm, ici… C'est à combien ? Vingt-cinq kilomètres ?

— Vingt-huit, dit Olivia en tournant à gauche à un croisement.

— On dirait plutôt dix mille, grommela Schwarz. Stockholm doit paraître encore plus éloignée que si on habitait à Kiruna."

La route décrivait une courbe avec la forêt d'un côté et de l'autre une succession de pavillons des années 1970 en brique rouge identiques. Puis les maisons se dispersèrent et la forêt se densifia.

"Là-bas", dit Åhlund en indiquant un réverbère et une aire de retournement.

Devant la petite maison au bout de la route était garé un SUV noir couvert de poussière grise et, sur la gauche, on apercevait plusieurs boxes de stationnement et les silhouettes d'une poignée de voitures. Comme ils entraient sur le parking, une lumière blanche de phares balaya les lilas en fleurs qui bordaient la route.

Un autre SUV vint se garer devant la maison, identique au premier, à part qu'à la lumière du réverbère sa carrosserie paraissait récemment astiquée. Leif et Maggan Wettergren, se dit Jeanette.

Deux voitures de luxe garées côte à côte dans un endroit à mille lieues de tout luxe.

"Vous n'étiez donc pas au courant que Klara, la fille de Johnny Bondesson, habitait dans la caravane ?"

Margareta Wettergren était assise sur une chaise de cuisine en face de Jeanette, ses doigts boudinés joints sur la poitrine. "Non, vraiment pas, dit-elle d'un air innocent. Bien sûr, ce n'est pas un endroit pour un enfant… Ah, c'est terrible ce qui s'est passé."

Les rondeurs de cette femme, sa peau lisse et ses boucles blondes évoquaient à Jeanette un chérubin, comme s'il s'agissait d'un garçon de quinze ans. Leif Wettergren, de son côté, était comme taillé dans le granit, un visage gris, et pas seulement du fait de son teint et de sa barbe : il était pour ainsi dire privé d'expression. Leif était assis à côté de sa femme et le contraste entre eux ne s'arrêtait pas à l'apparence physique. Maggan parlait tandis que Leif, comme la plupart des rocs, préférait se retrancher derrière un mur de silence.

La cuisine, et même la maison tout entière, mettait Jeanette mal à l'aise. Un rot nauséabond des années 1980, chargé de vin rouge, de cigarettes et d'un excès de parfum. C'était presque identique à tant de cuisines de sa jeunesse, à part que celle des Wettergren était équipée d'une machine à expresso et d'un réfrigérateur rouge vif qui faisait penser à une voiture de course.

L'inconfortable chaise en sapin grinça quand Jeanette changea de position.

"Nous avons besoin de regarder vos films de vidéosurveillance. Pouvez-vous nous y aider ?"

Margareta Wettergren lui sourit.

"Bien sûr… Mais avant toute chose, je voulais juste m'assurer que vous comprenez bien que nous avons l'autorisation du propriétaire du terrain pour louer ces lits." La femme se mit à chercher parmi les papiers dispersés sur la table. Une importante quantité d'enveloppes à fenêtres adressées à divers destinataires, la plupart aux noms étrangers, des chemises en plastique pleines de factures et de mandats postaux. Visiblement, les gérants de cet "hôtel" avaient prévu de faire un peu d'administration.

"Montrez-nous les films d'aujourd'hui, dit Jeanette en posant sa main sur celle, dodue, de la femme. Nous nous en contenterons pour le moment.

— Combien gagnez-vous à vous occuper de cet endroit ?" demanda Schwarz.

Margareta Wettergren leur adressa un sourire las et, tandis qu'ils se levaient de la table de la cuisine, Jeanette se livra à une estimation de tête. Combien pouvaient-ils faire payer par mois ? Sûrement un billet de cinq cents, peut-être deux. Fois quatre-vingt-dix, ça faisait entre quarante-cinq et quatre-vingt-dix mille couronnes par mois.

Ils sortirent de la cuisine. Devant elle se balançait le dos de Leif. Un bonhomme d'une soixantaine d'années avec qui il ne s'agissait pas de plaisanter. Les silencieux étaient souvent les plus imprévisibles. Jeanette nota que Schwarz et Åhlund étaient sur leurs gardes.

Ils gagnèrent un austère bureau donnant dans l'entrée. Une table, un ordinateur et une imprimante en constituaient tout l'équipement, si on ne comptait pas le cendrier et la corbeille à papier. Il n'y avait même pas de fauteuil.

"Combien de locataires avez-vous en ce moment ? reprit Schwarz, ce qui lui valut un regard de Jeanette lui signifiant qu'il valait mieux que ce soit elle qui pose les questions.

— Vous savez combien la politique du logement est catastrophique à Stockholm, dit Maggan en dépliant l'écran de l'ordinateur. Il n'y a plus d'alternatives bon marché. C'est là que nous entrons en scène.

— Comme une main tendue ? proposa Jeanette. Le bon Samaritain ?

— Tout à fait, répondit Margareta Wettergren sans saisir l'ironie.

— Et vous empochez en gros cent mille balles par mois avec ça ?"

Maggan choisit de répondre d'un soupir.

"Ça n'est pas si simple que vous semblez le penser", ajouta-t-elle tandis que son mari s'adossait au mur.

L'image de la palissade de Kvarnholmen apparut à l'écran. Une vue plongeante montrant les deux côtés de l'entrée. Puis un autre angle de vue, depuis une caméra à l'intérieur du terrain. Malgré l'obscurité, on devinait la remise et le conteneur.

“C’est tout ? demanda Jeanette. J’ai compté trois caméras.

— Il n’y en a que deux qui marchent, et là, c’est en direct.”

Jeanette se pencha sur l’ordinateur.

“Pouvez-vous nous passer ce qui a été enregistré plus tôt dans la soirée, à partir de sept heures, et… laissez juste tourner.”

Maggan saisit quelque chose sur le clavier et d’autres images apparurent, la même palissade et la même portion de terrain, mais cette fois à la lumière du jour. On apercevait même la hutte en bois de Klara. Mais personne en vue.

“Vous pouvez mettre en avance rapide”, dit Jeanette.

Tandis que les feuilles des arbres se mettaient à trembler cinq fois plus vite que la normale, Jeanette posa la main sur l’épaule de Maggan.

“Merci pour votre collaboration. Nous apprécions…”

Un instant, Klara apparut à l’image, son ours en peluche dans les bras. Avec des mouvements saccadés de pantin elle fit quelques pas sur la pelouse, se pencha pour ramasser quelque chose par terre, peut-être un caillou qui lui plaisait, et disparut. Pauvre gosse, pensa Jeanette.

“Vous louez donc à n’importe qui ? reprit-elle en ôtant sa main de l’épaule de Maggan. Pourvu qu’on vous paie ?”

La femme soupira à nouveau. “Oui, comme dans la plupart des hôtels… Mais bien sûr, je commence par regarder à qui j’ai affaire. J’ai un bon sens des gens.”

Il ne se passait toujours rien à l’écran, l’horloge continuait à tourner par intervalles de cinq secondes, et Jeanette sentit qu’elle arrivait au bout de ses questions.

Mais on aperçut alors un mouvement au bord de l'image. Un homme qui se dirigeait à pied vers la palissade s'arrêta devant le portail et saisit le code.

"Savez-vous qui c'est ?" demanda-t-elle.

L'horloge de la caméra indiquait sept heures cinq.

"C'est Vladimir", dit Leif Wettergren.

7

QUARTIER KRONOBERG

Le soleil matinal frappait le verre d'eau posé à côté de l'ordinateur, projetant un rond de lumière irisé sur un des papiers étalés sur le bureau de Jeanette. C'était une déclaration de disparition remontant à trois mois. La fille retrouvée dans la caravane de Johnny Bondesson, Besa Undin, avait disparu début mars d'un foyer où elle était internée à Skutskär.

Jeanette reconnut le nom du psychologue qui avait fait cette déclaration. Love Martinsson avait collaboré avec la police à plusieurs reprises et avait été expert dans quelques affaires de meurtre, mais Jeanette ne l'avait jamais rencontré. Elle composa le numéro du foyer et, quand elle eut sommairement exposé ce qui s'était passé à Kvarnholmen, Martinsson soupira.

"Comment va Besa ? demanda-t-il d'une voix douce, presque féminine.

— Elle a malheureusement fait une overdose qui lui a provoqué une grave septicémie. Elle est prise en charge à l'hôpital de Huddinge.

— Elle va s'en sortir ?"

Jeanette réfléchit comment répondre au mieux à cette question. Les dernières nouvelles de l'hôpital parlaient de choc septique : d'après le médecin, heureusement que Besa avait reçu des soins dans ce qu'on nommait apparemment "l'heure d'or", les soixante premières minutes consécutives à l'infection. C'était grâce aux deux policiers de la force d'intervention que les chances de survie de la fille étaient passées de quasiment zéro à soixante-quinze pour cent.

"Le médecin est optimiste, résuma Jeanette, ce qui fut suivi par un nouveau soupir de Love Martinsson, de soulagement cette fois.

— Alors c'est peut-être malgré tout une bonne nouvelle. Elle est en vie, au moins… Je vais le dire aux autres filles. Besa est appréciée ici, elles seront contentes.

— Que savez-vous de ses fréquentations ?" demanda Jeanette.

Love soupira avant de répondre.

"Au cours de sa thérapie, elle a systématiquement évité de mentionner le moindre nom. Mais il y a eu beaucoup de toxicomanes, de maquereaux et autres criminels dans sa vie.

— Vous souvenez-vous l'avoir entendue mentionner Johnny Bondesson ?

— Non, désolé."

Quand elle lui eut communiqué le numéro du service où était soignée Besa Undin, Love Martinsson la prévint qu'il allait quitter son poste au foyer de Skutskär.

"Je vais ouvrir mon propre cabinet, et j'aurai vraisemblablement d'autres missions pour la police.

— Alors nous aurons peut-être l'occasion de nous croiser."

Le silence se fit à l'autre bout du fil.

"Peut-être", fit-il avec un rire.

Après avoir raccroché, Jeanette revint au tas de papiers sur la table. Parmi les documents comptables de la société Wettergren, qui finiraient probablement à la brigade de lutte contre la délinquance financière, il y avait une liste des personnes payant actuellement un loyer pour un lit dans la maison de maître. Huit noms suédois, vingt-deux à consonance étrangère, dont la plupart évoquaient les anciennes républiques de l'Union soviétique.

Vladimir, lut-elle. Mais pas de nom de famille.

Cash. Payé d'avance. Couchette supérieure, chambre 3. 1 050 SEK.

D'après le registre de Margareta Wettergren, Vladimir avait payé pour une semaine. Maggan, qui avait mis en avant son sens inné de l'humain, avait trouvé Vladimir calme et sensé, mais se doutait qu'il était recherché et avait besoin d'un endroit où se cacher. Quand Jeanette lui avait demandé si elle pensait que Vladimir était russe, elle avait répondu qu'elle le supposait, mais qu'il parlait un suédois sans accent. Vladimir avait regardé la chambre, payé, puis était reparti. Pas grand-chose d'autre. Et comme par hasard, la caméra était à cette occasion hors d'usage.

Le témoin Rikard Stridh avait passé la nuit au poste. Jeanette lui avait montré Vladimir sur des captures d'écran. Pour Stridh il ne faisait aucun doute que c'était le même homme qui avait abattu Johnny Bondesson. Avec, selon toute vraisemblance, l'arme de Johnny, circonstance qui suggérait qu'il ne s'agissait pas d'un meurtre prémédité.

Se connaissaient-ils ? Y avait-il eu une dispute au sujet de drogue ou d'argent qui s'était terminée en homicide ? Non, se dit Jeanette. C'était tout autre chose.

Peut-être Besa Undin savait-elle quelque chose, mais vu son état, ils ne pourraient pas l'interroger de sitôt.

Jeanette prit le dossier contenant le procès-verbal de l'interrogatoire de Rikard Stridh que Schwarz avait mis au propre dans la voiture en allant à Salem. Les premières lignes lui rappelèrent d'emblée que Schwarz était plus un manuel qu'un rond-de-cuir. Elle sortit un stylo pour souligner les fautes de syntaxe et d'orthographe, qui n'étaient pas peu nombreuses. Au bout d'un moment, elle posa son stylo et examina de près une des images de la caméra de vidéosurveillance. Vladimir figé au moment où il regardait aux alentours avant d'ouvrir le portail de la palissade.

Jeanette était prête à accorder à Rikard Stridh que son âge était difficile à déterminer, mais on pouvait tout de même réduire la fourchette entre quarante et cinquante ans. Les yeux avaient beau n'être que deux points sombres, ils étaient expressifs. Elle y devinait du stress, mais pas le stress typique du drogué.

Peut-être était-ce de la peur qu'elle voyait chez Vladimir ? Les Russes n'étaient pourtant pas particulièrement sujets à la peur, du moins ceux qui, pour des raisons diverses, avaient atterri en Suède.

8

SKUTSKÄR

C'était lors d'une de ses longues nuits blanches début juin, un an plus tôt exactement, que le psychologue Love Martinsson avait décidé d'organiser sa démission. Non qu'il estimât avoir terminé son travail, on n'en avait jamais fini dans un endroit de ce genre, ni que le poste lui déplût. La raison était purement égoïste : il voulait consacrer davantage de temps à son développement personnel, et pour ce faire il avait besoin de plus de liberté dans ses horaires de travail.

Cette démission lui avait pris tout juste un an, de l'idée à la réalisation. Il se trouvait à présent sur le seuil de ce qui avait été son lieu de travail pendant sept ans, sur le point d'en refermer la porte pour la toute dernière fois. C'était un instant à la fois mélancolique et libérateur, raison peut-être pour laquelle il le faisait durer et restait là à goûter ces sentiments contradictoires. Tristesse et soulagement, nostalgie et vide.

Son bureau était absolument identique aujourd'hui à ce qu'il était lors de son premier jour de travail. Une pièce qui parvenait à être à la fois vide et propice à la claustrophobie.

En étant cynique, on aurait pu dire que rien ne s'y était passé au cours de ces sept années.

Les filles qui étaient venues là en thérapie avaient entre quatorze et dix-sept ans et partageaient la même problématique : d'une façon ou d'une autre, elles avaient toutes subi des abus sexuels et, même si certaines d'entre elles sortaient du foyer sinon rétablies, du moins en ayant progressé de quelques pas dans la bonne direction, elles ne faisaient que laisser leur place à d'autres filles abîmées, brisées, détruites, fragilisées, accablées par la haine de soi et les tendances suicidaires.

La porte vitrée du bureau avait été claquée lors d'innombrables explosions de colère, cognée par des fronts angoissés et des poings fermés. Ça avait été des années de bouillonnement chaotique : toutes les tentatives de la direction pour gommer le surnom du foyer – le Chaudron – s'étaient montrées vaines. Ce nom s'était au contraire incrusté, gravé dans le marbre, et personnellement il l'aimait bien.

Le Chaudron sonnait bien, c'était franc, léger et rebelle : *Me voilà : une sorcière !*

Les filles adoraient ça.

Love se souvenait de chacune d'entre elles. En tout quarante-deux pensionnaires au cours de ces sept ans.

Il regarda une dernière fois autour de lui. Les mêmes étagères Ikea, le même bureau, les mêmes chaises, le même linoléum brun clair, la petite fenêtre avec vue sur les troncs nus des sapins et, de l'autre côté de la forêt, à l'affût comme un géant nauséabond, l'usine de pâte à papier.

L'usine était présente dans chaque atome de la pièce. C'était le cœur du lieu, son sang et son poumon : qu'on la déteste ou non, tous ceux qui habitaient ou travaillaient à Skutskär dépendaient directement ou indirectement d'elle. Sans l'usine, personne, pas de travail, pas de pizzérias ou de kiosques à saucisses, pas de foyer pour filles sexuellement traumatisées. Rien qu'un milliard de moustiques dans un site naturel à l'origine magnifique, là où le Dalälven se jette dans la baie de Gävle.

Il finit par refermer la porte du bureau et détacha la vieille étiquette tachée à son nom – LOVE MARTINSSON, DIRECTEUR –, la mit en boule et la jeta dans la corbeille à papier du couloir.

La nouvelle direction promettait une organisation rationnelle et des méthodes basées sur la thérapie cognitive et comportementale. Cela passait apparemment par une plaque en laiton sur la porte, un mobilier neuf et le remplacement du titre de directeur par celui de chef opérationnel.

La veille, il y avait eu un pot de départ pour le remercier, avec les patrons du groupe de santé, l'inévitable bouquet et un cadeau d'adieu sous la forme d'un chandelier provenant d'une boutique de design local. Les filles avaient bâillé durant toute la cérémonie, qui incluait entre autres un discours prétentieux de la PDG du groupe, une femme qui avait à peine mis le pied au Chaudron. Quand Love lui avait annoncé que Besa Undin avait été retrouvée et était soignée à l'hôpital de Huddinge, cette femme avait accueilli la nouvelle avec un sourire aussi froid que ce qu'elle avait répondu : *Bah, Besa a eu dix-huit ans et ne relève donc plus de notre dispositif de soins.*

Et voilà.

Love avait déjà fait ses adieux aux filles, qui avaient à présent une activité à l'extérieur avec deux thérapeutes :

c'était donc le moment parfait pour filer en évitant les effusions.

Il sortit et trouva un ciel bleu et un vent de sud-est, ce qui signifiait que l'odeur de l'usine était plus faible que d'habitude. La violence du soleil ne semblait pas naturelle, ses yeux se mirent à pleurer. Il s'essuya les joues du revers de sa manche de veste en gagnant le parking.

En voyant sa voiture, il s'arrêta net.

Sa petite Škoda était bourrée à craquer de ballons rouges en forme de cœur, avec sur le côté une banderole avec l'inscription à la bombe noire : NOTRE BESOIN DE CONSOLATION EST IMPOSSIBLE À RASSASIER.

Une demi-heure plus tard, Love était à un barbecue, dans un bosquet à deux pas du parking, avec six filles et deux thérapeutes. C'étaient les filles qui avaient pris l'initiative de cette fête surprise, et Love savait que ce n'était pas par hasard qu'elles avaient décidé d'y associer sa voiture.

Avant de commencer ces sept années de longs allers-retours quotidiens entre Uppsala et Skutskär, il n'avait lu de Stig Dagerman que la nouvelle *Tuer un enfant*. Un texte terrible sur un homme ordinaire qui, lors d'un trajet en voiture, écrase accidentellement un petit enfant. L'auteur était originaire d'Älvkarleby, une localité voisine que Love traversait tous les jours en arrivant et en partant de son travail. Il était bien sûr absurde de faire particulièrement attention aux enfants qui pouvaient débouler sur la chaussée à cet endroit précis, et pourtant il ralentissait souvent à l'approche de ce village.

À la longue, il avait lu les œuvres complètes de Stig Dagerman, et s'y référait régulièrement lors des séances de thérapie. Ce que les filles avaient tagué sur la banderole pendue à sa voiture était une citation que Love avait utilisée à plusieurs reprises et qui les avait visiblement marquées. *Notre besoin de consolation est impossible à rassasier.*

Il y avait beaucoup de choses chez Stig Dagerman auxquelles elles pouvaient s'identifier, la dépression chronique, les tentatives de suicide à répétition, et surtout les textes, qui décrivaient souvent la vulnérabilité. Il y avait en outre un ancrage local, et Love avait l'intuition que ce n'était pas sans importance : ces filles entamaient leur processus de guérison sur les lieux de l'enfance de l'écrivain, d'après Dagerman lui-même le seul lieu sur terre où il avait été authentiquement heureux.

C'étaient les mêmes prés et forêts, le même fleuve qui s'écoulait vers la Baltique.

Et la même odeur d'usine, songea Love en regardant les filles à travers la fumée du feu, six visages éclairés par un soleil qui prédisait un nouvel été long et brûlant.

C'était le pot de départ officieux. Elles avaient gratté de quoi faire la fête. Tout était dispersé par terre autour du barbecue : différentes sortes de saucisses sur des feuilles d'aluminium, salade de pommes de terre, crudités, halloumi, paquets de chips et au moins dix bouteilles de soda de deux litres.

"Attends les braises, bordel, Lizzie. Tu vas mettre le feu à ta saucisse !

— Elle sera crue à l'intérieur si tu la fais brûler, tu ne sais pas ça ?

— Quoi, « crue à l'intérieur » ? Mais je m'en fous. Putain, j'ai tellement faim que je boufferais une bite toute crue !"

Derrière un chœur de rires compact, une collègue de Love tenta en vain de faire remarquer le langage inapproprié, puis les filles reprirent.

“Putain de TDAH…

— Gaffe à ma papillote, Lizzie, tu renverses de la graisse dessus !

— C’est joli, la graisse. Regarde ça…”

Lizzie souleva son tee-shirt, se prit le ventre et d’une voix de basse contrefaite fit comme si c’était son nombril qui parlait :

“Bonjour, j’ai de bonnes grosses joues de boudin, grâce à Lizzie qui me donne plein de saucisses et de chips.”

Nouveau rire à l’unisson, auquel se joignirent cette fois les thérapeutes.

Merde, pensa Love, ne me faites pas changer d’avis et rester.

Voilà seulement deux mois, Lizzie avait tenté de se pendre à un arbre. Par hasard, Love était arrivé une demi-heure trop tôt au travail ce jour-là et avait aperçu un tee-shirt rouge dans la forêt. Il avait réussi à la décrocher et elle s’en était tirée avec le coup du lapin. Après, elle avait dit que c’était une chance qu’il soit venu, car elle avait changé d’avis en sentant la corde se serrer autour de son cou. Dieu merci, il était habituel qu’elles changent d’avis.

Love savait que Lizzie connaissait la citation de Dagerman sur sa pierre tombale à côté de l’église d’Älvkarleby.

Mourir est un voyage minuscule, de la branche à la terre ferme.

Avant que Lizzie ne tente de se pendre, Love donnait à ces mots une interprétation pleine d’espoir : qu’il y avait au-delà du nôtre un monde solide et qui allait de soi, contrairement à l'existence terrestre, semblable à une branche frêle que le vent peut briser.

Nous autres les vivants, nous ne sommes que des morts en vacances.

"Regarde ce qu'on a trouvé dans ta voiture, Love…"

Grand sourire aux lèvres, Lizzie brandit une petite bouteille en plastique. "Testogel, lut-elle en traçant en l'air des guillemets. Médicament contre la carence en testostérone. Les personnes souffrant d'un déficit de testostérone peuvent être irritables, déprimées et fatiguées." Elle rit. "C'est nous qui t'avons rendu irritable, déprimé et fatigué, Love ? Au point que tu n'arrives pas à bander ? Parce qu'on est des nanas impossibles avec nos TDAH ?"

Love rit.

"Tu me le rends ?"

Elle lui donna le flacon et il le fit tourner dans sa main en se demandant s'il allait leur raconter.

Non, trancha-t-il. Pas le dernier jour. Ce serait juste bizarre.

"Au fait, tu as vu ton ancienne patiente à la télé ? demanda Lizzie. Celle qui a séjourné ici il y a longtemps ? Avec un écrivain connu, elle causait expérience de mort imminente, tout ça…

— Non, je n'ai pas vu ça.

— On pense qu'elle a aussi parlé de toi, Love. Tu devrais regarder l'émission."

Extrait de *Vie et mort de Stina*,
de Per Qviding

Été 1869

Ce sont de tristes ombres humaines que Stina Qviding a croisées sur la grand-route au sud d'Ödmården, dans les parties nord du Gästrikland, et toutes avaient quitté la ville vers laquelle elle se dirigeait. C'était une foule hétéroclite, pauvres et riches mêlés, beaucoup souffrant de brûlures, ployant sous le poids de leurs affaires, valises et casseroles traînées sur des petites charrettes vermoulues ou à même leur dos. Ils ne se plaignaient pas tout haut, mais le silence qui régnait parmi leurs yeux caves et rougis de larmes était assez éloquent.

En approchant de la ville, Stina comprit pourquoi ils étaient partis. Une âcre odeur de fumée piquait le nez en ce jour de plein été presque sans vent. Là où s'arrêtait la forêt de pins et de sapins s'ouvrait un large champ et, plus loin, une autre forêt. Une désolation de centaines et centaines de cheminées nues et couvertes de suie, qui fit penser Stina à la grande bataille navale dans *Don Quichotte* : des mâts émergeant de la fumée des canons ou à moitié engloutis sous une mer noire comme la cendre qui recouvrait le sol. Plus tard, elle apprendrait que tout ce désastre avait été causé par l'imprudence d'un menuisier avec son réchaud à colle.

C'était donc là ce qui restait de Gävle, la ville de garnison où Stina était née et où ses parents avaient vécu jeunes et s'étaient mariés.

En allant et venant par les rues de gravier, elle remarqua que les jeunes arbres s'en étaient sortis, verts et pimpants, joliment alignés. Les réverbères, qui étaient bien sûr en fer, étaient eux aussi toujours là, mais la plupart de leurs lampes à gaz avaient été brisées par le feu. Il n'y avait pas grand monde dehors, quelques personnes isolées qui erraient apparemment sans but. Au milieu d'un terrain qui jusqu'à il y a peu était une petite maison, une cuisinière fumait encore de la chaleur de l'incendie tandis qu'un renard flairait les décombres alentour. On entendait des chants d'oiseaux, l'air était plein de papillons et d'insectes et on voyait des petites touches de couleur dans tout ce noir : des fleurs jaunes, blanches et bleues qui avaient déjà pris racine à la place d'un parquet.

Stina était frappée de constater combien la nature se souciait peu de l'homme et de ses efforts et c'est alors qu'elle comprit quelque chose à quoi elle réfléchissait depuis longtemps sans trouver les mots.

Le temps n'était pas fait comme l'homme le croyait. Il n'avait pas de commencement particulier, il n'y avait pas d'avant, pas de présent et pas d'avenir. Celui qui observerait le temps de l'extérieur verrait une multitude d'événements simultanés. Pour ceux qui se trouvaient sur terre, tout ce qui devait arriver était déjà arrivé mais ils étaient aveuglés par le fait qu'aucun sens intrinsèque ne reliait les événements. Stina était déjà allée dans tous les lieux vers lesquels elle était en route et elle avait déjà retrouvé Axel, ou pas.

À l'endroit précis où elle marchait, ici et maintenant, dans une rue d'une ville dévastée par le feu le 11 juillet de l'an 1869, il avait poussé et il pousserait des forêts et des prairies. Des déserts, des montagnes et des fonds marins étaient passés, partis, ainsi que d'autres villes où l'on parlait d'autres langues en se pliant à d'autres façons de compter le temps.

Un nombre infini de fois, tout avait été noyé sous la lave en fusion et la terre s'était ouverte pour tout avaler. Mais dans l'ensemble, ça avait été totalement vide, l'air n'existait même pas, rien qu'un froid glacial et tenace aussi longtemps qu'on pouvait se le représenter, un rien durant une éternité.

Soudain, tout lui sembla si oppressant et solitaire qu'elle commença à avoir du mal à respirer, s'arrêta et s'appuya à un réverbère.

"Nous ne sommes que des fantômes, dit-elle à haute voix. Vous ne le comprenez pas ?"

Personne ne l'entendit, à part un merle qui tourna vite la tête dans sa direction avant de continuer à picorer entre les pavés à la recherche de vers. Mais bientôt, tous l'écouteraient. Elle poserait la main sur la tête de l'homme et lui ferait comprendre qu'il existait un autre monde, plein d'amour et plus beau que ce linceul. Après Gävle se trouvaient Uppsala, l'archevêché, puis Stockholm, la plus grande ville, la capitale, où résidait le roi. Si elle parvenait à convaincre Charles XV de l'écouter, tous suivraient bientôt.

Personne n'aurait plus à avoir peur de mourir.

9

VASASTAN

Le thermomètre du tableau de bord de la voiture indiquait vingt-cinq degrés et l'agent Nils Åhlund commençait déjà à rêver d'une bière fraîche sur son balcon.

Ils tournèrent dans Torsgatan pour regagner Kungsholmen. Olivia Jensen conduisait tandis qu'à côté d'elle il achevait son rapport sur l'intervention d'urgence de la matinée.

"Moyen, comme début de journée", lâcha-t-elle.

Il haussa les épaules.

"Moi, je préfère une fausse alerte à un cadavre."

Le central avait reçu le signalement d'un homicide près de Koppartälten, dans le parc de Haga, mais quand Olivia et lui étaient arrivés avec les secours et tout, ils n'avaient pas trouvé de victime. Sur place attendait en revanche la personne qui avait donné l'alerte, un jeune homme qui affirmait avoir abattu un inconnu et s'être débarrassé du corps derrière le monument. Mais il n'y avait pas plus de cadavre que d'arme du crime. Juste un type avec au poignet un bracelet de patient de l'hôpital psychiatrique. Åhlund le plaignait. Le jeune homme croyait dur comme fer avoir abattu une autre personne. Qu'est-ce que cela cachait ?

"Il voulait peut-être juste qu'on le ramène à l'hosto ? suggéra Olivia, comme si elle avait lu ses pensées.

— Peut-être bien."

Un sentiment chronique de culpabilité, se dit Åhlund.

La circulation se densifia en arrivant dans Sankt Eriksgatan. Il regarda Olivia à la dérobée. Pas encore trente ans, titularisée depuis janvier, motivée, intransigeante et très intelligente. Jolie, aussi. Un peu masculine, une beauté anguleuse avec les muscles des mâchoires marqués et de larges épaules. Sa dureté était un peu de façade mais cela ne le dérangeait pas. Elle manquait juste de confiance en elle, en début de carrière. Le principal était qu'elle soit sympathique et c'était le cas.

Qu'après treize ans au sein de la police de Stockholm il ne soit encore qu'assistant amusait certaines des jeunes recrues. Mais pas Olivia, qui avait l'intelligence de comprendre que la vocation du policier était la même quel que soit son grade : servir les citoyens et veiller à leur assurer la meilleure sécurité possible.

Cette mission était déjà bien lourde.

Olivia ralentit et fit un geste en direction de Sankt Eriksplan.

"Regarde ça… C'est la journée portes ouvertes en psychiatrie, ou quoi ?"

Une jeune femme vêtue d'une doudoune déchirée sur une robe sale, ou peut-être une chemise de nuit, était arrêtée au milieu de la rue, ce qui bloquait la circulation et énervait évidemment les automobilistes. Qu'elle soit en train de pleurer, personne ne s'en souciait. Un petit orchestre de klaxons s'éleva avant qu'elle finisse par s'écarter en se mettant à marcher vers Odenplan.

"On la suit ?" proposa Olivia.

La jeune femme, à moins qu'il s'agisse d'une fille, avait le regard perdu sous ses cheveux blonds bouclés en désordre. Comme si elle n'avait pas la moindre idée de l'endroit où elle se trouvait.

Ils la suivirent au pas, tournèrent sur Sankt Eriksplan et continuèrent vers l'est dans Odengatan.

La maigre silhouette dans son accoutrement bizarre s'arrêta devant les quelques cageots de fruits d'une minuscule boutique de l'autre côté de la rue. La fille ne pleurait plus. Elle saisit une pomme et la regarda fixement. Puis elle en croqua quelques bouchées avant de la fourrer sans se gêner dans la poche de son blouson.

Elle fouilla le cageot voisin, ramassa un citron et le flaira. Elle le porta à sa bouche, mordit et fit une grimace en regardant l'écorce.

"Une toxico, dit Olivia.

— Ça en a tout l'air."

Puis la fille sortit de sa poche quelque chose qui ressemblait à un étui en cuir. Ils s'approchèrent lentement en voiture. "Un couteau" constata Olivia. Åhlund opina du chef.

La jeune femme dégaina d'une main sûre, trancha le citron en deux, s'en fourra une moitié dans la bouche et mâcha. Elle recracha tout aussi vite.

"Bon, dit Olivia, là, il faut qu'on lui dise deux mots."

Åhlund allait approuver quand un homme sortit sur le seuil de la boutique. On n'entendait pas ce qu'il disait mais il avait l'air très remonté.

Olivia regarda rapidement tout autour avant de tourner sur la voie d'en face en direction de la boutique, tandis que la fille reculait de quelques pas face à cet homme excédé qu'une toxico mange ses fruits sans payer. Quand il s'aperçut que la toxico en question tenait un couteau, il leva les mains dans un geste défensif.

Ils étaient à moitié descendus de voiture quand la jeune femme prit ses jambes à son cou et traversa en courant vers Vasaparken.

Elle disparut parmi les arbres, sa robe flottant derrière elle, tandis qu'un camion leur bloquait le passage et les empêchait de la poursuivre. Puis quelques voitures cachées par le camion surgirent comme de nulle part sur l'autre file.

Si Åhlund n'avait pas retenu Olivia par l'épaule, elle se serait jetée dessous.

"Merci, dit-elle quand ils eurent enfin traversé la rue. Mais putain, cette fille, quel sprint ! Elle est passée où, merde ?

— Loin dans le parc", dit-il avec l'œil de l'ancien athlète.

Soixante mètres en... Qu'est-ce qu'on aurait dit ? Le record suédois d'athlétisme junior ? Peut-être même en catégorie garçon.

"Viens, dit-il. On part à sa recherche. La voiture peut rester où elle est en attendant."

Ils se précipitèrent dans le parc et n'eurent même pas à demander pour retrouver la trace de la fuyarde. Un couple avec une poussette fit un geste vers les rochers dans la partie ouest du parc. "Une SDF a failli nous bousculer. Elle avait un couteau... Qu'est-ce qu'elle a fait ?

— Volé une pomme", lâcha Olivia avant qu'ils ne repartent en courant.

Le petit parc était délimité par une clôture blanche et une haie, et entre les arbres fruitiers serpentaient de petits sentiers couverts d'écorces, de gravier et de cailloux. Près du bassin, au centre du parc, une dame au dos voûté par l'âge, marchait au bras d'un jeune homme tout de blanc vêtu.

Des nénuphars flottaient à la surface de l'eau où des carpes koï nageaient parmi les pierres. S'y reflétaient de hauts châtaigniers dont les fleurs blanches flottaient dans le ciel.

"Et si nous rentrions ? Pour ne pas rater le goûter ?"

La vieille femme fit un signe de tête, et son aide-soignant la conduisit vers les chaises longues du côté de la roseraie.

Soudain, des éclats de voix sortirent du pavillon de plaisance. Des gamins qui riaient, ou peut-être une dispute ?

"Attendez un instant, dit l'aide-soignant. Asseyez-vous là."

Ses pas crissèrent sur le gravier, puis tout alla très vite. Un hurlement retentit, puis une personne arriva lentement vers eux. L'aide-soignant vit que c'était une fille, le regard brouillé.

Elle s'approcha de la vieille dame en levant sa main, rouge comme les fleurs de la roseraie. Puis elle lui caressa la joue, les bras trempés et poissés par tout ce rouge. Dans son autre main luisait la lame d'un couteau.

"Évaporée", dit Olivia.

Åhlund regarda vers Sabbatsbergsparken, une des nombreuses zones de verdure juste au sud de Vasaparken. Dix minutes s'étaient écoulées depuis qu'ils avaient perdu la trace de la fille.

"On gaspille du temps de travail, non ?"

Olivia le regarda.

“On ne devrait pas plutôt mettre une patrouille de proximité sur le coup ?

— Oui, sans doute.”

Pourtant, il avait la conviction que cette fille n’était pas une toxico ordinaire. Pour autant qu’elle soit seulement droguée. Il avait vu son regard quand elle avait observé la pomme. Ce n’était pas un regard de toxico. Au contraire, il avait quelque chose de pur.

Ils retournèrent vers la voiture. Il essuya son front en sueur. Décidément, cette bière sur son balcon aurait été la bienvenue dès maintenant.

“Le Jardin des cinq sens, dit Olivia.

— Pardon ?

— Le petit parc près du musée d’art… On l’a raté.”

Ils hâtèrent le pas et en approchant de la clôture blanche qui entourait le jardin, ils entendirent des cris. Le portail était ouvert et une allée pavée menait à une esplanade de gravier où étaient disposés des meubles de jardin. Plus loin, on apercevait des plates-bandes de fleurs luxuriantes, des buissons et des arbres et, derrière, on devinait un pavillon blanc.

“Du sang”, dit Olivia tandis qu’ils entraient à petites foulées dans le parc.

Des gouttes éparses sur les pavés. À cet instant, Åhlund avisa une vieille femme assise sur une chaise au bord de l’esplanade, le regard perdu.

Une de ses joues était couverte de sang. Ils se dépêchèrent de la rejoindre.

“Hé !” Un homme en blanc arrivait en courant du pavillon. “Elle n’est pas blessée, lança-t-il. Il y a un type qui se vide de son sang, là-bas. J'ai appelé une ambulance, mais…

— Occupez-vous de la dame", dit Olivia en brandissant sa carte de police.

Dès qu'ils aperçurent le jeune homme à terre, entouré de trois autres types, Åhlund comprit qu'il y avait urgence. Beaucoup trop de sang, se dit-il.

"Écartez-vous !", cria Olivia. Les jeunes reculèrent de quelques pas quand elle s'accroupit près du corps. "Passez-moi ça, cracha-t-elle à l'un d'eux, qui avait un haut de survêtement noué autour de la taille. Et arrêtez de filmer, putain !"

Åhlund vit qu'un des types avait un téléphone à la main. Il recula et rangea son téléphone dans sa poche. Tandis qu'Olivia empoignait le vêtement, Åhlund se plaça à côté d'elle, tourna précautionneusement le corps sur le côté et lui ôta son tee-shirt trempé de sang.

Trois plaies profondes au ventre, longues de plusieurs centimètres, avec des bords retroussés, formaient une demi-lune qui fit penser Åhlund à une morsure d'ours.

10

RENSTIERNAS GATA

À part que c'était trop loin de la mer, trop chaud l'été et qu'il y avait trop d'étudiants le reste de l'année, il n'avait jamais rien eu de sérieux contre Uppsala. Mais Love Martinsson s'était à la longue trouvé à l'étroit entre les murs de son trois-pièces de Svartbäcken. Et puis Uppsala n'était pas le bon endroit pour ouvrir un cabinet privé.

Son ancienne clientèle était à Stockholm. Dix ans plus tôt, avant de prendre son poste à Skutskär, il avait eu un petit cabinet dans le quartier de Södermalm : en trouvant le local parfait dans Renstiernas gata, à quelques pâtés de maisons de Nytorget, il avait donc eu un peu l'impression de rentrer à la maison.

C'était une copropriété mais le précédent propriétaire s'était montré créatif : il avait acheté soixante-dix mètres carrés de combles dans l'immeuble vieux d'un siècle et les avait reliés à l'appartement du dessous, à peu près aussi grand. Il y avait des entrées aux deux niveaux, parfait pour un cabinet en haut et un logement en dessous. La plus-value sur la vente de son appartement de Svartbäcken et une ponction dans l'héritage de ses parents avaient permis à Love de faire une offre, qui avait été acceptée.

Il y avait encore des cartons de déménagement empilés partout, et en attendant la livraison de son nouveau lit, il se contentait du canapé. Il avait eu le temps de monter quelques rayonnages, de remplir les placards de la cuisine et de brancher le téléviseur.

Il prévoyait de prendre ses premiers clients fin août : il pouvait passer tout son été à aménager l'appartement. Il se sentait pourtant tout sauf détendu : probablement lui était-il plus difficile qu'il ne croyait de quitter Skutskär ? C'était comme si ses affaires étaient chargées du souvenir des filles du Chaudron : il pouvait tergiverser sans fin pour décider ce qu'il allait jeter ou non.

Il se servit un verre de vin rouge et s'assit dans le canapé, au milieu du séjour en désordre, et revint aux objets épars qui jonchaient le sol.

Il commença par la sculpture de bronze, une chose encombrante et peu maniable qu'il traînait depuis son précédent cabinet. Coulée d'un seul bloc, elle représentait un vase de fleurs fanées. Une pièce coûteuse et assez laide, ce qui l'incitait à contacter une salle des ventes. Il ouvrit ensuite un carton de livres, principalement de la littérature qu'il n'avait pas eu le temps de passer en revue avant de l'emballer. Il faudrait aller déposer à la ressourcerie de Nytorget le rebut qu'il aurait dû donner à Uppsala.

Il remplit rapidement quelques sacs en papier. Seuls trois livres survécurent au tri. Il les mit de côté : *Nightwood* de Djuna Barnes, *The Danish Girl* de David Ebershoff et *Le Serpent* de Stig Dagerman, ce dernier dans une édition originale écornée.

Une des filles que Love avait suivies en thérapie avait du mal à mettre des mots sur ses ténèbres intérieures, mais elle avait fini par baisser la garde et lui parler d'un serpent qui vivait dans sa tête. Elle lui avait dit que c'était l'origine de son inquiétude et de son angoisse et qu'elle ne pourrait se sentir en sécurité et être heureuse tant que le serpent serait là. Comme dans le roman de Dagerman qui se déroule dans un camp militaire où se cache un serpent. Personne ne sait exactement où il est, et les soldats ne parlent pas ouvertement de leur terreur face à la guerre, à la mort et au serpent : au contraire, ils font tout pour maintenir leur façade de durs à cuire. Exactement comme cette fille et beaucoup après elle.

Love but une gorgée de vin, alluma la télévision et chercha l'application de la chaîne qui avait diffusé l'émission littéraire qui l'intéressait.

Le thème de l'émission dont les filles lui avaient parlé à la fête d'adieu était : "Mondes inconnus". Le générique faisait défiler rapidement des séquences où de prestigieux représentants du monde littéraire apparaissaient, détendus, en compagnie du présentateur, un mâle alpha de la gauche progressiste des années 1970. Le premier invité du jour était l'écrivain, philosophe et éditorialiste Per Qviding. Love ouvrit un autre carton et continua son tri tout en écoutant.

Bienvenue, Per.

Merci... Comme d'habitude je suis un peu timide en public après une longue période d'écriture, isolé à la campagne... J'espère ne pas rester mutique.

Aucun risque, songea Love.

Les livres de Per Qviding étaient de ceux qu'on trouvait partout sur les marchés aux puces et chez les bouquinistes. Des livres kleenex aux confins entre roman, autobiographie et savoir populaire bricolé. Leurs sujets étaient toujours les grandes questions : la vie, la mort, l'amour, l'univers, le mystère des rêves, la pollution, tout ce qu'on voulait. Love avait fait quelques tentatives pour les lire mais, à chaque fois, ça lui était tombé des mains.

Tandis que l'émission se poursuivait, les piles de livres montaient. Love jetait de temps en temps un œil à l'écran. L'auteur était assis dans un fauteuil, appuyé sur les accoudoirs, les mains jointes sous un joli visage encadré de cheveux roux parfaitement ébouriffés.

Un jugement bienveillant sur Qviding mettrait en avant un certain don rhétorique qui lui permettait de présenter les vérités les plus banales comme profondes et complexes et un art de la formule qui brillait parfois à l'occasion d'une métaphore réussie. Un jugement sévère mettrait en avant la même chose, mais avec des adjectifs comme pathétique et suffisant.

Il ressortait de l'entretien que son nouveau livre parlait d'expériences de mort imminente et qu'il était construit à partir d'une collection de journaux intimes retrouvés dans l'héritage d'un parent de l'auteur. Une adolescente prénommée Stina y relatait ses révélations.

À votre avis, qu'aurait pensé Stina, si elle avait su que ses journaux seraient un jour publiés ? demanda le présentateur. *Je veux dire, n'est-ce pas une atteinte à sa vie privée ?*

Je crois qu'elle l'aurait apprécié, dit Per Qviding en regardant droit vers la caméra.

Mais le fait qu'elle ait placé un fil dans son carnet pour contrôler que personne ne le lisait, indique pourtant bien qu'elle voulait le garder pour elle ?

Mais non... Je crois vraiment que Stina l'aurait apprécié. On pourrait dire, n'est-ce pas, que nous avons écrit ensemble un livre qui sera lu par de nombreuses personnes, et on peut espérer que les textes de Stina compteront beaucoup pour elles.

La voix de Per Qviding était profonde, douce, captivante et mélodieuse, et il continua à parler en utilisant un "nous" suggérant une communauté incluant tout le monde. Mais Love trouva que son langage corporel indiquait qu'il se situait en fait au-dessus de ceux qu'il appelait "nous", à qui il apportait la lumière, qu'il était le classique leader spirituel imbu de sa personne.

Avec ses gestes accueillants adressés au public du studio et à tous les téléspectateurs, c'était comme si Per Qviding imaginait s'adresser au peuple suédois tout entier. Il saisit son nouveau roman, l'ouvrit et marqua une pause exagérément longue avant de commencer sa lecture.

Vie et mort de Stina. Il fit une nouvelle pause et regarda droit vers la caméra. *Par moi-même, Per Qviding.* Love cessa de trier ses livres, se cala au fond du canapé et écouta.

Extrait de *Vie et mort de Stina*, de Per Qviding

Le 7 juin de ma dix-septième année

Hier soir, il s'est passé quelque chose d'affreux.

Mon petit frère et moi sommes descendus à l'étang chercher de l'eau et, près du bord, à moitié caché dans les roseaux, flottait quelque chose de sombre qui ressemblait à un baluchon de vêtements. J'ai posé les seaux, dit à Vidar de rester sur la terre ferme, attaché ma jupe autour de ma taille et je me suis avancée dans l'eau glacée.

Quand j'ai tiré sur le bout de tissu, ça a fait un gargouillis, et une bulle d'air a crevé à la surface quand la main aux allures de griffe est remontée.

Puis le corps s'est à moitié retourné et j'ai aperçu des cheveux parmi les tiges de roseaux, une oreille, un œil écarquillé et un visage qui semblait fait d'argile. Comme un golem.

J'ai alors soudain senti l'odeur, comme de la graisse rance et du poisson pourri. J'ai oublié tout le reste, même mon petit frère.

Vidar m'a réveillée de ma paralysie en tirant sur ma jupe avec des sanglots muets, et je suis revenue à moi.

Il était venu me chercher, de l'eau jusqu'à la taille. Le petit, l'adorable Vidar. Le visage complètement blanc, le pauvre.

Nous avons regagné la rive. Je n'osais pas me retourner, le regard fixé vers le bas – sur mes chevilles – pour m'assurer que ce n'étaient pas les mains de l'Homme Noir qui les serraient, que c'était juste l'eau de l'étang qui me glaçait le sang et faisait trembler mes membres.

Cette eau vient des montagnes et, à cause d'elle, l'hiver s'attarde et jette son ombre froide loin dans l'été. C'est peut-être pour ça que cet endroit s'appelle Vittvattnet, l'Eau blanche.

Il est tard maintenant que j'écris cela, Vidar dort depuis longtemps.

Je ne comprends pas comment il arrive à dormir. Les rondins du chalet ont beau être bien étanches, les brûlots y entrent par centaines et, tandis que mes bras sont rouges, grêlés de morsures cuisantes qui me démangent, Vidar dort paisiblement, avec juste trois taches rouges sur la peau. Je constate que son sommeil n'est pas troublé par ce qui s'est passé près de l'étang. Ses petits doigts agrippent le bord de l'oreiller. Je vois que Dieu protège Vidar.

Moi, en revanche, je suis mise à l'épreuve. Ou alors Dieu m'a déjà quittée, puisque j'ai tant de fois fauté. En actes et en pensées.

J'ai pensé à toi, Ingar, à ton corps en ce monde. Cela s'appelle Désir, ce qu'on ne peut traduire par écrit.

Je me suis servie en cachette dans le garde-manger – Égoïsme, Fourberie et Gâchis. Et j'ai omis de ravauder des vêtements – ça s'appelle Gâchis et Négligence.

En plus, encore une fois, j'ai eu de mauvaises pensées à l'égard de ma propre mère.

C'est difficile à expliquer. Je sais qu'Em fait bien quand elle punit mes fautes. Mais parfois, je crois qu'elle aime me punir.

Parfois, je crois qu'elle me hait. Elle qui parle sans arrêt de l'amour inconditionnel.

Comment un père et une mère peuvent-ils avoir une opinion si différente de leurs enfants ?

Pe qui m'a consolée quand nous avons découvert l'Homme Noir dans les roseaux. Qui a réchauffé mes mains dans les siennes quand je suis rentrée gelée. Qui m'a donné de la soupe quand j'ai eu coupé du bois.

Pe qui n'a pas peur du golem. Qui a dit que le mort n'était qu'un homme et qu'ils allaient l'enterrer. Pe et les Anciens s'en sont occupés.

Je suis absolument sûre que personne ne sait que j'ai un carnet, et je veux que cela continue.

J'ai placé un fil fin, presque invisible, entre la couverture et la première page. Si ce fil n'est pas à la même place quand je l'ouvre, c'est que quelqu'un y a regardé.

Alors je prie pour nous et pour toi, Ingar :

Notre heure sur terre, un souffle d'oubli.
La tête haute, comme le plus haut animal de Dieu.
Nous sommes aimés, nous n'avons rien à craindre
L'amour est tout !

11

QUARTIER KRONOBERG

Les trois garçons assis de l'autre côté de la table dans la salle d'interrogatoire étouffante avaient dix-huit ans, tous élèves d'un lycée du nord du centre-ville. Leur camarade avait été transporté d'urgence à l'hôpital Karolinska. Sa plaie à l'abdomen semblait très grave et il avait perdu beaucoup de sang, mais il allait s'en tirer. Le foie pouvait être recollé et la partie abîmée de l'intestin grêle amputée.

Un des garçons avait filmé ce qui s'était passé dans Vasaparken, et son téléphone était sur la table.

L'écran affichait un arrêt sur image : une fille avec un couteau à la main et un visage déformé par la rage.

Les garçons n'avaient pas été particulièrement coopératifs mais le pire était que, pendant qu'Åhlund aidait Olivia à empêcher la victime de se vider de son sang, ils avaient eu le temps de mettre en ligne la vidéo de l'agression sur plusieurs forums de discussion.

UN JOUR TOUT À FAIT ORDINAIRE À VASAPARKEN, l'avaient-ils intitulée, suivi d'une trentaine de points d'exclamation.

Olivia secoua la tête, le nez dans son carnet. Åhlund voyait qu'elle prenait sur elle pour contenir une explosion de colère.

La vieille dame et son aide-soignant étaient indemnes, quoique un peu secoués. D'après l'aide-soignant, la jeune fille avait caressé la joue de la vieille dame "presque avec tendresse, comme pour la consoler ou la tranquilliser". De l'altercation proprement dite, il n'avait pas vu grand-chose, mais Åhlund sentait que son témoignage pouvait être important.

"Quand nous vous avons interrogés séparément, vous avez donné des versions différentes de ce qui s'est passé avant que la fille sorte son couteau", dit Åhlund en déplaçant son regard d'un garçon à l'autre. Il essuya son front du revers de sa manche de chemise en se demandant s'il suait autant à cause de la chaleur et de l'air conditionné défectueux, ou bien parce qu'il était en train de tomber malade.

L'un des garçons avait déclaré que la fille était une droguée qui les avait attaqués sans raison, d'abord à coups de poing, puis avec le couteau.

Selon le deuxième, la fille les avait abordés pour demander des cigarettes, et comme ils n'en avaient pas, elle avait pété un plomb et leur était tombée dessus.

Le troisième avait dit que la fille était cachée dans le pavillon, couchée, et qu'elle était devenue folle quand ils l'avaient trouvée.

Comme toujours, il s'en fallait de peu. Le couteau se serait enfoncé de quelques centimètres de plus, la fille aurait été recherchée pour meurtre. En l'occurrence, elle ne l'était que pour tentative de meurtre.

Les téléphones des garçons étaient en cours d'analyse, les techniciens tentaient de reconstituer des fichiers vidéo effacés qui montreraient ce qui s'était réellement passé. Un rapide survol de leur historique internet avait montré qu'ils avaient pour habitude de documenter en ligne les ennuis qui leur arrivaient.

Une fois les garçons partis de l'hôtel de police, Åhlund passa en revue les plaintes reçues qu'on pouvait supposer avoir un lien avec cette fille encore sans nom. À Solna le signalement d'un vol à l'étalage pouvait correspondre, et dans la gare de triage de Tomteboda, un conducteur de locomotive avait surpris une passagère clandestine avec le même profil. Åhlund commençait peu à peu à reconstituer ses déplacements, de la gare de triage de Tomteboda à Vasaparken. Mais restait encore à établir qui elle était et d'où elle venait.

La plainte mentionnait le numéro de téléphone du conducteur de locomotive, qui était tombé d'un wagon en découvrant la fille. Åhlund décida de l'appeler.

"Tassement de vertèbres, dit le conducteur à l'autre bout du fil, quand Åhlund lui demanda s'il s'était blessé. Un mal de chien, mais ils m'ont renvoyé chez moi avec des cachets."

Son suédois de Finlande n'avait pas la musicalité habituelle de ce dialecte, mais était traînant et pâteux, sans doute en raison des puissants antalgiques qu'il prenait.

Åhlund prenait quelques notes tout en mangeant un sandwich.

"Elle vous a poussé du wagon de marchandises ? demanda-t-il en attrapant son verre d'eau, mais le cachet effervescent vitaminé n'avait pas fini de s'y dissoudre, aussi le reposa-t-il pour touiller l'eau troublée avec un stylo.

— Euh... fit le conducteur. Poussé, pas exactement... Elle m'a attrapé le bras en y enfonçant ses ongles, alors je me suis secoué pour me dégager, je suis tombé en arrière et j'ai mal atterri sur le rail... Après, elle a filé, comme un esprit de la forêt... *Maahinen.*"

Åhlund acheva son sandwich et jeta à la poubelle le film plastique.

"Maahinen ?

— Oui... Quand j'étais petit, à Karleby, mon paternel est parti en forêt et s'est fait sauter le caisson avec une grenade du 22e d'infanterie... J'avais peur de la forêt quand j'étais petit, vous comprenez, je croyais que c'était Maahinen qui lui avait fait du mal, alors que c'était juste la guerre... Cette fille que j'ai trouvée ressemblait à une créature des bois.

— Est-ce que vous pensez à autre chose ?"

Åhlund cru entendre un gémissement sourd.

"Oui... répondit le conducteur au bout d'un moment. Avez-vous retrouvé son sac à dos ? Il est resté dans le wagon."

Åhlund fit une recherche sur l'ordinateur, mais ne trouva aucune pièce à conviction liée à ce numéro de dossier.

"Où est le sac à dos ?

— Je ne sais pas... Un de mes collègues s'en est occupé."

Åhlund touilla à nouveau le verre. L'eau avait pris une teinte jaune vif chimique. Il en but une grande gorgée. Il n'avait trouvé que ces cachets effervescents, mais doutait que ces vitamines suffisent à le remettre sur pied. Il avait l'impression d'une bouillie épaisse dans sa tête. Une bière sur son balcon lui aurait mieux réussi, sauf qu'il était désormais parti sur une double garde, avec seulement quelques heures de repos.

"Le point de départ du train était Sveg, nous disiez-vous… pouvez-vous nous rendre compte du trajet ?"

Le conducteur se racla la gorge.

"Oui, oui… Mais c'est un peu compliqué."

12

RENSTIERNAS GATA

Per Qviding était très à l'aise sur un plateau de télévision, calé au fond de son fauteuil il souriait au public du studio tandis qu'il parlait.

Cessons de séparer spiritualité et science. N'est-il pas complètement idiot de s'abstenir de chercher dans les domaines que nous ne comprenons pas ? Imaginez qu'une telle attitude ait prévalu en matière, disons, de microbiologie… Nous serions aujourd'hui infiniment plus limités et ignorants. Au lieu de rejeter les personnes comme Stina que nous appelons possédées, folles ou atteintes de délire mystique, nous devrions prendre au sérieux leurs expériences. En tirer des enseignements, plutôt que de les enfermer.

Quelle chance que tout soit si simple, songea Love.

On annonça bientôt l'invité suivant, et il monta le volume.

Love avait suivi Mercy de loin ces dernières années, mais avait décidé de ne pas reprendre contact. Elle s'en était bien sortie après sa thérapie et il ne voulait pas rouvrir des plaies qu'elle semblait avoir réussi à cicatriser par ses propres moyens. C'était une fille solide.

Le présentateur commença par dire qu'il était d'accord avec les bonnes critiques que son livre avait reçues :

Votre autobiographie, No Mercy – Sans pitié, *publiée ces derniers jours a été encensée par les critiques et qualifiée de "belle et brutale à couper le souffle", de "futur classique" entre autres compliments.*

Love devinait un brin de scepticisme dans sa voix, comme si le vieux singe ne voyait pas trop ce qu'une fille noire de vingt-trois ans originaire du Nigeria pouvait apporter aux canons de la littérature suédoise.

Comme Per, vous décrivez la zone frontière entre la vie et la mort et… oui, vous prétendez même avoir un contact mental avec une de vos amies qui est morte.

Mercy n'avait pas l'air nerveuse, mais Love savait qu'elle n'était pas tout à fait à l'aise dans cette situation. En tout cas pas la Mercy qu'il avait connue.

Je n'appellerais pas cela un contact mental. Ce n'est pas quelque chose qui se passe dans mon crâne. Elle est là avec moi, quelque part, et elle m'aide à supporter.

Supporter quoi ?

Mercy haussa les épaules et Love ne put s'empêcher de sourire. Elle avait exactement cet air-là en thérapie, quand elle trouvait l'entretien ennuyeux. *La vie*, répondit-elle de sa voix sombre, en adressant au présentateur une mine qui suggérait qu'elle et lui avaient des conceptions complètement différentes de ce que signifiait vivre.

À l'écran, le présentateur sourit d'un air entendu. *Mais si vous et votre amie morte pouvez communiquer, où pensez-vous qu'elle se trouve, exactement ?*

Je ne sais pas, c'est difficile à dire.

Si elle est en ce moment même avec vous, vous pourriez peut-être le lui demander ?

Le visage ennuyé de Mercy apparut à nouveau en gros plan.

Ça ne marche pas comme ça.

Per Qviding se racla la gorge. *Ce dont vous parlez… J'aborde aussi le sujet dans mon livre. Dans la tradition religieuse, on parle d'anges gardiens. Je trouve que nous devrions plutôt parler en termes scientifiques, d'énergies, car tout est fait d'énergies, n'est-ce pas…*

Avec un coup de main du présentateur, la conversation versa à nouveau sur Per Qviding et son livre. Love compta les secondes : après deux minutes de digression, le présentateur se tourna à nouveau vers Mercy.

Qu'est-ce qui vous a poussée à écrire votre biographie ? Où avez-vous trouvé la force de relater toutes les horreurs que vous avez traversées ? Toxicomanie, prostitution enfantine, pornographie, morts violentes… D'après ce que j'ai compris, une certaine personne a été particulièrement importante pour vous ?

Mercy hocha la tête, mais ne répondit pas immédiatement et le présentateur, qui n'appréciait sans doute pas que le temps d'émission soit gâché en silence, voulut l'aider en lui soufflant :

Vous avez rendu anonyme cette personne, gommé son genre. Nous savons juste qu'elle est thérapeute, et que tout a commencé par une lettre que vous avez adressée à ce… cette personne ?

Love sursauta. Pas à cause de l'embarras du présentateur, mais parce qu'il avait aussitôt compris de quoi il parlait.

Est-ce que c'est vraiment de moi qu'elle parle ? se demanda-t-il.

Mercy… On pourrait supposer, étant donné la nature de ce que vous avez traversé, que c'est une femme qui vous a aidée à vous lancer dans l'écriture ?

Ah… ? Mais pourquoi ?

Parce qu'avec vos expériences des hommes affreuses, répugnantes même, vous auriez plutôt dû vous confier à une femme ?

Je ne sais pas… En thérapie avec cette personne, je me suis reconnue dans sa propre fragilité. Je ne savais pas qui j'étais et où j'allais. J'ai senti que nous avions en commun l'expérience de… d'être sans identité.

Sans identité ? réagit Love. Était-ce ainsi qu'elle le percevait ?

Il était plus étonné que blessé, mais son image de lui-même n'en était pas moins écornée.

S'il y avait quelque chose à quoi il s'était attaché coûte que coûte toutes ces années au Chaudron, c'était d'offrir aux filles un cadre rassurant et stable. Cela devait imprégner tout le dispositif thérapeutique, dont il était le premier représentant.

Comment pourraient-elles jamais apprendre à se connaître et à s'accepter si la personne qui les aidait leur donnait elle-même l'impression d'avoir un problème avec son identité ?

13

TUNNEL KATARINA

Au début des années 1930, la zone de Södermalm tout autour de Slussen n'était pas très différente du gigantesque chantier qui domine aujourd'hui. Profonds trous de dynamite dans la roche, des rues s'achevant dans le vide, des tas de pierres et d'innombrables échafaudages. À l'époque comme aujourd'hui luisait dans la nuit au-dessus des toits la première enseigne lumineuse de Suède, le néon publicitaire pour le dentifrice Stomatol. En décembre 1932, seize mille mètres cubes de roche avaient cédé la place à un tunnel montant jusqu'à l'actuelle Medborgarplatsen, la première ligne de métro du pays. L'instant de l'ouverture de ce passage avait été immortalisé par la photographie de deux dynamiteurs respectivement de l'équipe nord et sud qui se serraient la main à la verticale du parc Björn, geste symbolique du travail accompli.

Presque quatre-vingt-dix ans plus tard, deux hommes se saluent à peu près au même endroit, dans une petite pièce de la station de métro, en bas de l'escalier menant au parc Björn. Aujourd'hui comme à l'époque une poignée de main, en sueur, mais pour une tout autre raison. Ils sont soulagés car leur travail, prendre en charge une jeune femme soupçonnée d'être sous l'emprise de la drogue et éventuellement malade mentale, qui s'est avéré plus pénible qu'ils ne le pensaient, est maintenant terminé.

Ce qui gît par terre ressemble plus à un tas de vêtements, mais quand un des vigiles pose son pied dessus pour le pousser, ça s'agite dessous.

"Hé, maintenant, tu vas..."

Il n'a pas le temps de réagir au coup de pied, une grosse chaussure l'atteint au menton et coupe ce qu'il allait dire ainsi que la pointe de sa langue.

Si Åhlund était patraque hier, c'était bien pire aujourd'hui. Il avait jeté ses cachets vitaminés qui, selon plusieurs sites, étaient aussi inefficaces que des pilules de sucre, et avait acheté à la place un médicament contre la fièvre. Pour autant, il se sentait toujours aussi mal tandis que Schwarz naviguait entre les files dans le tunnel qui descendait de Södermalm.

"Les vigiles ont arrêté la fille après l'avoir vue faire des allers-retours en métro entre Medborgarplatsen et Slussen, expliqua Åhlund. Apparemment, quelques passagers ont aussi aperçu une fille courir dans les tunnels.

— C'est ce qu'on appelle plonger dans la clandestinité, commenta Schwarz avec un sourire en coin.

— Sans doute... En tout cas, les vigiles ont dit qu'elle avait opposé une sérieuse résistance. Qu'elle n'est pas aussi fragile qu'elle en a l'air.

— Peut-être que les vigiles ne sont pas aussi balèzes qu'ils le pensent."

Åhlund opina machinalement du chef. Parfois, c'était comme s'il choisissait d'être d'accord avec Schwarz, quelle que soit sa propre idée. Peut-être pour éviter de pinailler sur des nuances ou des opinions personnelles sans importance.

“Ils la gardent dans une pièce qui donne sur le quai”, dit-il quand Schwarz se gara sur la zone de livraison devant le snack du parc Björn.

Schwarz semblait ne pas écouter. “Quel endroit merdique, grommela-t-il. Des toxicos, des poivrots, et une crèche. À quoi ça rime ?”

Devant eux stationnait une voiture de police, quelques collègues en uniforme s’apprêtaient à s’occuper d’un individu éméché. Åhlund embrassa des yeux le petit parc. Canettes de bière et autres détritus, quelques jeunes qui paraissaient effondrés sur la pelouse baignée de soleil et, sur l’escalier voisin, des Roms avec leurs gobelets en carton. Dans la zone de skateboard devant le restaurant Kvarnen, les skateurs de la première génération cohabitaient avec leurs enfants et leurs petits-enfants. Sur la gauche, l’aire de jeux devant la maternelle. En descendant de voiture, il dénombra jusqu’à une douzaine de gosses qui hurlaient et chahutaient dans la puanteur des pissotières.

Si la chose était possible, il faisait encore plus chaud qu’hier, et Åhlund soupira de soulagement quand ils descendirent dans la fraîcheur souterraine. Mais après seulement quelques pas, son pouls s’accéléra. Non qu’il soit fébrile, c’était plutôt la soudaine impression que quelque chose clochait.

Il y avait de l’inquiétude dans l’air, les passagers qui remontaient ne se comportaient pas comme la masse anonyme silencieuse et stressée qu’ils constituaient d'ordinaire. Des personnes apparemment étrangères les unes aux autres se parlaient et ne semblaient pas aussi pressées que d'habitude.

Sur la dernière marche, de l'autre côté du portillon, les gens regardaient en contrebas vers les voies.

"Viens, dit Schwarz. Il se passe quelque chose sur le quai."

Il plaqua sa carte de police à la vitre de plexiglas sous le nez du gardien blasé qui lui ouvrit les portes, et Åhlund lui emboîta le pas.

Une rame était en approche, elle freina et s'immobilisa avec un grincement. On entendit alors un cri, une voix d'homme qui retentit au loin quelque part à l'autre bout du quai tandis qu'ils zigzaguaient en dévalant l'escalier.

"Non, bordel ! Stop !"

Åhlund eut le temps de voir le dos d'un vigile à l'extrémité du quai et, une fraction de seconde, il aperçut un tissu clair flotter derrière le dernier wagon. Les portes s'ouvrirent, de nouveaux passagers envahirent le quai comme un troupeau de moutons, et la vue fut entièrement bouchée.

Fait chier, songea-t-il, elle a sauté sur la voie ?

Ils durent se frayer un passage en jouant des coudes dans la foule des voyageurs montants et descendants et, quand enfin elle s'éclaircit, ils virent le vigile penché au-dessus de la barrière, en train de scruter l'ombre du tunnel.

"Qu'est-ce qui se passe, putain ? hurla Schwarz. Elle n'était pas sous votre garde ?"

Le vigile se retourna, visiblement secoué.

"Si, mais… Merde, je crois qu'elle a piqué un truc dans le casier…"

La voix dans le haut-parleur du train annonça le départ et la fermeture des portes.

"Quoi, le casier ?" Schwarz écarta le vigile et saisit la barrière. "Et votre collègue, il est où ? Vous n'étiez pas censés être au moins deux ?"

Le vigile hocha la tête en silence, les portes de la rame se refermèrent et, tandis que les wagons s'ébranlaient, Åhlund jeta un coup d'œil à l'écran d'affichage : SKARPNÄCK 3 MIN. Schwarz avait déjà sauté sur la voie.

"Prenez Götgatan jusqu'à Slussen. Avec un peu de chance, on va lui couper la route."

Tandis que Schwarz disparaissait dans le tunnel, le ventre d'Åhlund se serra. Trois minutes avant le prochain train. Deux fous dans un tunnel. Mauvais.

Il réfléchit quelques secondes. "Qu'est-ce qu'elle a pris dans le casier ? demanda-t-il alors.

— Le pistolet de Macke", soupira le vigile.

Åhlund y songea un instant tandis que sa grippe se rappelait à son souvenir. Un élan de fièvre suivi d'une lourdeur dans tout le corps, comme si chacune de ses cellules protestait contre ce qu'il avait décidé de faire. "Appelez la sécurité à Slussen et grouillez-vous d'y aller", dit-il, avant de s'appuyer sur la barrière et de sauter dans le gravier en bas du quai.

Ses jambes faillirent se dérober sous lui, comme si son poids voulait l'entraîner sous terre. Mais quand l'écran d'information afficha que le prochain train arrivait dans deux minutes, il n'hésita pas.

Åhlund se mit à courir, feignant d'oublier l'alimentation électrique qui passait juste à côté et qui, au moindre faux pas sur les irrégularités du gravier, lui enverrait six cent cinquante volts à travers le corps. Il se précipita dans le noir, le long des rails qui plongeaient dans le tunnel en lignes luisantes, ignorant la fièvre, ses jambes engourdies et ses tempes battantes, il courut droit devant lui tandis que l'acide lactique irradiait dans ses cuisses et ses chevilles. Les traverses filaient sous lui, créant l'illusion que c'était la voie qui bougeait et qu'il flottait librement au-dessus, et il se demanda s'il était devenu fou, un cinglé poursuivant un cinglé poursuivant une cinglée dans un tunnel obscur à la rencontre d'un métro à l'approche, mais à la différence de Schwarz, Åhlund savait qu'un pistolet avait été volé dans un casier. En revanche, ce que celle que Schwarz poursuivait pouvait se mettre en tête de faire avec, personne ne le savait.

Il ne comptait pas les secondes, mais il ne lui semblait pas s'en être écoulé beaucoup quand une puissante lumière illumina la roche rugueuse, faisant vaciller l'ombre de Schwarz sur la paroi une vingtaine de mètres devant lui.

Puis surgit le grondement de la rame, Åhlund s'écarta, pressa le dos contre la paroi rocheuse humide et froide puis ferma les yeux et resta là dans un courant d'air qui lui balayait les jambes et un fracas assourdissant.

Le dernier wagon passé, il rouvrit les yeux et le monde reprit lentement ses contours nets et réels.

La lumière de la station Slussen était encore bien trop lointaine. Il se remit à courir, la pente à présent remontait et ses cuisses se crispaient dans une crampe, ses pensées tournaient en rond sans pouvoir s'arrêter sur autre chose que l'idée de sortir d'ici le plus vite possible, quand cela surgit soudain sans crier gare.

L'extrémité sud du quai de Slussen. Åhlund vit Schwarz grimper à une échelle pour s'y hisser.

Une détonation sèche retentit alors dans la roche, comme un coup de feu, et son collègue et ami de treize ans s'effondra sur le quai.

Extrait de *Vie et mort de Stina*,
de Per Qviding

Printemps 1871

Une détonation sèche se répercuta dans la nuit, le vagabond s'effondra dans le caniveau et les bâtards autour de Brända tomten se mirent aussitôt à aboyer, comme s'ils désapprouvaient cet acte. "Voilà ce qu'il advient des sodomites", dit l'homme au revolver en chassant la fumée qui sortait du canon. Il fourra alors l'arme sous sa veste et ordonna d'un geste à ses hommes d'évacuer le corps.

Sur quoi il sourit avec douceur à Stina. "Mademoiselle peut passer, à présent."

La ruelle qui descendait vers la fontaine de l'église allemande puait les excréments et les déchets d'abattoir et elle remontait ses jupes autour de sa taille pour ne pas se souiller. Le vagabond gisait sur le ventre, le visage dans le caniveau, encore secoué de spasmes quand les hommes le soulevèrent. Ses bras pendaient sur les côtés et quand elle vit ses mains, leur dos hâlé et noueux et leurs paumes plus pâles, grossières et galeuses à force de dur labeur, elle s'arrêta. La vue des mains de ce pauvre homme fit penser Stina à son cousin Axel.

Les mains d'un sodomite ayant manié la pioche au bagne de Stora Essingen.

Stina savait que Dieu aimait tous les hommes, surtout les exclus. Et elle savait que lorsque le sodomite rencontre l'amour, il est plus richement comblé que ceux qui craignent Dieu. Son besoin d'intimité est infiniment plus fort, car personne n'a attendu, souffert et espéré comme lui et personne comme lui n'a vu son désir refusé et interdit.

Le sodomite est un soleil qu'on n'autorise jamais à briller, songea-t-elle.

Le sodomite a si longtemps retourné son cri vers l'intérieur que lorsqu'enfin il le libère, c'est dans la lumière la plus violente que le monde ait jamais vue.

Stina continua par les ruelles, traversa Norrbron jusqu'à la place Gustaf-Adolf, puis le ponton vers Kungsholmen. Un imposant boucher aux yeux bleus et à la barbe piquante l'avait récemment prise sous son aile protectrice, mais elle s'était lassée du poids de son corps, lui avait volé la bourse de cuir qu'il gardait dans sa chambre et se dépêchait à présent de gagner l'hospice de Hantverkargatan. Là, il ne la trouverait pas, car qui serait assez fou pour aller à l'hospice avec tant d'argent ?

Les gens d'Église n'aimaient pas Stina, les pensionnaires non plus, et la traitaient de tous les noms car elle avait commencé à aller par les rues en prenant la parole au nom de Dieu. Il y avait pourtant une femme qui avait pitié d'elle et veillait à lui garder un lit où dormir, peut-être parce que cette femme, comme Stina, avait jadis vu sa propre raison lui faire défaut et avait été internée à l'hôpital.

Stina eut honte quand on la fit entrer et qu'on lui indiqua un lit dont elle n'avait pas besoin, puisque le contenu de la lourde bourse qu'elle cachait sous sa jupe aurait largement suffi pour rester très longtemps à l'hôtel.

Quand elle s'endormit ce soir-là, ce fut les mains autour de la bourse, et en rêvant d'Amérique. L'immense Minnesota avec ses champs fertiles à perte de vue et son eau fraîche que Dieu avait préservés des hommes pendant des milliers d'années, mais où Il invitait à présent ceux comme Stina et son cousin Axel à venir s'installer.

Pour Stina, le Minnesota semblait une image du paradis, aussi merveilleux que la mort dans toute sa splendeur et sa beauté.

Quand en se réveillant elle vit son visage dans le petit miroir de poche fendu, ses yeux étaient d'un jaune malsain qu'elle espérait provenir de la chandelle posée sur la table de nuit et non de la bile que son ventre rendait désormais chaque matin.

Ses pupilles n'étaient pas plus grandes qu'une tête d'épingle. Ne voulant pas voir davantage de laideur, elle rangea son miroir.

Les vomissements qui la vidaient de sa bile jusqu'à la dernière goutte avaient commencé dès cet automne et elle savait qu'ils étaient liés à cette ville.

Stockholm était jusqu'au moindre pavé une ville maléfique.

14

VIEILLE VILLE

Après cinquante pas d'une traite en apnée pour atteindre le quai, quand il se hissa sur la petite échelle métallique et vit que Schwarz bougeait encore, Åhlund souffla en lâchant un profond gémissement.

Grimaçant de douleur, se serrant fort le pied, Schwarz le chassa de la main.

“T'occupes pas de moi… La fille a pris l'escalier. Grouille.

— Elle t'a tiré dessus ? Fais voir… Il faut que…”

Åhlund se pencha, mais l'absence de sang indiquait clairement qu'il s'agissait de tout autre chose.

“Qu'est-ce que tu racontes ? grimaça Schwarz. T'es débile ? Allez, grouille !”

Åhlund hocha la tête et se précipita vers les marches, qu'il monta quatre à quatre.

Arrivé à la sortie vers Södermalmstorg, il trouva le vigile de Medborgarplatsen, un téléphone vissé à l'oreille. Il l'ignora, le dépassa et déboucha en courant au soleil sur la place.

Il y avait beaucoup de monde autour des étals de fruits et aucune trace de la fille. Sur la gauche partait la petite montée vers Götgatan, mais il supposa qu'elle ne l'avait pas empruntée, puisque le vigile devait être arrivé par là.

En face, un nouveau hall en forme de grange à l'entrée de la station donnait sur Ryssgården et, à droite s'étendait le chantier de Slussen, entouré d'une haute palissade, mais avec aussi plusieurs passerelles provisoires enjambant le gigantesque trou creusé à la dynamite dans Katarinavägen, des constructions métalliques couvertes de bâches qui battaient au vent. Au moment où il venait de décider de prendre au hasard le passage vers Stadsgårdskajen, il aperçut un attroupement au coin du musée municipal. Apparemment des touristes asiatiques qui gesticulaient en montrant le pont vers la vieille ville d'une façon qui lui disait qu'ils n'étaient pas en train de s'extasier sur l'architecture des grues qui bouchaient la vue.

Il repartit en courant et, quand il tourna le coin, les touristes avaient pris la direction de Mariatorget mais, en regardant vers la vieille ville, il comprit qu'il avait vu juste.

Cyclistes et piétons se pressaient le long de la longue palissade de chantier qui filait d'une île à l'autre, et parmi eux une seule personne courait et c'était elle, sans hésitation, sauf qu'elle ne portait plus de veste militaire verte. Impossible de rater ses boucles blondes et sa robe blanche, à moins qu'il s'agisse d'une chemise de nuit.

Il se dépêcha et hâta le pas en ne la voyant pas se retourner une seule fois. Et si elle avait un pistolet, elle ne le tenait en tout cas pas à la main.

La poitrine oppressée, il parvint au pied de la vieille ville. Le soleil se faisait hostile, allié de sa fièvre.

Elle n'était désormais pas à plus de quinze ou vingt mètres et, soudain, elle cessa de courir, s'arrêta en pleine rue, entre les terrasses bien achalandées des cafés Mazzarini et Engelen, pour regarder autour d'elle.

Des garçons en bande à une table croulant sous les bières, visiblement amusés par sa silhouette bizarre, lui crièrent quelque chose qui, pour Åhlund, se noya dans la circulation et le brouhaha, mais elle ne sembla pas y prêter attention et se mit lentement en marche dans Triewaldsgränd.

Il la suivit à bonne distance et, en la voyant prendre à gauche dans Västerlånggatan, il appela Schwarz, qui répondit aussitôt.

"Comment ça va ?"

Åhlund entendait des voix à l'arrière-plan.

"Qu'est-ce qui s'est passé ?

— Mon tendon d'Achille… Comme s'il m'avait claqué dans le mollet. Je suis toujours sur le quai et un type, apparemment un interne, s'en occupe."

Åhlund tourna dans Västerlånggatan. Des touristes à perte de vue et parmi eux une fille qui les faisait s'écarter d'un pas pour la laisser passer, comme si elle était contagieuse.

"Mais ça a fait un boucan de dingue en claquant ?

— Oui, ça arrive."

La sueur lui brûlait les yeux et il s'arrêta un bref instant. Quand il releva la tête, la fille avait disparu.

"Merde…", gémit Åhlund avant de raccrocher.

Il s'élança à petites foulées en se frayant un passage à travers la horde de sacs à dos, casquettes, appareils photos bringuebalants et corps en nage. Mais elle restait invisible, et n'était pas non plus dans une des ruelles qui croisaient la rue.

Il grimpa sur un bloc de béton pour regarder de haut l'artère touristique. À moins d'avoir détalé à une putain de vitesse surhumaine, ce qui semblait impossible vue la foule, elle devait s'être glissée dans un café ou un magasin.

Il entendit alors un violent aboiement retentir entre les façades. Ça venait de derrière, tout près. Il sauta à terre.

Il vit alors une porte en bois, comme surgie de nulle part et recula de quelques pas dans la rue. L'ouverture n'avait pas un mètre de large. Il y glissa un œil.

Il vit d'abord le chien. À une fenêtre ouverte au premier étage, juste au-dessus de sa tête, un gros terrier amstaff brunâtre comme l'antique façade pointa sa grosse mâchoire et lâcha un nouvel aboiement sonore dans la ruelle.

Puis il la vit. À cinq six mètres, indifférente au chien, lui tournant le dos, s'apprêtant à s'engager dans l'escalier qui rejoignait la rue traversière suivante.

Il s'avança dans la ruelle oppressante, la main sous la veste, prêt à ouvrir son holster. Les façades étouffaient si bien les bruits de la rue qu'il entendit ses pas sur les pavés et s'efforça de ne pas respirer trop fort.

Mais elle devait avoir entendu quelque chose, car elle s'arrêta au milieu de l'escalier et se retourna.

"Doucement, dit-il, la main toujours cachée sous sa veste, posée sur la crosse de son pistolet. Je suis policier, vous allez me suivre."

La fille sans nom du train de marchandises le dévisagea, presque avec curiosité, puis s'assit sur une marche sans le quitter des yeux.

Il s'approcha, se plaça au bas des marches, à moins de deux mètres. Il ne l'avait encore pas vue de si près : il remarqua combien ses yeux étaient curieux, d'un brun si sombre, presque noir et, en un instant, il eut la certitude qu'elle n'avait pas d'arme à feu. Un couteau, d'accord, mais un pistolet aurait été anachronique.

Elle semblait surgie du fond des âges.

"C'est fini, maintenant", dit-il, bien qu'il sût que cela avait à peine commencé.

15

MÉLANCOLIE BLANCHE

Quelle misère de n'avoir rien à manger alors que c'est l'été ! Ce n'est que lorsque je donne à Vidar une ceinture de cuir à sucer qu'il se rendort enfin.

Il est bientôt minuit et j'écris dans le filet de lumière qui se glisse entre le rideau et le cadre de la fenêtre. Je remarque ma réticence à raconter ce que j'ai vu dans la Maison des Anciens, mais je vais malgré tout tenter de le décrire.

C'était le 18 juin, de ma dix-septième année. Ma mère m'a réveillée tôt ce matin-là. M'a caressé le front du bout glacé de ses doigts, sa peau comme une écorce sèche. Oui, elle me fait tout entière penser à un bouleau des montagnes noueux. Toujours voûtée, comme craignant Dieu. Toujours tâtonnant autour d'elle de ses branches à qui rien n'échappe.

Il était si tôt qu'aucun oiseau ne chantait et elle me tenait si fort le bras tandis que nous marchions vers la Maison des Anciens. Je comprenais qu'il s'agissait de l'Homme Noir, qui n'était pas un golem, mais une personne ordinaire.

La Maison des Anciens est située tout en bas du village, dans un creux humide derrière le versant couvert de sapins. La maison est montée sur pilotis car le sol est si marécageux là-bas et l'on a de plus en plus de mal à respirer en s'approchant, car on sait que si on est convoqué là-bas, c'est toujours pour des raisons graves.

Au centre de la grande salle de la Maison des Anciens brûle un foyer de trois brasses de large. Il chauffe la maison et on y prépare les repas lors des assemblées. Quand Em m'a conduite dans la salle, l'Homme Noir était étendu sur le dos, dans la tenue où Dieu l'a créé, en travers du foyer. La main d'Em s'est figée autour de mon bras quand l'odeur nous est parvenue. Ça ne sentait pas si mauvais, pas du tout comme quand nous l'avons trouvé dans les roseaux. Juste *étrange*. Je percevais une odeur de forêt humide mêlée de quelque chose que je n'avais pas senti depuis des années.

Une fois, mon père a commis un péché – l'Impureté – en mangeant la chair d'un animal, je crois que c'était un lièvre. Ça avait une lourde odeur sucrée et c'était cette odeur que je sentais dans la salle.

Em a sorti un petit pot en verre, y a plongé un doigt qu'elle s'est passé sous le nez. Puis elle a fait pareil sur ma lèvre supérieure. C'était de la menthe poivrée. Un parfum très fort et concentré qui m'empêchait de sentir autre chose.

Em se tenait près de moi quand les Anciens sont entrés.

J'ai déposé mon témoignage.

Chaque mot que j'ai prononcé au sujet de l'événement était vrai : Vidar et moi qui allions chercher de l'eau à l'étang, l'homme que j'ai pris pour un golem, sa main comme une griffe, ses yeux ouverts et désormais clos, les seaux que j'ai oubliés quand nous sommes partis en courant.

Ensuite, ils m'ont montré un bracelet de métal clair avec une capsule ronde en verre et m'ont demandé si j'avais déjà vu quelque chose de semblable. Cela évoquait un bijou précieux.

J'ai dit que je n'avais jamais rien vu de semblable et ils ont sorti un étui grand comme la paume de la main. D'un côté il était lisse et noir, avec de l'autre un couvercle en verre. Ils m'ont demandé si j'en avais déjà vu un pareil. J'ai répondu que non.

Ils ont déposé les objets sur la dalle du foyer et les ont brisés avec un marteau.

Puis ils ont aspergé l'Homme Noir avec un liquide, allumé un flambeau qu'ils ont placé à ses pieds dans le foyer.

Ça a commencé à crépiter et à crachoter quand la peau s'est mise à fondre dans les flammes bleues.

J'arrête d'écrire, je pose ma plume et je cache mon journal sous la latte du plancher.

Avant que je m'endorme, Pe se glisse à mon chevet avec un petit bol de framboises écrasées que j'avale avec un verre de petite bière. C'est bon de s'endormir là-dessus.

J'ai déjà eu des expériences extraordinaires pendant mon sommeil. Parfois, c'est comme si je traversais une vie entière en une seule nuit. En réalité, je ne trouve pas que sommeil ou rêve soit une bonne description. C'est plutôt comme *rentrer à la maison*.

Dès que je pense sombrer dans le sommeil, je suis comme éveillée.

Je me trouve à nouveau dans la grande salle de la Maison des Anciens, mais je suis à présent seule avec l'Homme Noir. Sa nudité est aussi attirante que repoussante. J'ai dans la bouche un goût de framboises sauvages et de petite bière quand je m'approche de lui, et cette odeur de rouille est encore plus forte que ce matin.

Alors il ouvre les yeux et sourit. C'est un sourire empreint de la plus pure bonté et ses yeux étincellent d'une joie si forte qu'elle m'emplit tout entière.

Il prend ma main dans la sienne et c'est comme si j'étais arrachée à tout, au temps et à l'espace, et je tombe, de plus en plus profondément vers le bas et vers l'intérieur.

Il ne fait pas sombre, mais clair, et soudain je sais qui est l'Homme Noir.

Le corps dans le foyer n'est qu'une enveloppe parmi celles qu'il a portées. Je les vois toutes. Toutes ses formes. Et elles ont toutes les mêmes yeux.

Je marche à côté de lui dans un champ de coton en Amérique ; nous sommes dans un chariot dans la steppe russe, revenant de Samarkand avec un chargement de soie ; nous luttons contre la mort dans un hôpital de campagne dans les Flandres et nageons parmi les nénuphars dans un lac de Carélie ; nous sommes couchés, enlacés, dans des bateaux en bois qui sentent le goudron et nos corps entrent en union divine sous bien des cieux – à l'ombre des pyramides d'Égypte et sous un ciel traversé d'étranges véhicules métalliques qui clignotent ; nous sommes assis à des fenêtres dont la vue porte au-delà du temps et de l'espace et nous nous parlons de différents endroits de la terre à travers ces fantastiques fenêtres ; dans le futur et le passé, toujours ensemble, côte à côte à travers les siècles – les millénaires même. Nous sommes des hommes et des femmes et parfois nous prenons la forme d'animaux. Nous sommes Stina et Ingar pour des millénaires.

Voilà ce que je traverse, et je sais que chaque image qui m'est montrée est encadrée d'un sentiment unique. Oui, ces images ne peuvent exister sans ce fondement qui est partout autour de nous.

L'amour. Le cadre, le fondement, la couleur de toutes créatures, le cycle du temps – c'est l'amour !

Il est partout et fait pour tous, même les plus méchants, les damnés. Oui, l'amour est peut-être même *encore plus* pour eux, pour les égarés qui en ont le plus besoin.

Ce lieu lumineux par-delà le temps et l'espace constitue l'existence véritable, et la vie terrestre apparaît comme un travail, un mal nécessaire qu'on doit de temps en temps endurer. Quand on se trouve dans cet autre lieu, on fait l'expérience d'une clarté telle que la vie terrestre paraît lointaine, comme un rêve, et pâlit, presque oubliée.

C'est mon père qui me réveille. Il a l'air terrorisé et il me griffe les épaules.

Ne nous quitte pas, Stina !

Il dit que je me suis absentée à peine une heure, mais je jure que j'ai séjourné dans ce monde merveilleux un temps plus long qu'une vie entière. Mille pages de journal seraient loin de suffire pour le décrire.

Je ne me suis jamais sentie aussi vivante.

16

ARRÊTS DE KRONOBERG

La surveillante venait d'avoir cinquante ans, pas née de la dernière pluie, et Nils Åhlund, depuis le temps qu'il avait affaire à elle, avait acquis la conviction qu'exactement comme lui, elle n'était pas intéressée par sa carrière. Comme de devenir directrice de prison et d'être un peu mieux payée pour rester assise sur son cul à faire de la paperasse. Un autre point commun était un intérêt pour les voitures, les moteurs et les rallyes automobiles. Comme elle, il adorait l'odeur de terre et d'essence un soir d'automne pluvieux et le vrombissement des quatre cylindres, semblables à des essaims d'abeilles en colère. Parfois ils se croisaient à des compétitions à la campagne et s'ils n'avaient pas été tous deux d'un naturel réservé, ils auraient depuis longtemps franchi le pas pour passer de vagues connaissances à bons amis. Mais pour certains, cela prend plus de temps, se dit-il.

"La fille est-elle toujours muette ?" demanda Åhlund quand il la rencontra dans le couloir desservant les cellules. Il mangeait son déjeuner tout en marchant : demi-baguette garnie de tranches de fromage incolore et de jambon tout aussi pâle.

"Oui, mais c'est sûr, elle n'est pas sourde, dit la surveillante. Elle comprend le suédois, au moins un peu. Mais quand nous tentons de communiquer avec un papier et un crayon, ça s'arrête. On dirait qu'elle ne sait ni lire ni écrire, mais il n'est pas exclu qu'elle bluffe et refuse tout simplement."

Dès le début, Åhlund s'était douté que ce serait un procès à la Kafka. La fille n'avait pas de papiers d'identité, elle n'avait même pas de nom. Peut-être de nationalité suédoise, peut-être pas.

Une personne sans identité connue ayant commis un crime aussi grave qu'une tentative d'homicide était soumise à un régime de restrictions maximales et d'isolement vingt-trois heures sur vingt-quatre. Un nouvel espoir chaque semaine lors de l'audience d'écrou. Dans le pire des cas un, voire deux ans d'incertitude totale, jour après jour sans voir personne d'autre que ses gardiens et ses avocats. Parfois, il fallait des mois avant que la personne détenue soit même informée des chefs d'accusation retenus contre elle. Même en cas de mise en examen, le séjour en cellule pouvait être prolongé *in absurdum* dans l'attente d'un procès.

De telles procédures vous pompent toute envie de vivre, se dit-il en entrant dans la salle de fouille où les effets personnels de la fille étaient conservés. Ses vêtements et quelques objets scellés sous plastique étaient étalés sur une table : la chemise de nuit blanche et une paire de grosses chaussures Graninge, complètement inadaptées à la saison, le blouson militaire vert kaki et le couteau à la lame tachée de sang. Un couteau Mora classique, mais avec un fourreau fait main en cuir.

Puis les affaires qui venaient d'arriver de la gare de triage de Tomteboda. Sur la table, à côté des éléments de preuve, une bâche sale pliée et un sac à dos Fjällräven tout aussi sale, petit modèle. La surveillante en avait déjà passé en revue le contenu, considérant qu'il ne s'agissait pas d'éléments de preuve, mais d'effets personnels. Il revenait à présent à Åhlund de tout rassembler pour en dresser l'inventaire. Il sortit un formulaire et commença à enregistrer les objets, avec ses commentaires personnels entre parenthèses.

Un sac à dos Fjällräven gris (taille enfant) ; un peigne avec une fine poignée métallique (ne convient pas à une personne détenue) ; un paquet de cornflakes (à demi mangé) ; une paire de gants tricotés à la main ; une tablette de chocolat non ouverte (deux cents grammes, aux noisettes) ; une bouteille à l'ancienne avec bouchon en caoutchouc et fermeture mécanique (remplie au tiers d'eau du robinet normale).

Un petit bout de tissu était cousu sur le côté du sac à dos. Il était abîmé et ses bords s'effilochaient, mais on pouvait encore deviner des formes de lettres.

Åhlund regarda de plus près cette petite étiquette que les mamans du monde entier cousent pour marquer les affaires de leurs enfants.

Par élimination, on devrait réussir à la déchiffrer. Ça ressemblait à Melissa. Oui, Melissa. Le nom de famille était plus difficile à déterminer, mais il semblait se terminer par "ström".

Åhlund se sentait fatigué en entrant dans la salle de pause et accepta aussitôt le café que lui proposa la surveillante.

"Je viens de parler à un chef de la société de sécurité, dit-elle en s'asseyant. Le vigile à qui la fille a donné un coup de pied avait un permis de port d'arme. Il avait été en service au siège du gouvernement… D'où il a été muté à l'automne dernier pour comportement déplacé.

— Recours excessif à la violence ?" demanda Åhlund.

Plus une question rhétorique qu'une constatation.

"Oui, exact… Mais il a pu conserver son port d'arme. Ses chefs affirment ne pas avoir été au courant qu'il rangeait son pistolet dans son casier, mais il semble que plusieurs collègues le savaient."

La surveillante but un peu de café avant de reprendre.

"Et aujourd'hui, au déjeuner, il a oublié de refermer son casier à clé. Ils pensaient que la fille avait fauché le pistolet avant de s'enfuir, mais il avait juste disparu derrière une étagère."

Åhlund n'était pas étonné, mais pas non plus tellement intéressé. Il était davantage intrigué par le sac à dos.

"Donc… cette fille s'appelle Melissa ?" demanda-t-il.

La surveillante secoua la tête.

"Nous n'en tirons pas un seul mot. Je lui ai demandé des nouvelles de Melissa, sans obtenir la moindre réaction… Au fait, tu veux quelque chose à grignoter ? Tu peux prendre un bout de tresse à la cannelle, si tu oses. Elle est au frigo depuis pas mal de temps."

Åhlund se leva péniblement et gagna le réfrigérateur.

"Le train dans lequel la fille voyageait clandestinement a quitté Sveg il y a quatre jours, dit-il, en fouillant des yeux les étagères.

— Celle du haut, l'aida la surveillante.

— Seize wagons de bois pour pâte à papier, continua-t-il en sortant la tresse à la cannelle. En raison d'un arbre tombé sur la voie, le train a stationné une heure environ près d'un château d'eau à Emådalen, puis a changé de motrice à Mora, où il a passé la nuit…"

Il posa la tresse sur le plan de travail et s'en découpa un gros morceau.

"La ligne est à voie unique entre Orsa et Borlänge, les trains de marchandises doivent marquer pas mal d'arrêts pour laisser passer le trafic passagers. Ce train a en outre été dévié par Ludvika en raison de gauchissements sur les voies et a dû s'arrêter encore une demi-douzaine de fois entre Ludvika et Stockholm. Il faut dire qu'il y a actuellement beaucoup de problèmes de maintenance, et qu'il faut du temps pour intervenir sur toutes les ruptures de rails, aiguillages coincés et autres câbles arrachés… Et les gauchissements qui sont particulièrement traîtres. Bref, la fille a pu sauter à bord du train à peu près partout. Il y a plus de cinq cents kilomètres depuis Sveg, la plus grande partie à travers des forêts, mais aucun passager clandestin n'a été observé avant la gare de triage de Tomteboda. En tout et pour tout, le trajet entre Sveg et Stockholm a bien pris trente-neuf heures, en comptant la nuit à Mora."

La surveillante paraissait assez lasse de tous ces détails.

"Ah bon… Et qui est cette fille, selon vous ?

— Nous n'en avons aucune idée mais nous pensons qu'elle est traumatisée. Quelqu'un va venir cet après-midi…"

Il mordit dans sa tranche de tresse et se rassit.

“Un enquêteur de l’Unité opérationnelle nationale spécialisé dans les crimes contre les enfants, expliqua-t-il. Cette fille a clairement subi quelque chose.

— Tu veux dire quelque chose de sexuel ?

— Peut-être.

— Si vous en avez fini avec elle pour le moment, je vais tout de suite aller lui faire prendre une douche.”

La surveillante se leva, se dirigea vers la porte, où elle s’immobilisa avec un sourire.

“Avant que j’y aille… Qu’est-ce que c’est, un *gauchissement*, en fait ?”

Tout le monde ne devrait pas savoir ça ? pensa-t-il.

“Par fortes chaleurs, répondit-il, les rails peuvent se déformer, ce qui peut provoquer des déraillements.

— Tu aimes aussi les trains ? Pas seulement les voitures ? rit-elle.

— Tout ce qui roule, flotte ou vole.”

Une odeur forte et indéfinissable frappa la surveillante quand elle ouvrit la cellule.

De la sueur et… un peu comme de la menthe, se dit-elle.

La fille leva les yeux de sa couchette sans dire bonjour.

Son regard n’était pas vraiment hostile, plutôt calme et intense. Il était pourtant difficile de le soutenir et, après quelques secondes, la surveillante commença à se sentir mal à l’aise.

Un désagréable souvenir d’enfance remonta. Des vacances en Crète, la rencontre avec un chien errant dans une ruelle, un bâtard pelé qui l’avait fixée, sans qu’elle sache si elle devait le regarder ou détourner les yeux. La surveillante éprouvait aujourd'hui le même nœud au ventre.

"Hoche la tête si tu comprends ce que je dis... Tu vas prendre une douche et te laver. OK ?"

Ses yeux d'un brun sombre, presque noirs, n'allaient pas avec ses boucles blondes scandinaves.

La surveillante tendit la main.

"Allez, viens... Tu es sale, tu as besoin d'une douche", répéta-t-elle sur un ton qui, contrairement à son intention, était dur et autoritaire.

À son grand étonnement, la fille finit par prendre sa main et se leva.

Elles traversèrent des couloirs lumineux peints en blanc. Les pas de la fille étaient remarquablement silencieux, presque inaudibles.

La surveillante ouvrit la porte de la salle des douches, prit une serviette et deux emballages en plastique contenant respectivement savon et shampooing, puis fit entrer la fille.

"Tu peux te déshabiller là derrière si tu es pudique, dit-elle en lui indiquant la cloison carrelée au milieu de la pièce. Puis elle posa la serviette sur le banc en bois et alla faire couler la douche.

Elle fit un pas de côté et mit la main sous le jet.

"Là, c'est bien chaud, ça va te faire du bien de te laver."

Elle avait l'impression d'avoir affaire à un tout petit enfant et quelque chose lui disait que cette fille n'avait encore jamais vu de douche.

En tout cas, pudique, elle ne l'était pas. Elle commença aussitôt à ôter son tee-shirt, et on voyait qu'elle était beaucoup moins développée qu'ils ne le croyaient. Pas de poitrine, à peine des boutons. Sa grande taille les avait induits en erreur.

Était-elle seulement pubère ? se demanda la surveillante en posant les doses de gel douche et de shampooing sur le petit support à côté du robinet. Puis elle alla s'asseoir sur le banc à quelques mètres de la douche pour que la fille ne se sente pas trop observée.

Ses cheveux, qui descendaient jusqu'aux omoplates, étaient emmêlés et rebelles. Elle était raide comme une trique, sans une once de graisse sur le corps. Des griffures rouges et des écorchures sur le dos et les jambes. Une enfant d'un mètre soixante-dix, à la limite de la dénutrition.

La fille tendit la main pour sentir l'eau avant d'entrer dans la douche en penchant la tête en avant pour se rincer les cheveux. Elle fit volte-face et ferma les yeux, presque avec volupté, en s'appuyant à la paroi carrelée.

La surveillante baissa involontairement le regard et sursauta. La personne nue tournée vers elle n'était pas une fille prépubère.

Ce n'était même pas une fille.

17

NORRORT

Les deux hommes étaient des transporteurs de cadavres expérimentés. Le plus souvent, c'étaient des petits vieux solitaires qu'ils descendaient par l'escalier de leur immeuble, devant des portes closes et des yeux curieux collés aux judas. Au pire, ces vieux pouvaient être restés dans leur appartement des mois, des années même, ne manquant à personne tandis que la vie continuait autour d'eux. Une fois, les deux transporteurs, venus chercher un homme décédé depuis sept mois, avaient trouvé chez lui son chat en vie et en pleine santé. Il avait réussi à ouvrir la porte du garde-manger et y avait mangé ce qu'il avait pu, en laissant son maître intact.

Cette fois, il ne s'agissait pas d'un petit vieux, mais d'une femme de quarante-cinq ans, nommée Lola Ljungstrand. D'après les techniciens de la police scientifique, elle n'était pas morte depuis très longtemps dans son appartement de Bergshamra, trois ou quatre jours, et pourtant ça sentait mauvais dès la cage d'escalier : les transporteurs avaient aussitôt enfilé leurs masques. C'était à cause de la chaleur, cette maudite canicule qui rendait les gens fous quand ils ne mourraient pas d'un coup de chaud.

Ils attendaient dans l'entrée pendant que les techniciens finissaient leur travail avec le corps. Ils avaient une vue dégagée sur la salle de bains et apercevaient la morte, à moitié assise, nue dans la baignoire. Elle fixait le plafond de ses yeux injectés de sang et ses cheveux blonds pendaient en mèches sèches par-dessus le bord de la baignoire. Sur le sol, à côté, une bouteille de vodka vide et une flaque jaunâtre, vraisemblablement du vomi.

Sur le mur de l'entrée, à côté de la porte de la salle de bains, un tableau attira les regards de deux transporteurs. Une idylle campagnarde, une ferme sous un clair soleil avec quelques meules de foin où on pouvait facilement imaginer se coucher pour prendre le frais.

Les deux techniciens, accroupis à côté de la baignoire, discutaient à voix basse derrière leurs masques tout en examinant le bras de la morte.

"Des anomalies ? demanda le plus jeune.

— Il y a quelque chose, en tout cas", répondit l'aîné.

L'un des transporteurs réprima un bâillement, sachant que, toute odeur étant constituée de particules physiques, il était peu tentant d'avaler plus de puanteur que nécessaire, d'en manger littéralement, puis il jeta un coup d'œil distrait dans le séjour depuis le pas de la porte.

Une bouteille de vin rouge à demi vide, un verre sale et un cendrier débordant encombraient une table basse. Au-dessus du canapé, quelques portraits dans des cadres. Cela ressemblait aux photos scolaires de deux garçons, des collégiens.

Et merde, pensa-t-il. Et où donc étaient passés les gamins ? Il fit un pas vers la salle de bains et se racla la gorge.

"Dites… Elle a des gosses, non ?

— Oui… Ils habitent chez le père.”

Il songea à ses propres parents. Un père qui voilà sept ans était parti main dans la main en enfer avec Johnnie Walker et une mère qui avait été assez sage pour arrêter de boire dans la foulée, mais assez tordue pour décider aussi de devenir bigote.

“Elle s’est saoulée à mort ? demanda-t-il.

— On ne sait pas encore.

— Et l’autopsie, c’est pour quand ? reprit-il en soupirant.

— Le légiste ne peut malheureusement pas se déplacer, à cause de problèmes de réfrigération à l’institut médicolégal. Désolé de vous faire attendre, mais ça ira plus vite si on peut travailler sans être dérangés.”

En s’asseyant à la table de la cuisine avec son collègue, le transporteur aurait vraiment aimé être ailleurs. Dans le Nord de la Norvège, peut-être. Avec une bonne canne à pêche, des vents salés dans la figure et un poisson maousse au bout de l’hameçon.

Quel boulot le cul entre deux chaises : ni la police ni les pompes funèbres.

Bien trop souvent, la puanteur des cadavres lui collait à la peau, l’accompagnait chez lui après sa journée et le maintenait éveillé la nuit. Il lui arrivait même de rêver à des bruits et l’un qui revenait toujours était ce qu’il avait connu de pire. Ils étaient partis dans une maison de vacances pour s’occuper d’une petite vieille qui était là depuis si longtemps qu’elle avait cessé de sentir. Quand ils avaient tenté de soulever le corps, la tête et la colonne vertébrale s’étaient détachées avec un craquement sec tandis que la chair était restée comme collée au parquet.

Le transporteur regarda par la fenêtre de la cuisine. De l'autre côté de la vitre, derrière la crasse grasse et les taches de pollen séché, quelques gamins jouaient dans la lueur jaune d'un indolent soleil d'après-midi.

"Je plains les flics qui annoncent les décès", dit-il en songeant aux petits enfants qui ont perdu leurs parents.

Quelques kilomètres au sud de Bergshamra, devant l'institut médicolégal de l'hôpital Nya Karolinska, la légiste faisait rouler un autre corps abîmé par les moisissures dans la chambre froide provisoire.

Des quatre-vingt-neuf macchabées déménagés des frigos habituels vers un bâtiment en tôle à l'arrière de l'institut, une bonne vingtaine présentaient un développement de moisissures. Le problème venait d'une alimentation électrique insuffisante des équipements de ventilation et de réfrigération, et si la légiste avait bien compris, le système dans son ensemble était sous-dimensionné. Un des gars de l'entretien avait fait remarquer que Nya Karolinska déboursait allègrement des mille et des cents pour changer une porte, mais mégotait sur la facture d'électricité et que cette curieuse conception des priorités n'était qu'une histoire de copinage dans l'attribution des marchés privés du plus coûteux chantier d'hôpital de tous les temps.

La légiste referma la porte coulissante du bâtiment de tôle, sortit dans la cour intérieure et ôta son masque. Elle essuya avec un mouchoir son visage couvert de sueur avant de prendre son téléphone et d'appeler les techniciens à Bergshamra.

"Elle peut être transportée ici maintenant, dit-elle. Au fait, comment ça s'est passé avec la livraison de glace ?"

Ce n'était pas qu'à l'institut médicolégal qu'il fallait improviser face à la chaleur. Après de trop longues heures d'attente, le besoin aigu de réfrigération avait contraint les techniciens à une mesure assez inusitée. Ils avaient appelé Allô Glaçons pour commander la livraison d'un certain nombre de blocs de glace à l'appartement de Bergshamra.

"Les gars qui sont arrivés avec la glace ont été drôlement choqués. Ils ont l'habitude de fournir en urgence des fêtes improvisées en champagne à Danderyd ou Djursholm. Même s'ils n'ont pas vu le corps, ils ont senti l'odeur. Mais en tout cas, elle est dans un état correct.

— Avez-vous vu quelque chose sur le corps que je devrais regarder de plus près ?" demanda la légiste.

Le silence se fit quelques secondes au bout du fil, tandis que des mouettes se posaient sur le toit de tôle pour s'y promener, comme si l'odeur les avait attirées en leur faisant espérer de quoi manger.

"Pas directement sur le corps, répondit le technicien, plutôt à l'intérieur. Nous avons trouvé quelque chose dans son vomi, je ne comprends pas bien ce que c'est... On dirait de petits bouts d'une espèce de papier, un carton fin ou quelque chose comme ça.

— Du carton ?

— Oui, ça ressemble beaucoup à des fibres de papier, mais il faudra voir une fois l'analyse terminée."

La légiste réfléchit. Quel que soit ce matériau, il n'avait pas sa place dans un estomac. La question était juste de savoir comment il avait atterri là.

18

QUARTIER KRONOBERG

Avec comme des couteaux qui lui déchiraient les cuisses, Jeanette dévalait Tornberget, “Sheena Is a Punk Rocker” dans ses écouteurs. De part et d’autre de la corniche rocheuse s’ouvraient des ravins béants comme des gueules de loups affamés de corps humains gorgés d’adrénaline. Le vélo d’entraînement bringuebalait et elle contracta son bas-ventre de plus en plus fort contre les vibrations de la selle.

Well the kids are all hopped up and ready to go,
They’re ready to go now.

La musique comme un grondement d’avalanche roulant sur les pentes grises de la montagne, les crevasses, les bosses et…

Une voix familière quelque part derrière la musique, puis un doigt lui frappant fort l’épaule.

“Jeanette ?” répéta la voix, et elle ouvrit les yeux en s’arrêtant au milieu d’un tour de pédale.

Schwarz était si près qu’il la mit mal à l’aise. Instinctivement, elle resserra les cuisses avant d’ôter ses écouteurs.

“Fait chier, qu’est-ce qu’il y a ?”

Le vélo d’entraînement continua en roue libre et son entrejambe palpitait encore de la friction avec la selle quand leurs regards se croisèrent.

Schwarz avait l'air un peu perdu.

"Mais on devait se voir. Tu as oublié ?"

Il s'en alla en boitant sur ses béquilles entre les appareils de musculation tandis que, toujours sur son vélo, elle s'essuyait le visage en maudissant sa mauvaise mémoire.

L'attelle destinée à immobiliser la cheville de Schwarz semblait raide et gênante. Sûrement un enfer de se traîner ça par cette chaleur. Comme une chaussure de ski surdimensionnée. Jeannette se surprit à sourire. Tellement macho et tellement impuissant, se rendant à son bureau pour travailler à ce qu'il détestait le plus : la paperasse, les coups de téléphone et autres tâches grises qu'il allait devoir supporter dans les prochaines semaines, pour s'être surestimé et avoir mal su maîtriser ses impulsions. Tu n'as qu'à t'en prendre à toi-même, pensa Jeanette.

Elle descendit du vélo d'entraînement, but quelques gorgées d'eau à sa bouteille et essuya la sueur sur ses épaules et ses bras avec une serviette. Puis elle désinfecta le vélo avec un spray, d'abord la selle, puis le guidon, avant de replier ses écouteurs et leur câble qu'elle rangea parfaitement roulés dans un petit sac de tissu.

La commissaire Jeanette Kihlberg se doucha à l'eau froide et se doucha longtemps.

Son bureau était aussi grand que les autres, mais semblait plus vaste et lumineux en raison de ses fenêtres avec double orientation. Il était et avait toujours été impeccablement rangé, à la différence par exemple de sa voiture, mais c'était important vis-à-vis des collègues de donner cette image stricte. Cela mettait en confiance.

Pas de papiers ou de dossiers qui traînent. À part l'ordinateur, le téléphone et un pot de stylos, on ne voyait rien d'autre qu'une photo encadrée de Johan. Un autre portrait pendait au mur. Celui d'un collègue mort en service et qui était un ami proche.

En plus de son siège de bureau et de deux chaises moins confortables pour les visiteurs, deux grands fauteuils étaient disposés près d'une des fenêtres.

Jeanette ferma la porte et d'un geste invita Schwarz à s'asseoir. Elle remplit deux tasses de café à la thermos à pompe, les posa sur la table basse et s'assit en face de lui. Elle porta la tasse à sa bouche et souffla sur le café fumant.

"Briefe-moi sur ce que tu as trouvé."

Schwarz hocha la tête.

"Nous avons un profil ADN complet qui est celui de « Vladimir », relevé sur le digicode et sur l'arme du crime, mais aucune correspondance dans nos registres ni dans les bases de données généalogiques. Nous avons utilisé la reconnaissance faciale, sans résultat, et envoyé des photos à toutes les polices régionales. Quelques indications nous sont revenues, mais rien qui vaille la peine d'approfondir. Même chose pour ceux avec qui nous avons parlé dans le cercle de connaissances de Johnny Bondesson."

Schwarz marqua une pause et prit une gorgée de son café. Comme il a l'air innocent quand il est détendu, pensa Jeanette. Comme un mignon petit garçon plutôt que ce macho un peu cliché auquel il veut s'accrocher.

"J'ai aussi été en contact avec l'hôpital de Huddinge, reprit-il. Besa Undin, la fille que nous avons retrouvée dans la caravane, va mieux, et à l'occasion j'irai lui parler.

— Et il y a aussi Klara Bondesson, la fille, dit Jeanette.

— Oui, Klara habite dans une famille d'accueil à Mälarhöjden. Cela semble être une maison rassurante et ordonnée et elle a déjà été entendue.

— Bien, dit Jeanette. Et toi ? Est-ce que tu as une théorie ? Même si on reste par principe ouvert à toutes les possibilités, on se fait toujours une idée personnelle.

— Il y a deux ou trois choses, répondit Schwarz. Je ne crois pas une seconde à un meurtre prémédité. Rien n'indique non plus que Vladimir et Bondesson se connaissaient, sinon éventuellement superficiellement, ni qu'il s'agissait d'une affaire de drogue. Pourtant, j'ai l'impression qu'il y avait quelque chose de personnel… Franchement, je ne crois pas que Vladimir soit un drogué ou un criminel. Et ce n'est sûrement pas un pro, vu comment il s'est grillé en regardant droit dans la caméra de vidéosurveillance."

Jeanette observa son jeune collègue, qui avait un avenir prometteur dans la police pourvu qu'il apprenne à arrondir les angles et à mieux contrôler ses impulsions.

"OK, et la mère de Klara est morte."

Vraisemblablement battue à mort par Bondesson deux ans plus tôt, songea-t-elle, mais il n'avait pas été possible de le condamner pour ça.

"Est-ce que quelqu'un a parlé avec les proches de la mère ? demanda-t-elle.

— Oui. Une famille assez déglinguée, là aussi. En tout cas, pour résumer, personne n'a la moindre idée de qui est ce Vladimir. Il ne fait pour ainsi dire pas partie du tableau. Je crois que ce coup de feu est involontaire et que Klara n'a pas grand-chose à voir là-dedans. Il y a quelque chose qui nous échappe.

— Suis ton instinct.”

Le téléphone clignota sur son bureau pour signaler un appel interne. Elle se leva du fauteuil.

“Tu as un bon sens des gens, dit-elle en contournant son bureau. Fais-lui confiance, mais attention à ne pas trop le montrer aux autres.”

Jeanette décrocha et répondit. C'était un collègue de la police de Stockholm Nord. Quand, après s'être présenté, il expliqua qu'il s'agissait d'une affaire qui devrait intéresser la police du centre-ville, elle mit le haut-parleur pour que Schwarz prenne lui aussi part à la conversation.

On entendit un froissement de papier à l'autre bout du fil.

“Voilà deux semaines, une certaine Lola Ljungstrand, née le 23-02-74, a été retrouvée décédée à son domicile à Bergshamra. Elle était morte depuis quatre jours. Nous avons d'abord envisagé un accident, qu'elle avait bu trop d'alcool et s'était étouffée dans son vomi, mais il s'est avéré qu'elle avait ingurgité une substance étrangère d'une façon à notre avis non naturelle. Nous avons pu exclure le suicide du fait que la substance est pour partie entrée dans l'organisme après l'arrêt respiratoire et…

— Un empoisonnement, alors ? intervint Schwarz en se levant du fauteuil pour boiter jusqu'au bureau.

— Oui, et d'un type assez inhabituel. D'après les techniciens du labo, il s'agit d'une substance inconnue, dont le principe actif est identique à celui du Zyklon B, si ça vous dit quelque chose.

— Les chambres à gaz, dit Schwarz. Les Allemands.

— Exact… En d'autres termes, du cyanure d'hydrogène, utilisé aujourd'hui contre les rats et les insectes. Il n'est pas fabriqué en Suède, mais on en commercialise en Tchéquie sous le nom Uragan D2, sous forme de bouteilles ou de pots contenant des petits bouts de papier imbibés de poison. Ce sont des restes de papiers de ce type que les techniciens ont retrouvé dans le vomi de Lola, ainsi que dans son estomac. Si vous voulez plus de détails, voyez avec la légiste…" Il se racla la gorge. "Jusque-là, aucun lien avec votre enquête, mais hier après-midi, le labo nous a communiqué un nouvel élément. Un des profils ADN relevés par les techniciens, en l'occurrence sur des restes de matières fécales sur la cuvette des toilettes dans la salle de bains où Lola a été retrouvée, a permis de révéler une concordance avec une affaire en cours, votre meurtre à Kvarnholmen. Cet ADN est indexé comme « inconnu », et si je comprends bien, c'est celui de votre principal suspect. J'ai en face de moi une des photos du barbu que vous avez diffusées la semaine dernière.

— Nous l'appelons Vladimir", dit Schwarz. Jeanette avait l'impression de sentir les tensions quitter le corps du policier. Un souffle pour chasser le vieil air stagnant, et une inspiration de nouvel air frais pour oxygéner le cerveau.

"Nous pensons que ce type, après avoir d'une façon ou d'une autre fait avaler de force le poison à Lola, a utilisé les toilettes, sans parvenir à correctement nettoyer derrière lui. Même pour un meurtrier expérimenté, il n'est pas complètement inhabituel d'avoir besoin d'aller aux toilettes, après. En tout cas, il était présent sur deux scènes de crime. La nôtre et la vôtre à quelques jours d'intervalle… Que faisons-nous ?

— Commencez par nous résumer l'état de votre enquête", demanda Jeanette.

Silence à l'autre bout du fil, d'autres froissements de papier, puis la valse des doigts sur un clavier.

"Nous avons eu un certain manque de personnel, dit-il quand le crépitement cessa, et je dois reconnaître que nous n'avons pas été aussi efficaces que j'aurais aimé.

— Mais vous avez quand même dû faire quelque chose, merde ? demanda Schwarz, et Jeanette entendit qu'il faisait de son mieux pour ne pas montrer son agacement.

— Oh oui, nous avons interrogé quelques voisins, et bien sûr parlé avec les fils de Lola et leur père Tommy. Mais pas grand-chose à chercher de ce côté-là.

— Rien ?"

Il louvoya un peu avant de répondre à Schwarz.

"En raison de l'addiction de Lola aux médicaments et à l'alcool, Tommy a la garde exclusive de ses fils depuis quelques années. Ils ont onze et treize ans. Apparemment, les Ljungstrand se sont séparés dès 2011, mais Lola a choisi de conserver son nom.

— Et ce Tommy, il est complètement mis hors de cause ? demanda Schwarz.

— Oui, il était avec ses fils et sa mère au parc de Furuvik. Une tradition familiale apparemment.

— Et les proches de Lola ?

— Voyons voir..." Nouveau bruit de doigts sur un clavier. "Ses parents sont morts dans les années 1990, et son frère qui avait quinze ans de plus qu'elle est mort il y a trois ans. Lola était la petite dernière.

— Ses mails, ses contacts téléphoniques ?" reprit Schwarz. Mais leur collègue se plaignit à nouveau du manque de ressources, et Schwarz adressa un geste de découragement à Jeanette.

Deux heures plus tard, les deux enquêtes avaient été réunies, et leur responsabilité transférée de la police de Stockholm Nord à celle de Stockholm Centre, avec la commissaire Jeanette Kihlberg comme enquêtrice principale.

Jeanette avait un peu pitié du gars de Stockholm Nord, probablement pas un mauvais policier, juste un policier au sein d'une mauvaise organisation. Il avait semblé reconnaissant quand Jeanette lui avait proposé ce pour quoi il lui tendait la perche depuis le début : dans les dix minutes, il lui avait communiqué tout le dossier. Même si la plupart des pièces étaient déjà accessibles en ligne, tout n'avait pas été enregistré, comme un interrogatoire sans grand intérêt avec les voisins de Lola Ljungstrand, dont le procès-verbal n'avait pas été mis au propre. Quelque chose pour occuper Schwarz, maintenant qu'il ne pouvait plus trop aller sur le terrain, pensa Jeanette une fois seule.

Après un rapide passage aux toilettes, elle prévint ses collègues qu'une réunion s'imposait et gagna la salle de conférences qui, en raison du choix incompréhensible d'une couleur criarde, était surnommée le Jaune d'œuf.

Une fois Nils Åhlund et Olivia Jensen arrivés, Jeanette se versa un verre d'eau et sortit un feutre rouge et un autre bleu du petit casier sous le tableau blanc.

Elle griffonna quelques faits, comme un point de départ, en utilisant le rouge pour ce qui concernait Johnny Bondesson et le bleu pour Lola Ljungstrand.

"Des personnes cabossées par la vie, on dirait", dit Olivia, et Jeanette hocha la tête.

Jeanette avait participé au recrutement d'Olivia, qui lors de son entretien d'embauche avait parlé de son enfance difficile dans un quartier à problèmes en périphérie de Västerås. Son frère aîné avait été assassiné alors qu'elle était adolescente, et sa mère s'était suicidée peu après. Mais ces expériences n'avaient pas rendu Olivia insensible, elles l'avaient juste endurcie.

"Comment ça s'est passé avec Kaspar Hauser ?" demanda Jeanette quand ils se furent installés autour de la table.

Kaspar Hauser était le surnom du garçon qu'Åhlund avait arrêté dans la vieille ville, alors qu'on le prenait pour une fille. Jeanette connaissait vaguement le Kaspar Hauser historique, savait juste qu'il s'agissait d'un enfant trouvé surgi de nulle part dans une ville en Allemagne au XIXe siècle.

"Nous ne connaissons pas encore son identité, répondit Åhlund, avant d'indiquer qu'un appel à témoins avait été envisagé, mais n'était pas praticable en raison de l'enquête préliminaire en cours et du soupçon de minorité le concernant. Il est muet, mais pas sourd, exactement comme le vrai Kaspar Hauser."

Olivia sourit à Åhlund.

"C'est juste dommage qu'il n'ait pas porté sur lui une lettre avec sa date de naissance, comme le vrai Kaspar Hauser. Ça nous aurait donné un point de départ."

Åhlund hocha la tête et regarda Jeanette.

"Notre intervention auprès de lui s'arrête sans doute là. Il s'agit peut-être d'un enfant traumatisé par une agression. Lars Mikkelsen, de l'Unité opérationnelle nationale, a pris le relais et a fait appel à un expert extérieur. Un type avec lequel ils ont plusieurs fois collaboré par le passé, avec de bons résultats.

— Love Martinsson ?" proposa Schwarz depuis le pas de la porte.

Åhlund se retourna.

"Oui, comment tu le sais ?

— Une supposition, c'est tout. Désolé d'être en retard. Mon plâtre m'a foutu dedans."

Schwarz entra sur ses béquilles et son attelle racla le sol avec un bruit de plastique quand il s'assit à la table.

Jeanette tendit les feutres à Åhlund.

"J'ai meublé en résumant les points principaux. Tu peux continuer… Je m'assieds et je t'écoute."

Åhlund commença par inscrire quelques mots-clés au feutre rouge à côté du nom en bleu de Lola Ljungstrand. La cause du décès, une mention de sa dépendance à la drogue et la date à laquelle Lola avait probablement été assassinée.

Puis Åhlund continua, sans changer de feutre, avec d'autres notes concernant Bondesson. Le mélange de couleurs brouilla aussitôt les choses pour Jeanette : visiblement, Åhlund n'avait pas vu ou ignoré sa méthode relativement simple et claire de distinguer les choses au moyen de deux couleurs, mais plutôt que de s'en mêler, elle se cala au fond de son siège et laissa Åhlund continuer à sa façon.

Malgré le chaos qui s'étalait sur le tableau blanc, quelques dénominateurs communs apparaissaient clairement : que Johnny et Lola étaient toxicomanes, que leurs meurtres avaient eu lieu à quelques jours d'intervalle seulement et surtout que le fameux Vladimir, encore non identifié, avait été présent sur les deux scènes de crime.

"En raison du risque de fuite à l'étranger de Vladimir, nous ne publions bien sûr aucune image, dit Åhlund. Il ne faut pas qu'il sache que nous savons."

Jeanette réfléchissait vite, et en moins d'une minute, elle avait distribué les missions.

"L'usage de cet insecticide est interdit aux particuliers et reste relativement inhabituel. Il faut faire l'inventaire de tous les achats effectués en Tchéquie ces dernières années. Tu prends ça, Schwarz ?"

Schwarz se tortilla sur son siège.

"La Tchéquie, tu as dit ?

— Oui tu n'as qu'à contacter l'entreprise qui le commercialise. Ils parlent sûrement anglais, ça ne devrait pas être trop dur. Et tu vérifieras avec des sociétés d'assainissement et autres si elles ont constaté des vols ou du coulage. Commence par Stockholm, et procède par élargissement concentrique. Puis il nous faut un topo détaillé et approfondi sur l'histoire de Lola et une analyse des caméras de vidéosurveillance présentes à proximité de son domicile à Bergshamra. Ça va aller, hein ?"

Jeanette espérait ne pas sous-estimer Schwarz. Il avait ses défauts, songea-t-elle, mais soutenait toujours ses collègues à cent pour cent.

"Ensuite, tu feras un bilan des communications téléphoniques et numériques des Ljungstrand pendant que vous deux, continua Jeanette en adressant un signe de tête à Åhlund et Olivia, vous m'accompagnez à Bergshamra pour parler avec Tommy Ljungstrand. Ses fils sont chez leur grand-mère à Hökarängen, on les interrogera donc plus tard. Après, on passera jeter un coup d'œil à l'appartement de Lola, j'en ai même reçu un inventaire après décès..."

La réunion s'acheva et tandis que Schwarz regagnait son bureau en boitant et qu'Åhlund et Olivia se préparaient à partir pour Bergshamra, Jeanette s'attarda un moment.

À Hökarängen, il y avait deux garçons qui venaient de perdre leur maman et dans une famille d'accueil de Mälarhöjden une fillette orpheline. Un garçon sans famille connue était en cellule à l'hôtel de police, et tout ceci était survenu en quelques jours seulement.

Des enfants, pensa Jeanette. Ma parole, il y a des enfants partout.

19

BERGSHAMRA

Tommy Ljungstrand était le plus petit dans la pièce, comme sans doute dans la plupart des circonstances, chose à laquelle il ne s'était probablement jamais résigné.

Voilà pourquoi il cherche à se pousser du col, pensa Jeanette.

Ils étaient installés dans la cuisine de son trois-pièces de Bergshamra devant une poignée de photos de Vladimir étalées sur la table.

"Sa tête me dit quelque chose", affirma l'ex-mari de Lola.

Sa voix était forcée dans le grave, et Jeanette supposa que ce devait être fatigant pour ses cordes vocales. Le manque de résonance de sa cage thoracique la rendait plate et comme renfermée.

"Quelque chose ? reprit Åhlund.

— Il y a quelque chose dans son regard qu'il me semble avoir déjà vu. Mais sa barbe de Viking le cache un peu… Peut-être quelqu'un vu au boulot ? Je suis pourtant sacrément physionomiste."

Sa voix contrefaite n'était qu'une de ses tentatives de mettre en avant sa virilité. Ses tatouages étaient si nombreux qu'ils se confondaient en une énorme illustration de loups et d'ours aux gueules béantes. Il avait fait beaucoup de gonflette, mais comme certains hommes, il s'était uniquement concentré sur le haut du corps en oubliant les jambes, ce qui donnait une répartition bancale à sa musculature. Comme un Belgian blue sur deux petits piquets. Plus un autre piquet profondément enfoncé dans le cul.

Mais il était bien sûr possible qu'il ne cherche pas à se faire mousser en disant qu'il était physionomiste.

"Quelqu'un vu au boulot ? Vous pouvez développer ?"

Elle savait que Tommy était pour le moment au chômage, du moins sur le papier.

"J'ai commencé comme électricien à vingt-trois ans, dit-il. Ça fait bientôt vingt-cinq ans, alors j'en ai rencontré, des gens. Ce type, là..." Il frappa la photo d'un index orné d'une bague à tête de mort. "Ça pourrait très bien être un ancien client ou quelqu'un avec qui j'ai bossé. Après, j'ai été offshore pendant quinze ans et j'ai bossé avec des mecs de plein d'origines, prospection sur Sleipner puis dans le secteur de Trollfältet jusqu'à il y a quatre ans, quand Shell a fermé les vieilles plateformes et que j'ai dû partir... Ce salaud a donc tué Lola ?"

Sur ce dernier mot, *Lola*, sa voix dérapa un instant hors de la basse profonde et Jeanette entrevit un autre Tommy Ljungstrand. Un gars qui essayait de se débrouiller avec la vie après le meurtre de la maman de ses deux fils.

"Nous ne savons pas, dit Åhlund.

— Qu'avez-vous fait depuis votre licenciement, Tommy ?" glissa Jeanette.

Tommy Ljungstrand lui adressa un regard découragé. “Des petits boulots, pointé au chômedu, resté à la maison avec les gamins.”

Et bu, pensa Jeanette. Non qu’il sente à présent l’alcool, mais elle savait qu’il avait atterri plusieurs fois en cellule de dégrisement ces dernières années. Sur le sol, près du réfrigérateur, on apercevait quelques taches rouge vinasse et sur la table de la cuisine des traces de verres et de bouteilles, des ronds poisseux où s’étaient accumulées la poussière et la crasse. Elle passa la main sur l’un d’eux.

“Savez-vous qui vendait des médicaments à Lola ?

— Non, répondit Tommy. Lola et moi n’étions en contact que lorsqu’elle était assez en forme pour voir les gamins. Vous avez quand même bien pigé que Lola avait perdu les pédales ? Elle ne pouvait plus s’assumer elle-même, merde, alors les gamins, encore moins.”

Garde totale depuis presque quatre ans, songea Jeanette. Deux gamins de onze et treize ans. Chômeur et alcoolisé. Et pourtant, Tommy avait le temps et l’argent de traîner en salle de gym et, assez vraisemblablement, de se bourrer de stéroïdes et de se faire tatouer. Il connaissait probablement lui-même des dealers.

“Johnny Bondesson, vous connaissez ? demanda-t-elle.

— Johnny Bondesson ? Non, euh… Je ne crois pas.”

Jeanette fit s’afficher une photo sur son téléphone et lui montra l’écran. Il haussa ses larges épaules.

“Jamais vu ce gars. Sûr à cent pour cent.

— Et vous êtes donc, comme vous disiez, sacrément physionomiste ?

— Je suis connu pour ça.”

Du coin de l'œil, Jeanette vit Olivia adresser une mine lasse à Åhlund.

“Et pour revenir à Vladimir…” Jeanette montra une des photos sur la table. “À combien de pour cent êtes-vous sûr de l'avoir déjà vu ?”

Il haussa à nouveau les épaules.

“Difficile à dire… Quatre-vingt-quinze, peut-être. Je peux garder la photo ?

— Non, désolé, répondit Åhlund. Et puis vous n'avez pas besoin de photo, puisque vous n'oubliez jamais un visage, n'est-ce pas ?”

Jeanette vit que Tommy avait perçu la pique.

“Moi aussi, j'ai une bonne mémoire des visages, dit soudain Olivia, après s'être tue la plus grande partie de la conversation. En fait je suis déjà allée chez Lola. Ça fait presque sept ans, en novembre 2012.”

Jeanette adressa un regard à Olivia et lui demanda de la suivre dans l'entrée. Une fois la porte refermée derrière elles, elle demanda à Olivia à quoi elle jouait.

“Je ne pensais pas en parler, car selon toute vraisemblance, cela n'a rien à voir avec tout ça, répondit Olivia. Mais si Tommy nous cache quelque chose, ça peut peut-être le déstabiliser un peu.”

Olivia lui expliqua en chuchotant qu'elle avait tout de suite eu la puce à l'oreille en découvrant les photos de Lola envoyées par la police du secteur nord et qu'une fois contrôlée l'adresse exacte du meurtre, la mémoire lui était revenue. “On faisait du porte-à-porte après la découverte d'une jeune fille morte sur un rocher en contrebas de l'immeuble de Lola, raconta Olivia. Avec quelques collègues, nous avons visité une trentaine d'appartements, dont celui de Lola. Nous sommes entrés chez elle très brièvement, et pourtant je m'en souviens assez bien. Ses fils habitaient avec elle à l'époque."

Olivia dit qu'elle se souvenait de quelques dessins d'enfants sur un réfrigérateur.

"OK, chuchota Jeanette. Mais la prochaine fois que tu veux faire un truc de ce genre, préviens-moi."

Jeanette ouvrit la porte et elles retournèrent s'asseoir dans la cuisine.

"Vous semblez un peu pensif, Tommy, fit remarquer Jeanette.

— Je trouve juste un peu bizarre que…

— Peut-être pas si bizarre que ça, si vous y réfléchissez, le coupa Olivia. Lola était toxicomane et fréquentait les milieux avec lesquels nous travaillons tous les jours, et je crois que je l'ai peut-être vue dans un autre contexte, après ce porte-à-porte."

Olivia marqua une courte pause tandis que Jeanette observait les traits du visage de Tommy. Yeux gris, un petit vaisseau éclaté dans l'un d'eux. Un regard arrogant, mais Olivia avait en tout cas éveillé sa curiosité.

"Vous êtes peut-être assez semblables, Olivia et vous, dit Jeanette au bout d'un moment. Vous voyez passer des gens à l'arrière-plan. Vous enregistrez involontairement leurs visages. Vous avez déjà rencontré Vladimir, mais vous n'arrivez pas à le remettre. Prenez le temps… Mais en attendant, je voudrais que nous parlions de Lola."

Tommy Ljungstrand poussa un soupir bruyant.

"Je vois… Qu'est-ce que vous voulez savoir ?

— Tout", répondit Jeanette en lui souriant.

20

Sept ans plus tôt

Une fois les policiers partis, Lola Ljungstrand entrouvrit la porte de la chambre de Benji. Les garçons étaient assis sur le lit avec leurs manettes, concentrés sur l'écran où Batman et Robin sous forme de bonshommes Lego étaient chargés de sauver le monde. Ils ne lui prêtèrent pas attention, elle referma et retourna à la cuisine lancer un café.

Elle sortit le lait et, en refermant le réfrigérateur, elle s'arrêta devant les dessins de Benji et Jakob. Des bonshommes-bâtons, des bonshommes-têtards, des pommes de pin et des feuilles. Les garçons n'avaient aucun intérêt pour le dessin ou la peinture, elle les y avait en fait forcés, et ça se voyait.

Tandis que la cafetière crachotait, elle gagna sa chambre et ouvrit la porte de la penderie. Tout en haut, derrière quelques pulls en laine, il y avait la petite boîte en carton qu'elle attrapa et posa sur le lit. Un léger chatouillement dans le nez l'avertit que les larmes étaient proches. Elle s'assit sur le lit et ouvrit la boîte.

Sa fille aimait dessiner et son tout dernier dessin avant qu'elle disparaisse était sur le dessus, dans la boîte aux souvenirs. Il y avait presque exactement huit ans, et on voyait clairement que c'était une heureuse famille de bonshommes-têtards. Deux grandes figures et une plus petite.

Maman, papa, enfant.

Melissa, 3 ans, 14/12/2004, lisait-on.

La veille de la descente aux enfers.

21

BERGSHAMRA

L'appartement de Lola Ljungstrand avait été mis sous scellés pendant deux semaines d'été sèches et chaudes comme jamais, l'adhésif s'était décollé et la rubalise pendait en travers de la porte.

L'air de la cage d'escalier était étouffant et poussiéreux et, tandis qu'Olivia ouvrait, l'inspecteur Nils Åhlund sentit l'irritation familière dans sa poitrine. Il n'était pas complètement débarrassé de sa grippe et toussa dans son coude en sortant les clés.

Vingt minutes plus tôt, ils étaient dans la cuisine de Tommy Ljungstrand qui leur avait servi toute son histoire avec Lola, de leur rencontre au bar jusqu'à leur séparation douze ans plus tard et les conflits sur la garde des enfants qui avaient suivi.

Lola avait eu des périodes où elle allait relativement bien, se tenant éloignée de la bouteille comme des cachets. Mais le plus souvent, elle avait des problèmes. Même si elle n'avait jamais été diagnostiquée, Åhlund reconnaissait certaines choses. D'après le récit de Tommy, il supposait qu'il s'agissait de TDA. Il l'avait jadis observé de près, chez une ancienne petite amie.

Lola était la fille intelligente avec de mauvaises notes. Pas de formation après le lycée et chaque fois qu'elle avait eu un travail, elle s'en était rapidement lassée. Elle se mettait alors en congé maladie ou se fichait juste éperdument d'aller au travail. Et même si ce n'était pas un signe de TDA, Lola, tout comme l'ex d'Åhlund, était notoirement infidèle.

Il ouvrit la porte et suivit Jeanette et Olivia à l'intérieur de l'appartement.

Il fut d'abord frappé par l'ambiance sombre et sinistre. Malgré le grand soleil au-dehors et les fenêtres sur la gauche dans le séjour et sur la droite dans la cuisine, la lumière n'arrivait pas jusqu'aux papiers intissés fatigués de l'entrée. Ils devaient jadis avoir été peints en blanc, aujourd'hui ils étaient jaunes de nicotine et pleins d'anciens trous aux bords de plâtre ébréché. Beaucoup de taches de crasse et de petites éclaboussures dans différentes nuances de brun, ainsi que des interrupteurs couverts de gras. À côté de la porte de la salle de bains, un tableau aux couleurs vives qui représentait un groupe de maisons campagnardes au soleil et semblait tout à fait déplacé.

La porte de la salle de bains était ouverte, avec une vue directe sur la baignoire où était allongée Lola quand on l'avait trouvée. Les photos de l'enquête préliminaire bien en mémoire, Åhlund commença à se sentir un peu mal.

Elle était gonflée et semblait comme spongieuse, si pâle qu'elle virait au bleu, et il y avait encore ces glaires jaunâtres qui lui coulaient de la bouche sur le menton et le cou. Ces photos étaient si éloignées de celles de sa carte d'identité et de son permis de conduire qu'on peinait à concevoir qu'il s'agissait d'une seule et même personne.

Jeanette sortit l'inventaire de ce que les techniciens avaient laissé sur place. Tout ce qui restait constituait donc l'héritage de Lola Ljungstrand. Åhlund soupira intérieurement quand ils commencèrent l'inspection par la cuisine.

Vaisselle bon marché et ustensiles de cuisine de chez Ikea, un plateau escamotable bancal et mal vissé. Sur la table de la cuisine, une poignée de factures et de mises en demeure des impôts auxquelles Åhlund n'accorda pas grand intérêt.

Jeanette lut sur l'inventaire : "Un pot en plastique contenant une collection de cartes postales." Le pot était sur le plan de travail. Jeanette fit un signe de tête à Olivia : "Tu y jettes un œil ?"

Le séjour donnait une impression un peu plus accueillante et agréable. Au-dessus du canapé étaient fixées quelques photos scolaires des fils de Lola et Tommy. Deux petits gars à la houppette blonde et aux visages ronds et souriants, à l'époque où leur mère était encore en vie.

Åhlund alla regarder à la porte-fenêtre du balcon. Deux chaises en plastique, une table de pique-nique et deux pots de fleurs vides. Un sac de bouteilles de vin vides. Sur la table, un mug servant de cendrier. Miteux, pensa-t-il.

"Tu regardes les livres ?" Jeanette montrait la bibliothèque. "Je crois que personne de Stockholm Nord ne l'a fait."

Pendant que Jeanette continuait dans les deux chambres adjacentes qui avaient visiblement été celles des garçons, il s'approcha des rayonnages. Ils contenaient une centaine de livres. Il commença en haut et progressa vers le bas, retournant chaque ouvrage et le feuilletant rapidement. C'était principalement de la littérature, surtout des policiers et des romances, mais aussi des volumes à classer plutôt du côté des biographies ou du développement personnel. Un petit papier tomba d'un livre, il le ramassa. Un ticket de caisse pâli pour un paquet de cigarettes, des chips et un pack de six bières légères au Coop du centre commercial de Bergshamra. Il le mit de côté.

Åhlund continua à feuilleter les livres que Lola Ljungstrand avait consacré son temps libre à lire. Car il était clair qu'elle les avait lus pour la plupart, puisqu'il y avait une constante dans ce qu'elle avait utilisé comme marque-page : à part les tickets de caisse, c'étaient des bouts de papier journal, des dépliants publicitaires ou autres, selon ce qu'elle avait sous la main. Par ailleurs, elle cornait les pages, et Åhlund remarqua qu'elle le faisait toujours en bas des pages, plutôt qu'en haut, comme cela se fait le plus souvent.

Sur une des étagères, une série de livres étaient rangés à l'horizontale, à la différence des autres. Sept titres de Per Qviding, dont l'un était en pas moins de trois exemplaires.

Intéressant, se dit-il, car il aimait bien les livres de Qviding. Il en avait lu plusieurs avec grand enthousiasme. Qviding n'avait pas peur d'accepter ses côtés plus tendres et sa langue était belle.

Åhlund saisit un exemplaire, le plus usé, et vit d'emblée que le livre était plein de pages cornées et farci de petits papiers.

Per Qviding avait écrit au moins quinze livres, mais Åhlund ne reconnut pas celui-ci.

Sur la couverture, qui représentait un visage d'enfant stylisé, un bandeau annonçait VIE ET MORT DE STINA, ÉPREUVES NON CORRIGÉES. Åhlund l'ouvrit. Le livre était daté de l'année en cours.

Sur la page de titre, quelques notes manuscrites :

7 MAI 2001, PAGE 14

LE DOS DE STINA, PAGE 76

LE TABLEAU, PAGE 119

Le livre commençait par une préface de l'auteur, Åhlund se mit à lire.

Extrait de *Vie et mort de Stina*, de Per Qviding

Préface, avril 2019

Il y a et il y a eu d'innombrables petits villages et lieux dans le Nord de la Suède portant le nom Vitvattnet, et la seule certitude que nous avons au sujet de celui où vivait Stina Qviding est qu'il était très petit, seulement trois ménages, et qu'il était situé au Jämtland. Probablement dans la zone la plus occidentale et inaccessible, aux frontières de l'Härjedalen et de la Norvège.

C'est peu dire que les conditions de vie dans le village de Stina étaient misérables dans les années 1860. Voilà ce qu'elle écrit elle-même des observations climatiques de son père au début de l'été de la mauvaise année 1867 :

Le 4 juin : –2 °C, Pe est descendu à l'étang. La glace assez épaisse pour porter un traîneau de bois.

Le 12 juin : Pe est allé jusqu'à la maison abandonnée pour voir. La tourbière toujours gelée. La neige dans la vallée encore épaisse de 2 coudées. +4 °C au milieu du jour. À nouveau 0 °C à l'heure du dîner.

De la famille de Stina, on sait peu de choses. Dans ses journaux, Stina appelle toujours son père et sa mère respectivement Pe et Em. Karl Petter et Anna Maria

Qviding (née Modin) étaient tous deux originaires de la région de Gävle. Son père avait fait des études de théologie et d'histoire à Uppsala, tandis que les parents de sa mère étaient paysans. Karl Petter et Anna Maria se sont mariés en 1850 à l'église de la Sainte-Trinité à Gävle.

Le journal de Stina Qviding est difficile à classer. Peut-être devrait-on plutôt parler d'un carnet d'écriture, ou d'un recueil de lettres jamais envoyées. Elle était clairement fascinée par le livre de Carl Jonas Love Almqvist, *Le Joyau de la reine*, de 1834, qui selon toute apparence était un des rares livres que possédait la famille. Stina cite des passages de ce livre pour exprimer pensées et sentiments. Elle décrit son attirance pour Ingar, du même âge qu'elle, lui aussi habitant Vitvattnet – et leur amour apparaît à la fois mystérieux et inexplicable.

Ce qui domine est sa fascination pour le personnage principal du *Joyau de la reine* : Tintomara, l'androgyne dont hommes comme femmes tombent amoureux, mais qui lui-même est privé de la faculté d'aimer.

Dans ce contexte, Stina semble voir en Tintomara un être surnaturel – peut-être un esprit, peut-être un ange gardien ou une âme sœur.

Inexplicable et mystérieux.

Exactement comme l'amour de Stina pour le fils des voisins, Ingar, une histoire qui s'est achevée en tragédie.

22

BERGSHAMRA

Les épreuves du livre de Per Qviding étaient datées d'avril, deux mois plus tôt, et Lola Ljungstrand avait eu le temps de le lire pour le moins attentivement.

Quantité de passages soulignés et de commentaires notés en marge ou entre les lignes, constata Åhlund avant de continuer de feuilleter pour regarder quelques-unes des pages cornées par Lola.

Beaucoup de ses remarques concernaient le petit village Vitvattnet. Elle semblait avoir consacré beaucoup d'énergie à deviner où il était situé exactement.

MENSONGE, avait-elle écrit à un endroit, IL N'Y A PAS D'ÉTANG À CET ENDROIT.

VITVATTNET PAS AU JÄMTLAND ? sur une autre page cornée. INVENTÉ, sur une autre encore.

Åhlund feuilleta le livre dans tous les sens avec l'impression de plus en plus nette qu'il y avait quelque chose d'agressif dans ces courts commentaires. Comme si Lola avait voulu rassembler la matière d'une critique du livre qui aurait remis en cause la crédibilité du texte.

ANACHRONISME

COPIÉ/COLLÉ WIKIPÉDIA

ÇA NE SONNE PAS COMME LA LANGUE DU XIXe SIÈCLE

Åhlund retourna le livre et lut la quatrième de couverture.

Apparemment, Per Qviding était un descendant du personnage principal du roman, Stina, et le livre était présenté comme une version romancée de sa vie, basée sur ses journaux. Certaines parties étaient "authentiques", pour autant que cela veuille dire quelque chose.

Il continua à examiner les notes de Lola. À un endroit, dans un des extraits du journal, elle avait entouré un paragraphe et souligné le texte :

… un bracelet de métal clair avec une capsule ronde en verre, lut-il. UNE MONTRE ? avait écrit Lola au feutre à côté.

Un autre passage était souligné dans le paragraphe suivant :

… un étui grand comme la paume de la main. D'un côté il était lisse et noir, avec de l'autre un couvercle en verre. UN PORTABLE ?

Des téléphones portables dans les années 1860 ? pensa Åhlund.

"Comment ça se passe ?"

Jeanette entra dans le séjour et il leva les yeux du livre.

"Je ne sais pas… Lola semble s'être beaucoup intéressée à celui-ci."

Il montra le livre.

"Per Qviding ?

— Oui, son dernier. Elle l'a en trois exemplaires.

— Montre voir."

Åhlund passa le livre à Jeanette, qui le feuilleta un peu.

"Tu connais Qviding ? demanda-t-il, et elle hocha la tête, un peu absente.

— On prend ça pour regarder en détail, dit-elle alors en refermant le livre. Je n'ai rien trouvé d'intéressant dans la chambre des garçons. Tu as fini de regarder la bibliothèque ?

— Il m'en reste quelques-uns. Désolé, mais je me suis un peu laissé absorber…

— T'inquiète, dit Jeanette, tandis qu'Olivia arrivait de la cuisine avec une liasse de cartes postales à la main.

— Celles-ci datent du début des années 1990, dit-elle avec une mine pensive. Toute d'un certain Manne. Ils semblent avoir été très amoureux."

23

QUARTIER KRONOBERG

Certaines des toilettes de l'hôtel de police étaient exiguës même quand on n'était pas handicapé : Schwarz se trouvait dans l'une de celles-ci, appuyé sur une béquille, l'autre posée contre le mur.

S'asseoir pour pisser n'était pas son genre, même une rupture totale du tendon d'Achille ne pouvait rien y changer. Le tendon avait claqué d'un coup, comme si on lui avait frappé la cheville avec une batte de baseball. À la radio, les fibres du tendon ressemblaient à une tige de rhubarbe déchiquetée.

La difficulté à utiliser les toilettes faisait qu'il se retenait aussi longtemps qu'il le pouvait, si bien que son jet était d'autant plus puissant. Il s'amusait à essayer de décaper les traces de merde laissées par un précédent visiteur, mais quand une de ses béquilles se mit à glisser le long du mur, il tenta par réflexe de la rattraper et perdit l'équilibre. Il ne tomba pas, mais aspergea abondamment hors de la cuvette, la jambe de son pantalon et son plâtre, en poussant un juron.

Il allait commencer la rééducation sous peu et espérait que ce plâtre qui le démangeait serait remplacé par une attelle un peu plus commode. Juste pour les vacances, il en avait encore pour cinq ou six semaines sur ces maudites béquilles qui lui avaient déjà mis les mains et les coudes à vif. En plus, il dégageait une odeur de sueur toute nouvelle, mêlée de plâtre, de plastique et de bureau renfermé.

Il tira la chasse, se lava les mains et nettoya de son mieux sa jambe de pantalon et son plâtre avant de regagner péniblement par le couloir sa mine de papier. Dieu merci, l'air conditionné fonctionnait, ce qui n'était pas le cas hier ni avant-hier. La température dans son bureau avait bondi à trente-deux degrés, soit six degrés de plus que les recommandations de l'Inspection du travail. En qualité de rond-de-cuir néophyte, il avait l'œil pour ces pinaillages et avait écrit un mail acerbe au responsable de la sécurité. Il faisait à présent seulement vingt-quatre. Il regagna son bureau et ouvrit un coca.

Le style esclavagiste de Jeanette le stressait : pour se faire bien voir, il s'était lancé dans ses recherches à peine revenu de la réunion du matin. Il avait commencé par l'Uragan D2, consacré quelques heures à étudier l'utilisation du poison dans des sociétés d'assainissement suédoises et téléphoné au distributeur en Tchéquie. Il avait appris qu'il n'y avait pas eu de vols de poison déclarés en Suède ces dernières années, et il vérifiait à présent le passé de Lola Ljungstrand.

Ils savaient déjà qu'elle ne figurait dans aucun registre de la police, et il ne lui avait pas fallu plus de cinq minutes pour constater qu'il n'y avait pas une seule trace d'elle sur le net. Pas de compte Instagram ou Facebook, rien sur les autres réseaux sociaux, en tout cas pas sous son vrai nom. Certes, il y avait une ligne de discussion active au sujet de son meurtre sur le site Flashback, mais

Lola étant un fantôme numérique, les trolls de Flashback n'avait pas beaucoup de ragots à colporter, et aucun d'eux ne semblait savoir comment elle avait été assassinée.

Schwarz fixa l'écran de son ordinateur, ne sachant pas comment continuer, et opta alors à nouveau pour l'Uragan D2.

Il lut un article sur un type du Norrbotten qui s'était procuré ce poison nazi en quantité suffisante pour anéantir tout Luleå, alors qu'il n'en avait qu'après son ex-compagne.

Et si un salaud avait l'idée d'en lâcher dans le métro ? pensa Schwarz. Quelle horreur !

Trois kilos suffisaient à provoquer l'arrêt respiratoire de quarante-deux mille personnes. D'après la légiste, le labo en avait trouvé trente-neuf grammes dans le vomi de Lola et encore vingt dans son estomac. En tout cinquante-neuf grammes.

Une image de l'article s'affichait à l'écran. Le type de Luleå avait un air de gendre idéal. À cet instant, Schwarz s'avisa de ce que, faute d'autres idées, il pouvait faire. Ou plutôt aurait déjà dû faire.

Il ouvrit les pages blanches et trouva aussitôt ce qu'il cherchait. La belle-mère de Lola Ljungstrand à Hökarängen.

“Enfin, vous appelez, dit-elle. J'ai essayé de joindre ce policier de Stockholm Nord pendant plusieurs jours, mais il ne m'a jamais rappelée. Tommy ne va sans doute rien dire sur ce qui s'est passé, alors je pensais que c'était à moi de le faire.

— « Ce qui s'est passé » ? demanda Schwarz. C'est-à-dire ?

— Ce qui s'est passé il y a quinze ans."

Schwarz se cala au fond de son siège et quand cette femme lui raconta la grande tragédie de Lola et Tommy, il en oublia aussitôt les démangeaisons de son plâtre.

Leur fille Melissa, trois ans, avait disparu sans laisser de trace, et n'avait jamais été retrouvée.

Les pauvres, pensa l'inspecteur Jimmy Schwarz.

24

BERGSHAMRA

Il y avait une douzaine de cartes postales adressées à Lola, signées “Manne” en lettres chantournées. Jeanette les parcourut. De grands mots et beaucoup de sentiments, se dit-elle.

“Elles étaient classées comme ça ?”

Olivia hocha la tête.

“Dans l’ordre où elle les a reçues, je suppose.”

La première était de Bratislava, datée d’octobre 1991, et la dernière un salut de Tallinn en septembre 1994. À peu près la moitié des cartes venait de villes à l’étranger, les autres de Lund : vieux bâtiments, façades à colombages, la cathédrale et l’université aux allures de château.

Jeanette réfléchit un peu. Lola avait donc entre dix-sept et vingt ans quand elle était avec ce Manne, et un rapide coup d’œil aux cartes postales permettait de déduire qu’il étudiait l’architecture et avait deux ans de plus. Apparemment, il avait fêté son vingtième anniversaire le 6 novembre 1992 en passant un partiel.

“Olivia… Appelle Schwarz pour qu’il jette un coup d’œil à l’état civil et aux registres de l’université. Pendant ce temps, avec Åhlund, on s’occupe de la dernière pièce.”

Elle se tourna vers Åhlund qui avait fini de passer en revue les livres de la bibliothèque et s'était remis à feuilleter *Vie et mort de Stina* de Per Qviding.

La chambre de Lola n'avait pas de fenêtre, les papiers peints intissés étaient vert mousse et les placards en bois sombre, ce qui créait une atmosphère sinistre. Åhlund pressa l'interrupteur et des petites ombres d'insectes morts apparurent dans le globe de verre du plafonnier.

Ils passèrent en revue les placards, qui contenaient des vêtements, des chaussures, des serviettes, des draps et des taies d'oreiller. Il y avait aussi une machine à coudre, une boîte à couture, un carton de photos et de dessins d'enfants. Ainsi qu'un tapis de yoga, un vibromasseur dans son étui, un paquet de piles et un radio-réveil.

Jeanette nota qu'Åhlund s'abstenait de commenter le vibromasseur et ne paraissait pas gêné, bien que ce soit un engin assez réaliste. Il dévissa la trappe des piles, secoua un peu pour s'assurer que rien n'était caché dedans avant de le remettre dans son étui en satin.

Jeanette souleva le couvercle du carton de photos et de dessins en se demandant s'il avait seulement été ouvert par les précédents enquêteurs.

Il y avait une dizaine d'épaisses enveloppes de photos en petit format, elle les disposa sur le lit et un coup d'œil rapide lui permit de constater qu'elles dataient de la même époque que les cartes postales et que certaines d'entre elles témoignaient qu'on faisait déjà beaucoup la fête à l'époque.

Jeanette ramassa les dessins. Il y avait une liasse assez importante de feuilles A4 avec les essais plutôt maladroits de ses deux fils aux pastels et aux feutres. Ici et là, un papier gondolé de peinture signé Benji ou Jakob.

Sans doute sans aucun intérêt, se dit-elle arrivée au milieu du tas. Les dessins se succédaient, soigneusement datés entre 2008 et 2016, et quand les garçons étaient trop petits pour signer eux-mêmes, Lola l'avait fait à leur place.

Mais soudain elle s'arrêta. Le papier qu'elle tenait était un pastel aux couleurs vives où s'alignaient trois joyeux bonshommes-têtards.

On lisait la date 14/12/2004, et le nom à côté n'était ni celui de Benji, ni celui de Jakob.

25

Quinze ans plus tôt

“Il y a quelqu’un ? Tout va bien, ici ?”

Lola Ljungstrand reconnut vaguement la femme dans son entrée, une de ces voisines qu’on croise dans l’escalier et qu’on salue sans jamais parler avec.

“Qu’est-ce qu’il y a ?”

Lola sortit de la cuisine tandis que la femme lui adressait un sourire forcé.

“Bonjour, je m’appelle Camilla, j’habite en face de chez vous. Votre porte d’entrée… Elle était encore ouverte. Vous devriez la fermer, vous savez, vous avez des enfants.”

Lola regarda autour d’elle. Melissa était toujours dans le séjour avec ses dessins.

“C’est toi qui as ouvert la porte ?”

Melissa leva les yeux de sa feuille, secoua la tête, et Lola se retourna vers sa voisine.

“Merci de m’avoir prévenue. Le loquet est détraqué, la porte rebondit parfois. Je vais mettre le verrou.”

La voisine ressortit dans la cage d’escalier, mais s’arrêta et regarda Lola d’un air soucieux, ce visage dont se parent certaines femmes quand il s'agit d'enfants et qu'elles veulent montrer leur sollicitude alors qu'en fait elles veulent juste faire la leçon.

“Vous avez bu ? demanda la femme d'un ton doux qui renforçait son hostilité plus qu'il ne la cachait.

— Non, je n'ai pas bu”, répliqua Lola en lui claquant la porte au nez.

Sous le coup de la colère, rien à foutre, elle ne se donna pas la peine d'aller la verrouiller.

Il était dix heures et Melissa avait dormi quelques heures. Par la fenêtre de la cuisine étincelait une nuit étoilée de décembre seulement voilée par le halo légèrement orangé de l'éclairage urbain. La bouteille de vin que Lola avait ouverte avant que la voisine ne vienne frapper à sa porte était terminée depuis longtemps. Les cachets la faisaient penser un peu plus clairement, mais aussi boire un peu plus vite, et la bouteille devant elle sur la table était la troisième. Mais tant que Melissa était réveillée, Lola y allait doucement. Elle ne se montrait pas en train de boire, juste une pilule au déjeuner et une autre après le dîner. Elle avait honte de s'énerver presque chaque soir que Melissa mette tant de temps à s'endormir.

Tommy devait rentrer demain après trois semaines sur Trollfältet, puis il resterait trois semaines à la maison avant de repartir sur la plateforme. Si on lui avait donné le choix, il en aurait toujours été ainsi. Papa et compagnon à temps partiel avec des vacances entre la Saint-Jean et l'ouverture de la pêche aux écrevisses, puis à nouveau l'Atlantique avec ses tempêtes et ses courants.

Pourquoi ses hommes s'obstinaient-ils à prendre la mer ? Elle fit sortir encore un cachet de la plaquette et l'avala avec une gorgée de vin.

Ses pensées revinrent à l'automne 1994.

Bien sûr, elle aimait Tommy, mais avec Manne, ça avait frisé la folie.

Et si elle avait été plutôt avec Manne ? Melissa aurait été une autre personne, l'enfant qu'elle aurait eue avec Manne. Le dos de Melissa serait normal, sans cette scoliose et ces jambes de tailles inégales héritées de Tommy.

Les larmes brouillèrent la vue de Lola tandis qu'elle buvait.

Le 27 septembre 1994, Manne était encore en vie et avait appelé d'une cabine téléphonique du terminal des ferries, à Tallinn.

Puis le MS *Estonia* avait quitté le port alors que la tempête se renforçait.

1994 était apparemment l'année de Neptune. Le dieu des mers, pensa Lola, qui brisait les portes avant des ferries avec son trident.

Elle se leva de la table de la cuisine, sortit dans le couloir et ouvrit la porte de la salle de bains. Un coup sourd contre la fine cloison et le tableau à côté de la porte glissa d'un côté.

Elle le redressa. À l'origine, c'était une huile d'un peintre russe, mais cette copie n'était qu'une affiche format A3, dont le papier commençait à jaunir aux angles. Cette reproduction encadrée était pendue au-dessus de son lit dans sa chambre d'adolescente. Le motif était une ferme qui lui rappelait une époque d'insouciance dans une enfance lointaine. Quand elle était à la maternelle,

elle avait passé quelques étés chez un cousin de sa mère qui était agriculteur. Dans le souvenir de Lola, c'était exactement comme ça : granges, bottes de foin, maisons peintes en rouge et un soleil qui n'arrêtait jamais de briller.

Après être restée un moment à pleurer sur la cuvette des toilettes, elle regagna la cuisine et se versa un autre verre de vin.

Avait-elle vraiment envie de boire ?

Oui. Elle n'avait rien d'autre à faire qui vaille la peine.

Elle termina la bouteille et alla en chercher une autre dans le garde-manger.

Lola Ljungstrand allait ressasser ce qui se passa ensuite le reste de sa vie.

Tout ce qu'elle avait fait et la seule chose qu'elle n'avait pas faite.

Elle s'était assoupie entre dix heures et demie et onze heures et avait dormi environ deux heures, à moitié étendue sur la table de la cuisine.

Elle s'était réveillée avec une terrible douleur dans la nuque et les épaules, et après avoir vomi dans l'évier elle avait bu un verre d'eau.

Elle avait senti un courant d'air dans l'entrée, s'était pris les pieds dans le tapis en quittant la cuisine, avait renversé un peu d'eau par terre, mais avait réussi à conserver son équilibre.

Elle était arrivée dans l'entrée et avait vu que la porte d'entrée était ouverte. Elle avait posé son verre d'eau sur la commode, refermé et verrouillé la porte.

Elle avait constaté que le sac à dos Fjällräven de Melissa avait disparu mais, sans s'interroger outre mesure à ce sujet, mal réveillée, elle avait gagné sa chambre où elle s'était rendormie.

Un sommeil de cuite, lourd et sans rêves.

Lola Ljungstrand ne s'était pas donné la peine de faire un détour par la chambre de sa fille, car elle aurait alors découvert que le lit était vide.

Si elle l'avait fait, tout aurait été différent.

26

MÉLANCOLIE BLANCHE

La première neige tombe début septembre et la brusque vague de froid glacial détruit la plus grande partie de la récolte déjà maigre. M'être trouvée quelques semaines plus tôt seulement enlacée avec Ingar au bord de l'eau, nos deux corps fumants, me semble un rêve absurde.

Même si le sentier n'est pas recouvert par la neige, on s'y enfonce par endroits jusqu'aux genoux et, même en pleine journée, la température ne parvient pas à dépasser zéro. Les rares heures où il se montre, nous avons un soleil pâle et faible et le reste du temps le ciel est couvert, plein d'une humidité glacée qui alourdit l'esprit.

Il en va d'Ingar à peu près comme du soleil : il se retire et semble vouloir éviter tout le monde. Plusieurs fois, j'essaie de lui rendre visite, mais je suis arrêtée à sa porte par son père ou sa mère qui prétendent qu'il est trop faible pour me voir. “Ne t'approche pas d'Ingar”, disent-ils, comme s'ils estimaient son état en rapport avec moi.

Mais un soir, alors que je suis sortie fendre du bois, j'entends le violoncelle d'Ingar du côté de chez lui.

J'appuie la hache au billot et je me tourne vers sa cour en tendant l'oreille. *Andante con moto* de Franz Schubert, et c'est vide et ennuyeux sans mon nyckelharpa, ça sonne faux et mal. Dans la vague lueur d'un feu de cheminée, je vois ses gestes danser comme des ombres à la fenêtre de la cuisine. De la cour de la ferme, on voit que ses parents ne sont pas là.

J'essuie mes larmes pour qu'elles ne gèlent pas, puis je rentre chez nous.

Une fine couche de poussière couvre l'étui du nyckelharpa. Je souffle dessus. Mon ventre me chatouille tandis que je ressors, me dirige vers la maison d'Ingar l'instrument sous le bras, ouvre la porte d'entrée et pénètre dans le vestibule.

Le violoncelle d'Ingar sonne encore plus mal que de loin, plein de bruits parasites. C'est toujours Schubert, mais un Schubert malade. Sur le seuil de la cuisine, j'ai un mouvement de recul en le voyant.

C'est un autre Ingar. Son visage est creusé, il a un œil complètement bleu et sa main qui tient l'archet est blessée : ses doigts gonflés sont bizarrement crispés sur l'archet.

Je tente un "Ingar ?" et il me jette un regard, mais ses yeux sont absents et il les détourne aussitôt et se remet à jouer.

Je m'assieds de l'autre côté de la table, j'ouvre l'étui et sors mon nyckelharpa tout en l'observant. Si sa main droite est rouge, gonflée et déformée, la gauche, sur la touche, est amaigrie et si pâle qu'elle en est translucide. À présent, je vois que son regard n'est pas du tout lointain mais plutôt tourné vers l'intérieur, comme s'il ne prêtait attention à rien hors de lui et de son instrument.

"Ingar… C'est affreusement faux. Laisse-moi…"

Je commence à jouer avec lui, pour qu'il retrouve ses repères. Je sais comme il peut bien jouer, c'est affreux de l'entendre jouer comme ça.

Mais rien n'y fait, à part qu'il semble avoir compris qu'il n'était plus seul.

Au bout d'un moment il cesse de jouer, d'un coup, et me désigne du bout de son archet. Une flamme dans la cheminée fait luire un filet de salive au coin de sa lèvre. Je regarde fixement Ingar, il me dévisage à son tour. "Tu dois m'aider", murmure-t-il.

Parfois, le passé nous rattrape si vite qu'on ne peut s'en garder. Un souvenir d'enfance se mêle soudain au présent, se confond avec, comme s'il avait toujours été là, tapi au fond de ma tête, guettant le moment de se montrer.

Je suis assise en face d'Ingar et quand je vois ses yeux rouler, blancs et humides, j'ai cinq ans, je suis dans la forêt avec père. Je suis derrière lui, un panier de myrtilles à la main, et je regarde la vie quitter un petit élan qui s'est arraché la patte. Père l'a achevé d'un coup de hache sur la tête, il fallait le tuer par pitié, ses yeux d'abord suppliants s'emplissent de gratitude, et voilà que ce souvenir se mêle à ce que je vois à présent : les yeux d'Ingar qui se lèvent vers moi et deviennent tout blancs.

Le petit est mort, son moignon de patte sanglant a un peu tremblé avant qu'il abandonne. Mais Ingar n'abandonne pas, il lutte contre les ténèbres tandis que je gèle sur place, incapable d'intervenir.

Le violoncelle glisse à terre avec un son clair tandis que les mains d'Ingar lui sautent au visage, puis ses doigts lui griffent les joues, comme s'il était attaqué par des insectes.

Sa bouche fait du bruit, un babil sourd sorti des profondeurs, des mots sans contenu ni sens, et je comprends qu'il faut que je fasse quelque chose, que je l'empêche de se lacérer la figure comme le petit élan s'était déchiqueté la patte à coups de dents.

Je m'arrache à ma paralysie, je pose mon nyckelharpa et saisis ses bras, j'essaie de les ôter mais soudain c'est lui qui tire et nous tombons ensemble à terre. Il commence à m'échapper en rampant et je me couche sur lui, mais il est comme un muscle unique qui continue à ramper sur les coudes avant de pousser un grognement et de rouler de sorte que c'est moi qui suis couchée sur le ventre et lui sur moi.

Sa main droite saisit mon cou, si fort que je vois des taches rouges devant mes yeux, l'autre me tire par les cheveux, soulève ma tête et la cogne contre le sol jusqu'à ce que tout devienne vide de sens, confus et lointain, et il cogne, cogne encore puis cesse de cogner et le poids disparaît de mon dos.

Mais je n'ai pas la force de me relever, je reste sur le ventre avec l'odeur de bois et de terre qui monte des lattes pleines d'échardes du plancher tandis qu'un filet de sang coule en suivant les veines immémoriales du bois.

Je tourne la tête, vois une fenêtre de cuisine et dehors un faucon pèlerin perché sur la clôture. Et adossé au mur, sous la fenêtre, Ingar.

"La Vierge nue", dit-il, et il a retrouvé ses vrais yeux.

C'est à minuit, sous le ciel étoilé, qu'Ingar et moi approchons de la maison abandonnée, un chalet de bois en ruine au toit enfoncé, envahi de broussailles. À côté, on voit les restes d'une grange, un alignement de monticules de pierres moussues et de poutres brisées. Le terrain est plus ouvert ici qu'en bas au village, et ça souffle plus fort. La baraque a été domptée par le vent, elle penche à l'est, vers la forêt, comme si elle voulait s'y réfugier. Personne ne connaît son âge, mais quand j'étais petite, Pe racontait des histoires horribles à son sujet.

Elle est basse de plafond, car jadis des petites gens y habitaient. Anciens serfs des rois de Suède, ils avaient été enlevés dans des contrées à l'est, au-delà de la Carélie et du pays des Turcs. On les appelait *piqueurs* car ils travaillaient dans les mines avec des pics et, quand on les a affranchis, ils ont pu acheter un petit lopin où creuser plutôt la terre de leurs pics, mais ils mourraient souvent de faim tellement le sol était pauvre. Les piqueurs détestaient les enfants et après leur mort, leurs esprits pouvaient venir les hanter pendant la nuit et, quand ils parvenaient à pénétrer les rêves de l'un d'eux, cela signifiait qu'ils avaient deviné où il habitait et pouvait revenir n'importe quand se venger.

Je n'ai plus repensé depuis longtemps aux histoires de mon père, je suis presque adulte maintenant et je ne me soucie pas des vieilles légendes. Pourtant, mon cœur se serre en voyant la maison se dessiner au clair de lune, ombre noire sur la neige. Neuf jours ont passé depuis que les démons ont attaqué Ingar, mais à présent il s'en est libéré. Plus tôt, dans la soirée, il est venu me trouver en cachette, redevenu lui-même, et même en plus gai. Nous avons préparé un petit sac à dos avec des provisions, de l'eau et quelques couvertures avant de nous glisser dehors.

Nous passons la crête et débouchons dans le champ où la récolte est morte. La neige a été par endroits balayée par le vent, découvrant un pêle-mêle de tiges pâles et sèches. Une impression affreuse, comme si une araignée géante avait tissé sa toile sur-le-champ pour l'étouffer.

"Tu vois ?"

Ingar montre quelque chose au-delà du muret de pierre qui jouxte la maison.

D'abord je ne vois rien d'autre que de la neige blanche que le vent a lancée à l'assaut du mur mais, quand nous nous approchons, je remarque quelque chose qui dépasse. Une fleur vaguement pourpre, puis aussitôt quelques autres, comme une petite grappe de taches colorées dans tout ce blanc. Elles n'ont pas été flétries par le froid, elles semblent fraîches comme en plein été.

Ingar se penche, soulève les pétales d'une des fleurs, dénudant une tige tout à fait lisse et blanche.

"Les feuilles meurent très tôt, dit-il. Puis la fleur reste longtemps en hibernation jusqu'à ce que les pétales s'ouvrent, et elle devient alors la Vierge nue."

Je comprends pourquoi on appelle cette fleur ainsi : elle a l'air vraiment nue sous ses pétales pourpres.

"Tu te souviens du petit Josef ?" demande Ingar.

Je hoche la tête. C'est la chèvre qui s'est noyée dans le marais quelques années plus tôt.

"Je suis une fois monté ici avec lui, et je l'ai vu manger une de ces fleurs. Le soir même, il a été très malade et nous l'avons amené chez les Anciens. Ils ont dit que c'était la faute de la Vierge nue, qu'elle était aussi toxique que l'arsenic et que c'était une chance que l'estomac de chèvre de Josef soit résistant. Il n'y a pas d'antidote, et les graines peuvent tuer. Cette fleur n'est pas naturelle aussi loin au nord… Elle a très certainement été plantée volontairement."

Je ne comprends pas bien ce qu'Ingar veut dire.

"J'ai trouvé des restes de ces pétales dans notre cuisine, reprend-il. Dans le mortier… Je crois qu'ils ont aussi écrasé des graines, ça ressemblait à des crottes de souris, mais en plus petit."

Il lève vers moi ses yeux brillants et je m'accroupis à côté en passant mon bras autour de ses épaules.

"Tu veux dire que… tu en as mangé ?

— Je crois.

— Mais… Comment ?

— Ça, tu leur demanderas une fois rentrée. Moi, je vais m'en aller, mais je promets de revenir vous chercher, toi et Vidar."

Je ne suis plus entrée dans la maison abandonnée depuis mon enfance, mais quand Ingar allume la lanterne et que nous y pénétrons, c'est comme remonter dans le temps : la porte de travers qui racle le sol avec un bruit strident, la colonne de la cheminée dont les fissures ressemblent à des éclairs, les fenêtres condamnées par de larges planches clouées.

Tous les murs penchent d'un côté, le toit s'affaisse et, tout au fond, dans la chambre, se dresse l'affreux lit-armoire où toute une famille de piqueurs a ressassé des rêves maléfiques de vengeance.

Il flotte la même odeur froide de vieille poussière que quand j'étais petite. La seule différence est que je dois maintenant me courber partout dans la maison, pas seulement sur le seuil des portes, et que le lit-armoire est même plus petit que dans mon souvenir. Un trou sombre s'ouvre dans le cadre blanc écaillé du lit.

"On va dormir là-dedans ?"

Ingar hoche la tête et souffle la flamme de la lanterne.

Dormir avec les fantômes des piqueurs, me dis-je tandis que nous nous déshabillons, arrangeons les couvertures et, bien que ce soit bizarre de faire ça ici, nous blottissons dessous, nus.

J'essaie de me défaire de mon imagination, ces histoires de petit peuple ne sont que des enfantillages. C'est un lit tout à fait ordinaire, à part qu'il est très vieux, fait de planches ordinaires peintes en blanc par des mains humaines ordinaires. Ces piqueurs étaient peut-être juste d'ordinaires forestiers finlandais.

Le corps d'Ingar est plus chaud que le mien et il m'attire à lui.

Mais même ses mains ne peuvent chasser le froid et la raideur qui m'habitent. Au contraire, elles me font penser à ce qui va me manquer, et ce n'est pas seulement ses mains sur mon corps.

C'est aussi quand il place mes doigts sur les touches du nyckelharpa et guide mes mouvements pour que je trouve les bonnes notes et la bonne pression. Et sa main gauche quand elle saisit le manche du violoncelle et que ses tendons se bandent comme les cordes en jouant. Et puis enfin sa main droite, dont le petit doigt se tend toujours vers l'extérieur quand il tient l'archet.

Avec qui vais-je jouer quand il sera parti ?

Ses mains cessent de me toucher quand il comprend que je ne veux pas, et je lui tourne le dos, je sens sa respiration sur ma nuque jusqu'à ce qu'il se retourne et s'étende sur le dos.

Dort-il ? Oui, il s'est endormi. S'il est couché sur le dos raide comme un clou dans le lit, on peut être assuré qu'il dort. Ce clou va me manquer.

Je suis faible de ne pas oser montrer combien je déteste qu'il me laisse. Je voudrais le griffer, le battre et crier. Mais je ne veux pas non plus le faire fuir, apparaître comme une petite enfant capricieuse et qu'il ne veuille plus me revenir. Il faut que je sois patiente, c'est sans doute le mieux. Attendre qu'il revienne, même si cela doit durer plusieurs années.

Ma patience l'emportera, comme il est dit dans l'Épître aux Romains et l'Épître de Jacques :

> *Nous sommes fiers de nos souffrances, car nous savons que la souffrance engendre la persévérance, la persévérance la fermeté et la fermeté l'espoir, ainsi soyez patient et montrez de la fermeté.*

Je me tourne lentement pour ne pas le réveiller. D'abord, il ne m'apparaît que comme une ombre, puis mes yeux s'accoutument à l'obscurité et j'arrive à distinguer les traits plus clairs de son visage, sa pomme d'Adam qui bouge quand il déglutit.

Patience, fermeté, espoir.

Je fais glisser mon index le long de son torse en descendant vers le ventre, et je sens sa peau se nouer et son petit duvet se dresser. Ingar dort, mais pas complètement. Il est réveillé en bas. Je soulève précautionneusement la couverture.

Je sens l'odeur, que j'ai appris à aimer, un fort parfum de fer et de sang, et lentement j'écarte la couverture.

Je ne le touche pas. Je me contente de regarder tandis que mes yeux font corps avec l'obscurité, tirent du relief et de la netteté de ses nuances bleu-gris.

Le lit grince et craque quand je me rapproche.

C'est posé sur son ventre, ça lui arrive à mi-chemin du nombril et c'est plein de sang.

Pendant mes semaines rouges, où je ne veux pas me donner à lui de la manière habituelle, je me sers de mes mains et de ma bouche. Souvent, j'éprouve une sorte de soulagement ou de libération, après. Ce qui le tourmentait et le démangeait de l'intérieur devait sortir, et il n'y a que moi qui puisse extraire jusqu'à la dernière goutte ce qui le rendait tendu et impatient.

Bientôt, je remarque que j'aime le regarder comme ça. *Sans* toucher.

Lentement, je descends la main, je l'arrête juste au-dessus, juste assez pour sentir les poils pubiens me chatouiller la paume.

Son odeur se fait plus forte et j'entends claquer son palais.

Être privé de ce qui est bon est souffrir, et souffrir c'est devenir endurant.

Je joue avec ma langue dans ma bouche, je goûte son odeur et j'imagine comment la faim peut être calmée. Un vertige voluptueux et des éclairs de chaleur qui font trembler et couler mon corps.

Je veux, mais je m'oppose à ma volonté. Je le regarde encore un moment avant de retirer ma main et de rabattre sur lui la couverture.

"Qu'est-ce que tu fais ? demande-t-il, soudain réveillé.

— Rien."

Je ne ferai rien, jusqu'à son retour. Je lui tourne le dos, il se blottit contre moi et nous nous taisons ainsi un moment.

Souffre, montre de l'endurance pour pouvoir enfin être emplie d'espoir.

Juste au moment où je vais m'endormir, il se remet à parler.

"La Vierge nue est aussi appelée l'Intemporelle, dit-il. Est-ce que tu devines pourquoi ?

— Parce qu'elle fleurit à la mauvaise saison ? proposé-je, engourdie de sommeil.

— Oui, bien sûr… Mais aussi parce qu'on se retrouve dans un lieu hors du temps quand on a absorbé son poison, un lieu par-delà le temps et l'espace.

— J'y suis allée", dis-je, tandis que mes paupières se font de plus en plus lourdes.

Mourir n'est pas quelque chose qu'on doive redouter. Mourir est merveilleux.

Je suis réveillée par le froid et je m'aperçois aussitôt que je suis seule dans le lit.

"Ingar ?"

J'appelle, même si je sais que c'est en vain.

Je m'habille, sors dans le froid et la nuit et commence la marche d'une heure pour rentrer à la maison.

Une chute de neige silencieuse a rendu plus épaisse la couverture blanche que je fends en descendant vers la forêt, une boule dans la gorge. Pas seulement à cause d'Ingar, mais aussi parce que je redoute ce qui va se passer à mon retour. J'ai toujours aussi peur des punitions de mère que lorsque j'étais enfant.

L'heure passe dans un brouillard blanc, et je ralentis sur le dernier tronçon, comme pour retarder ce qui m'attend.

Quand je vois les lampes dans les maisons, je comprends qu'ils sont tous réveillés.

J'entends des appels. Ils nous cherchent, évidemment.

J'ouvre le portail, j'inspire à fond et je me blinde devant la colère de Em tandis que je fais le tour de la maison. Je ne trouve personne, mais un terrible vacarme m'accueille. Je m'arrête.

Le bruit vient du poulailler.

À terre, devant moi, quelque chose de blanc gigote dans tout ce blanc et je ne comprends d'abord pas ce que je regarde fixement. C'est couché sur le dos, ça griffe et se débat, si bien que le sang éclabousse.

Puis je vois qu'il n'y a pas que des flocons de neige en suspension dans l'air, mais aussi des plumes blanches.

Le petit baluchon à terre est une poule qui vit encore alors qu'elle n'a plus de tête.

27

QUARTIER KRONOBERG

“Avez-vous des enfants ?” demanda l’étudiante en journalisme qui ne devait pas même avoir vingt-cinq ans, mais que ses yeux faisaient paraître plus âgée.

Lars Mikkelsen, chef du département pédocriminalité de l’Unité opérationnelle nationale, s’attendait à cette question, car elle finissait toujours par arriver.

“Non, je n’en ai pas”, répondit-il.

Ce que cette interview avait d’inhabituel était qu’elle avait jusqu’ici laissé de côté les aspects personnels. L’étudiante avait posé des questions concernant d’éventuels problèmes engendrés par la nouvelle organisation, la mue de la Criminelle en Unité opérationnelle nationale, et les différences dans le travail de la police d’un point de vue purement technique.

“Vous pensez qu’il est encore plus difficile d’être parent quand on travaille sur la pédocriminalité ?”

L’étudiante afficha un sourire figé, peut-être mal à l’aise du tour soudain privé que prenait l’entretien.

Quand il venait d’être embauché, à la fin des années 1980, il aurait sans hésiter répondu oui à cette question. Dix ans plus tard, il avait rencontré sa désormais ex-femme, était tombé amoureux et avait revu sa réponse en un plus optimiste peut-être bien que oui. Quinze ans et quatre fausses couches plus tard, alors que leurs chemins s'étaient séparés, la question lui paraissait juste déprimante.

Aujourd'hui, à soixante ans passés, il avait vu des collègues aller et venir, et il n'était pas rare que ceux qui arrêtaient le fassent parce qu'ils étaient ou allaient devenir parents. "Bien sûr, c'est sans doute plus difficile, étant donné ce que nous voyons de près dans notre travail, finit par dire Lars Mikkelsen.

— Très bien…, dit la journaliste en coupant l'enregistrement. Merci beaucoup d'avoir pris le temps.

— De rien. N'hésitez pas à me rappeler si vous avez besoin d'informations complémentaires."

Une fois l'étudiante partie, Mikkelsen resta un moment à son bureau à réfléchir à ce qu'il aurait pu répondre aux dernières questions s'il avait pu parler librement et sans censure.

Il aurait probablement dit que son ex-femme avait rejeté sa proposition d'adopter, car pour elle seul comptait un enfant biologique. Qu'elle avait dix ans de moins que lui, n'avait pas encore perdu espoir et qu'immédiatement après leur divorce elle avait rencontré un autre homme avec lequel elle avait fait deux bébés en autant d'années. Et encore que, de son côté, il s'était acheté un caniche nain qui, dix ans après, continuait à le réveiller tous les matins en lui léchant les pieds, et qu'il conservait les dents de lait de son chien dans une petite boîte, comme n'importe quel parent.

Une autre question qu'on lui posait souvent était de savoir s'il avait lui-même été victime d'abus sexuels étant enfant. Il répondait toujours, conformément à la vérité, d'un non. Mais si la personne qui posait la question avait mérité plus de détails, il aurait pu raconter qu'une amie d'enfance en avait été victime et qu'il avait été totalement brisé quand elle était morte d'une overdose à seize ans. Cependant, il n'avait jamais raconté à personne qu'elle avait été son premier amour et que c'était son propre père qui l'avait agressée.

N'importe qui pouvait devenir parent. C'est presque un droit universel, plus ou moins considéré par certains comme un devoir.

On n'exigeait aucune licence ni aucun permis de conduire. Avant d'acquérir le caniche, il avait dû passer par plusieurs longs entretiens avec le propriétaire du chenil pour évaluer son aptitude à être son maître.

Il était beaucoup plus compliqué d'accueillir un chien. Sans doute un peu comme l'adoption, songea-t-il en prenant son téléphone avec un coup d'œil à l'heure.

Dans une demi-heure, il devait aller voir Kaspar Hauser avec Love Martinsson.

Le garçon allait d'abord prendre une douche. Après deux semaines de détention, il avait développé une fascination pour l'eau courante sous toutes ses formes.

28

ARRÊTS DE KRONOBERG

Accepter une mission externe deux semaines seulement après avoir quitté son poste au Chaudron n'était pas ce qu'avait prévu Love Martinsson. Mais comme d'habitude il avait du mal à dire non quand c'était Lars Mikkelsen qui demandait. Love s'était vu de temps en temps confier des missions par Lasse et le plus souvent il s'agissait de cas un peu spéciaux, à la fois exigeants sur le plan professionnel et éprouvants psychologiquement, mais toujours intéressants.

Quand son téléphone avait sonné, Love avait une masse à la main et s'apprêtait à abattre la cloison entre la cuisine et le séjour. Les ouvriers avaient juste commencé à arracher le carrelage de la salle de bains, le chaos était total et Love venait de regretter sa décision de participer lui-même aux travaux de rénovation. Cet appel avait été une interruption bienvenue pour échapper à la poussière étouffante de l'appartement.

Il se trouvait à présent dans la salle du personnel, devant une tasse de café et le rapport d'un psychiatre judiciaire. Il n'y avait aucun doute que le cas de ce garçon sans nom surnommé Kaspar Hauser cochait tous les critères d'une mission pour Mikkelsen.

*NN montre d'un côté des signes typiques de troubles autistiques /Asperger, mais il est d'autre part possible que la défaillance de son aptitude à la communication relève d'autres explications. NN semble doué de compétences au moins superficielles en suédois, dans la mesure où, selon le personnel des arrêts, il était capable dès le premier jour de suivre des instructions simples comme "manger", "dormir", "se laver", "entrer" et "sortir". Il est cependant vain de discuter le niveau de son développement langagier, dans la mesure où NN n'a pas prononcé un seul mot en 14 jours de détention. Les seuls sons émis par NN sont des soupirs, des gémissements et à une ou deux occasions un "cri rauque" (témoignage du personnel des arrêts), le tout pendant son sommeil, ce qui suggère des cauchemars et une angoisse refoulée. Il n'est pas non plus établi si NN sait ou non lire ou écrire, ni si le mutisme de NN a des causes médicales ou psychologiques. Dans ce dernier cas, il existe toute une série d'explications possibles dans le spectre du trauma ainsi que dans ce qu'on appelle le syndrome de l'enfant-loup (*feral child, *voir par exemple les cas Genie ou Oxana Malaya). Une autre explication plausible est que cet état est intentionnel de la part de NN. En l'absence de changement/progrès, ces facteurs rendent globalement impossible une éventuelle expertise selon le protocole du paragraphe 7.*

Un psychiatre de la vieille école, pensa Love. Un rapport si sec qu'il risque de s'enflammer spontanément.

Un paragraphe 7 ne serait d'actualité que si l'enquête préliminaire de la police débouchait sur une mise en examen. Il réfléchit à ce qu'il venait de lire. Naturellement, il était difficile d'effectuer le protocole du paragraphe 7 sur une personne qui ne communiquait ni verbalement ni d'aucune autre façon, dans la mesure où cet examen se basait sur un entretien avec le suspect.

Mais au fond, il ne s'agissait que de répondre à deux questions : si le suspect souffrait au moment du meurtre de graves troubles psychiques, et si ce dernier avait besoin de soins psychiatriques. Donc il était bien sûr possible, en théorie, de faire une recommandation sans entretien.

Love continua sa lecture pendant que son café refroidissait.

> *L'absence de capacité d'interaction chez NN implique qu'il est problématique de juger de son niveau intellectuel. Des tentatives répétées ont été effectuées avec des tests de* QI *simples, des cubes, des figures et des puzzles, mais NN accueille ces tâches avec un manque total d'intérêt. NN est tout aussi indifférent aux exercices mathématiques, qu'il s'agisse de chiffres ou de symboles graphiques comme des fruits, des allumettes ou autres objets. Des entretiens avec le personnel des arrêts établissent clairement la nécessité d'examiner la possibilité d'un trouble sexuel ou d'une immaturité psychosexuelle chez NN. À plusieurs occasions, ce dernier s'est exhibé/masturbé en présence de policiers/de surveillants, mais l'origine de ce comportement reste obscure.*

Love pensait voir là trois gros problèmes juridiques, dont deux étaient devenus de plus en plus habituels après la vague d'immigration de 2015. Il s'agissait d'une part des suspects à l'identité peu claire, et d'autre part des cas d'âge difficile à établir, et le plus souvent c'était une combinaison des deux. Mais en l'occurrence, il y avait un problème supplémentaire. Personne ne savait si le garçon, ou le jeune homme, était citoyen suédois ou d'origine étrangère. Aucune trace de son ADN dans les bases de données génétiques ou généalogiques et jusqu'ici aucune correspondance avec des personnes disparues du même âge. L'existence de soupçons de troubles psychiques ne simplifiait pas la procédure judiciaire.

En attendant, Love prit le rapport de l'examen médical effectué le lendemain de son placement en cellule. Il était resté relativement superficiel, n'incluant pas d'EEG, d'IRM, ni de tomographie, qui auraient pu identifier d'éventuelles lésions au cerveau. D'après le médecin, le garçon s'était montré calme et coopératif. Les tests visuels et auditifs n'avaient pas pu être effectués de manière conventionnelle, mais en s'appuyant sur les observations du médecin, le garçon avait été jugé potentiellement surdoué.

Il n'avait ni drogue ni alcool dans le sang, souffrait de malnutrition mais était sinon en bonne santé. Un nombre important de griffures, d'écorchures et de bleus étaient listés dans le rapport, ainsi qu'une série de cicatrices, dont une se détachait du lot. Elle était grande comme un ongle de pouce, plus récente que les autres, située sur le haut du bras gauche. Le médecin avait noté qu'elle rappelait les cicatrices causées par le vaccin BCG contre la tuberculose qu'on observait souvent à cet endroit chez les Suédois des générations plus anciennes.

Pour le reste, à propos du mutisme du prisonnier, le médecin certifiait qu'il n'y avait aucun défaut apparent de l'appareil phonatoire, et il constatait également qu'une détermination précise de son âge était impossible. Il avait pourtant proposé une fourchette : *Entre 15 et 20 ans.*

Les hommes ne sont pas comme les arbres, pensa Love. Pas de cernes pour donner leur âge.

Le développement sexuel correspond à celui d'un jeune de 17-18 ans, écrivait le médecin. La pomme d'Adam semble ne pas avoir fini son développement et la pilosité du sujet ressemble à celle d'une jeune fille / jeune femme du même âge.

Parmi d'autres commentaires, une remarque sur le fait que le garçon avait sous les aisselles des restes de feuilles d'une plante aromatique particulière : de la menthe poivrée.

Tandis que Love se demandait s'il pouvait s'agir d'une forme primitive de parfum, il entendit des pas dans le couloir.

"Love Martinsson ?"

L'homme qui l'interrogeait du regard sur le pas de la porte s'approcha sur le hochement de tête de Love et le salua.

"Nils Åhlund… Enchanté. Kaspar a pris sa douche, il est bientôt prêt à vous recevoir."

Love espérait que le surnom informel de Kaspar n'avait pas été trop utilisé en la présence du garçon. Son vrai nom était en grande partie la clé et un surnom risquait d'être source de confusion s'il s'agissait d'une personne souffrant de problèmes liés à la mémoire et à la conscience de soi.

Åhlund l'informa que les techniciens avaient reconstitué des films effacés sur le téléphone d'un des garçons de la bande de jeunes.

"Ça a commencé par des insultes, des tapes et des coups de pied. Puis l'un des types attrape par la gorge Kaspar, qui semble pris de panique… Et juste après,

Kaspar sort son couteau. Ils sont à quatre contre un, la situation de légitime défense semble caractérisée, mais bon, c'est toujours une question d'interprétation. La qualification de son acte a été revue à la baisse : violences aggravées. Plus bien sûr quelques broutilles, détention illégale d'arme blanche, vol à l'étalage et autres…

— Et quel est votre sentiment ?" demanda Love.

Åhlund réfléchit. "Je crois que je partage l'avis du médecin, que ce garçon n'est ni fou ni retardé. Il est juste très bizarre. *Feral*… Quel était le terme utilisé par le psy, déjà ?

— *Feral child.* Un enfant-loup.

— C'est ce que je crois, dit Åhlund. Arrivé directement de la cambrousse.

— Et comment décririez-vous son état psychique ?"

Parfois, il valait mieux poser les questions fondamentales à un profane qu'à un psychiatre et la première impression de Love au sujet de Nils Åhlund était celle d'une personne directe dont l'aptitude à l'empathie n'avait pas été affectée par ses années dans la police.

"Depuis son arrivée ici, je le trouve un peu apathique, dit Åhlund, mais avant qu'on l'attrape… Eh bien, assez perdu, confus. Mais plein de vie, sans limites, surexcité… Je ne sais pas bien.

— Selon le psychiatre, il a le sommeil agité et des cauchemars.

— Il n'est pas le seul."

On frappa légèrement à la porte et Lars Mikkelsen entra. Åhlund se tourna vers lui.

"J'ai croisé Jeanette en venant. Elle te salue."

Lasse jeta un rapide regard à Love avant d'inviter Åhlund à la saluer de sa part.

Love visualisa un visage. Un sourire qui pouvait être à la fois sévère et beau.

Mais c'était il y avait longtemps. Une tout autre époque.

"Il n'est pas clair si Kaspar comprend seulement ce dont on le soupçonne, dit Lasse avec une certaine gêne. Et je dois souligner que ses interrogatoires ont été totalement étranges. Comme son âge n'a pas pu être établi, des représentants des services sociaux doivent forcément y assister. En gros, ça se passe comme ça : je pose des questions auxquelles le gamin ne répond pas. Les interrogatoires ont dû être interrompus beaucoup plus vite que d'habitude, le contact étant nul. Le moindre geste du côté du garçon doit être considéré comme un progrès.

— Dans quelle mesure mon entretien peut-il être privé ?" demanda Love.

Mikkelsen réfléchit.

"Comme il ne s'agit pas d'un interrogatoire, tu es dispensé de la présence de l'avocat et des services sociaux. Ils restent cependant présents en ligne, et l'entretien est enregistré.

"Autre chose qu'il faut que je sache ?"

Mikkelsen se racla la gorge et Love nota qu'il rougissait légèrement du cou.

"Je pense que tu es déjà au courant, puisque tu as lu le rapport du psychiatre, mais je veux malgré tout le mentionner…" Il remonta ses lunettes qui avaient glissé sur le bout de son nez. "À une occasion, comme j'entrais dans la salle d'interrogatoire, j'ai trouvé Kaspar en train de… euh, de se satisfaire. Sous la table, bien sûr, mais on voyait tout de suite ce qu'il était en train de faire, et il n'a pas arrêté, alors qu'il m'avait très bien vu entrer.

— Il ne comprenait pas que ça ne se faisait pas ?

— Non, je ne crois pas. C'était quelque chose qu'il faisait, c'est tout."

Love réfléchit.

"Bien sûr, cela peut être le signe qu'il a grandi dans un milieu sexualisé, mais aussi bien qu'il a vécu isolé pendant longtemps. Il peut aussi s'agir d'une réaction au stress. La prison ne lui offre pas beaucoup de stimulations physiques, et peut-être n'a-t-il pas trouvé d'autre moyen pour se calmer que de se masturber."

Mikkelsen hocha la tête.

"Comment vas-tu organiser l'entretien ?

— La première étape est toujours de construire une relation de confiance. Pour s'ouvrir, il doit pouvoir se fier à moi. J'ai quelques idées, mais tout dépend de la personne et de la situation. Je vais être très prudent et… vous allez peut-être même me trouver sur la défensive. Mais je crois que dans ce cas précis c'est absolument nécessaire.

— Est-ce que tu as d'autres questions, avant d'y aller ?

— Combien de temps ai-je à ma disposition ?"

Love vit à l'expression du visage de Mikkelsen qu'il pensait que ce serait un très bref entretien préliminaire.

"Aussi longtemps que toi et lui en aurez la force", répondit-il.

En sortant dans le couloir, ils rencontrèrent une surveillante qu'Åhlund leur présenta comme la première à s'être occupée de Kaspar.

Love supposa que c'était aussi cette femme qui avait découvert que Kaspar n'était pas une fille, comme toutes les parties concernées avaient d'abord cru.

Ou plutôt en avaient été convaincues. Mais la fille est soudain devenue un garçon, et tout le monde a été choqué.

Cela avait été une raison de plus d'accepter cette mission.

Quand Love croisa le regard de la surveillante, il y vit ce qu'il avait déjà vu tant de fois : elle ne savait pas dans quelle case le classer. Il n'était pas inhabituel qu'on le prenne pour une femme, surtout quand, comme maintenant, il s'était un peu laissé pousser les cheveux.

“Love, dit-il en tendant la main. C'est moi qui vais parler avec le garçon.

— C'est vous, le psychologue invité ?

— Psychologue invité ? Euh, oui, on peut dire ça.

— Il y a une chose que je voudrais vous raconter, dit la femme. L'autre jour, j'ai vu Kaspar à la promenade. Il avait attrapé un insecte, qu'il s'est fourré dans la bouche et encore ce matin, il a ramassé une araignée par terre dans le couloir, et l'a mangée elle aussi.”

Love se souvint d'une note de l'enquête : pour son premier repas en captivité, on a servi au garçon des boulettes de viande, mais leur odeur l'a rebuté et il a rejeté l'assiette avec une mine dégoûtée. Apparemment, ça a été la même chose avec tous les types de viande, y compris le poisson et le poulet. Les plats végétariens ont été mieux acceptés, haricots, lentilles et légumes, mais selon le personnel, il a souvent refusé de s'alimenter.

“Il n'est pas inhabituel d'agir de façon irrationnelle quand on est stressé ou déprimé, dit Love.

— En plus, les gens ont tendance à être déstabilisés ici, quand ils ne le sont pas déjà en arrivant, dit la surveillante. Mais personnellement, je ne crois pas qu'il soit si fou que ça, finalement."

Extrait de *Vie et mort de Stina*,
de Per Qviding

Automne 1881

Stina Qviding quitta Stockholm à sept heures un froid matin de septembre et prit à pied le chemin de Södertälje. Pas question pour elle de monter à bord d'un train, ni d'emprunter une diligence, car cela lui donnait envie de vomir, et bien trop, sur les routes, voulaient aller voir sous sa jupe en remerciement du transport. Si ses pieds l'avaient portée jusqu'à Stockholm depuis Vitvattnet, ils pouvaient bien l'emmener encore plus loin : après Södertälje, il n'y avait plus qu'à marcher vers l'ouest jusqu'à ce que le pays soit englouti dans le détroit du Skagerrak.

Quand Stina parvint à la borne de Norsborg, à l'embranchement vers le château de Sturshov, elle s'assit dans le fossé pour se reposer. STOCKHOLM 20 KILOMÈTRES, était-il gravé dans le granit.

Dans sa dernière lettre, son cousin Axel lui avait écrit qu'il avait volé un cheval dans un manoir des environs de Sturehov. Peut-être avait-il fait tout le trajet jusqu'à Göteborg à cheval et s'était-il déjà embarqué sur le vapeur ? Ou même était-il déjà arrivé en Angleterre ?

Quelques jours plus tard, Stina s'arrêta pour la nuit dans un bosquet à Tiveden. Elle sortit son livre et chassa précautionneusement une araignée qui rampait sur la couverture. C'était le seul livre qui l'avait accompagnée depuis Vitvattnet, d'abord jusqu'à Stockholm, où il avait été caché sous son matelas au foyer ou posé sur une table de nuit à l'hôpital, puis aujourd'hui sur une couverture en laine dans une forêt du Västergötland. *Le Joyau de la reine* n'était plus en très bon état, la reliure avait à moitié lâché et la couverture pendouillait, plusieurs pages étaient déchirées et tachées d'humidité. Stina se demandait s'il survivrait au voyage jusqu'au Minnesota.

Elle se coucha sous les bras protecteurs du sapin argenté et ouvrit le livre au hasard. Elle distinguait à peine les mots sur le papier à cause de l'obscurité du sous-bois, seuls quelques faibles rayons de lune filtraient à travers l'épais feuillage des sapins, mais cela ne faisait rien, car elle le connaissait presque entièrement par cœur.

On devinait le numéro de page, aussi comprit-elle qu'elle était tombée dans le quatrième livre, quand la police exige de savoir si Tintomara était un homme ou une femme. Deux chirurgiens ont été envoyés examiner son corps, et le premier refuse même de voir en Tintomara une personne humaine. L'androgyne n'est pour lui qu'un animal, tandis que le second déclare que ce n'est sans doute pas si simple, et se demande si cet animal ne serait pas divin, un *animal cœleste*.

Plus jeune, Stina était souvent restée éveillée la nuit à s'interroger sur ce qu'était cet *animal cœleste*, car la chose n'était pas aisée à comprendre uniquement à travers ce qu'on trouvait dans le livre sous forme de mots et de phrases.

Mais plus elle relisait le livre, de la première à la dernière page, plus un autre genre de compréhension devenait clair, comme si la vérité se trouvait dans les mots non écrits, entre les lignes.

Comme s'il existait un langage au-delà du langage, songea Stina. Comme si ce qui était dans le livre continuait à s'écrire de lui-même dans le cœur du lecteur.

N'est-ce pas en soi divin ?

Peu importait que l'obscurité de la nuit dissimule pour l'heure des mots et des phrases à ses yeux, puisque le livre lui avait déjà enseigné que le grand secret de la vie, de la mort et de l'humanité ne pouvait être compris tant qu'on vivait.

Le livre lui avait montré qu'un *animal cœleste* était une créature originelle, telle que nous étions tous avant d'être divisés en hommes et femmes et d'échouer sur cette terre.

Tintomara chemine à moitié sur terre et réside à moitié au ciel, et aucun homme ni aucune femme ne peut complètement comprendre Tintomara avant de revoir soi-même le ciel et de retrouver son état originel. Seule la mort peut offrir cette connaissance.

Rien de ce qu'entreprend Tintomara n'est mal, pensa-t-elle alors que le sommeil commençait à sourdre en elle. Aucune loi ni aucune morale en vigueur sur notre terre ne peut empêcher Tintomara de suivre sa volonté et son instinct.

Tintomara peut voler, et même tuer, sans pour autant porter la moindre culpabilité.

Stina referma le livre, le rangea dans sa besace et se blottit sous la couverture dans le parfum des aiguilles de sapin. Encore assez jeune pour avoir la foi en un monde meilleur que l'abattoir qu'elle avait quitté, elle laissa ses pensées flotter et se magnifier en rêves.

29

ARRÊTS DE KRONOBERG

Love comprit aussitôt pourquoi le garçon derrière la vitre dans la salle d'interrogatoire avait été pris pour une fille.

Il avait de longs cheveux blonds bouclés qui encadraient un visage aux pommettes hautes, avec des lèvres marquées, un nez fin et pas la moindre trace de barbe.

Les tristes vêtements gris fournis par l'administration pénitentiaire rendaient la plupart des prisonniers anonymes, mais ici c'était presque l'inverse, ils rehaussaient ses traits.

Un modèle, pensa Love. Une de ces jeunes filles qui sont régulièrement repérées par les maisons de couture et se font voler leur jeunesse sur un catwalk. Ou une version féminine de… Mais comment s'appelait-il, déjà ?

Love pensait à un film italien des années 1970, avec un enfant acteur suédois qui avait été exploité en raison de son physique par le milieu du cinéma.

Mort à Venise ? Oui, c'était ça.

Love se trouvait avec Lasse et Åhlund dans une cabine isolée, adjacente à la salle d'interrogatoire, d'où ces derniers pourraient suivre son entretien avec Kaspar à travers un miroir sans tain.

“Quand même, fit Åhlund, avaler des araignées mais être sur le point de vomir rien qu’à l’odeur des boulettes de viande…”

Kaspar ne correspondait pas à la représentation que Love avait d’un enfant-loup. Bien sûr, il y avait chez lui quelque chose de sauvage et d’indompté, mais il semblait en même temps innocent et intact.

Il était là, complètement immobile, ne faisant absolument rien.

“La culture et l’environnement, dit Lasse. Et qui a raison, au fond ? Il y a plein de protéines et d’éléments nutritifs dans les insectes.”

Le garçon avait beau regarder fixement dans le vide, plus ou moins droit devant lui, ses yeux sombres avaient une présence curieuse que Love trouva à la fois hostile et attirante.

“J’ai moi-même été végétarien pendant sept ou huit ans, reprit Lasse. Mon ex-femme m’avait persuadé. Au début, la viande me manquait, puis au bout de quelques années, quelque chose s’est produit. L’odeur. C’est surtout le porc qui s’est mis à sentir mauvais. Presque comme des excréments.”

Åhlund fit une grimace, regarda Love et montra la vitre de la tête.

Soudain, Love se demanda s’il s’était suffisamment préparé. Pour autant qu’il soit possible de se préparer correctement pour une conversation qui n’en serait pas une à proprement parler. Mais la communication à sens unique n’était pas non plus une nouveauté pour lui : au foyer de Skutskär, plusieurs filles étaient pour le moins renfermées. Peut-être que ce ne serait pas bien différent.

Il espérait que le contenu du sac qu'il tenait à la main lui serait utile.

Il était difficile de lâcher des yeux le garçon derrière la vitre, et Love ne pouvait s'empêcher de songer à la ressemblance avec cet enfant acteur.

"L'un d'entre vous a-t-il vu *Mort à Venise* ?" demanda-t-il pour apaiser sa curiosité.

Lasse hocha la tête.

"Oui, moi… Toi aussi, tu as remarqué la ressemblance ?

— Oui, elle est surprenante… À part peut-être les yeux."

Mikkelsen alluma les deux écrans placés sur la table.

"Il y a quatre caméras, une dans chaque coin de la pièce, tu vois ici les images." Les angles de vue couvraient toute la pièce et Love constata que rien de ce qui se passerait dans la pièce n'échapperait à l'enregistrement. "Je connecte les services sociaux et l'avocat. Attends un peu…"

Pendant que Lasse établissait les contacts, Love et Åhlund observèrent le garçon de l'autre côté du miroir sans tain, qui ne faisait toujours rien.

"Tu veux que l'un de nous t'accompagne pour te présenter ? demanda Lasse après un moment de silence.

— Non, pas ça, dit Love. Ne le prenez pas mal, mais je préfère qu'il ne me voie pas en compagnie de l'un de vous."

Lasse posa la main sur l'épaule de Love.

"OK, bonne chance… Il y a un bouton d'alarme sous la table, mais je ne crois pas qu'il sera utile."

Au lieu de prendre la porte qui conduisait directement dans la salle d'interrogatoire, celle dont s'étaient servis pendant deux semaines policiers, assistants sociaux et avocats, Love ressortit dans le couloir.

L'autre porte était gardée par deux surveillants et quand Love leur demanda d'ouvrir, l'un d'eux accueillit sa demande avec un ricanement.

"C'est vous qui allez décider si on doit ou non l'expulser ?

— L'expulser ?

— Ben oui, enfant trouvé, mon cul. C'est un clandestin, vous n'avez pas pigé ?

— Ah bon ? Si vous le dites..." Love fit un geste vers la porte. "Si vous m'ouvriez pour me laisser entrer, ce serait plus facile pour me faire une idée."

Le surveillant haussa les épaules et son rictus disparut tandis qu'il présentait son passe et entrait le code. "Voilà. Frappez si vous voulez ressortir."

Love inspira à fond et entra.

La pièce était plus fraîche que le couloir, et on entendait le faible ronron de l'air conditionné.

"Bonjour, je m'appelle Love Martinsson, dit-il. Je peux m'asseoir un moment ?"

Le garçon sans nom et sans histoire regarda Love avec des yeux d'un autre monde.

Lars Mikkelsen n'était pas un cinéphile, peut-être parce qu'au cours de sa carrière dans la police il avait passé bien trop d'heures à visionner des films d'agressions sexuelles et que tout ce qui portait le nom de film était pour lui recouvert d'une couche de saleté.

Un ancien collègue avait une exceptionnelle mémoire des visages qui lui faisait voir partout des acteurs. Al Pacino pouvait travailler comme vigile et Meryl Streep à la réception de l'hôtel de police. Pour Lasse, il était inhabituel de voir de telles ressemblances, mais avec Kaspar, impossible de les rater. Il regarda la photo du film de Luchino Visconti *Mort à Venise* sur le moteur de recherche de son téléphone. L'androgyne Tadzio, joué par Björn Andrésen, en costume de marin sur une plage, en compagnie d'un homme beaucoup plus âgé qu'il obsédait. À moins que ce soit la jeunesse elle-même que le vieux désirait.

Lasse ne se rappelait pas exactement le message du film, mais il l'avait vu plusieurs fois à des fins d'étude. Comme aux enfers, il y avait des degrés dans la pédophilie. Dans *Mort à Venise*, le garçon a quatorze ans et l'homme plus de cinquante.

Il ferma la page web et regarda Love entrer dans la salle d'interrogatoire. D'accord, Love ne voulait pas être rattaché aux personnes qui avaient cuisiné Kaspar pendant deux semaines, songea-t-il. Mais la porte par laquelle il choisissait de faire son entrée allait-elle vraiment faire une différence ?

“Bonjour, je m'appelle Love Martinsson, dit-il. Je peux m'asseoir un moment ?”

Lasse ne vit aucune réaction du côté du garçon. Love posa par terre son sac, une serviette en cuir brun, à côté de la chaise vide en face de Kaspar.

“Si tu ne veux pas que je m'asseye à la table, fais-le moi savoir d'une façon ou d'une autre, d'accord ?”

Le nouveau système audio était vraiment high-tech. Lasse entendait distinctement leurs respirations et le froissement de leurs vêtements. Il avait du mal à s'habituer au son incisif d'une voix dans un haut-parleur tout près de son oreille, alors que la personne qui parlait se trouvait à plusieurs mètres de là. L'isolation phonique altérait la perception de la réalité, comme si le miroir sans tain était un écran de télévision géant et le son rajouté après coup.

Love restait là, sans s'asseoir ni rien dire, tandis que Kaspar le regardait fixement. Les secondes s'écoulaient lentement et Åhlund se tourna vers Lasse :

"Qu'est-ce qu'il fait ?

— Je ne sais pas."

Lasse compta en silence dans sa tête et, quand il fut arrivé à quarante longues secondes, Love avança de quelques pas précautionneux vers la table et s'assit en face de Kaspar.

Par le miroir sans tain on les voyait tous deux de profil, ce qui n'était pas l'idéal pour observer leurs mimiques. Une des caméras montrait le garçon sous un meilleur angle, et Åhlund agrandit l'image tandis que Love ramassait sa serviette par terre pour la poser sur la table.

Lasse lorgna vers l'autre écran, qui affichait le lien vidéo vers les services sociaux et l'avocat commis d'office. L'assistante sociale était une femme d'une trentaine d'années qui surveillait l'entretien depuis un bureau à quelques kilomètres de là. Pendant ce temps, l'avocat était dans un autre bureau de Kungsholmen et feuilletait distraitement des papiers. Tous deux regardaient les mêmes images vidéo qu'Åhlund et lui, et tant que rien n'enfreignait aucun règlement, ils ne pouvaient pas faire grand-chose d'autre que de suivre en silence.

Il était impossible de savoir ce que pensait Kaspar, mais il ne quittait pas Love des yeux.

Une minute s'écoula, sans que rien de visible ne se produise. Mais quand le garçon changea de position sur sa chaise et que Love, juste après, fit la même chose, Lasse commença à deviner ce qui se passait de l'autre côté du miroir.

Kaspar cligna des yeux, un mouvement purement réflexe, et Love répondit en faisant pareil. Kaspar déglutit, bougea les lèvres. Love déglutit, bougea les lèvres.

De petits mouvements, la plupart subtils et difficiles à repérer si on ne savait pas quoi regarder.

"Tu vois ce que fait Love, hein ?" demanda Lasse après encore quelques minutes.

Åhlund hocha la tête. "Une sorte de miroir."

Alors, Love sourit à Kaspar et se leva. Sans rien dire, il tourna le dos au garçon et alla frapper à la porte.

Quelques secondes plus tard, on entendit le cliquetis de la serrure, le surveillant ouvrit et Love disparut dans le couloir. Le regard de Kaspar resta fixé sur la porte close tandis qu'un raclement de gorge se fit entendre sur le lien vidéo.

L'assistante sociale se pencha au-dessus de son écran.

"Pouvez-vous nous expliquer ce qui se passe ? demanda-t-elle.

— Ils font connaissance, dit Lasse.

— Ah… ? Et pourquoi est-il sorti comme ça de la pièce, d'un coup ?

— Love a…"

Lasse s'interrompit. Le fait était qu'il n'en avait pas la moindre idée.

"Il est ressorti dans le couloir. Je vais voir avec lui."

Åhlund lui posa la main sur le bras.

"Attends."

Alors seulement, Lasse vit que Love avait laissé sa serviette sur la table. Kaspar la regarda, tourna son regard vers la porte, puis à nouveau vers la serviette.

Puis il tendit la main vers la serviette, la retourna et détacha ses fermetures.

Quand Kaspar ouvrit la serviette et regarda dedans, une expression sans ambiguïté apparut sur son visage. De l'étonnement, pensa Lasse.

"Alors ? demanda le surveillant en refermant la porte derrière Love. Il simule ? C'est un enfant réfugié apathique ?"

Love soupira. "Selon la loi suédoise, un enfant trouvé sur le territoire suédois est considéré comme suédois dans la commune où il a été trouvé, jusqu'à preuve du contraire. Donc jusqu'à nouvel ordre, c'est un garçon suédois de Solna.

— Alors vous partez dans l'idée que c'est un enfant, même si vous n'en savez rien ?"

Il y avait du mépris dans la voix du surveillant, mais Love n'avait pas envie de pinailler et n'en avait absolument pas le temps.

"Je vais bientôt revenir le voir. À tout à l'heure."

Avant de rencontrer le garçon, Love avait envisagé la possibilité qu'il s'agisse d'un syndrome de résignation. Contrairement à ce qu'on pense généralement, cet état ne survenait pas seulement chez les réfugiés, mais aussi chez des enfants suédois, et reposait le plus souvent sur un fond d'autisme. Qu'on débatte à n'en plus finir sur la possibilité que ces cas soient simulés était uniquement dû à l'existence d'un débat sur la politique d'asile. Alors qu'on aurait dû faire passer avant tout la santé des enfants, on faisait hélas de la politique : prétendre qu'un diagnostic de ce type n'existait pas était complètement insensé.

Même si Love ne pouvait pas encore exclure toute forme de syndrome de résignation chez Kaspar, il n'y croyait pas vraiment. Une hypothèse plus probable était celle d'un mutisme sélectif, une forme de phobie sociale qui se manifestait par une impossibilité à parler dans des contextes où l'on ne se sent pas en confiance. Certes, ce comportement était plus courant parmi les jeunes enfants, mais s'il n'était pas traité il pouvait sembler se renforcer jusqu'à l'âge adulte, et même empirer. En outre, il était plus fréquent chez les bilingues, ce qui pourrait plaider pour que Kaspar ne soit en fait pas suédois.

Il ouvrit la porte et trouva Lars Mikkelsen et Nils Åhlund silencieux devant les moniteurs et le gigantesque miroir sans tain.

Dans la salle d'interrogatoire, Kaspar faisait exactement ce que Love avait espéré.

De lui-même, peut-être par curiosité, il avait ouvert la serviette et s'apprêtait à en examiner le contenu.

Love vit qu'il s'intéressait aux photos de paysages de l'Härjedalen qu'il avait imprimées : montagnes dénudées, forêts à perte de vue et tourbières. Kaspar avait en outre sorti des vues de l'ancienne gare de Sveg, un beau bâtiment en bois gris-bleu aux angles rouges, ainsi que des photos du train de marchandises avec lequel il avait voyagé.

Kaspar regardait les images en ouvrant de grands yeux, et Love envoya un merci silencieux à tous les ferrovipathes du pays. Beaucoup des photos qu'il avait recherchées et fait imprimer la veille suivaient l'environnement immédiat de la voie ferrée. Il avait eu l'embarras du choix grâce à tout ce que ces passionnés du train partageaient en ligne.

"Bien joué, dit Lasse. Mais est-ce que ça nous avance à quelque chose ?

— Je ne sais pas encore", répondit Love.

Dès qu'il avait compris que le psychiatre judiciaire n'avait pas utilisé d'images, il avait décidé de tenter ce moyen pour entrer en communication avec Kaspar. En tout, il y avait là soixante-quatorze photos de différents paysages ou bâtiments en Suède. Il y avait aussi des images de Suédois connus et, dans deux cas, de personnes inconnues du grand public mais pas de Kaspar. Une photo de Lasse et une d'Åhlund. Bien sûr, c'était un ballon d'essai, mais au moins Love savait à présent que Kaspar pouvait réagir à des images.

S'il se montrait créatif, la thérapie par l'image pourrait être une méthode adaptée pour avancer : le faire dessiner et peindre. Même si Love était loin d'être spécialiste en ce domaine, il connaissait quelques collègues habiles.

"Pouvez-vous expliquer quelle est votre intention avec ça ?"

La question venait de l'avocat, en vidéoconférence, assis à son bureau, mains jointes sous le menton.

"Je veux trouver des voies possibles pour avancer avec ce garçon, répondit Love, et ces photos font partie d'une expérience associative.

— Une expérience ? fit l'avocat en regardant sa montre. J'ai une réunion dans une heure.

— Ah bon ?"

Que répondre à ça ? songea Love en regardant le garçon par la vitre du miroir sans tain.

Kaspar continuait, presque avidement, à sortir d'autres photos de la serviette. Il en écartait d'emblée certaines en les empilant retournées, il en étalait d'autres en vue sur la table, d'autres encore en différentes piles. La curiosité initiale s'était transformée en ce qui ressemblait à une profonde concentration.

"Il les classe, confirma Åhlund. Il y a un système.

— Merde… mais c'est moi, là", lâcha Lasse.

Sur le moniteur, la caméra juste derrière Kaspar laissait voir la photo qu'il tenait à la main. Love l'avait téléchargée sur le site de la police, un des vingt portraits des membres de la direction de la police à l'échelle nationale, Lars Mikkelsen en uniforme, souriant. Kaspar regarda l'image pendant quelques secondes, puis l'écarta en l'empilant avec les autres, face contre la table.

"Qu'est-ce que ça signifie ? demanda Lasse. Je ne l'intéresse pas ?

— Attendons de voir."

Quelques minutes plus tard, la serviette était vide et Åhlund avait rejoint Lasse avec diverses photos de paysages, plages de sable et champs de colza en Scanie. Il y avait dans le même tas les photos de personnes qu'on pouvait considérer comme connues de tous. Toutes sauf une : un portrait du couple royal que Kaspar avait longuement regardé avant de le poser face visible sur la table.

"J'y retourne", dit Love.

Quand il ressortit dans le couloir, les surveillants bavardaient devant la machine à café, lui tournant le dos.

Quand il lui sembla entendre les mots "branlette intellectuelle" et "réfugié clandestin", il referma doucement la porte et s'arrêta pour écouter.

"… cette tapette. Qu'est-ce qu'il en sait ? Et ce type… regarde ses yeux et ses cheveux, leur blond n'est pas naturel, presque jaune.

— Dis…" L'autre surveillant tapa sur l'épaule de son collègue en montrant Love de la tête.

"La tapette veut y retourner, dit Love. Vous ouvrez ?"

Dans l'ensemble, les surveillants des maisons d'arrêt et autres prisons valaient mieux que leur réputation, mais les brebis galeuses y trouvaient toujours leur place d'une façon ou d'une autre. Love avait travaillé en psychiatrie judiciaire à Huddinge à la fin des années 1990. Les sadiques, les racistes, les petits chefs et autres inconditionnels de la répression n'étaient peut-être pas aussi courants aujourd'hui, mais ils n'avaient certainement pas été éradiqués.

Le surveillant qui s'était le plus défoulé lâcha un rire bref avant de reprendre son air méprisant.

"Le gamin est à vous", dit-il en ouvrant.

Dès que Love entra dans la salle d'interrogatoire, il entendit un son sortir de la bouche fermée de Kaspar, qui cessa brusquement quand le garçon tourna la tête.

Love croisa un regard autant étonné qu'inquisiteur. Il aurait voulu pouvoir arrêter le temps à cet instant précis, rembobiner quelques secondes en arrière et revivre tout.

Le garçon avait-il chantonné quelque chose ? Une mélodie ?

Dans ce cas, ce que Love venait d'entendre pendant une ou deux secondes, était la première chose exprimée par le garçon qui s'approchait au moins de mots.

Et ce regard. Comme si Kaspar ne l'avait encore jamais vu.

“Rebonjour”, hésita Love, ne sachant pas si c'était une bonne idée de le déranger maintenant.

Le garçon continua à le regarder et on vit son cerveau travailler à haut régime encore quelques secondes avant que tout semble se caler en place, qu'il se détende et déplace son regard vers la chaise vide de l'autre côté de la table.

C'était une invitation à s'asseoir, ce que fit Love.

Il regarda les photos sur la table et vit aussitôt qu'elles étaient disposées en suivant un schéma.

La rangée de photos isolées était en gros la description du trajet d'un train de marchandises, d'abord la vue de la gare de Sveg, puis d'autres gares et sites remarquables jusqu'à la destination finale, la gare de triage de Tomteboda.

Un des plus petits tas contenait une photo du pavillon de Vasaparken où avait eu lieu la confrontation avec la bande de jeunes, et une du quai de la station de métro Medborgarplatsen.

Dans un autre tas étaient rassemblés les paysages de Dalécarlie et de l'Härjedalen, et on y trouvait aussi le portrait du roi Carl XVI Gustaf et de la reine Silvia à leur quarantième anniversaire de mariage. Le roi avec ses médailles et Silvia avec son diadème et son collier de pierres précieuses. *19 juin 2016*, indiquait la légende en caractères pailletés.

Pourquoi cette photo parmi ces paysages de montagne et de forêt ? s'interrogea Love.

Il plaça la photo du couple royal devant Kaspar, qui la regarda. Une lueur dans ses yeux indiqua qu'elle déclenchait une émotion sur son visage par ailleurs inexpressif, mais il laissa la photo sur la table.

"Tu connais le roi et Silvia ?" demanda Love.

Pas de réaction du tout, ce qui confirma l'impression de Love que poser des questions était la mauvaise méthode.

Peut-être valait-il mieux parler de quelque chose qui, comme les images, pourrait provoquer la curiosité de Kaspar et l'amener à poser lui-même des questions ?

Love tourna la tête et se regarda lui-même dans le miroir.

Cette tapette de Love Martinsson, obligé de prendre des médicaments pour ne pas perdre tout à fait la petite goutte de testostérone qu'il avait dans le sang.

Il se souvint de la plaisanterie des filles au sujet de son flacon de Testogel à la fête d'adieu au Chaudron. Cette sortie était destinée à souligner qu'il s'était montré devant elles bien trop réservé sur son propre compte. Il aurait dû leur expliquer que le Testogel n'était qu'un complément et que depuis quelques années il prenait des trucs bien plus forts. Il aurait dû leur parler de son vrai moi. De la personne qu'il était et de celle qu'il était devenu.

Mais il n'avait jamais osé s'ouvrir à elles.

Il avait devant lui un garçon sans nom que personne ne connaissait et qui, en plus de son mutisme, souffrait peut-être d'une forme d'amnésie. Un garçon qui savait peut-être ce que cela faisait d'être considéré comme androgyne.

Qu'arriverait-il s'il racontait toute sa vérité à Kaspar ? S'il se livrait et lui montrait ses secrets les plus intimes, peut-être le garçon entrouvrirait-il une porte sur les siens ?

Peu importait que d'autres personnes écoutent. Derrière le miroir, il y avait Nils Åhlund qu'il connaissait à peine. En ligne, deux parfaits inconnus. Et Lasse, qui savait déjà tout de lui, même pourquoi il avait choisi le nom Martinsson et le prénom relativement non genré Love.

Il ramassa une des photos du trajet du train. C'était une vue d'ensemble des voies à la gare de Ludvika, où le train était resté à l'arrêt plus d'une heure avant d'être dérouté vers Stockholm.

"J'y suis allé souvent, dit Love. Mes enfants avaient une petite maison à quelques dizaines de kilomètres au nord de Ludvika. La gare n'a pas du tout changé..."

Il n'avait pas que des mauvais souvenirs de son enfance, et s'enfuir de la maison pour filer à Ludvika ou Borlänge faisait partie des bons moments.

"Une fois, je suis allé en stop jusqu'à Ludvika et j'ai pris le train pour Stockholm... Papa a été fou."

Puis il reprit le portrait du couple royal.

"Quand j'avais ton âge, j'ai acheté une carte postale du roi avec Silvia, raconta-t-il. Pas très différente de celle-ci, et je l'ai envoyée à mes parents avec un petit mot..."

Il avait posté la carte de la gare centrale de Stockholm et ça avait été une immense libération, comme enfin guéri après une longue maladie.

Vous êtes morts pour moi, avait-il écrit sur la carte.

"Je trouvais que maman ressemblait à la reine Silvia, poursuivit-il. Je m'étais mis dans la tête que le roi était un sadique, puisqu'une rumeur disait qu'il lançait des allumettes et des élastiques sur Silvia quand il s'ennuyait. C'était à peu près la même chose avec mes parents... Maman supportait en silence les méchancetés de papa, affichait son sourire artificiel et décidait de regarder ailleurs quand papa m'humiliait moi aussi."

Love déglutit en espérant ne pas être allé trop loin. Mais Kaspar le regardait avec un certain intérêt.

"J'ai quelque chose à te raconter, reprit-il. Dès que je verrai que tu ne veux pas en écouter davantage, je promets d'arrêter."

Love se demandait quelle histoire se cachait derrière ces yeux mystérieux. Si Kaspar avait récemment fui quelque chose, il devait probablement l'avoir fait à peu près au même âge où lui-même avait rompu avec sa famille. Un adolescent qui avait enfin compris ce qu'était une enfance normale et ce que ce n'était pas. De quel genre de milieu familial il fallait s'échapper.

Petit, Love avait supposé que sa famille était exactement comme celle des autres, et en même temps il avait toujours su qu'il y avait un grave problème. C'était contradictoire, mais ça s'était passé ainsi.

Love réfléchit.

"Cela commence avec un enfant, dit-il. Une petite fille très malheureuse."

30

MÉLANCOLIE BLANCHE

Je suis accroupie dans le noir devant le poulailler à observer la vie qui refuse de quitter la poule sans tête. Autour de moi, des plumes blanches et des flocons de neige tournoient dans une même danse de mort.

Je caresse doucement le dos de la volaille et je sens que le cœur bat encore et que le petit corps est encore chaud. Mais à la place du cou, il n'y a plus qu'un trou rouge sombre déchiqueté.

Quand j'étais plus petite, je demandais à père de me raconter l'histoire de Marie-Antoinette, qui était reine de France. J'aimais écouter sa voix, surtout quand il parlait de choses horribles avec une telle conviction que j'avais un chatouillis agréable dans le ventre.

Pendant la Révolution française, les pauvres se sont levés contre la noblesse et la royauté parce qu'ils en avaient assez de la Trahison, du Gâchis, de la Débauche et du Divertissement. Trois mille têtes ont roulé de la guillotine en place publique à Paris, la plus grande et plus belle ville du pays.

J'avais l'impression de me trouver moi-même en 1793 à Paris quand Pe parlait de Marie-Antoinette, sublime mais gâtée, enfermée dans un cul de basse-fosse étroit et sale en attendant l'heure de sa mort. On lui avait tout pris, sauf un anneau qu'elle portait au doigt et devait lui rappeler son amour pour le Suédois Axel von Fersen.

Dans cet anneau, quelques mots gravés : *Tutti a te mi guida* – Tout me mène à toi.

Marie-Antoinette a été conduite à travers la ville sur une simple charrette. Une foule emplissait les rues et tout le monde haïssait la reine, criait, crachait et lui jetait des poissons pourris, de la pisse et des crottes de chien pendant un trajet de plusieurs heures. Mais elle portait l'anneau, passait le bout du doigt sur l'inscription et sentait ces mots contre sa peau : Tout me mène à toi.

À l'arrivée de la charrette, la place était noire de monde. Un prêtre et le bourreau ont accueilli Marie-Antoinette au pied de la guillotine.

Madame, voici le moment d'être courageuse, a dit le prêtre.

L'heure où cesseront mes peines n'est pas l'heure où mon courage m'abandonnera, a répondu la reine.

Nous verrons bien, a dit le bourreau.

À midi et quart exactement, Marie-Antoinette a posé sa tête sur le billot tandis que le peuple jubilait. Mais l'anneau était toujours à son doigt et son courage n'a pas abandonné la reine, puisque celui qu'elle aimait était avec elle. L'énorme lame de la guillotine est alors tombée dans un silence absolu avec le bruit d'une hache qui fend du bois.

Arrivé à ce point de l'histoire, père avait l'habitude de s'arrêter, pensif, et ce qu'il disait ensuite pouvait varier. Parfois, il disait que la tête de la reine avait roulé de la guillotine et fendu la foule effrayée comme Moïse l'eau de la mer Rouge.

Mais la fin la plus excitante était quand Pe racontait la chose extraordinaire qui se serait produite quand le bourreau a brandi la tête coupée de Marie-Antoinette.

Tandis qu'il montrait la tête au peuple et que le sang coulait du cou tranché, la reine a ouvert les yeux.

Elle a regardé la foule et les cris de joie ont cessé.

Marie-Antoinette a cligné des yeux, trois ou quatre fois, et tous ont pu voir que la tête continuait à vivre alors que le corps gisait inerte sur la guillotine.

On voyait clairement que le courage n'avait pas abandonné la reine et, par la suite, beaucoup devaient affirmer qu'elle souriait tristement en regardant ceux qui la haïssaient si profondément.

Il paraît qu'une personne peut voir et entendre, sentir des odeurs et penser encore un petit moment après avoir été décapitée, et je me demande ce que Marie-Antoinette a pensé et ce qu'elle a ressenti. Peut-être avait-elle juste vu l'éternité ? Trois secondes vécues comme trois cents ans et trente secondes comme trois mille ans.

Et tout ce que Marie-Antoinette avait vu dans son voyage intérieur était baigné d'amour.

Tutto a te mi guida. Tout me mène à toi.

Voilà les pensées qui me traversent, moi Stina de Vittnet, tandis qu'assise devant le poulailler, la poule sans tête entre mes mains, je sens la chaleur quitter la volaille et comment les spasmes d'agonie ont fini par cesser complètement. Je pense que la poule, dans sa conscience, vit encore et vivra trois mille ans ou plus. Hors du temps terrestre, elle se promènera sous un soleil éternel et picorera grain, avoine, larves et vers et elle pondra et couvera d'innombrables œufs, et battra des ailes allègrement dans ses jeux violents avec le coq. Demain, après-demain, tous les jours de ma vie et bien après encore, la poule restera dans ce monde, et c'est consolant, et c'est ainsi que la vie et la mort conversent l'une avec l'autre.

Je me lève un sourire aux lèvres. Le vacarme du poulailler s'est tu. Oui, on n'entend plus un seul bruit, et je me demande où ils sont tous passés.

J'ouvre la porte du petit enclos. Tandis que je traverse le poulailler, ça craque sous mes pieds. Neige et glace, gravier et coques de Skagerrak que les poules avalent pour pouvoir digérer ce qu'elles mangent. Tellement affamées, mais sans dents pour mâcher. Pauvres bêtes.

Je piétine pour me débarrasser de la neige puis je soulève le loquet. La porte s'ouvre d'elle-même, car le poulailler est mal bâti. La porte tape sourdement contre le mur, je décroche la lanterne du plafond et je l'allume.

À cet instant, un coup de feu retentit dans la nuit, je me fige et le froid envahit mon corps.

La détonation se répercute loin derrière moi entre les falaises, dans la montagne.

C'est absolument silencieux dans le poulailler mais dans ma tête, ça piaille et caquette, comme si j'entendais le désastre après coup.

Je vois une poule sans tête, une tête sans poule, une poule dont la tête pend à la colonne vertébrale depuis son cou ouvert ; toutes les poules immobiles à terre ou secouées de spasmes, partout du sang, des plumes, de la paille répandue, de la nourriture, des coques et le verre des fenêtres brisées.

On entend alors un deuxième coup de fusil, dont l'écho prend le même chemin que le précédent.

Il me semble voir la tête coupée de Marie-Antoinette. Le bourreau la brandit dans son immense main et il tient dans l'autre un paquet informe de têtes de poules.

Tutto a te mi guida, disaient les lèvres blêmes de la reine tandis que le blanc de ses yeux se remplissait d'un sang rouge sombre.

31

ARRÊTS DE KRONOBERG

“Une petite fille très malheureuse”, dit Love, et Lars Mikkelsen entendit un parasite dans le système audio top moderne, un faible grésillement, comme de la poussière ou de l’électricité.

Dès que Love avait sorti la photo de la gare de Ludvika et commencé à parler de son enfance, Lasse avait deviné ce qui suivrait.

“Une fille ?” Nils Åhlund le regarda.

Il hocha la tête.

“Tu as bien entendu.”

Même si Lasse connaissait l’enfance de Love dans les moindres détails, puisqu’il avait participé à la décision d’accorder à Love une identité protégée, s’en rappeler le contexte était douloureux.

Love parla à Kaspar de son père qui l’avait agressé non seulement sexuellement, mais aussi physiquement et psychiquement de toutes les façons imaginables pendant toute son enfance.

À cette époque, Love était une fille et s’appelait tout autrement que Love Martinsson.

Depuis cette enquête trente ans plus tôt, Lasse n’avait jamais perdu Love de vue, même s’il avait moins souvent pris des nouvelles à certaines périodes.

Lasse savait que ces huit dernières années avaient été les plus heureuses de la vie de Love. La raison en était qu'il s'était enfin résolu à vivre comme un homme.

Et voilà que Love décidait de dévoiler son grand secret dans une salle d'interrogatoire – d'une certaine façon c'était logique : surprendre était typique de sa part. Love avait passé sa vie d'adulte à le faire.

Lasse avait beau travailler dans le domaine qui était le sien, il avait la larme facile quand des enfants étaient en détresse et pas seulement dans les cas d'agression les plus graves. Il pouvait être question d'un enfant harcelé à l'école, d'un enfant qui avait perdu un parent, d'un enfant qui avait de grandes idées sur la vie et la mort mais n'avait pas encore appris à faire avec et en avait perdu le sommeil.

Lasse, en comparaison, avait eu une bonne enfance mais avait pourtant toujours été un enfant inquiet et doutant de lui. Jusqu'au début de son adolescence, il avait eu une sorte de mantra qu'il se répétait pour lui-même : *Je n'oublierai jamais combien c'est dur d'être un enfant.* C'était un message qu'il s'envoyait à lui-même adulte.

Et voilà qu'il était enfermé avec Nils Åhlund dans une pièce isolée phoniquement et qu'il tentait de retenir ses larmes.

Un quart d'heure plus tard, il avait pleuré à trois reprises, le plus discrètement possible.

Le silence était total du côté de Kaspar comme de celui de l'avocat et l'assistante sociale en vidéoconférence. Ce fut Åhlund qui le rompit.

“Ça fait beaucoup à digérer, dit-il d'une voix sourde, la gorge sèche. Je dois dire que je… Je tombe de l'armoire. Il s'agit donc d'une réattribution sexuelle complète ?

— Pour autant que complète veuille dire quelque chose, répondit Lasse. En fait, je ne sais pas s'il a subi une opération ou non. Nous n'en avons jamais parlé en ces termes. C'était plus philosophique que clinique.

— Et il s'ouvre comme ça pour que le garçon lui fasse confiance ?

— Oui."

Lasse regarda dans la pièce, où Love était calé au fond de sa chaise, les mains jointes sur les genoux. On voyait clairement que Kaspar écoutait et vraisemblablement comprenait l'essentiel de ce qu'il disait.

"À certaines périodes de mon adolescence, je ne parlais presque pas", dit Love.

Ça ne grésillait plus dans les haut-parleurs et sa voix était calme et posée. Dans l'ensemble, Love dégageait une impression de douceur, sans la moindre amertume. Lasse se remémora une jeune fille très abîmée, paumée. Le contraste ne pouvait être plus grand.

Kaspar avait les coudes appuyés sur la table et le menton posé dans la main. Impossible de deviner ce qu'il éprouvait exactement, à part qu'il écoutait.

Rien que ça était un progrès.

"Je ne parlais pas à mes parents, continua Love. À presque personne d'autre non plus, à part une petite vieille, une de nos voisines… Mais après, c'est allé mieux. J'ai rencontré des gens que j'aimais bien, je suis entré à l'université et à peine diplômé j'ai commencé à travailler. C'était…"

Love se tut et Lasse crut voir le garçon bouger un peu la bouche, comme s'il tentait de former un mot. Sauf qu'on n'entendait pas un son.

"Il me restait encore un pas pour échapper à mon enfance, a fini Love. Quand mes parents sont morts, il y a environ dix ans, je les avais presque oubliés. La dernière étape pour tout laisser derrière moi a été d'abandonner mon moi féminin. Ça a été ma plus grande libération, être enfin dispensé d'être une femme."

À la fin de la première séance d'entretien, quand les surveillants eurent emmené Kaspar pour tenter à nouveau de lui faire manger quelque chose, Lasse et Åhlund entrèrent dans la salle d'interrogatoire.

Love était toujours assis devant les photos dispersées sur la table. Il semblait éprouvé, comme si le calme qu'il avait affiché pendant la dernière demi-heure avait exigé un effort conséquent.

Nils Åhlund posa un bras sur l'épaule de Love.

"Vous êtes arrivé plus loin avec le gosse que nous en une semaine, dit-il en la pressant avant d'aller s'asseoir sur la chaise de Kaspar.

Love hocha la tête avec lassitude.

"Et je n'ai pas exagéré ?"

Lasse ôta ses lunettes et entreprit de les astiquer avec la manche de son tee-shirt.

"Tu as dit que tu jouerais en défense aujourd'hui. Et c'est bien ce que tu as fait… d'une certaine façon."

Pas besoin d'en dire davantage. Tout ce que Love avait raconté parlait de lui et on pouvait supposer que c'était là une expérience tout à fait nouvelle pour Kaspar. Depuis son arrivée en détention, le garçon n'avait rien fait d'autre qu'écouter des gens qui lui posaient des questions.

"Il continue à se taire, dit Love.

— Pas complètement, fit remarquer Lasse. Si tu ne l'as pas entendu, on aurait dit qu'il chantonnait quelque chose en classant les images. Je propose que nous regardions les enregistrements avant de continuer."

Åhlund opina du chef et se mit à manipuler les photos.

"Qu'est-ce que vous pensez de ça ? Et comment avez-vous raisonné pour les choisir ?

— Je suis parti de ce que je savais à son sujet, dit Love.

— Et le portrait du roi avec la reine Silvia ?" demanda Åhlund en brandissant la photo.

Love haussa les épaules.

"Je voulais avoir quelques visages connus, et c'est tombé sur eux..." Il fit un geste vers la série de photos qui sans doute possible décrivaient son voyage à bord du train de marchandises. "Je crois que nous allons essayer de continuer avec des images. Tout simplement parce que cela semble lui plaire. Le plaisir n'est absolument pas à négliger.

— Absolument..." Åhlund fronça les sourcils. "Croyez-vous être déjà en mesure de vous prononcer sur la probabilité qu'il ait été victime d'abus sexuels ?"

Comme Love ne répondait pas, Lasse le fit à sa place. "Le garçon dégage une sorte de confiance fondamentale que j'ai rarement vue chez des jeunes exposés à la contrainte sexuelle."

Love hocha la tête.

"Je suis d'accord, mais si quelque chose devait survenir qui pointe dans cette direction, j'approfondirais, bien évidemment... Cependant, il y a un autre point que j'estime devoir être pris en compte dans l'immédiat. Je recommande un EEG et un scanner du cerveau avec IRM ou tomographie, car il me semble avoir décelé les signes d'un possible trouble de la mémoire.

— De l'amnésie ? s'étonna Åhlund.

— Oui, peut-être un problème avec la mémoire à court terme. J'ai eu l'impression qu'il ne m'a pas reconnu quand je suis revenu après l'avoir laissé seul avec les photos. Et puis cela expliquerait peut-être pourquoi il a choisi d'éliminer vos photos."

Lasse réfléchit.

"Il ne nous reconnaît plus, Nils et moi, tu veux dire ?

— Peut-être pas. En tout cas pas pour le moment.

— Est-ce que l'amnésie peut affecter la faculté de parler ? demanda Lasse.

— Pas au point de le rendre complètement muet, répondit Love. Mais une visite chez un neurologue pourrait nous donner quelques indications, par exemple si son incapacité à parler était due à une éventuelle lésion au cerveau.

— Je m'occupe d'organiser ça, dit Lasse. Dès aujourd'hui… J'appelle L'hôpital Karolinska."

Åhlund reposa les photos.

"On va prendre un café avant de regarder l'enregistrement ?" proposa-t-il.

Ils sortirent dans le couloir et, tandis qu'ils rejoignaient la salle de pause, Lasse songea à la réaction de Love quand le nom de Jeanette Kihlberg avait été mentionné.

Jeanette se trouvait probablement en ce moment même quelques étages au-dessous, dans son département, mais il n'était pas impossible qu'elle ait l'occasion de monter aux cellules au cours de la journée.

Probablement que tomber nez à nez ne ferait du bien ni à Love ni à Jeanette pour le moment.

32

MÉLANCOLIE BLANCHE

Le glouton, l'Insatiable, a été abattu pas le père d'Ingar alors qu'il s'enfuyait avec les restes d'une poule. La première balle l'a manqué, mais la seconde l'a tué.

Une heure plus tard, je suis encore froide à l'intérieur. Je grelotte dans mon lit, tandis qu'assis à mon chevet Pe me tient la main.

"L'Insatiable tue autant qu'il peut puis mange jusqu'à épuisement, dit-il. Alors il se coince entre deux arbres pour faire descendre la nourriture, afin de pouvoir manger encore."

Puis il m'explique que le glouton a dû ouvrir une brèche dans le grillage de la basse-cour, puis pénétrer dans le poulailler par la trappe qu'utilisent les poules. Celles-ci, dans leur panique, ont dû tenter de fuir par les petites fenêtres tout en haut de la cloison, ce qui explique les vitres brisées. La petite maison du coq, derrière chez Ingar, est cependant restée intacte. Seules deux poules ont survécu à l'attaque du glouton.

"Nous les avons retrouvées dans un coin, serrées derrière un des coffres à grain. Les pauvres étaient tellement terrorisées qu'elles étaient raides comme des piquets quand je les ai soulevées.

— La poule dans la cour était encore vivante, alors qu'elle n'avait plus de tête, dis-je. Comment est-ce possible ?

— Ce que je pense, c'est qu'une partie du cerveau de la poule est restée quand le glouton a arraché la tête. C'est…"

Je l'interromps.

"Où est Ingar ?"

Il ne me répond pas tout de suite, passe la main sur ses joues mal rasées et regarde par la fenêtre. Les fleurs de givre ont envahi le carreau qui semble pouvoir éclater à tout moment.

"Ingar a disparu", finit par dire Pe.

Je pense : il l'a fait. Il est parti, comme il voulait.

Soudain, c'est comme si quelque chose disparaissait en moi, comme si je n'avais pas pris conscience jusqu'à cet instant de ce que ce serait de ne plus l'avoir auprès de moi. Ne reste qu'une impression de succion dans ma poitrine, un vent mauvais qui tourne, tourne dans le vide qu'il laisse.

"Là, essaie de dormir un peu, Stina." Père lâche ma main. "Bois ça."

Le verre de décoction jaunâtre est toujours intact sur ma table de nuit.

Je dors jusque tard dans la matinée. Vidar me réveille en me chatouillant le cou de ses petits doigts. J'ouvre l'œil.

"Ne sois pas triste, dit-il de sa petite voix perçante. Ingar est au ciel.

— Qu'est-ce que tu racontes ?"

Le visage rond de mon petit frère est tout près du mien et je vois qu'il a pleuré : ses yeux sont gonflés et ses joues un peu rougies.

"Ingar est au ciel, répète-t-il dans un chuchotement.

— Mais non, dis-je. Il est seulement parti en voyage."

Mon corps me paraît étrangement lourd. J'essaie de me souvenir si j'ai rêvé quelque chose dans mon sommeil, mais je ne me rappelle rien, sinon des ténèbres d'encre absolument silencieuses.

"Il y a du sang dans le ravin", dit Vidar.

La tête me tourne quand je me redresse dans le lit. Les fleurs de givre ont disparu de la fenêtre, le soleil qui brille pour la première fois depuis longtemps me pique les yeux. J'explique :

"Le sang est celui du glouton qu'ils ont abattu.

— Beaucoup de sang, insiste Vidar en me tirant par la manche de ma chemise de nuit.

— Il y a beaucoup de sang parce que le glouton est un gros animal... Tu peux aller chercher mes pantoufles ?"

Vidar hoche la tête, mais revient avec mes grosses chaussures et mon manteau.

"Je vais montrer."

J'enfile le manteau et nous sortons dans la lumière rasante. Il a dû cesser de neiger juste après que Pe m'a mise au lit, car on voit toujours le sang par terre devant le poulailler.

Plusieurs traces partent dans la neige derrière, celles d'un animal qui a bondi sur la croûte gelée – comme peut le faire l'Insatiable – mais aussi celles de Pe et du père d'Ingar, qui sont trop lourds pour être portés par la glace. Ici et là, on voit des taches rouges dans la neige et les traces continuent dans l'ombre sous les sapins.

Nous contournons le champ de neige profonde et suivons le sentier piétiné qui descend vers la Maison des Anciens. Un peu sur la gauche, à environ dix mètres dans le sous-bois, on aperçoit encore d'autres traces, qui longent la lisière. Trois. Mais assez curieusement, les traces d'animal ont disparu.

"Plus bas, dans le ravin", dit Vidar.

Sous les sapins, la couche de neige est moins épaisse, on avance plus vite, et on entend à présent couler le torrent qui va d'un jour à l'autre geler. Le sol devient plus rocheux, ça descend et les arbres se clairsèment. Il est rare que je m'éloigne autant : à part l'étang et la maison abandonnée, il n'y a pas grand-chose à voir, rien que des rochers et des failles dangereuses, des ronces et des broussailles qui griffent méchamment et accrochent les vêtements, et plus loin commencent les marécages où l'on peut être englouti.

"Là !" dit Vidar et en nous approchant, je vois que mon petit frère a raison. Il y a beaucoup de sang, sur les pierres et par terre, presque plus de sang que de neige.

"Pourquoi es-tu venu jusqu'ici, Vidar ?"

Je m'efforce d'avoir l'air sévère, mais mon inquiétude me serre la voix.

"Tu n'as pas le droit. C'est dangereux, par ici."

Il me regarde.

"Pardon… Je n'ai fait que le suivre.

— Qui ?

— Le père d'Ingar… Valle. Il était si pressé."

Quand Vidar me raconte que le père d'Ingar est parti avec une corde et un sac et que Vidar l'a suivi, curieux de savoir quel gros animal allait être attrapé dans ce sac, je m'assieds sur un rocher.

"Pourquoi as-tu dit qu'Ingar était au ciel ?"

Vidar prend ma main.

"C'est Em qui me l'a dit."

Je fixe mon regard vide devant moi. Roche grise, neige teintée de rose, par terre encore de la roche et de la boue tout aussi grise, et rien n'a de contours, tout se mêle.

Je pense en serrant les poings : pourquoi Em a-t-elle dit ça ?

Il n'y a qu'une réponse. Mère est méchante et aime faire peur. Elle prend plaisir à faire peur. Si j'ai appris clairement à quoi m'en tenir, Vidar est trop petit pour comprendre. Et pourtant, c'est le petit frère qui console la grande sœur.

Au loin, on entend des appels. Ça ressemble au cri de la chouette des montagnes, mais d'habitude elles sont silencieuses en cette saison. C'est au printemps qu'on les entend et elles sont deux à se répondre, une femelle et un mâle qui veulent marquer leur territoire, mais à présent il n'y en a qu'un seul qui hulule et je me dis que cet oiseau doit être malheureux, peut-être fou.

"Qu'est-ce que vous faites par ici ?"

Nous levons les yeux vers le bord du ravin. Le soleil est bas dans le ciel, caché par la silhouette d'un corps mince. Ses cheveux et sa barbe s'ébouriffent à contre-jour et le canon d'un fusil dépasse dans son dos.

"Stina ?" Le père d'Ingar hausse la voix. "Qu'est-ce que vous fabriquez ?

— Nous cherchons le glouton, réponds-je.

— Allez, remontez... Vous pourriez glisser et vous faire mal."

Nous sortons du ravin, précautionneusement, pour que Valle ne se fâche pas contre nous, puis nous rentrons tous les trois.

À mi-chemin dans la forêt, il s'arrête au milieu d'un pas, se retourne et lève la main.

"Vous entendez ça ?"

C'est un sifflement sourd par-delà la montagne nue.

"Ce vent-là est dangereux et vous prend par surprise là-haut, explique-t-il. Il charrie une bourrasque de neige du nord-ouest et on se retrouve d'un coup en pleine tempête, à ne plus voir sa main devant soi. Alors on se perd, on tombe dans des crevasses et on meurt de froid. Ne venez pas par ici, compris ?"

Il me cloue de ses yeux bleu clair, et son regard me rappelle que j'aurais dû réfléchir avant de descendre dans le ravin avec le petit Vidar.

C'est la Trahison et la Déchéance.

"Nous comprenons", dis-je, car ce n'est pas la première fois qu'on me met en garde contre ce vent de tempête.

Parfois, il vrombit comme un bourdon, d'autres fois comme une abeille, et quand il est vraiment proche, il gronde comme un éboulement dans la montagne.

33

ARRÊTS DE KRONOBERG

Le neurologue passait en revue les radios sur son bureau.

“Mon avis général est que le garçon a été battu pendant toute son enfance et que la violence physique contre son crâne est un facteur qui participe fortement au fonctionnement défaillant de son hippocampe. Mais je vois aussi des schémas dans son activité cérébrale qui suggèrent qu’il a été exposé à une sous-oxygénation.

— Comme lors d’un étouffement ou d’une noyade ? demanda Love.

— Une autre possibilité est un empoisonnement, ce qui pourrait expliquer ce qui apparaît à l’examen tomographique.

— L’insuffisance rénale, vous voulez dire ?”

Le neurologue hocha la tête.

“Il a besoin d’une dialyse pour se remettre, peut-être même d’une transplantation.”

Kaspar Hauser avait été escorté à la consultation neurologique de l’hôpital Nya Karolinska par Nils Åhlund, mais c’était Love que le garçon regardait dans les yeux pendant que le médecin lui fixait vingt-deux électrodes sur le crâne, et quand il s'était allongé sur la couchette pour l'examen tomographique, Love était à son chevet, revêtu d'un tablier vert en plomb pour se protéger des rayons X.

En tout, la visite à l'hôpital avait pris deux heures et demie. Une fois revenu dans sa cellule, il s'était assoupi et avait dormi le reste de l'après-midi. D'après le personnel, son sommeil avait comme précédemment été inquiet et il avait abondamment transpiré.

À six heures, le garçon était de retour dans la salle d'interrogatoire où il attendait Love qui l'observait à travers le miroir sans tain en compagnie de Mikkelsen et Åhlund, tandis que l'avocat et l'assistante sociale étaient à nouveau connectés par vidéoconférence.

"Il m'a regardé comme s'il ne m'avait jamais vu, dit Åhlund, et Lasse opina du chef.

— Avec toi, Love, c'est visiblement un peu différent, dit Lasse. De quel type d'amnésie peut-il s'agir ?

— C'est un peu trop tôt pour le dire."

Le neurologue avait conclu de la faible activité de l'hippocampe que Kaspar avait du mal à faire le lien entre la mémoire à court et long terme.

"Dans le pire des cas, il peut s'agir d'amnésie antérograde, développa Love. C'est-à-dire qu'il a totalement ou partiellement perdu la capacité de créer de nouveaux souvenirs. La cause en est le plus souvent un traumatisme à la tête ou une oxygénation insuffisante du cerveau."

Peut-être un des coups qu'il a reçus aura été vraiment mauvais, pensa Love, avec en mémoire l'image encore fraîche des radios de la tête de Kaspar. Onze fractures résorbées, et uniquement au crâne. Les avant-bras portaient eux aussi les traces de plusieurs fractures, à propos desquelles le docteur avait parlé de lésions défensives.

"Ont-ils vu un problème dans la zone du langage ?" demanda Åhlund.

Love secoua la tête.

"La zone du langage n'est pas aussi isolée qu'on le pensait autrefois : l'activité est dispersée dans tout le cerveau. Différents types de mots activent différentes zones, par exemple les mots qui décrivent les objets ou l'apparence des personnes activent des zones en lien avec le centre de la vision. Kaspar a écouté la lecture d'une histoire durant sept minutes, et le docteur a observé en temps réel la réponse cérébrale, sans rien constater d'anormal. Mais il faudrait bien sûr des examens IRM plus complets pour examiner cela de façon plus approfondie.

— Ils devraient peut-être lui faire écouter de la musique la prochaine fois", dit Åhlund comme en passant, et Love trouva d'emblée que ce pourrait vraiment être une bonne idée.

Ce qu'avait chantonné Kaspar ne s'entendait pas bien sur l'enregistrement, sinon que cela ressemblait à un fragment de mélodie.

"Vous êtes sûr d'aller le voir avec ça ?"

Åhlund montra en grimaçant la petite assiette en carton que Love avait posée sur la table.

Il avait eu tout le temps de se préparer pendant l'après-midi et il avait commencé par passer dans une boutique à proximité de l'hôtel de police. Le petit pot en verre dont le contenu était à présent dans l'assiette ne pouvait servir que de décoration, alors que, d'après le vendeur, c'était censé être un snack.

"J'ai appris que l'élevage de grillons consommait beaucoup moins d'eau que la production de viande de bœuf, expliqua Love, et que les émissions de dioxyde de carbone étaient cinquante-cinq fois moindres pour une teneur en protéines égale à la viande.

— C'est cent fois plus repoussant", objecta Åhlund.

Lasse sourit, tendit la main et attrapa un grillon d'un centimètre de long qu'il se fourra dans la bouche.

"Un peu salé, dit-il en croquant bruyamment. Comme des graines de tournesol, ou des cacahuètes. Ça fera l'affaire pour l'acheter, je suppose.

— Oui, ou le flatter" dit Love en répondant au sourire de Lasse.

Sa serviette dans une main et l'assiette dans l'autre, il sortit dans le couloir.

Les surveillants secouèrent la tête en voyant ce qu'il portait, mais s'abstinrent de commenter.

Le garçon était assis, mains jointes sur les genoux, avec dans le regard, derrière ses boucles blondes, une présence que Love n'avait encore jamais vue. Il n'était pas sûr qu'il lui sourie vraiment mais il lui sembla pourtant deviner un trait léger, presque insouciant autour de la bouche.

La ressemblance avec le personnage de *Mort à Venise* était encore plus nette. La différence entre nous, pensa Love, c'est que Kaspar est authentique et moi artificiel.

Sur la table, les images de l'entretien précédent restaient dans la disposition où elles avaient été laissées. Love salua avec un sourire et posa l'assiette de grillons sur la table avant de s'asseoir en face de lui et d'ouvrir la serviette.

Love avait passé une heure dans le bureau de Lasse à googliser et imprimer de nouvelles photos, une partie représentant des vues des environs de Sveg, d'autres des scènes plus privées ou intimes. Il y avait même quelques photos de corps nus : un homme seul, une femme seule, un homme et une femme étroitement enlacés ainsi que deux femmes et deux hommes respectivement dans des situations analogues. Quelques autres images suggéraient la violence physique, mais rien de plus qu'un visage agressif et un poing levé. Love n'était pas sûr d'avoir bien raisonné. Peut-être aurait-il dû être plus audacieux dans le choix des photos ?

En plus des images, il avait aussi pris une main de papier, des pastels et des feutres. Avant de pousser la serviette vers le garçon, il rassembla les images de la fois précédente et les mit de côté. Puis il prit un grillon dans l'assiette.

Le grillon n'avait pas vraiment un goût de cacahuète, c'était plutôt une sorte de haricot un peu plus résistant sous la dent, mais à vrai dire sans beaucoup de saveur. Kaspar imita Love mais en prit cinq ou six d'un coup, avant de se mettre avec une évidente curiosité à sortir les images de la serviette.

Ce matin, Love était un parfait inconnu pour le garçon, mais à présent ils s'occupaient ensemble à une activité que selon toute apparence il trouvait intéressante : Love avait la forte impression d'avoir accompli un progrès significatif.

Peut-être avait-il eu la chance de voir juste en tentant la communication par l'image, mais c'était à la base une décision bâtie sur son intuition et son expérience. Beaucoup des filles du foyer de Skutskär avaient développé une veine créative et pu exprimer par l'art, la poésie, la musique ou le théâtre ce qu'elles ne pouvaient pas dire avec des mots.

Dans le cas présent, Love avait lui-même contribué en racontant sa vie et son secret au garçon. Ce qui avait d'abord été un immense soulagement et une libération s'était mué en un sentiment de honte. Comme s'il avait profité de la situation à des fins égoïstes.

Kaspar prenait les photos les unes après les autres en faisant tourner un feutre entre ses doigts.

Au bout d'un moment il se mit à dessiner, mais pas sur les feuilles blanches, directement sur l'image d'une épaisse forêt de sapins derrière laquelle on apercevait une montagne. Il esquissa rapidement un rectangle au premier plan, devant les arbres. Une petite maison, pensa Love en se penchant pour mieux voir tandis que le feutre courait sur la photo.

Love avait déjà vu une telle capacité à s'absorber totalement. Il pouvait s'agir de personnes et d'occupations très diverses : quelqu'un qui jouait de la guitare, qui cuisinait ou dansait un ballet. Ils avaient en commun de le faire avec plaisir avide et concentration. Love supposait que c'était comparable à une décharge d'adrénaline, et il aurait aimé l'éprouver lui-même davantage.

Kaspar dessina les contours d'une porte, deux fenêtres de part et d'autre et sur le toit une cheminée avec de la fumée qu'il estompa au feutre gris. Puis il choisit deux autres feutres et colora la façade en brun clair et le toit d'un vert adouci. C'était un peu baveux mais il ne faisait aucun doute que Kaspar était doué pour le dessin.

“Ça ressemble à notre ancien chalet en Dalécarlie, dit Love. Mais le paysage alentour n'était pas aussi montagneux.”

Kaspar lui jeta un coup d'œil avant de hocher la tête et de mettre l'image de côté.

Une réaction claire, même si elle n'avait rien d'extraordinaire. Juste un bref hochement de tête qui disait quelque chose comme *Ah bon ? Tiens...* Mais malgré tout, cela ressemblait à de la communication.

Kaspar n'accorda pas grande attention aux autres images jusqu'à ce qu'il tombe sur les photos montrant des corps nus et il leva alors les yeux avec un regard que Love ne put interpréter que comme une question directe : *Pourquoi as-tu mis ça là ?*

"J'espère que ces images ne te mettent pas mal à l'aise" dit Love.

Le garçon le fixa quelques secondes avant que son regard ne retombe sur les cinq photos de nu étalées sur la table.

Il y avait une photo en noir et blanc d'un homme et d'une femme enlacés et cette fois il ne dessina pas, mais commença d'une main légère à colorier les corps d'une nuance rose pâle.

Aussitôt, il parut à nouveau profondément absorbé par son activité. De temps en temps, il penchait la tête un peu de côté, comme pour juger son travail, une ombre ou une partie plus claire sur la peau nue, et on observait sans arrêt de petits mouvements musculaires autour de sa bouche, encore un signe de concentration.

Soudain, pourtant, quelque chose parut l'embarrasser. Il se tortilla sur sa chaise, porta la main sous la table et rajusta son pantalon de toile fine. Même sans voir, Love devina qu'il avait une érection qui le dérangeait.

Un pli apparut à son front, il posa le feutre rose et en choisit un rouge.

À présent, il n'avait plus la main légère, ses traits sur les corps étaient plus marqués en hachures irrégulières, et quand il fit la même chose avec un feutre noir, l'image se transforma en quelque chose qui ne ressemblait plus à rien, plus qu'un fouillis de traits dans une masse rouge sombre.

"Tom-tom, to-rom-tom…"

Love entendit le garçon fredonner bouche fermée la même mélodie que celle qu'il avait chantonnée précédemment.

Puis Kaspar posa son feutre et fixa Love, les yeux brillants.

D'abord comme étonnés, puis suppliants.

"Vous devez m'aider", murmura-t-il.

Lasse sursauta en sentant Åhlund attraper son bras.

"Merde alors, lâcha-t-il. Tu as entendu ?"

Lasse lui fit signe de se taire. Ce n'était pas le moment de parler, si excitant soit-il que le garçon ait prononcé une phrase entière pour la première fois depuis deux semaines.

Sur le moniteur, l'avocat bâillait dans son bureau, visiblement ignorant ce qui venait de se passer, tandis que l'assistante sociale se penchait plus près de l'écran en suivant la scène avec de grands yeux.

Dans la salle d'interrogatoire, Love était visiblement saisi par la situation.

"C'est pour ça que je suis là, dit-il. Pour t'aider."

Kaspar bougea les lèvres, comme s'il voulait continuer à parler sans y parvenir. Une larme coula sur sa joue et s'arrêta au coin de sa bouche. La bosse entre les jambes du garçon avait disparu, et Lasse se demanda si Love avait remarqué son érection.

"Je suis prêt à t'aider, dit Love. Tu dois juste me dire ce que je dois faire."

Lasse remarqua que Love évitait autant que possible les questions et préférait se servir d'affirmations : il comprenait que c'était parce que Kaspar associait les questions au fait d'être interrogé par les autorités, de se sentir acculé et vulnérable.

À nouveau, la bouche du garçon forma des mots sans les prononcer, avant qu'il n'abandonne et baisse le regard vers les corps nus.

Love lui sourit.

"Tu peux continuer à dessiner si tu veux."

Quand Kaspar secoua la tête, Lasse comptabilisa un autre geste impliquant une communication. Même si le garçon avait déjà montré qu'il comprenait des instructions, il s'agissait davantage d'obéir à des ordres. À présent, il donnait une réponse directe qui communiquait ce qu'il éprouvait et pensait lui-même.

"Tu veux peut-être faire autre chose", dit Love.

Aussi près d'une question que possible, pensa Lasse.

Kaspar ferma les yeux un instant, et Lasse commença à se demander si le garçon s'était endormi. Mais il tendit alors les bras, un peu convulsivement, le droit le long du corps et l'autre juste au-dessus de l'épaule gauche. Ses doigts se crispèrent et l'auriculaire droit se dressa vers le haut.

“Est-ce que l’EEG a montré des signes de crampes ou d’épilepsie ? demanda Nils Åhlund.

— Je ne crois pas, répondit Lasse.

— Des tics ?

— Je ne sais pas.”

Aussi brusquement qu’il avait pris cette posture étrange, Kaspar se détendit et Lasse crut entendre un soupir silencieux.

Le garçon saisit un feutre et une feuille blanche.

Il commença par tirer un trait noir horizontal, puis encore un trait en dessous. Et quelques autres lignes horizontales suivies de plusieurs traits verticaux en travers.

Ensuite, le dessin devint plus détaillé, et peut-être ne s’agissait-il pas à strictement parler d’un dessin.

Intéressant, pensa Lasse quand il vit ce qui apparaissait sur le papier.

Extrait de *Vie et mort de Stina*, de Per Qviding

Le 25 juillet de ma dix-septième année

Cher Ingar,

Pardon – pardon – pardonne-moi de ne pas t'avoir écrit depuis si longtemps. Un journal ne se porte pas bien d'être laissé comme un œil fermé. Il doit rester ouvert, regarder le monde et en parler.

Mais nous avons tant souffert ces derniers temps. Une année pire que la précédente, mais cette fois c'est à cause de la sécheresse. Un soleil brûlant et pas de pluie pendant des mois, de la bouillie de lichens, des baies si rabougries qu'elles ressemblent à du gravier, et nous sommes restés dans nos lits, parfois plusieurs jours, sans avoir la force de bouger.

Vidar est souvent malade et Pe l'a conduit chez les Anciens pour demander conseil. Mais comment pourraient-ils l'aider ? Dans la Maison des Anciens, il y a des piles de couverts en argent, mais rien à manger.

Parfois, il y a une odeur de feu de bois dehors, et Père dit que les forêts brûlent à l'est et au sud. Il dit qu'il est plus sûr de rester à la maison, de ne pas bouger du tout. Mais ne devrions-nous pas plutôt nous réfugier du côté de la maison abandonnée, où le feu arriverait plus difficilement ?

Malgré tout, il n'y a pas que du malheur. Hier soir, je me suis endormie tôt et, dans mon sommeil, mon père est venu près du lit, les mains serrées autour de mon cou. N'aie pas peur, m'a-t-il dit, et si ça te fait mal, tu n'auras qu'à penser à Ingar, te dire que tu vas bientôt le revoir. Prends ça maintenant, Stina. C'est un cadeau.

Et comme j'ai pris !

Voilà longtemps que la nuit ne m'avait pas offert un voyage si merveilleux, et les mots me manquent pour décrire tout ce que j'ai pu vivre, toutes les peines terrestres et les tombes profondes et rocheuses, oubliées – comme unie à toi, toutes les fièvres mauvaises de la vie sont totalement insignifiantes.

À mon réveil, je suis sortie encore tôt dans la matinée et j'ai pris le sentier vers la forêt. Je portais toujours en moi ce que j'avais vécu dans mon sommeil et je commençais à comprendre la vraie nature des choses. La tourbière, qui jusqu'ici n'était qu'un marécage putride, était pleine d'agréables baies et de belles plages et l'âpre rosée du matin était aussi délectable que les plus douces framboises.

La vie m'apparaissait enfin supportable, et c'est drôle que cela puisse nous être montré si vite.

Mais même si tout n'est pas que misère, il y en a énormément.

Ça a commencé par un saignement de nez, comme j'en ai désormais tous les jours, puis le vertige m'a fait perdre connaissance, après quoi j'ai dû à nouveau m'aliter.

Comme tu le sais, il y a un tableau accroché au mur dans ma chambre, au-dessus du lit. C'est celui qui représente une ferme ensoleillée avec des granges, des meules de foin et des poules qui picorent, un peu comme dans notre petit village. Le paysage est vaste et plat, débordant de blés dorés. Le tableau a toujours été là, et je n'y ai jamais vu autre chose que bonheur et soleil. Ce matin, au lit, alors que je le regardais avec un bout de tissu dans le nez pour arrêter le sang, il m'a enfin été montré ce qu'il racontait vraiment.

Derrière la ferme passe un petit chemin de gravier sur lequel apparaît l'ombre d'un homme qui va main dans la main avec un petit enfant, et j'ai toujours pensé que c'était une belle chose qu'ils passent là ensemble : peut-être en route pour travailler aux champs, ou encore vers un lac quelque part hors du tableau pour s'y rafraîchir dans la chaleur estivale.

Soudain, j'ai vu ce qui avait toujours été devant mes yeux, mais qui jusqu'à présent m'avait été caché. Au coin de la maison où pointent les ombres, la peinture s'est écaillée, quelques planches ont pourri et la gouttière est attaquée par la rouille. Et si l'herbe tout autour de la ferme paraît verte et saine, elle semble morte et décolorée à l'angle de la maison, là où passent l'homme et l'enfant.

Ce sont de petits détails, mais ils transforment le tableau. L'idylle ensoleillée est fausse et trompeuse, et cherche à cacher quelque chose d'horrible.

L'ombre de l'homme et de l'enfant parle de quelque chose de brisé, détruit, quelque chose d'affreux qui se produit devant les yeux de tous.

34

MIDSOMMARKRANSEN

Il était vingt-deux heures passées quand Jeanette Kihlberg prit la direction de Kronobergsparken.

Après Fridhemsplan, une série de lieux lui rappelaient sa vie passée. Son ex-mari avait récemment emménagé dans un appartement mansardé dans un des nouveaux immeubles autour du rond-point de Lindhagensplan, et même si elle ne voyait pas l'appartement lui-même en passant, elle sentait sa présence.

C'était tragique d'avoir pu vivre si longtemps avec une personne pour ne s'apercevoir qu'après coup que ce n'était qu'une chimère. Åke était extrêmement égocentrique, pour ne pas dire égoïste. Elle avait été une sorte de mécène involontaire qu'il avait exploitée, trompée puis laissée en plan quand le succès était arrivé.

Après Lindhagen, elle passa devant le métro Thorildsplan. Le lieu du crime dont l'enquête l'avait menée à rencontrer Sofia Zetterlund.

Sofia qui l'avait elle aussi laissée, mais à la différence d'Åke pour des raisons qui demeuraient encore obscures aux yeux de Jeanette. Sauf qu'il ne s'agissait assurément pas d'égoïsme.

Neuf ans étaient passés, pensa-t-elle, et toujours pas le moindre signe de vie.

Sofia était remarquablement douée pour aider les autres, mais en même temps incapable de prendre ses propres problèmes à bras-le-corps : c'était peut-être ce qu'elle voulait faire quand elle avait disparu.

Pour Sofia, il n'y avait pas de place pour quelqu'un d'autre.

Jeanette Kihlberg s'engagea sur l'E4, traversa les ponts entre les îles d'Essinge où, à la différence des parcs desséchés du centre-ville, on trouvait encore trace de la verdure du début de l'été entre les rochers.

Le vin rouge était d'habitude une solution efficace quand Jeanette avait du mal à dormir, mais elle avait beau être restée une heure à la table de la cuisine, à minuit passé elle n'avait pas encore pu se résoudre à toucher au verre qu'elle s'était servi. Elle continuait de penser à la journée écoulée.

La lumière nocturne était plus bleue et ses couleurs plus pures qu'une semaine seulement plus tôt : son petit jardin était baigné d'un halo magique. Ça luisait de vie et, d'une certaine façon, cela la faisait se sentir moins seule. Malgré le temps chaud et sec, elle avait réussi à garder en forme ses lilas, ainsi que les ipomées blanches alignées dans leurs pots au pied du muret donnant sur la rue.

Si elle avait consacré un peu de temps au jardin pendant cette semaine de vacances, la rénovation de la maison était restée au point mort. Elle avait eu des velléités de préparer l'achat de nouveaux carreaux pour la salle de bains, réfléchi à la façon de rendre l'entrée plus accueillante, mais chaque fois elle en avait perdu l'envie et songé plutôt à revendre la maison.

Vendre la maison et se barrer, pensa-t-elle. Comme Sofia.

Au moment où Jeanette tendait la main pour boire une première gorgée du vin tranquillisant, un cône de lumière se glissa dans la cuisine. Au bruit d'une voiture qui approchait, elle se leva et gagna la fenêtre. Un taxi se gara derrière son Audi et, en voyant qui en descendait, elle jeta un coup d'œil à l'horloge digitale de la hotte. Une heure moins dix. Il ne peut pas être venu pour bavarder, pensa Jeanette.

Sur la bibliothèque du séjour, l'enceinte bluetooth passait "Working Class Hero", de l'album *Broken English*.

"C'est trop fort ?" demanda Jeanette tandis qu'elle rebouchait la bouteille en regardant Jimmy Schwarz.

Sur le canapé, Schwarz but une gorgée de vin avec un sourire un peu figé.

"J'aime bien Marianne Faithfull. Malgré sa collaboration avec Metallica."

Il était pâle, comme si le soleil du mois écoulé l'avait évité. Il passa les doigts dans ses cheveux coupés court.

"OK, dit Jeanette. De quoi voulais-tu me parler ?"

Quand Schwarz l'avait appelée, il lui avait dit qu'il avait travaillé jusqu'à minuit, que l'enquête en cours ne le laissait pas assez en paix pour rentrer dormir. Alors il avait pris un taxi pour venir ici.

“Je veux te parler de Melissa, la fille de Lola et Tommy, dit-il. Quand j'ai appelé Stockholm Nord pour leur demander pourquoi la disparition de la fillette n'était pas mentionnée dans leur enquête, ils n'en avaient pas la moindre idée.”

Melissa avait trois ans lors de sa disparition, en décembre 2004, et elle n'avait toujours pas été retrouvée. Quatre-vingt-dix-neuf pour cent de probabilités qu'elle soit morte, pensa Jeanette.

“Visiblement, Tommy et Lola ont tout fait pour éviter que leurs fils sachent qu'ils ont eu une grande sœur qui a disparu, continua Schwarz. Lola et ses addictions portent une grande part de la responsabilité et, avec le temps, elle s'est mise à faire comme si sa fille n'avait jamais existé. Et en ce moment même, une personne qui pourrait savoir ce qui est arrivé à la fillette se trouve sous les verrous.

— Tu penses à Kaspar Hauser, mais pourquoi saurait-il quelque chose au sujet de Melissa ?”

Schwarz se tut un instant, tandis que Jeanette baissait le volume de la musique. La reprise de “Working Class Hero” de Lennon. Pour Jeanette, c'était la seule version de la chanson qui pouvait concurrencer l'originale, et même la surpasser. Une voix rauque de femme donnait une dimension supplémentaire au texte, un cri d'impuissance face au monde, qui débouchait sur la folie et l'impossibilité de se plier aux règles.

“Kaspar avait un sac dans le train, dit alors Schwarz. Un sac à dos d'enfant, marqué avec une petite étiquette. L'inscription est assez effacée, mais on arrive à lire Melissa et les six dernières lettres du nom de famille. Åhlund a cru reconnaître la terminaison « ström », mais je suis à peu près certain que c'est « strand », et les combinaisons de prénom et nom sont si peu nombreuses que l'ancienne propriétaire de ce sac ne fait aucun doute."

Jeanette hocha la tête.

"Et Kaspar Hauser est apparu à Stockholm juste après le meurtre de Lola Ljungstrand... Et juste avant le meurtre ou l'homicide de Johnny Bondesson."

Certes, Jeanette avait emménagé depuis peu, il était donc compréhensible que beaucoup de choses soient à moitié terminées dans la maison, mais Schwarz trouvait malgré tout étrange qu'il n'y ait pas de lampe au plafond ni de l'entrée ni du séjour. Les fils électriques pendaient des moulures et le papier peint était arraché par endroit, apparemment au hasard. C'était assez poussiéreux, et de la vaisselle sale traînait dans les endroits les plus bizarres, dans l'escalier et sur les rebords des fenêtres, ce qui, ajouté à l'air renfermé, témoignait que quelque chose était en train de se délabrer. Le contraste avec le bureau impeccablement tenu de Jeanette était presque absurde.

"Comment vas-tu ?" demanda Schwarz.

Jeanette baissa les yeux vers la table et passa le doigt sur le bord de son verre.

"Le truc ordinaire, tu sais... La ménopause, les enfants partis, pas de partenaire. À part ça tout va bien."

En fond sonore, on entendait "The Ballad of Lucy Jordan", par Marianne Faithfull, que Schwarz avait entendu un nombre incalculable de fois dans son enfance. Mais sa mère n'avait pas sauté du toit comme Lucy Jordan, plutôt choisi de les planter là, son père et lui, et de filer à l'étranger sans plus jamais donner de nouvelles. Que ça continue comme ça, pensa-t-il.

Schwarz but une gorgée de vin et reposa le verre sur la table. Sur le plateau en bois, on voyait des miettes et quelque chose de rouge et collant, sans doute de la sauce tomate : probablement les restes d'une pizza.

"Tu veux en parler ?"

Jeanette se défendit d'un geste de la main.

"Non, une autre fois autour d'une ou deux bières… Kaspar Hauser, tu disais ? Qui est-ce à ton avis ?"

Les yeux de Jeanette étaient fatigués, mais Schwarz y décela une étincelle.

"Pour le moment, il n'y a pas grand-chose à dire sur ce type, répondit Schwarz, à part qu'il a peut-être rencontré quelqu'un ayant été en contact avec Melissa. D'après le rapport de police de 2004, le sac à dos était le seul objet manquant après la disparition, à part un pyjama, une paire de sabots rouges et la fillette elle-même.

— Un peu comme si elle avait fait son sac et était partie de son propre chef, dit Jeanette.

— C'est exactement mon idée, dit Schwarz. Et que fait-on, maintenant ?"

Jeanette réfléchit.

"Nous allons devoir retourner dire deux mots à Tommy Ljungstrand. Quand nous sommes allés chez lui, je lui ai demandé de nous dire *tout* au sujet de Lola, et je veux savoir pourquoi il a omis de parler de la pire chose, de loin, qui lui soit jamais arrivée. Même si je peux le comprendre, d'un point de vue purement intellectuel…" Jeanette soupira. "Tu as lu le rapport de 2004 ?

— Il fait dans les quatre mille pages, mais j'ai lu le résumé et quelques-uns des interrogatoires. Initialement, Lola a été suspectée d'avoir accidentellement tué sa fille et de s'être débarrassée du corps, mais elle a été assez vite lavée de ces soupçons.

— Et Tommy n'a jamais été suspecté d'avoir joué un rôle dans cette disparition ?

— Non, il travaillait sur une plateforme pétrolière au large de la Norvège, et n'est rentré chez lui que le lendemain.

— Et comment les enquêteurs de Stockholm Nord ont-ils pu manquer tout ça ?"

Ce devait être la dixième question d'affilée de Jeanette, se dit Schwarz. Mais il préférait répondre à des questions que faire un exposé.

"Au début, ça a fait couler beaucoup d'encre, raconta-t-il. On a publié des photos dans la presse, mais avec seulement le prénom de Melissa. Lola et Tommy voulaient rester anonymes, pour éviter les ragots et les spéculations. Ensuite... Bon, tu sais ce qui s'est passé tout juste une semaine après, le lendemain de Noël 2004 ?

— Le tsunami ?"

Schwarz hocha la tête et réfléchit. Lola semblait avoir vécu une vie rythmée par de grandes catastrophes. On avait découvert que son ancien petit ami Manne avait été déclaré mort après le naufrage de l'*Estonia*. Puis il y a eu le tsunami juste après la disparition de sa fille Melissa : d'un coup, plus de cent enfants suédois étaient portés disparus en Thaïlande.

"Le tsunami a occupé toute la place dans les médias, et la disparition de la gamine d'une alcoolique avait perdu tout intérêt, constata-t-il. Pour cette raison, on ne trouve aucune information sur internet au sujet de la disparition de Melissa, et comme Stockholm Nord ne s'est pas donné la peine d'interroger qui que ce soit en dehors de la famille la plus proche, nous avons perdu deux semaines."

Schwarz se tut en voyant que Jeanette avait l'air absent et pensait à autre chose. Elle alla chercher son sac dans l'entrée.

"Ce qui me turlupine, c'est ça, dit Jeanette en posant sur la table son sac, dont elle sortit un livre. Nous l'avons trouvé chez Lola Ljungstrand."

Schwarz se pencha pour regarder le livre avec intérêt.

"C'est le dernier de Per Qviding, dit Jeanette. *Vie et mort de Stina*, ça parle de deux jeunes gens qui vivaient dans les années 1860 dans un petit village du Jämtland. Apparemment, il est question d'une sorte de secte pratiquant des expérimentations sur la mort imminente. Je n'ai pas eu le temps de le lire du début à la fin, mais en revanche Lola l'avait fait. Plusieurs fois, visiblement."

Schwarz se sentit déboussolé.

"Et donc ?

— La question la plus courte de la nuit, dit Jeanette. Et en même temps la plus difficile."

35

MÉLANCOLIE BLANCHE

Les deux dernières poules ne donnent plus aucun œuf, et nous avons dû tuer le coq quelques jours après l'attaque du glouton contre le poulailler. À l'approche du solstice d'hiver, les côtes se dessinent de plus en plus nettement, la peau commence à sécher et s'écailler, paraît plus fine, plus translucide. Les commissures des lèvres sont si sèches qu'il s'y forme de petites plaies cuisantes. Si je place les avant-bras dans la lumière de la lampe à pétrole, je vois les veines violettes serpenter le long des tendons entre le creux du coude et la main. C'est comme si le corps mangeait sa propre chair, le ventre se creuse de plus en plus, jusqu'à ce que les hanches pointent, saillantes. Voilà plusieurs mois, quand mes hanches étaient plus rondes, Ingar les tenait entre ses mains, et s'il me voyait aujourd'hui, peut-être qu'il n'en aurait plus envie.

La famine hivernale est supportable, la solitude est pire, maintenant qu'il n'est plus auprès de moi. Souvent, j'ai sorti mon nyckelharpa, comme pour me rappeler comment c'était de jouer avec lui, mais chaque fois j'ai rangé l'instrument dans son étui, car ses notes ne font que renforcer le vide.

La vie sans Ingar, c'est comme jouer sans archet et chanter sans voix, mais je trouve encore un peu comment soulager mon désir.

Parfois, je me surprends à converser avec lui au sujet de ce que je vais ensuite noter dans mon journal. Même s'il ne peut pas répondre, cela m'aide à rassembler mes idées, et je l'imagine près de moi, en train de m'écouter.

Quand je lis *Le Joyau de la reine*, il m'arrive de penser que Tintomara est en réalité Ingar, ce qui me rend plus facile de l'imaginer devant moi, et par la suite j'ai aussi appris à le retrouver pendant la nuit. Quand les autres dorment et que je plonge dans ma somnolence, dans mon monde nocturne, j'arrive à évoquer la présence de son corps.

Au début de la nouvelle année, quand les jours s'allongent un peu, les parents d'Ingar descendent souvent vers la Dalécarlie, et leur maison reste alors vide. La porte est fermée mais je sais ouvrir de l'extérieur la fenêtre de la chambre d'Ingar. Si on appuie sur son cadre, le battant glisse un peu et on peut ôter le loquet avec une fine baguette en bois.

Je sors de mon lit le cœur battant et, dans la neige, je trotte jusqu'à leur maison. Je suis bientôt nue devant l'armoire dans la chambre d'Ingar et je saisis d'une main tremblante sa chemise de travail.

J'écarte l'édredon, je me couche sur le lit et je porte la chemise à mon visage.

Quelques inspirations profondes dans le tissu et je sens l'odeur salée et un peu aigre, exactement comme il sentait quand nous dormions ensemble, moi contre son épaule, le nez dans son aisselle.

Je ferme les yeux, je presse plus fort la chemise contre mon nez et ma bouche tandis que je laisse mon autre main vivre sa vie, toucher mon corps comme il l'aurait touché. Doigts légers sur le cou en descendant vers les seins, puis des caresses tout autour du nombril.

Puis j'enfonce le tissu de la chemise dans ma bouche jusqu'à en remplir toute la cavité et j'ai du mal à respirer. La main se fait plus déterminée, descend vers le creux des cuisses.

Quand ma poitrine se tend et que l'air commence à me manquer, je peux l'apercevoir dans l'obscurité rouge à l'intérieur de mes paupières.

Je le vois se glisser dans le lit à côté de moi et ma main ne m'appartient plus.

C'est sa main qui me rend plus légère, plus faible, et finalement le corps complètement engourdi.

Soudain, je ne suis pas couchée sur le dos dans son lit, mais sur le ventre dans l'herbe humide chauffée par le soleil. C'est l'été près de l'étang, rien que lui et moi et le ciel au-dessus.

Son poids derrière moi, et je le laisse écarter mes cuisses tandis que je regarde la surface calme de l'eau. Au premier coup de boutoir, l'eau se ride devant le rivage.

La vie sur terre n'a plus de secondes, de minutes ni d'heures à m'offrir. C'est ici que je veux demeurer, et tout le reste n'a aucun sens.

Je tombe, d'abord lentement et en flottant, légère, dans une forte lumière, puis de plus en plus vite à travers une obscurité compacte avant d'atterrir lourdement.

Le matelas à ressorts grince quand je me redresse sur les coudes, je crache le tissu, tousse et suffoque. En sentant à nouveau l'air froid dans ma gorge, je sais qu'il n'est plus là avec moi.

J'ai un goût salé dans la bouche, le corps luisant de sueur. Je reste longtemps dans son lit tandis que ma respiration se calme et que le froid humide de la chambre me mord la peau.

La mémoire de ce qui vient de se passer est simple et claire. Ingar et moi avons fait un long voyage ensemble, traversé la mer à bord d'un grand bateau puis voyagé à cheval et en carriole à travers un beau pays. Nous étions assis chacun dans une chaise à bascule dans la véranda d'une petite maison, regardions de vastes prairies et passions nos journées à nous balancer. Chaque nuit nous explorions nos corps, les voyions devenir de plus en plus vieux, secs, noueux et ridés, et après bien des années nous sommes morts dans ce lit, dans les mêmes odeurs que quand nous étions jeunes, et à l'extérieur de la petite maison un crépuscule rouge nous accueillait dans notre vie suivante.

Mais me voilà de retour ici, à Vitvattnet.

Une lueur glauque entre par la fenêtre et ma peau est si fine qu'il me semble voir mes organes se dessiner sur la face intérieure de mon ventre.

Un peu plus bas luit la petite colline de poils noirs, de fines mèches poissées à l'intérieur de mes cuisses entre mes nouvelles hanches osseuses, et je passe le majeur dans ce qui gonfle entre mes jambes, d'avant en arrière, puis je ferme à nouveau les yeux en rabattant sur moi l'édredon.

S'il était là, je le recevrais de tout mon être.

S'il voulait avoir la main rude, il pourrait. S'il voulait me pincer et me mordre, il pourrait. Quoi qu'il veuille me faire, il pourrait.

Rien ne pourrait être mal avec lui, même mon corps affamé, amaigri ne serait pas repoussant si c'était lui qui le touchait.

Je passe ma langue sur mon palais et mes gencives. Je me mords la langue, serre les mâchoires, de plus en plus fort, jusqu'à sentir le goût du sang.

Au loin, comme un mirage, ma respiration comme un soufflet qui ravive la braise, et il revient vers moi, me pénètre à nouveau.

Un courant d'air froid traverse la pièce et ça craque dans la cloison. Une porte se referme, des pas lourds font grincer le plancher.

"Un vrai enterrement, tout le monde y a quand même droit…"

C'est la voix de mon père.

J'ouvre les yeux. Entre mes cuisses écartées je vois la porte ouverte sur l'entrée et la lumière qui éclaire le sol juste devant.

"Oui, oui, répond Valle depuis la cuisine. Mais les choses sont comme elles sont…"

Je voudrais crier, là, couchée avec mes jambes osseuses, le ventre creux et la chatte béante. La seule chose qui serait pire qu'être vue par le père d'Ingar, ce serait de l'être par le mien.

Je n'émets pas un son, je ramène doucement les jambes sur le côté et je me glisse au bord du lit.

Des chaises raclent le sol de la cuisine, puis la bouilloire en tôle tinte contre la cuisinière à bois.

"Le noiraud est bien là où il est, au fond de l'étang", dit la voix grave légèrement enrouée de Valle tandis que vite je lisse le lit et renfile ma chemise de nuit.

En faisant un pas vers la fenêtre, je vois que le vent l'a claquée, elle va sûrement grincer et craquer si j'essaie de l'ouvrir. Je me love plutôt dans la pénombre et la poussière sous le lit. Nouveaux bruits de métal, je suppose que c'est Valle qui verse de l'eau pour faire du thé.

"Pour lui, soit. Mais Ingar ?

— Ingar avait l'intention de filer, Dieu sait ce qu'il comptait faire. Dans le pire des cas, attirer des gens ici. C'est pour ça que je l'ai abattu.

— Tu es sûr qu'il est mort ?

— Oui, aussi sûr qu'on peut l'être. Personne ne peut survivre en montagne avec une blessure par balle. Le loup ou l'ours l'auront pris."

Je me fige. Valle a abattu Ingar, son propre fils ?

Mon ventre se noue en songeant au massacre du poulailler et aux deux coups de fusil.

"Tu devrais garder Stina à l'œil, continue Valle. Est-ce qu'elle va vraiment bien ? Elle se balade en parlant toute seule, sourit dans le vide et pleure la seconde suivante.

— Elle tient à lui.

— Est-ce que ce ne serait pas aussi bien de le lui dire ?"

Pe ne répond pas et j'entends la trappe de la cuisinière qui s'ouvre, le bruit d'une allumette sur un grattoir et le crépitement du feu qui prend.

"Nous pouvons dire que nous l'avons retrouvé gelé dans la forêt, dit Valle. Et que les Anciens ont brûlé le corps. Alors elle pourra peut-être commencer à faire son deuil plutôt que de ressasser à s'en rendre folle.

— Je ne sais pas combien elle va encore tenir sans manger, dit Pe.

— Elle devient folle de faim, c'est ce que tu veux dire ?

— Peut-être. Ce n'est peut-être pas la bonne voie avec elle."

Je me mords les poings, mais les larmes me montent aux yeux. Un long silence s'installe à la cuisine et je sens bientôt l'odeur de la décoction, un parfum aigre d'aiguilles de sapin et d'airelles desséchées.

Si ce n'est pas dans cette vie, me dis-je, alors dans l'autre.

Ingar m'attend de l'autre côté.

Je ne sais pas combien de temps je reste sous le lit à attendre que le silence soit rompu, mais j'ai l'impression qu'il s'écoule un bon quart d'heure avant que Valle ne se racle la gorge.

"On dit ça, alors ?

— Quoi ?

— Qu'Ingar est mort de froid et que les Anciens se sont occupés de l'enterrement."

On entend mon père lâcher un soupir.

"Très bien, dit Valle. Rentre chez toi, maintenant, et demande à Asta de venir ici."

La mère d'Ingar pleure Ingar, bien sûr, et je me demande quelle consolation elle peut trouver. Si Asta sait comme moi que l'amour est la force supérieure de l'univers, qu'il défie le temps et l'espace et nous survit à nous-mêmes, elle pourra de nouveau sourire.

Il y a de cela de fortes preuves, puisque nous n'arrêtons pas d'aimer les personnes, et d'ailleurs pas non plus les animaux, pour la simple raison qu'elles sont mortes.

Nous pouvons même les aimer davantage mortes.

C'est ce que je vais annoncer dès que je le pourrai à Asta.

Bien sûr, Ingar me manque au point d'avoir mal, mais j'éprouve aussi tranquillité et confiance. Il est là avec moi, dans mes somnolences nocturnes, nous avons mille et mille ans encore ensemble devant nous et nous n'avons besoin que d'un peu de patience dans cette vallée de larmes.

La porte d'entrée claque et Asta entre quelques minutes plus tard.

“C'est fini ? demande-t-elle d'une voix sourde.

“C'est fini”, répond Valle, puis ils ne disent plus rien, ils vont dans leur chambre se coucher.

J'attends, et quand leur respiration se mue en bruyants ronflements, je rampe précautionneusement hors de ma cachette. En me levant, ma jambe heurte quelque chose par terre sous le lit. Je tends la main pour le saisir.

On dirait un livre ordinaire, mais il n'y a pas de texte sur la couverture, rien qu'un petit symbole qui ressemble à une couronne de reine. C'est relié dans un cuir rouge comme je n'en avais encore jamais vu, avec une surface entièrement lisse. Je glisse le livre sous ma chemise de nuit, j'ouvre la fenêtre et je l'enjambe pour m'en aller dans la nuit.

En traversant la cour, il me semble voir une lampe dans la montagne et je m'arrête. Le ciel est presque entièrement étoilé, je reste un moment là, à regarder en l'air.

La Ceinture d'Orion, la constellation du Taureau et le Grand Chien et, tandis que mon œil parcourt la voûte céleste, il me semble entendre à nouveau le vent du nord-ouest, celui qui peut apporter de dangereuses tempêtes de neige sur la montagne dénudée. Le sifflement se mue en grondement sourd, je frissonne quand la neige commence à tomber et je me hâte de rentrer.

La fenêtre de ma chambre est comme je l'ai laissée, coincée par une cale, et sous l'édredon on devine la forme des vêtements et coussins censés figurer mon corps, s'il était venu l'idée à Pe et Em de jeter un œil chez moi.

Tout semble intact. Avant de me glisser dans le lit, j'allume une bougie. Puis j'ouvre le livre qui lâche un faible bruit de papier collé.

Un jour, Pe m'a montré un petit carnet avec des images créées au moyen de quelque chose qu'on appelle *caméra*, une sorte de boîte capable d'emprisonner la lumière et de dessiner ce vers quoi on la dirige : il s'agit ici certainement d'images de ce type. Les pages sont couvertes de miniatures saisies par une caméra qui représentent toutes une seule et même très belle femme. Certaines des images-caméra sont bleu-gris, d'autres peintes de couleurs vives, et à chaque page, la femme est de plus en plus âgée.

Je me demande comment Ingar se l'est procuré et je décide de le conserver sous la latte branlante du parquet, là où je conserve mon journal.

Je glisse le petit doigt dans la fente entre les planches et je soulève la latte. Comme toujours, je saisis précautionneusement mon journal pour vérifier si le petit fil est à sa place, entre la quatrième et la cinquième page, je lève le livre vers la bougie.

Mais là où devrait dépasser un fil clair, un peu bouclé, il n'y a rien.

Cela ne peut signifier qu'une seule chose : que quelqu'un a regardé dans mon journal et si c'est la mauvaise personne, alors ça peut très mal tourner.

36

RENSTIERNAS GATA

Il était minuit tout juste passé et la statue de la vieille dame était sous son magnolia, deux petits enfants serrés contre elle. Love était déjà passé là sans se demander qui elle était ni pourquoi elle laissait ainsi sa main reposer sur la tête des enfants. Les branches aux fleurs fanées pendaient en un maigre toit au-dessus de la statue de bronze. LA PREMIÈRE VÉRITABLE TRAVAILLEUSE SOCIALE, ELSA BORG, REINE DE VITA BERGEN, 1826-1909, lut-il sur le socle.

Love va très bientôt retomber sur le nom d'Elsa Borg, plus précisément dans un livre sur une autre femme qui, à l'instar de la reine de Vita Bergen, fut en mission dans le quartier dans les années 1870, mais n'eut jamais de supporters ni de plaque commémorative. Elle s'appelait Stina Qviding, et était d'après son descendant et biographe Per Qviding "femme de la misère et de la débauche venue auprès de mam'zelle Borg en juin 1880 après avoir été retrouvée dans un fossé de Renstiernas gata, à moitié morte de faim et de folie."

En rentrant chez lui, Love passa devant Groens Malmgård, une maison aux allures de gentilhommière où Elsa Borg dirigeait son foyer pour femmes déchues, avant de gagner son porche dans Renstiernas gata.

Vous devez m'aider, pensa Love, assis avec un verre de vin rouge sur le canapé protégé d'une bâche plastique. Ces mots, les seuls prononcés de la journée par Kaspar Hauser, étaient aussi limpides que mystérieux.

L'aider en quoi, exactement ? Et comment ?

La dernière heure dans la salle d'interrogatoire n'avait mené à rien, Kaspar s'était montré fatigué et absent, et Love avait estimé qu'il valait mieux en rester là.

Il regarda vers la cuisine par le trou dans le mur qu'il avait lui-même commencé à percer. Ça ressemblait à une zone de guerre, une maison bombardée où des fils électriques hérissaient les murs et où des éclats de plâtre et de pierre jonchaient le sol. On avait l'habitude en cette période de l'année de parler de *nuits blanches*, mais dire *nuits bleues* aurait été plus près de la vérité.

Love ouvrit la serviette et en sortit le troisième dessin du garçon. Plusieurs lignes horizontales sur un papier blanc divisé par un certain nombre de lignes verticales. Love trouvait que cela ressemblait à une partition.

Des problèmes de mémoire et une fonction rénale dégradée, se dit-il. Vraisemblablement traumatisé par la violence physique, et probablement aussi psychologique. La curieuse posture prise par le garçon juste avant d'esquisser la partition pouvait avoir été sa façon de leur montrer ce que la musique signifiait pour lui.

Il savait déjà que les photographies avaient stimulé Kaspar. En était-il de même avec la musique ?

Une fine couche de poussière s'envola quand il retira la bâche plastique qui recouvrait la chaîne et l'ampli. Puis il prit son téléphone et chercha la première musique qui lui passait par la tête.

C'était une version orchestrée de la BO du film en costumes de Stanley Kubrick, *Barry Lindon.* Cette musique accompagnait efficacement une longue scène où le beau-fils lésé provoque en duel son beau-père.

Love avait vu le film au milieu des années 1990, quand il était passé à la télévision suédoise. C'était l'adaptation d'une qualité remarquable quoique un peu longuette d'un roman sur l'ascension et la chute de l'opportuniste et peu sympathique Barry Lindon.

Love ne se souvenait d'aucune scène du film mais, quand la musique emplit la pièce et qu'il ferma les yeux, il revit intérieurement les images de redingotes rouges anglaises marchant en rangs rectilignes sur une prairie verdoyante, d'une femme pâle avec une immense perruque nue dans une baignoire, et d'un petit garçon qui tombait d'un cheval. Il n'avait plus repensé une seule fois à tout cela depuis qu'il avait vu le film. Mais ce soir, au son de la musique ces images prenaient vie et le film lui revenait.

Le vin fit son œuvre, il commença à avoir envie de dormir. Quand retentirent les premières notes de la piste suivante, un violon un peu malingre qui jouait ce qui ressemblait à une mélodie populaire, son téléphone sonna.

C'était Lasse, et Love entendit au ton de sa voix que quelque chose n'allait pas.

"Kaspar s'est tailladé les veines, assez gravement… il est à Karolinska. Je viens d'y arriver."

37

MIDSOMMARKRANSEN

Une des plus courtes nuits de l'année finissait, le plus long des jours la remplaçait et la pelouse devant le séjour de Jeanette n'était plus gris-bleu, elle semblait plus verte tandis que le lichen jaune du muret côté rue ressortait plus nettement. Schwarz se rappela la dernière fois où il avait bu jusqu'au lever du soleil. C'était une fête entre vieux copains à Brandbergen. La dernière fois qu'il avait bu du whisky arrangé Fireball. La toute dernière, espérait-il.

Le verre de Jeanette était toujours intact. Le vin commençait à s'évaporer, une fine ligne de dépôts violets apparaissait sur la face interne, quelques millimètres au-dessus de la surface. Elle venait de finir de feuilleter le livre de Per Qviding, à présent ouvert sur la table entre leurs deux verres.

"Qu'est-ce que tu en dis ?" demanda Jeanette avec un geste interrogatif vers le fond de bouteille.

Schwarz secoua la tête en couvrant son verre vide de la main.

"Je ne sais pas trop quoi penser.

— Ce qui en tout cas semble clair, reprit Jeanette, c'est que Lola Ljungstrand était obsédée par Per Qviding. J'ai du mal à savoir si Lola se faisait des films, ou s'il y a du vrai dans ses observations. Son comportement relève presque du harcèlement."

Mais qui diable était donc Per Qviding ? se demanda Schwarz en regardant le portrait de l'auteur au dos du livre.

Toujours mignon, avec son sourire avenant et ses charmants cheveux roux ébouriffés. Beaucoup le trouvaient aussi élégant dans sa tenue vestimentaire que dans son expression à l'oral comme à l'écrit. D'après la rumeur, riche comme un nabab, une fortune bien plus importante que ne le disait la version officielle. Mais le gars semblait ne pas avoir de vie privée.

Schwarz sortit son téléphone et googla le nom de l'écrivain. Les informations disponibles sur Wikipédia étaient succinctes. Schwarz lut à haute voix :

"Né le 18 septembre 1968 à Gävle. A travaillé comme infirmier anesthésiste avant que le succès de son premier roman *Le Voyage de la vie* lui permette de se consacrer à plein temps à l'écriture. Marié depuis 2006 avec Camilla Qviding, née Hjulberg, agent littéraire... Et basta."

Certes, on parlait de lui dans la presse à scandale et les journaux du soir, mais ce que Jeanette avait trouvé restait dans l'ensemble très superficiel. Elle raconta à Schwarz que Qviding possédait une villa de luxe sur une île privée de l'archipel où le couple n'invitait que très occasionnellement des journalistes pour un reportage complaisant dans l'intimité de la célébrité. Pas d'enfants ni de famille connue.

Schwarz reposa le livre et ils demeurèrent un moment silencieux tandis que les oiseaux se réveillaient en ce matin de début d'été.

“Lola était peut-être parano, dit Jeanette, mais il y a quelque chose qui est vraiment bizarre. Je vais te lire un passage, et pendant ce temps, tu peux regarder sur mon téléphone.”

Jeanette fit s’afficher une image et lui tendit l’appareil.

“C’est un extrait du livre qui cite le journal de Stina, expliqua-t-elle. La description d’un tableau accroché au-dessus du lit dans la chambre de Stina, et qui représente une ferme au soleil, à la campagne.

— D’accord, dit Schwarz en regardant l’écran. Mais encore ?”

Jeanette lui lut ce que Lola avait souligné :

“… des granges, des meules de foin et des poules qui picorent, un peu comme dans notre petit village. Le paysage est vaste et plat, débordant de blés dorés… Derrière la ferme passe un petit chemin de gravier sur lequel apparaît l’ombre d’un homme qui va main dans la main avec un petit enfant… Au coin de la maison où pointent les ombres, la peinture s’est écaillée, quelques planches ont pourri et la gouttière est attaquée par la rouille…”

Jeanette avait oublié de respirer et marqua une courte pause.

“Et si l’herbe tout autour de la ferme paraît verte et saine, termina-t-elle, elle semble morte et décolorée à l’angle de la maison, là où passent l’homme et l’enfant.”

Schwarz hocha la tête, le regard sur le téléphone.

“Oui, ça correspond, dit-il après un moment. Ça doit être le même tableau.

— Et ce qui est dingue, c’est qu’une reproduction de ce tableau-là est accrochée dans l’entrée de Lola Ljungstrand”, dit Jeanette en reposant le livre sur la table, tourné pour que Schwarz puisse lire la note de Lola en marge.

ложная утопия, était-il écrit au crayon, visiblement recopié.

Et juste en dessous : LOZHNAYA UTOPIYA / FALSCHE UTOPIE. PEINT EN 1989 PAR NADYA USHAKOVA.

“Mais que fout un tableau de 1989 dans un journal des années 1860 ?” demanda Schwarz.

Jeanette tendit la main vers son verre de vin, l’observa et but une petite gorgée.

“Avec de pareils détails, impossible que ce soit une ressemblance fortuite, dit-elle alors.

— Ou alors il y a une autre explication, dit Schwarz. Est-ce que tu connais Krystian Bala ?”

Jeanette plissa le front.

“Non, je ne crois pas.

— C’est un écrivain polonais qui a été condamné pour meurtre et qui a plongé, c’est idiot, parce que, dans un roman, il avait décrit le meurtre avec des détails que seul son auteur pouvait connaître. Tu imagines le degré de narcissisme qu’il faut atteindre pour commettre volontairement une telle bourde ?”

Jeanette opina du chef.

“Je vois où tu veux en venir, mais même si c’est intéressant, je ne suis pas complètement convaincue. Appelle un taxi, maintenant, et dors là-dessus quelques heures. On se retrouve au boulot.”

Schwarz partit en boitant dans la lumière du matin avec l’impression d’avoir découvert du nouveau, mais il sentait au creux du ventre que le doute de Jeanette était contagieux.

Tandis qu'il poussait le portail métallique et descendait tant bien que mal l'escalier en pierre vers la rue, il tenta de se persuader que ce doute était bon malgré tout, qu'il le poussait à réfléchir de manière plus critique. On sentait un changement dans l'air, et il ne s'agissait pas de la perception d'une pluie imminente et d'une fraîcheur bienvenue, mais plutôt d'une transformation intérieure chez lui.

Schwarz songea à ce que Jeanette lui avait raconté du livre de Qviding. Baptiser un roman traitant des expérimentations d'une ancienne secte sur l'état de mort imminente *Vie et mort de Stina* était sacrément irrespectueux, vu le résultat sur l'état mental de cette pauvre fille. Et y exhiber ses textes, qui n'étaient visiblement destinés à être lus que par le garçon qu'elle aimait, en y ajoutant des détails de son cru, puis noyer toute cette merde dans une espèce de message d'amour néoreligieux et sentimental, c'était franchement dégueulasse.

Foutu écrivain.

Mais s'agissant de sa vie privée, en revanche, Qviding veillait à garder le plus grand secret.

"Vampire", grommela Schwarz en voyant le taxi arriver.

Extrait de *Vie et mort de Stina*,
de Per Qviding

Automne 1881

Il est inhabituel de voir une aurore boréale si tôt en automne et aussi au sud que dans la plaine du Västergötland, mais les vagues vertes dans le ciel ont été fugaces, bientôt dispersées en petits points incandescents comme un feu qui meurt, et le paysage s'est retrouvé plongé dans l'obscurité.

Stina Qviding embrassa la plaine du regard et s'imagina ce qu'elle verrait si elle pouvait voler. Ce serait très différent de son Jämtland. Au clair de lune, les montagnes en plateau se dessineraient comme de larges chapeaux au-dessus des pâturages et des champs de seigle et d'avoine. On verrait les ombres d'animaux endormis, certains curieusement debout – comme il arrive aux vaches ou aux chevaux. Si elle continuait de voler vers l'ouest, elle verrait une ville au vaste port, le plus grand de tout le Nord, et dans ce port un vapeur semblable aux grands vaisseaux de Stockholm.

Il ne restait pas plus de quelques jours de marche jusqu'à Göteborg, mais elle ne savait pas si elle en aurait la force. Il faisait froid, surtout la nuit, la grand-route était pierreuse et accidentée, ses chaussures trouées et ses pieds engourdis et couverts de plaies. Un peu plus loin dans la plaine, elle aperçut le tumulus sous la lune. Il se nommait Stora Rör, et il devait y avoir à proximité le lac Östen. Peut-être y trouverait-elle un endroit abrité où dormir et de l'eau fraîche à boire ?

Elle s'engagea sur un sentier qui menait vers la tombe. L'énorme tas de pierres avait été élevé par les païens longtemps avant que la Suède ne devienne terre de Dieu, et on pensait que d'importants dignitaires reposaient là-dessous, enterrés sans les sacrements, et donc mauvais comme des âmes en peine.

Mais Stina n'avait plus peur de tout ça. Elle s'assit sur une des bosses qui entouraient le tumulus, ôta ses chaussures et entreprit d'extraire le gravier des plaies de ses pieds. En même temps, elle se répétait en silence pour elle-même les paroles apaisantes de l'Épître à Tite : "Tout est pur pour les purs ; mais pour ceux qui sont souillés et qui refusent de croire, rien n'est pur : leur intelligence, aussi bien que leur conscience, est souillée."

Jadis, Stina avait fait partie des impurs, égarée dans le péché, mais les Anciens lui avaient permis de se racheter. Elle se souvenait de la grande salle dans la Maison des Anciens, où elle avait été menée par son père et sa mère.

Elle la revoyait, aussi réelle que si elle s'y trouvait à nouveau. Les vieux prêtres assis en cercle, immobiles. Bientôt, après s'être mise nue et assise par terre, ses yeux s'étaient accoutumés à l'obscurité. Dans l'ombre, sous les capuches, on devinait des traits déformés, des rides comme du cuir desséché, et elle n'avait pas osé regarder davantage quand elle s'était agenouillée devant eux, nue, le derrière à l'air, et avait avoué toutes ses fautes.

On disait que les Anciens étaient à la fois morts et vivants, qu'ils savaient tout et que rien ne pouvait leur échapper, et Stina avait confessé absolument tout.

Cette fois-là, dans la Maison des Anciens, elle avait finalement été purifiée en avalant un bol de soupe blanche qui l'avait fait frissonner, trembler et se vider par tous les orifices de son corps.

"Tout est pur pour les purs", murmura-t-elle là, assise devant la tombe des rois païens, soignant ses pieds en sang.

38

HÖKARÄNGEN

La terre peut à nouveau respirer, pensa la commissaire Jeanette Kihlberg en quittant l'hôtel de police de Kungsholmen. La pluie qui fouettait son pare-brise n'avait pas faibli depuis les premières gouttes tombées quatre heures plus tôt. En passant devant Rålambshovsparken, elle révisa un peu son jugement. Des deux côtés du pont, la pelouse grillée s'était transformée en marécage. La terre ne pouvait pas du tout respirer, au contraire. Elle était noyée par la pluie soudaine.

Åhlund avait beau l'attendre dans Långholmsgatan sous la double protection d'un parapluie et d'un porche, il était trempé en montant dans la voiture.

"Alors comme ça, tu as emprunté la Volvo de Schwarz ?" dit-il en glissant l'emballage froissé de son sandwich 7-Eleven dans le sac poubelle près du siège passager. Il s'essuya le front avec la manche de son blouson et Jeanette pensa apercevoir des restes de mousse de shampooing dans ses cheveux.

"Ce n'est pas la voiture de Schwarz, répondit-elle. Même s'il a l'air de le croire."

Les véhicules banalisés stationnés dans le garage de l'hôtel de police étaient à la disposition de tous et Jeanette n'appréciait pas que Schwarz marque son territoire au sein des ressources communes. Mais elle comprenait pourquoi il préférait la Volvo, elle avait une conduite souple et c'est en tournant d'une main légère qu'elle s'engagea dans Hornsgatan en direction de Zinkensdamm.

Olivia Jensen attendait dans son appartement au premier entresol : vingt secondes après le coup de klaxon de Jeanette, elle était à la voiture. Elle avait elle aussi les cheveux mouillés et le parfum qui se répandit quand Olivia s'assit à l'arrière fit s'interroger Jeanette : était-ce un hasard si les deux policiers avaient utilisé le même shampoing aujourd'hui ?

"Comment va Kaspar ? demanda Olivia.

— Assez mal, répondit Jeanette. Une veine ouverte à un bras, il a perdu beaucoup de sang. Il a été opéré ce matin. Il faut attendre… Mikkelsen nous tiendra au courant, mais il n'y aura pas d'interrogatoire aujourd'hui.

— Et Tommy Ljungstrand ? demanda Åhlund. Tu disais qu'il était bourré quand tu l'as appelé ?

— En tout cas il avait pris quelque chose, répondit Jeanette en sortant dans Ringvägen.

— Et il est avec sa mère et les gamins à Hökarängen ?

— Peut-être."

L'ex-mari de Lola Ljungstrand avait affirmé y être, mais quand Jeanette avait appelé pour en avoir confirmation, elle était directement tombée sur un répondeur, ce qui suggérait que le téléphone était éteint ou déchargé.

Vingt minutes plus tard, quand ils se garèrent dans Pepparvägen, près du centre d'Hökarängen, la pluie était passée d'un crépitement sec à un type de précipitation que Jeanette appelait pluie de foot. Pas parce que les gouttes auraient eu la taille d'un ballon de foot, mais parce que ce type de pluie qui ne tombe pas du ciel mais semble flotter en l'air était courant dans sa jeunesse, quand elle s'entraînait au foot à Gamla Enskede.

Baptiser des phénomènes météorologiques d'après des expériences personnelles était le signe d'un cerveau très centré sur lui-même, se dit-elle tandis qu'ils se dirigeaient vers l'immeuble fonctionnaliste jaune moutarde où vivait la belle-mère de Lola Ljungstrand.

S'il avait été là, Schwarz aurait sorti quelque anecdote sur le quartier, quelque chose qui se serait passé dans son enfance à Hökarängen. Il en allait autrement d'Åhlund, qui avait à peine ouvert la bouche de tout le trajet.

"Comme tu es silencieux aujourd'hui, dit Jeanette. Il s'est passé quelque chose ?

— Mais non", répondit-il avec un sourire forcé qui lui fit penser qu'il avait honte de quelque chose.

Ils pénétrèrent dans la cage d'escalier où une odeur caractéristique les accueillit. "Fumée d'incendie" dit Olivia, et ils se hâtèrent de monter.

Au troisième étage, deux petits garçons en short bleu, torse nu étaient absorbés par un iPad. Le plus âgé leva les yeux en les apercevant.

"Ça ne brûle plus", lâcha-t-il, presque déçu, tandis que son jeune frère souriait à quelque chose à l'écran.

La porte de l'appartement était ouverte en grand et on entendait des sanglots en provenance de l'entrée noyée dans la fumée.

Un moment plus tard, ils étaient installés dans la cuisine de l'appartement d'Ann Ljungstrand, la belle-mère de Lola. La dame âgée s'était un peu calmée, la fumée était dissipée mais son odeur irritante toujours là. La poêle dans l'évier contenait les cendres d'une omelette carbonisée.

Ann Ljungstrand avait l'air d'avoir reçu des UV à haute dose depuis le début de la mode des solariums. Son maigre visage et ses bras étaient couverts de fines rides, sa peau semblable à du cuir et, assez ironiquement, vu ce qui venait de se produire, elle avait la voix rauque et râpeuse caractéristique d'une fumeuse. Mais sous cette surface exagérément bronzée, on devinait les beaux traits d'un visage qui contenait aussi un reflet de son fils Tommy.

Au plafond, un détecteur de fumée en plastique jauni dont la pile était visiblement morte.

"Il m'a dit qu'il avait changé la pile, dit Ann Ljungstrand. Mais c'est comme ça, avec Tommy.

— Que voulez-vous dire ?" demanda Jeanette.

La femme haussa ses frêles épaules.

"Il oublie, ou il ment.

— Savez-vous où il est ?

— Je ne sais pas, pas ici en tout cas et pas chez lui. Probablement chez un compagnon de beuverie."

Elle soupira en jetant un œil vers le séjour où ses petits-enfants s'étaient déplacés avec l'iPad. Puis elle baissa la voix.

"Tommy a commencé à fêter la Saint-Jean juste après votre visite l'autre jour, et il n'a plus donné signe de vie depuis qu'il a appelé pour dire qu'il allait chez un copain… Il a été furieux quand je lui ai dit que j'avais…" Elle s'interrompit. "Pardon, je suis tellement stressée… Mon Dieu, et si le feu avait pris dans la hotte ?

— Vous voulez dire que Tommy a été furieux que vous nous ayez parlé de Melissa ?" demanda Jeanette.

Ann Ljungstrand hocha la tête.

"Il me fatigue à un point… J'économise toute l'année pour que nous puissions aller à Furuvik avec Benji et Jakob, et voilà comment il me remercie. Lola vient de mourir, les garçons ont besoin de lui, mais il fait comme il a toujours fait, il me les laisse, me donne quelques billets de cent et file quelque part, disparaît pendant plusieurs jours, parfois une semaine entière, ne répond pas au téléphone et quand il finit par se pointer, avec la queue entre les jambes et la gueule de bois, il me sert une histoire de boulot à dormir debout… Il n'y a pas qu'à vous qu'il ment, sachez-le.

— Nous a-t-il menti en ne nous parlant pas de Melissa, ou voulez-vous dire autre chose ?"

Elle ne répondit pas, mais Jeanette pensa voir dans ses yeux gris-bleu qu'elle avait encore des choses à raconter.

"Vous voulez du café ?" demanda-t-elle plutôt.

Elle veut que nous restions, pensa Jeanette.

"Volontiers", répondit-elle.

Åhlund et Olivia hochèrent aussi la tête.

"Où rangez-vous vos piles ? demanda Åhlund tandis que la femme versait de l'eau dans la cafetière.

— Dans la commode de l'entrée, tiroir du haut."

Åhlund trouva une pile, grimpa sur une chaise et la mit dans le détecteur de fumée. Ann Ljungstrand sursauta au son strident du bip de test.

Jeanette observa son visage tandis qu'elle remplissait le filtre : on voyait qu'elle était plongée dans ses réflexions au lieu de compter les doses de café, qui furent bien trop nombreuses.

"Il a aussi menti il y a quinze ans, dit-elle soudain en posant la cuillère sur le plan de travail. Voilà, comme ça, c'est dit…

— Continuez", dit Jeanette.

Ann Ljungstrand se tourna vers eux, les yeux luisants.

"L'alibi de Tommy quand Melissa a disparu était faux. Il n'était pas en train de travailler quelque part dans la mer du Nord, comme vous le croyez… Je l'ai entendu parler avec un type qui travaillait sur la plateforme. Quelqu'un qui l'a aidé à falsifier le registre du personnel."

Une larme coula sur la joue de la femme, suivit une ride autour de sa bouche et s'arrêta en formant une goutte sur le menton.

"Vous voulez dire que Tommy était en Suède ? demanda Jeanette. Avez-vous une idée de pourquoi il a menti au sujet de son alibi ?"

39

GUBBÄNGEN

Nils Åhlund souffrait d'une légère nausée. Ce n'était pas la grippe, il était en train de guérir, et ce n'était pas la gueule de bois : les trois bières et le schnaps bus la veille au soir s'étaient dissipés pendant son sommeil. C'était l'angoisse, qui vient toujours frapper à la porte quand elle est la moins bienvenue.

Åhlund avait observé Olivia pendant la matinée pour deviner si elle aussi avait une boule au ventre, mais il n'en avait vu aucun signe. Au contraire, elle semblait calme et en paix avec elle-même.

Jeanette, il osait à peine la regarder. Si leurs yeux s'étaient croisés, elle aurait immédiatement percé à jour son masque et compris ce qui s'était passé. Peut-être d'ailleurs était-ce déjà fait ?

Le trajet entre deux des localités en -ängen de la banlieue sud, Hökarängen et Gubbängen, prit moins de cinq minutes. Pour Åhlund, ces zones étaient aussi familières que la banlieue de son enfance, un peu plus à l'ouest. Il avait grandi à la limite entre Fruängen et Herrängen, et toute la ceinture sud de la ville lui évoquait les souvenirs de ses jeunes années. Il avait couru à vélo entre d'innombrables entraînements et compétitions locales d'athlétisme et, après des années de dur travail, avait enfin admis qu'il était médiocre et qu'il lui serait impossible d'espérer remporter à force d'entraînement la moindre médaille, même dans un championnat régional.

L'immeuble où il avait passé sa jeunesse était à peu près identique à celui de Knektvägen à Gubbängen, où Tommy Ljungstrand se cachait, le même modèle fonctionnaliste de logements pour tous, à trois étages. Seule différence, celui d'Åhlund était blanc, alors que celui-ci était couleur rouille.

Après s'être garée, Jeanette leur dit que, vu la pluie, ils pouvaient l'attendre dans la voiture pendant qu'elle téléphonait au policier désormais retraité qui avait été responsable de l'enquête sur la disparition de Melissa.

Jeanette descendue de voiture, la portière claquée, les souvenirs de la veille lui revinrent comme des flashs. Olivia et lui avaient travaillé jusqu'à vingt-deux heures trente quand Jeanette les avait renvoyés chez eux. Mais ils n'étaient pas rentrés directement, ils avaient fait étape près de Zinken, dans un bar de quartier où Olivia avait l'habitude de traîner. Après ces trois bières, et surtout ce schnaps, il s'était senti inhabituellement gai et au lieu de se séparer devant sa porte, juste après minuit, il avait répondu au baiser qu'elle lui avait donné.

Il avait beau savoir qu'il ne fallait pas, Åhlund se sentait complexé par son âge. Il n'avait jamais couché avec une fille qui avait dix ans de moins que lui. Mais à dire vrai, c'était plutôt elle qui avait couché avec lui. Il avait fait de son mieux pour rester dans le coup et dans le feu de l'action, ils l'avaient fait trois fois, la dernière le matin même, raison pour laquelle il avait été aussi pressé, lui avait emprunté sa douche et son parapluie, ce qui n'avait pas servi à grand-chose sous la pluie battante. Il y avait un bon kilomètre entre leurs deux appartements et il venait tout juste d'arriver sous son porche quand Jeanette s'était pointée. Elle l'avait regardé avec scepticisme monter dans la voiture au pied de chez lui, ses vêtements complètement détrempés.

"Dis, fit Olivia en lui posant la main sur l'épaule. Je vois que tu es un peu éteint.

— Non, ça va", mentit-il.

Elle se pencha entre les sièges et il sentit son haleine. Un léger parfum de café et de menthe. Du coin de l'œil, il vit qu'elle souriait.

"C'était bien, cette nuit, dit-elle. Mais c'était une histoire d'un soir, non ? On en avait bien besoin, tous les deux."

Elle lui caressa la nuque, très rapidement, mais assez pour lui mettre le feu aux joues.

Besoin ? se dit-il. Cela faisait plusieurs années qu'il n'avait pas couché avec quelqu'un.

"Merci… D'accord, alors on dit comme ça…"

Åhlund jeta un coup d'œil dans le rétroviseur et vit Olivia sourire.

"Quel rabat-joie !" dit-elle tandis que Jeanette se dépêchait de rejoindre la voiture. Quand la portière s'ouvrit, la main avait quitté son épaule.

Le bruit de la fête au deuxième étage résonnait dans la cage d'escalier, une espèce de hard rock des années 1970. Quand ils frappèrent à la porte, ils entendirent du remue-ménage dans l'appartement. Åhlund supposa qu'il s'agissait de canettes vides qu'on débarrassait d'une table et comme l'homme qui leur ouvrit tenait un sac poubelle boudiné, il comprit qu'il avait vu juste.

"Tommy est sous la douche, dit l'homme d'un air blasé. Allez l'attendre à la cuisine."

Il posa le sac de canettes vides dans l'entrée et se pencha dans le séjour.

"C'est les flics... Éteignez ça, bordel."

Ils entrèrent dans le séjour où flottait une lourde odeur de mégots et de vieille bière, le genre de fête qui peut durer des jours, et dont le seul but est de reculer le moment de la gueule de bois. Quand la musique cessa, Jeanette pria les deux autres fêtards d'aller faire un tour.

Pendant que les hommes récupéraient leurs téléphones et leurs paquets de cigarettes sur la table en teck poisseuse, la porte de la salle de bains s'ouvrit.

L'ex-mari de Lola Ljungstrand en sortit, torse nu, une serviette nouée autour de la taille.

"Habillez-vous", lui dit Jeanette.

Les deux types filèrent devant Olivia, restée dans l'entrée les mains sur les hanches. Toute sa personne dégageait une impression de calme et de décontraction et, tandis que les hommes quittaient l'appartement, Åhlund prit conscience qu'il n'avait pas réfléchi un seul instant à la menace potentielle : deux policières et lui, contre quatre ivrognes qui picolaient depuis plusieurs jours. Pourtant, il se sentait parfaitement en sécurité avec ces deux femmes. L'allure de Jeanette ne faisait bien sûr peur à personne, mais elle avait une autorité mystérieuse et désarmante qui transformait les gros durs en petits garçons obéissants.

Jeanette et Olivia entrèrent dans la cuisine et Åhlund suivit. Plus tôt, ce matin, Olivia s'était affairée dans son petit deux-pièces pendant qu'il faisait semblant de dormir. Elle avait fait du café, cherché des vêtements et s'était lavé les dents uniquement vêtue d'un débardeur qui lui arrivait juste au-dessous du nombril. Ce vêtement court renforçait d'une certaine façon sa nudité, et il avait essayé de ne pas regarder quand elle s'était penchée en avant pour chercher une culotte et des chaussettes dans le tiroir de la commode au pied du lit. Elle ne semblait pas gênée du tout par sa présence, mais il était certain qu'elle savait qu'il ne dormait pas et était entièrement occupé à la regarder en douce.

Olivia tira une des chaises de la cuisine, Jeanette fit de même et, tandis que les deux femmes s'asseyaient face à face, il se souvint du mal qu'il avait eu à jouer l'indifférence quand Jeanette et lui étaient tombés sur le vibromasseur dans leur inventaire de l'appartement de Lola Ljungstrand. Après coup, il avait été content d'avoir épargné à Jeanette la gêne d'avoir à le toucher.

En s'installant en bout de table, dos à la fenêtre, il comprit qu'il ne pourrait jamais être le héros de ces deux filles-là. Contrairement à lui, elles ne se laissaient ni gêner ni effrayer par des riens.

"Assieds-toi plutôt à l'autre bout, lui dit Jeanette à voix basse. C'est mieux de laisser de l'espace derrière Tommy. Je préfère qu'il fasse un peu sa grande gueule."

Åhlund obtempéra et, quand Tommy Ljungstrand entra dans la cuisine, Jeanette lui demanda de refermer la porte.

"Quand avez-vous appris la disparition de Melissa ? demanda-t-elle tandis qu'il s'asseyait sur la chaise libre devant la fenêtre.

— Le matin du 15 décembre 2004, se dépêcha-t-il de répondre.

— Où vous trouviez-vous quand Lola a appelé ?”

Il soupira.

“À l’aéroport d’Oslo. J’avais fini vingt et une gardes de douze heures sur une plateforme de Trollfältet et je rentrais à la maison, complètement crevé.

— Quelle a été votre première réaction en apprenant que votre fille avait disparu ?”

Tommy parut sceptique.

“Où voulez-vous en venir ?

— Vous avez eu honte ?”

Åhlund remarqua une seconde d’hésitation dans les yeux injectés de sang de Tommy.

“Et pourquoi j’aurais eu honte ? dit-il, visiblement irrité.

— Avez-vous eu honte de ne pas avoir été là pour protéger Melissa ?

— Je…”

Il ravala ses mots, ferma les yeux quelques secondes tout en pianotant sans bruit du bout des doigts sur le bord de la table. Ses gros biceps se contractèrent et Åhlund devina un éclat de colère contenu. Puis Tommy rouvrit les yeux.

“Je ne suis pas un mauvais père et je n’ai aucune raison d’avoir honte, expliqua-t-il avec une lenteur exagérée. Bien sûr, si j’avais été à la maison, j’aurais pu la protéger. Mais voilà, je n’étais pas là.

— Vous auriez pu y être si vous aviez voulu, dit Jeanette, puisque vous ne vous trouviez pas à l’aéroport d’Oslo, mais à moins de sept kilomètres de là.”

Encore quelques secondes de silence autour de la table pendant lesquelles le pouls d'Åhlund accéléra et les contours de son arme de service sous sa veste se rappelèrent à son souvenir contre ses côtes.

Les yeux gris et las de Tommy Ljungstrand fixaient Jeanette d'un regard vide.

"Vous vous trouviez dans un hôtel à Stockholm, continua Jeanette, pas le plus chic, si vous voulez mon avis, où vous aviez pris ce soir-là une chambre avec six autres hommes et une femme."

Tommy Ljungstrand resta impassible tandis que Jeanette sortit son téléphone de la poche intérieure de sa veste, alluma l'écran et le lui présenta.

"Cette fille vous dit quelque chose, vous qui avez une exceptionnelle mémoire des visages ?"

Jeanette tourna le téléphone pour qu'Åhlund et Olivia puissent voir aussi.

L'écran montrait une photo d'identité judiciaire d'une femme avec plusieurs piercings à la bouche, le crâne rasé, peut-être la quarantaine ou la trentaine bien fatiguée.

"Cette affaire est classée, dit Tommy. Ça n'a rien à voir avec Melissa.

— Ah non ? Je pense plutôt que cela entre dans tout un tissu de mensonges qui pourrait très bien avoir affaire avec Melissa. Vous aurez la possibilité de vous expliquer, mais pour le moment, j'aimerais que vous écoutiez..." Jeanette fit disparaître l'image et tourna le téléphone vers elle. "J'ai parlé avec un policier de Stockholm Nord qui m'a raconté que cette femme était sous le coup d'une enquête pour proxénétisme et qu'elle était sous surveillance quand vous l'avez retrouvée dans cet hôtel avec les autres types. Je vais lire directement le rapport de police, dans lequel vous tenez un certain rôle."

Jeanette regarda Tommy d'un air découragé avant de se mettre à réciter le rapport de la brigade des mœurs de l'époque.

Le voile du deuil est toujours monochrome. Une échelle qui va de l'absence de couleur à l'aveuglement, et où la plus profonde douleur est noire, totale absence de couleur, tandis que la peine la plus ancienne et la plus résignée est blanche, le stade ultime où aucune couleur ne peut plus se distinguer bien qu'elles soient toutes là.

Jeanette Kihlberg plongea dans le regard éteint de Tommy Ljungstrand. Tommy qui avait perdu une fille. Il lui sembla voir ses yeux voilés de la même pellicule qu'elle avait observée chez des proches de victimes de meurtre.

D'un point de vue purement physique, les yeux de Tommy Ljungstrand étaient gris, mais Jeanette y voyait une peine blanche.

"Vous participiez à un gang bang dans un hôtel au moment où votre fille a disparu, résuma-t-elle. C'est un alibi solide, puisque la police avait mis l'hôtel sous surveillance et vous a observé pendant cette soirée et cette nuit en compagnie de cette femme et des autres hommes.

— Et alors ? Vous voyez bien vous-même que ça change que dalle ?"

Pendant sa conversation téléphonique avec l'ancien enquêteur, Jeanette avait appris qu'on avait décidé d'épargner à ses proches de savoir où s'était trouvé

Tommy et ce qu'il y avait fait. Un alibi restait un alibi, et la tragédie familiale était déjà assez grande comme ça.

"Je comprends que vous ayez persuadé les enquêteurs de fermer les yeux quand votre premier alibi sur la plateforme pétrolière est tombé à l'eau, admit-elle. Mais ça me dérange que vous vous soyez trouvé si près, et ça me dérange encore plus que vous nous ayez caché cette information."

Tommy fit un geste d'impuissance et se cala au fond de la chaise de cuisine qui protesta sous son poids d'un faible grincement.

"L'enquêteur principal m'a raconté encore autre chose, reprit Jeanette. Trois semaines après la disparition de Melissa, en janvier 2005, une de vos voisines a porté plainte. Pourquoi n'en avez-vous pas parlé ?

— Mais ça n'a rien à voir, non ? Ça a été classé et effacé de mon casier, alors j'ai parfaitement le droit de…

— Garder le silence, oui. Mais cette fois-là, il s'agissait quand même de Melissa, n'est-ce pas ?"

Jeanette marqua une courte pause et jeta un regard à Åhlund et Olivia avant de poursuivre.

"Je sais pourquoi votre voisine a porté plainte, Tommy. Mais je veux l'entendre de votre bouche. D'accord ?"

Il passa la main dans ses cheveux en brosse.

"J'ai besoin d'un verre d'eau."

Jeanette hocha la tête et Tommy Ljungstrand se leva.

"C'était il y a quinze ans, dit-il en prenant un verre. Mon souvenir est vague."

Il se servit de l'eau et but avidement.

"Racontez ce dont vous vous souvenez."

Il posa le verre et vint se rasseoir.

“Cette bonne femme était la police secrète de la cage d’escalier. Elle écrivait des mots et faisait des histoires. Tout le monde savait que c’était elle qui se plaignait de tout et de tout le monde, mais j’étais le seul à protester.”

Jeanette jeta un coup d’œil par la fenêtre. De petites fêlures de soleil à travers les nuages.

“Et de quelle manière avez-vous protesté ?

— Elle avait dépassé les bornes, et j’ai fini par péter un câble. Je l’ai menacée de lui mettre mon poing dans la gueule si elle n’arrêtait pas de jouer à la Stasi et de fouiner au sujet de Melissa.

— Vous avez l’habitude de mettre votre poing dans la gueule à des femmes ?

— Non.”

La voix était calme et les yeux éteints.

“Votre voisine vous a accusé de menaces et de violences. Vous souvenez-vous ce qu’elle a dit que vous aviez fait, ou avez-vous besoin que je vous rafraîchisse la mémoire ?

— Mais putain, je ne me souviens même plus de son nom, dit-il en haussant les épaules.

— Elle s’appelait Camilla Hjulberg, lui rappela Jeanette. Aujourd’hui, elle s’appelle Qviding.”

40

MIDSOMMARKRANSEN

Travaille à la maison, à cet après-midi, écrivit Jeanette avant de mettre de côté son téléphone.

Elle se servit sa troisième tasse de café, ouvrit *Vie et mort de Stina* de Per Qviding et en lut le dernier chapitre et la postface.

Il y avait un court texte ajouté à la fin où Qviding renvoyait aux dernières recherches neurologiques sur l'activité du cerveau à l'instant de la mort et juste après.

Quand le cœur a lâché, écrivait Qviding, *quand la mort cérébrale est déclarée, quand le pouls a cessé et que les derniers signes extérieurs de vie ont disparu, il se produit quelque chose d'inouï. L'activité cérébrale augmente jusqu'à un niveau correspondant au plein éveil, et un nouvel état de la conscience commence. Cela dure jusqu'à plusieurs minutes, mais peut être vécu comme une éternité par celui qui meurt.*

C'est le dernier soupir du cerveau. Un état d'effondrement où le temps cesse d'exister et où les cellules nerveuses explosent dans les ondes gamma de l'éternité.

Per Qviding se référait ensuite à l'hôpital universitaire de Washington où on avait étudié l'activité cérébrale de patients mourants. On avait constaté cette hyperactivité post mortem dans quatre-vingts pour cent des cas, parfois jusqu'à plusieurs minutes après la mort ou plutôt, pour utiliser les mots de Qviding, après "la mort, telle que nous la définissions *autrefois*".

Une autre source importante était Arvid Carlsson, prix Nobel de médecine pour ses découvertes sur les neurotransmetteurs. Qviding citait le prix Nobel au sujet des états de conscience par-delà ce dont nous faisons l'expérience dans les rêves et l'état de veille. Le type d'état où le cerveau est libéré de tout rapport au temps, où le concept de temps lui-même est aboli.

Et qu'est-ce donc ? demande Arvid Carlsson. Mais c'est l'éternité. Non ? Peut-être que tandis que nous nous en allons, pour ainsi dire, à ce moment précis nous vivons une éternité. Et nous la vivons éternellement.

Dans les dernières lignes du livre, Qviding écrivait :

*Si vous me le demandez, j'estime personnellement que Stina, une adolescente pauvre et malade du XIX*e *siècle, l'exprime dans ses journaux avec à la fois plus de clarté et de concision – et d'ailleurs aussi plus poétiquement – que n'y sont jamais parvenus tous les chercheurs et autres prix Nobel.*

Il ne peut pas s'en empêcher, pensa Jeanette, il faut qu'il finisse par une pirouette.

Pourtant, elle était forcée d'admettre que le sujet la touchait, que l'idée qu'il existait autre chose que la vie et la mort était consolante.

Elle vérifia les références et constata que Qviding était très fidèle à ses sources dans son exposé, mais qu'il avait tendance à oublier des petits mots comme "peut-être", "éventuellement" et "possible". Ce qui, dans les articles scientifiques, était présenté comme théorique, il en parlait comme de vérités s'appuyant sur des résultats empiriques, afin de les rendre compatibles avec ses propres thèses.

Jeanette avait lu le livre du début à la fin. Elle le referma et réfléchit à son contenu.

Vie et mort de Stina était constitué à environ soixante-quinze pour cent d'une biographie romancée, à vingt pour cent d'extraits des journaux de Stina Qviding, tandis que les cinq pour cent restants étaient consacrés à l'écrivain lui-même.

La partie biographique du livre relatait la vie de Stina Qviding au sein d'une secte dirigée par une vague cohorte d'hommes, appelés Les Anciens, pendant les années de famine 1867-1869 à Vitvattnet dans le Jämtland. Elle comportait également une histoire d'amour avec un garçon du village, Ingar. On racontait ensuite le voyage de Stina vers Stockholm, avec un séjour à Gävle après le grand incendie de la ville, apparemment un des pires accidents qu'ait jamais connu la Suède. À Gävle, elle entrait en contact avec Elsa Borg, directrice d'une école chrétienne, et dix ans plus tard elles se retrouvaient alors qu'Elsa Borg dirigeait un foyer pour la protection des femmes déchues dans le quartier de Södermalm à Stockholm.

À cette époque, Stina avait passé presque une décennie dans la capitale comme une sorte de missionnaire des rues, avait été internée en hôpital psychiatrique et s'était aussi occasionnellement prostituée. L'année suivante, Stina quittait Stockholm pour reprendre sa recherche d'un cousin, Axel, avec lequel elle avait échangé des lettres, et Per Qviding supposait qu'elle était au moins parvenue jusqu'en Angleterre, son nom figurant sur une liste de passagers. Mais c'est là qu'on perdait sa trace, et la biographie romancée s'arrêtait quand Stina descendait à terre au port de Hull, main dans la main avec un homme qu'elle avait rencontré sur le bateau parti de Göteborg. Selon la même liste de passagers, cet homme était mentionné comme voyageant avec elle en train vers Liverpool, mais la morsure du temps avait rendu son nom illisible sur le document.

Les textes extraits des journaux se focalisaient sur le désir romantique de Stina Qviding pour Ingar, ainsi que son expérience de la famine à Vitvattnet. Jeanette avait compris que la jeune fille avait probablement été à la fois empoisonnée et étranglée, ou étouffée, pour être ensuite ramenée à la vie. Cela principalement par son père lui-même, dans le but de lui faire atteindre cet état de conscience divin, hors du temps.

Empoisonnement, songea Jeanette en dévissant le bouchon de sa thermos de café dont elle vida les dernières gouttes avant de gagner la fenêtre.

Les ipomées du muret étaient toujours en berne, courbant l'échine après les pluies de la veille, dignes d'une mousson, et leurs pétales blancs jonchaient la pelouse. La chaleur était à présent revenue, séchant les platebandes. Pourquoi se donner du mal, puisque la nature n'en faisait de toute façon qu'à sa guise ?

Elle lança un nouveau café et, tandis que la cafetière démarrait en crachotant, elle retourna à la table faire quelques recherches sur son ordinateur.

Les Anciens + secte + Vitvattnet, entra-t-elle dans le champ de recherche.

Elle fit défiler les résultats. À part quelques références au livre de Qviding, la plupart lui parurent sans pertinence, jusqu'à ce qu'elle s'arrête sur un lien tout en bas de la liste.

C'était un mémoire de master en histoire des religions sur les sectes chrétiennes en Suède. Elle téléchargea le PDF. Le paragraphe référencé traitait d'une secte probablement éteinte. Elle lut à l'écran :

Au cours des années 1850-1860, le Jemtland Tidning *(JT) fait état d'une activité sectaire "hérétique" dans les environs du village aujourd'hui abandonné de Vitvattnet. Il s'agissait vraisemblablement d'un assez petit groupe nouvellement installé et s'adonnant à "l'autoflagellation". Ils avaient à leur tête le pasteur révoqué d'une petite paroisse locale. Des témoignages parlaient d'un noyau d'une dizaine de personnes qui se faisaient appeler Les Anciens.*

Après 1870, il n'y a plus aucune attestation de l'existence de cette secte, avec peut-être une exception. En 1991, Aftonbladet *a publié un article sur quelques cas de viol à Bromma, près de Stockholm. D'après leur témoignage, les victimes, deux jeunes femmes, avaient sous prétexte d'exorcisme / d'élévation spirituelle été soumises à des viols collectifs répétés. Les auteurs étaient cinq ou six hommes portant "comme des capuches de prêtres" et qui se prétendaient appartenir "à la lignée des Anciens de Vitvattnet". Leur mise en examen n'a cependant donné lieu à aucune condamnation.*

Malgré ce dernier témoignage, cette secte doit être considérée comme dissoute, mise en sommeil, et exerçant une influence insignifiante dans la société.

C'était tout. Pour le moins succinct, pensa Jeanette. Et il ne semblait pas exister pas d'autres informations sur Les Anciens, en tout cas pas en libre accès sur internet.

La cafetière s'était tue, Jeanette se servit une tasse qu'elle emporta dans le séjour. Elle se cala au fond du canapé et alluma une cigarette.

Il était surprenant que Per Qviding ne paraisse pas tellement se soucier de savoir qui avaient été ces Anciens, se dit-elle en accueillant le shoot de nicotine. Un vertige agréable juste à la limite de la nausée, pendant lequel le cerveau était oxygéné par les profondes inspirations.

Le livre se concentrait sur leurs expérimentations sur l'état de mort imminente, et négligeait en gros tout le reste. Les Anciens n'avaient pas d'identité, ils apparaissaient comme un collectif anonyme, sans même qu'on sache s'il s'agissait de deux personnes, ou de vingt ou trente. Un passage les décrivait comme "à la fois morts et vivants".

Il n'y avait aucune profession de foi, aucun manifeste, à part la vague description de règles de vie que Stina avait violées de façon répétée. Les Anciens, tout comme les parents de Stina, préconisaient une vie spartiate et il semblait que manger de la viande soit un péché, mais pas chasser et tuer des animaux pour leur fourrure.

Drôle d'idée dans les années 1860, se dit Jeanette, surtout vu la grave famine qui rôdait. Ne fallait-il pas manger tout ce qui était possible, pour survivre ?

Schwarz avait fait un lien entre Per Qviding et Krystian Bala, le meurtrier arrogant au point de publier le récit de son crime, comme si Schwarz voulait par là suggérer que *Vie et mort de Stina* pourrait être une confession.

Le lien était peut-être tiré par les cheveux, mais Lola Ljungstrand avait indéniablement été tuée par empoisonnement.

La secte de Vitvattnet n'utilisait bien sûr pas l'insecticide Uragan D2, inventé bien plus tard. Là, il s'agissait de poisons naturels extraits du monde végétal, mais c'étaient cependant des substances provoquant un arrêt respiratoire.

Per Qviding, songea-t-elle. Un ancien infirmier anesthésiste, possédant donc des connaissances médicales, ayant en outre connu lui-même des expériences de mort imminente. Le soir même où il en parlait en direct à la télévision s'était produit un meurtre à Kvarnholmen et quelques jours plus tôt Lola avait été assassinée.

Et les innombrables commentaires de Lola Ljungstrand sur les anachronismes et autres bizarreries du livre montrent qu'elle en était pour le moins obsédée.

Jeanette écrasa son mégot, s'assit devant l'ordinateur et fit quelques autres recherches.

La deuxième cafetière finie, une heure plus tard, elle se sentit assez documentée, prit son téléphone et composa le numéro de Camilla Qviding, femme et agent littéraire de l'écrivain.

La voix à l'autre bout du fil ressemblait à celle d'une réceptionniste à l'ancienne. Douce et froide, respectueuse et correcte jusqu'à la moindre syllabe.

"Vous souhaitez donc programmer une interview téléphonique avec Per pour un site littéraire qui va prochainement être mis en ligne ? demanda Camilla Qviding.

— Oui, nous souhaitons que ce soit notre première interview d'un grand écrivain, mentit Jeanette. Chaque mois, nous mettrons en avant un auteur sur le devant de la scène, et nous avons choisi Per en raison du succès de son nouveau livre au sein de la rédaction. Nous avons en outre commandé un sondage avant le lancement du site, pour connaître les attentes de nos futurs abonnés, sur quels écrivains ils souhaitaient des reportages approfondis, et le nom de Per est arrivé en tête. Je suis persuadée que ce sera très bien, et vous garderez bien sûr le contrôle total sur ce qui sera publié, texte et images.

— Et le site s'appelle ?

— Ça s'appelle *tonlivre.se*, mais on ne le trouve pas encore sur les moteurs de recherche, puisqu'il est toujours en construction."

Jeanette remarqua qu'elle avait un grand sourire. Voilà longtemps qu'elle n'avait pas eu le plaisir de mentir aussi librement et, même si elle s'était préparée, la plupart des choses lui venaient spontanément, dans le feu de l'action.

"Ça a l'air intéressant, dit Camilla Qviding. Qui est le public ciblé et quel est le profil du site ? Qui êtes-vous, à la rédaction ? Pardon si je pose tant de questions, mais vous avez éveillé ma curiosité, Jeanette. Quel est votre nom de famille ?

— Zetterlund, mentit Jeanette. Je suis chercheuse en littérature, reprit-elle, comme tous nos collaborateurs, mais pour être honnête, je dois vous avouer que nous n'avons pas d'expérience du journalisme culturel. D'un autre côté, je suis convaincue que cela est compensé par notre bagage commun. J'ose affirmer que *tonlivre.se* va être dirigé par la rédaction la plus diplômée de tous les temps en Suède."

Jeanette se livra à un rapide calcul.

"À nous tous, nous avons plus de quarante ans d'études littéraires de niveau universitaire. Personne ne peut nous battre.

— Et votre public ? Des universitaires ?

— Non, non…"

Jeanette exposa avec un enthousiasme croissant l'objectif du site, être le plus large et le plus riche pour le grand public, mais aussi pour les connaisseurs, et que les chances d'atteindre ce but étaient extrêmement bonnes grâce à un lancement réussi et à des sponsors solides.

Entendre sa propre voix débiter des mensonges était étrangement jouissif. Mais Camilla Qviding ne semblait pas complètement convaincue.

"Pourquoi une interview téléphonique ? demanda-t-elle. Si c'est un grand reportage que vous visez ?

— Nous pensions commencer par une interview au téléphone, puis espérons avoir l'occasion de vous rencontrer pour le compléter, par exemple à votre domicile, et faire des photos.

— Je vous prierai de rappeler, dit Camilla Qviding d'une voix aussi douce que froide. Per est très sollicité à l'occasion de la sortie de son livre, comme vous le comprenez."

On entendait le vent souffler à l'arrière-plan, et Jeanette supposa que la femme se trouvait en plein air.

"J'aurais aimé échanger quelques mots avec Per dès maintenant. Il est là ?

— Son bureau est dans une autre partie de la maison.

— Vous êtes chez vous en ce moment ? À Dalarö ?

— Oui, Rågholmen plus précisément. Mais il est malheureusement occupé pour l'instant."

D'accord, pensa Jeanette. Un site littéraire tout neuf n'est visiblement pas assez classe pour lui. Seuls les gros médias faisaient l'affaire.

Il fallait quelque chose de plus.

Avant d'appeler, Jeanette avait parcouru un certain nombre d'interviews de Per Qviding : il se référait de temps à autre à un musicien qui avait beaucoup compté pour lui depuis sa jeunesse. Elle décida d'improviser un peu.

"Ce que je dis n'est pas encore officiel et j'apprécierais que vous le gardiez pour vous, dit-elle en baissant la voix. L'interview de Per partagera la une avec un nom de premier plan du monde de la musique, mais aussi depuis 2016 du monde littéraire. Il s'agit d'un des plus grands de notre époque."

Un nouveau long silence s'ensuivit, pendant lequel le vent faiblit quelque peu à l'arrière-plan.

"Il partagera la une avec un des plus grands de notre époque ?" finit par demander Camilla Qviding.

Jeanette marqua une pause théâtrale avant de reprendre.

"Je n'ai pas le droit d'en dire beaucoup plus, car nous avons signé une clause de confidentialité avec cette personne. Il est un peu spécial et ne se montre que rarement sous les feux de la rampe, même s'il a reçu la plus grande distinction littéraire qu'on puisse avoir.

— La plus grande distinction littéraire qu'on puisse avoir ?

— Oui, on peut le dire… Et c'est d'autant plus passionnant qu'il a lu plusieurs des livres de Per et les aime beaucoup."

Jeanette commençait à hésiter. Peut-être y était-elle allée un peu trop fort, et Camilla Qviding était en train de réfléchir à une manière de dégonfler son bluff ?

Mais les plus gros mensonges sont les plus faciles à faire gober si la personne à qui on les sert trouve leur fumet appétissant : le soupir que poussa Camilla Qviding à l'autre bout du fil cachait mal son ravissement.

"S'il s'agit de la personne à qui je pense, il se trouve qu'elle est un des grands modèles de Per, dit-elle avec un calme feint. Comment avez-vous réussi à obtenir une interview avec lui, si vous me permettez la question ?"

Jeanette réfléchit avant de répondre.

"Un de nos collaborateurs a ses entrées dans une université aux États-Unis, dit-elle avec un chatouillement au ventre.

— Bon, voilà comment nous allons faire : je vais en parler à Per et il vous rappellera dès que possible.

— Très bien. Merci beaucoup."

Avant que la ligne soit coupée, Jeanette crut entendre "Mon Dieu !" dans un chuchotement étouffé.

Elle resta assise à la table de la cuisine en songeant à ce qu'elle était en train de faire. À quelles conséquences s'exposait-elle ? Si, comme elle l'espérait, tout cela permettait une accélération de l'enquête, tout allait pour le mieux dans le meilleur des mondes. Si on apprenait qu'une policière gradée s'était fait passer pour une journaliste pour soutirer des informations, elle en assumerait la pleine responsabilité.

Si Camilla Qviding vérifiait le numéro de Jeanette, celui de sa ligne privée, elle ne trouverait rien, puisqu'elle était sur la liste rouge.

Et peut-être était-elle en ce moment même en train de googliser comme une possédée une chercheuse en littérature nommée Jeanette Zetterlund, ce qui ne manquerait pas de soulever quelques questions.

Mais rien d'insoluble, se dit Jeanette.

Un court moment, cela avait été une immense libération de ne plus avoir à être Jeanette Kihlberg, et elle se laissa aller à fantasmer un peu.

Jeanette Zetterlund était une femme heureuse, mariée à une psychologue, Sofia, elles habitaient une grande maison à la campagne, un endroit calme et paisible. La chercheuse en littérature Jeanette n'était pas une femme seule. Son fils Johan venait souvent la voir, avec sa petite amie hippie de San Francisco, et le père de Johan était une version plus réglo d'Åke. Le mari de Jeanette Zetterlund ne l'avait jamais exploitée comme un portefeuille sur pattes, et ils étaient restés en bons termes après leur divorce.

Jeanette Kihlberg soupira, se leva et alla remplir un verre d'eau.

Exactement comme Åke l'avait trompée quand les choses avaient commencé à bien marcher pour lui, Per Qviding avait quitté sa femme quand sa carrière d'écrivain avait percé à l'international.

La lumière dans la cuisine avait changé, un chien aboyait quelque part et un faible rayon entrait par la cuisine en formant un petit reflet arc-en-ciel sur le sol.

“Bonjour. Jeanette ? Ici Per. Vous avez cherché à me joindre pour une interview ?”

La voix de Per Qviding était différente au téléphone qu’à la télévision ou dans ses livres audio : sa douce voix de conteur n’avait pas un timbre aussi profond.

“Bonjour, Per, dit-elle d’un ton enjoué. Vous n’imaginez pas combien j’attendais de pouvoir parler avec vous.”

Elle s’assit à la table de la cuisine, alluma l’écran de son ordinateur et fit s’afficher les notes qu’elle avait prises dans la matinée.

“Je suis ravi de cette conversation, que j’attendais moi aussi avec impatience.” Il lâcha un rire bref. “Au moins depuis quelques minutes, quand Milla m’a rapporté votre appel.

— Je me disais que nous pourrions parler un peu à bâtons rompus aujourd’hui, et peut-être prévoir une autre rencontre plus approfondie en tête-à-tête. Qu’en dites-vous ?”

Les mensonges continuaient à lui venir naturellement.

“Ça me va parfaitement. Génial !”

Diable, quel accueil différent, pensa Jeanette en songeant à la réponse froide de Camilla Qviding.

“Je voudrais me concentrer sur votre nouveau livre, expliqua-t-elle. Comment souhaiteriez-vous organiser l’interview ?

— Je préfère une rencontre naturelle, directe et spontanée. Donnez-moi un sujet, n’importe lequel, et je vous promets de le rendre intéressant. Mon nouveau livre, je peux en parler sans fin si vous ne m’arrêtez pas.

— Je ne vous arrêterai pas”, gazouilla Jeanette en s’imaginant être une de ces femmes qui l’admiraient, et même l’idolâtraient.

Pour une raison inconnue, elles étaient souvent, comme elle, d'âge mûr. Peut-être attirées par un homme plus doux, comparé à leurs lourdauds qui passaient tout leur temps libre devant le sport à la télé ?

"Je suis un grand ami de l'humanité, poursuivit-il, et je considère comme mon devoir d'enrichir les autres, de partager les expériences. Je préfère donc voir une interview plutôt comme une conversation. Nous sommes tous semblables, mais aussi uniques, et chaque rencontre avec une autre personne est un petit univers en soi. Ce sera passionnant de découvrir *notre* univers, Jeanette."

Elle ferma les yeux et l'imagina dans un fauteuil en rotin, sur l'immense terrasse de sa villa de luxe sur son île privée devant Dalarö, bronzé, un sourire blanc et débitant ses truismes avec une décontraction révoltante.

"J'aime beaucoup vos métaphores. Elles sont tellement picturales, tellement *vous.*

— Merci, c'est un beau compliment, dit-il tout bas. Et à propos de compliment, permettez-moi de vous en adresser un à mon tour. Milla m'a dit que vous aviez réussi un véritable tour de force. Je comprends la clause de confidentialité, que nous ne devons pas nommer vous-savez-qui par son nom, mais avoir obtenu une interview avec lui, c'est impressionnant. C'est très flatteur qu'il apprécie mes livres, mais bien sûr, nos mondes se ressemblent et explorent les grandes questions, alors il a peut-être entrevu une âme sœur à travers mes textes. « Death Is Not the End », vous savez.

— Oui, bien sûr, dit-elle sans vraiment suivre. Tout à fait."

À nouveau un court rire guilleret, puis il se mit à chantonner lentement, avec une voix grave et mélodieuse, comme s'il chantait une berceuse à un enfant : *When you're sad and when you're lonely, and you haven't got a friend, just remember that death is not the end…*

Il se tut. Elle ne savait pas quoi dire, mais il la précéda, se racla la gorge et reprit de sa voix plus grave :

"Pourquoi ne pas établir un lien thématique entre nos textes ? Faire se rencontrer nos univers ? Peut-être pourriez-vous même formuler vos questions d'après nos points communs sur le thème de la mort ? Qu'en pensez-vous ? Pardon, mais l'idée m'est venue comme ça, il y a deux secondes.

— Très bonne idée, dit Jeanette en s'efforçant de fermer les yeux sur son arrogance. Les points communs, absolument…"

Elle aurait aimé en savoir plus sur le poète, musicien et prix Nobel de littérature. Mais elle le connaissait quand même un peu.

"Vous êtes tous les deux un peu farouches, dit-elle. Vous choisissez soigneusement les moments de vos apparitions publiques. Et vous avez des fans inconditionnels. Là aussi, il y aurait quelques aspects à aborder.

— Vous pensez très juste… C'est merveilleux que nous conversions déjà, vous et moi, que nous commencions déjà à nous trouver.

— Oui, bien sûr, c'est beau, dit Jeanette avec le plus de conviction possible. À propos de fans inconditionnels, continua-t-elle, je ne sais pas à proprement parler à quel point les vôtres peuvent être inconditionnels. Comme je l'ai dit en passant à Camilla, nous avons consulté un certain nombre de nos futurs abonnés sur ce qu'ils aimeraient lire dans *tonlivre.se.* Votre nom était en tête des demandes de portraits d'écrivains, nous avons eu une réactivité incroyable et reçu plusieurs longues lettres personnelles. Entre nous, on tombe sur des gens un peu graves, des fois."

Jeanette jeta un œil aux mots-clés qu'elle avait rassemblés sur son ordinateur, censés être les lignes directrices d'une lettre imaginaire envoyée au site littéraire fictif.

"Graves ? Comment ça ?

— Et bien, je ne sais pas… Nous ne devrions peut-être pas aborder cela maintenant.

— J'ai à peu près tout vu et entendu, mais si vous préférez…

— *Off the record*, l'interrompit vite Jeanette avant qu'il ne change de sujet. Il y a une personne qui nous a envoyé une lettre pour le moins étrange, mentit-elle en songeant aux notes de Lola Ljungstrand. Manuscrite, en plus, on ne voit pas ça souvent, de nos jours."

Il soupira.

"C'est bien dommage que ce soit devenu rare. La façon des gens d'utiliser le stylo, de parler à travers, en dit plus qu'on ne croit. Le texte manuscrit transmet selon moi un aperçu de la personne qui tient la plume et dit beaucoup de choses entre les lignes.

— En l'occurrence, c'était vraiment difficile à déchiffrer, fabula Jeanette. Surtout des ratures, mais cette personne semble avoir une relation très spéciale avec vous.

— Ah oui ? Et qu'écrit-elle ?"

Elle ? releva Jeanette. Bien sûr, il considère comme allant de soi que c'est une femme.

“Bon, mais je ne peux pas vous dire son nom, car l’anonymat de nos sondés est garanti… Je vais chercher cette lettre ?”

Il rit.

“Oui, je commence à être curieux.

— D’accord… Attendez, je dois l’avoir quelque part.” Elle marqua une courte pause pour relire d’un œil ses notes tout en froissant quelques papiers.

“Pour commencer, la personne qui a écrit la lettre semble avoir vérifié les faits dans *Vie et mort de Stina* de façon assez approfondie, et comme la rédaction grouille d’universitaires, nous n’avons pas pu nous empêcher de vérifier certaines de ses remarques.

— Des remarques ?

— Oui, entre autres, elle affirme que le tableau mentionné dans le journal de Stina n’a rien à y faire, puisqu’il a été peint cent ans après la vie de Stina. La lettre parle du tableau qui représente une ferme.”

Le silence se fit pendant quelques secondes à l’autre bout du fil.

“Je sais évidemment de quel tableau il est question, finit-il par dire. Mais je ne comprends malheureusement pas ce que vous voulez dire.”

Jeanette perçut une certaine irritation, même si le ton de la voix demeurait aimable.

“Il s’agit d’un tableau de 1989, dit Jeanette. Il s’appelle *Fausse utopie* et a été peint par…” Elle regarda l’écran de plus près en espérant avoir correctement orthographié le nom. “Nadya Ushakov… La description du tableau dans le journal est très détaillée, et il n’y a aucun doute qu’il s’agit du même tableau. J’ai cherché sur

Google, et je suis bien forcée d'être d'accord avec cette remarque de notre correspondante. Est-ce une technique narrative dont vous avez l'habitude ? Le tableau comme métaphore ? À travers un anachronisme conscient faire croire au lecteur…

— Non, non… Attendez un peu. Ça ne peut pas être exact."

Il rit à nouveau, mais cette fois, cela sonnait creux. "Vous disiez bien qu'elle était dingue ? Et en quel sens disiez-vous qu'elle a une relation particulière avec moi ?

— Pardon… C'était idiot d'aborder ce sujet, pas professionnel de ma part.

— Il n'y a pas de mal, dit-il. Encore une fois, j'ai à peu près tout vu et tout entendu en matière d'admirateurs et s'agissant du tableau, je peux vous affirmer que la personne qui vous écrit a complètement tort.

— Avez-vous une idée de qui pourrait avoir écrit cette lettre ? demanda Jeanette avec une authentique curiosité.

— Aucune idée, répondit-il aussitôt. Mais vous connaissez donc son nom ?"

C'est le moment de jouer le tout pour le tout, se dit Jeanette.

"Oui, la lettre est signée…" Elle inspira à fond avant de poursuivre : "Cette femme prétend que ce même tableau est affiché dans l'entrée de son appartement.

— Qu'est-ce que vous dites ?

— Encore une fois, c'est une lettre confuse, cette femme a l'air d'avoir du mal à bien percevoir la réalité et…

— J'aimerais voir cette lettre, la coupa-t-il avec un soupir. Est-ce possible à organiser ?"

Jeanette ne savait pas comment interpréter le ton nouveau pris par sa voix. Elle était pour ainsi dire monocorde et mécanique.

"Pardon, mais pourquoi voulez-vous la voir ?" demanda-t-elle.

Un nouveau soupir, puis le Per Qviding emphatique était de retour.

"Je commence à deviner qui pourrait être à l'origine de cette lettre. Une femme qui est une sorte de harceleuse… Elle nous importune Camilla et moi depuis plusieurs années et il est vraiment très dommage pour elle qu'elle n'ait pas pu recevoir l'aide dont elle a besoin. Au fait, sa lettre comporte-t-elle des menaces ?

— Pas de menaces directes, non…

— J'apprécierais cependant que vous puissiez m'envoyer cette lettre, ou au moins me dire comment elle s'appelle.

— Si vous me dites comment votre harceleuse s'appelle, je pourrai confirmer son nom, s'il s'agit de la même personne. Je ne peux pas faire davantage, puisqu'encore une fois, l'anonymat est garanti à nos sondés. Comment s'appelle cette harceleuse ?"

Un long silence suivit. Jeanette écoutait la respiration profonde et lente.

"Elle… Elle s'appelle Lola, dit-il alors. Lola Ljungstrand."

41

HÔPITAL DE HUDDINGE

En s'engageant dans Bergsgatan, l'inspecteur Jimmy Schwarz se dit qu'avec son attelle et ses béquilles, il allait bien se fondre dans le paysage à l'hôpital de Huddinge. Même s'il n'avait pas d'autorisation, merde, il allait trouver le meilleur stationnement : vingt minutes plus tard, il s'arrêta sur une place handicapé au plus près de l'entrée principale de l'hôpital.

Besa Undin s'était remise de son choc septique, mais elle avait apparemment failli y passer. Un streptocoque de type A, ou quelque chose comme ça, qu'elle avait attrapé en se piquant une seringue sale dans l'aine.

D'après le médecin avec qui Schwarz avait parlé plus tôt dans la journée, aucun proche n'était encore venu lui rendre visite. Même pas un copain. Dix-huit ans, se dit-il. Putain, quelle merde.

Il se signala à l'accueil et, tandis qu'il se traînait dans les couloirs vers le secteur où était hospitalisée Besa, il se demanda à quoi avait pu ressembler son enfance, et quelles chances lui avaient été données dans la vie.

Jeanette était venue le trouver après le déjeuner pour lui fourguer le boulot de merde de passer en revue les livres trouvés chez Lola Ljungstrand, toute une pile de bouquins écrits par ce faux cul de Per Qviding. Ça lui avait pris plusieurs heures mais, à la différence du dernier livre qui était bourré à craquer de notes, il n'avait trouvé qu'une poignée de passages soulignés dans les autres. Dans l'un d'eux, Lola avait entouré un paragraphe où Qviding se livrait à un raisonnement philosophique sur les jeunes qui, ayant eu une enfance problématique, étaient contre toute attente devenus en grandissant des citoyens bien intégrés et équilibrés.

Qviding écrivait que ces *enfants-pissenlits* poussés dans l'asphalte comme parfois les pissenlits se retrouvaient souvent dans les métiers de la santé, du soin ou du social.

Pour sa part, Schwarz avait grandi seul avec un père qui n'avait jamais eu d'argent pour autre chose que son gros rouge, ses clopes et ses tickets de tiercé, et il savait qu'Olivia elle aussi avait eu une enfance à chier, dans une famille de drogués avec des problèmes psychiques. Mais une fois adultes, ils s'étaient mis au service de la société.

Tous les enfants-pissenlits ont survécu parce qu'ils avaient quelqu'un de rassurant auprès d'eux durant leur enfance. Il pouvait suffire d'une personne auprès de qui se réfugier, et pour sa part ça avait été son grand-père paternel. Qu'il repose en paix, songea Schwarz en se rappelant l'odeur de la barque goudronnée, le goût de menthe des pastilles Läkerol et le son de l'accordéon un soir d'été, dans le meilleur des cas une Saint-Jean sans la cuite paternelle.

Cela lui rappela que c'était la Saint-Jean le lendemain, qu'il avait posé un jour de congé mais ne savait pas encore ce qu'il ferait. La bande avec laquelle il avait l'habitude de faire la fête partait comme toujours dans l'archipel, mais il avait décliné en raison de son état de santé. Il se sentirait comme un boulet. Le mieux serait de fêter la Saint-Jean dans son canapé avec un paquet de chips et quelques films.

Schwarz continua de se balancer sur ses béquilles vers le secteur de Besa.

Besa qui n'avait sans doute eu aucun adulte auprès de qui se réfugier quand elle était petite.

Foutu monde de merde.

Il se présenta à nouveau à un accueil et un médecin, une femme d'une cinquantaine d'années, lui indiqua le dernier bout du chemin.

Schwarz fut frappé en entrant dans la pièce du mélange d'odeurs à la fois organiques et chimiques, comme si on avait trempé un tas de linge sale dans l'acétone.

Besa Undin semblait toute petite dans le grand lit d'hôpital.

"Alors c'est vous qui êtes de la police ?"

Ses yeux étaient étonnamment alertes, en contraste avec sa voix faible et râpeuse et son visage blême et un peu osseux. Une pensée fugace traversa l'esprit de Schwarz tandis qu'il la saluait de la tête et cherchait où s'asseoir : une enfant-pissenlit se cachait-elle quelque part derrière ce regard ?

Une chaise rangée contre le mur racla le sol avec un bruit strident quand il la rapprocha.

"Je suis ici pour parler de l'homme qui est venu dans la caravane où tu habitais il y a deux semaines, dit-il en s'asseyant et en appuyant ses béquilles contre le lit. L'homme qui a abattu Johnny, ton pote.

— Johnny n'était pas particulièrement mon pote, et je n'habitais pas chez lui.

— Ah non ? Et comment vous connaissiez-vous ?

— On baisait, c'est tout."

Schwarz hocha à nouveau la tête.

"Et Johnny t'a fourni de la drogue et une belle septicémie par-dessus le marché. Comment te sens-tu ?"

Elle le regarda comme s'il était demeuré.

"Celui dont vous parlez, il a essayé d'entraîner Klara avec lui, dit-elle alors. Et moi, j'ai pigé ce qui était en train de se passer.

— OK, très bien." Schwarz fit s'afficher une photo de Vladimir sur son téléphone. "Le voilà… Comment ça s'est passé ? Reprends depuis le début."

Besa prit le téléphone et regarda la photo de l'homme barbu dont ils ne connaissaient pas encore l'identité.

"Il s'est juste pointé devant la caravane, dit-elle. J'étais assise à la table et la fenêtre était ouverte, mais il ne m'a pas vue. Klara jouait dehors, et il lui a dit « Rebonjour »

— « Rebonjour » ? Ils s'étaient déjà rencontrés ?

— Oui, apparemment, parce qu'après il a demandé à Klara si elle se souvenait de lui, et elle a répondu que oui.

— Est-ce qu'il a dit autre chose ?"

Besa tendit la main pour saisir un verre d'eau sur la table à côté du lit.

"Que Klara devait le suivre, quelque chose comme ça, et qu'elle pourrait prendre le bus.

Elle but une gorgée d'eau. Déglutir semblait lui demander un effort.

"Le bus ?" demanda Schwarz.

Elle se racla la gorge, mais sa voix demeura aussi faible et râpeuse qu'avant.

"Oui… J'ai compris que c'était louche, alors je suis sortie lui demander à quoi il jouait, et alors il a commencé à s'en aller en prenant Klara par la main… Alors j'ai crié à l'aide, et Johnny est arrivé presque aussitôt, il lui a arraché Klara et puis ils ont commencé à s'embrouiller et je suis rentrée dans la caravane…"

Elle posa le verre sur la table et Schwarz nota un filet de sang qui s'enroulait dans ce qui restait d'eau.

"Rentrée dans la caravane pour te faire ton fix ?"

Elle haussa les épaules.

"Tu étais déjà camée quand le type est arrivé ?"

Nouveau haussement d'épaules.

"Pas spécialement… Je me souviens clairement de ce qu'il a dit à Klara.

— Qu'elle allait pouvoir prendre un bus ?

— Oui.

— Quel genre de bus ?

— Il ne l'a pas dit… Et il n'a pas dit « un bus », mais « le bus ».

— À la forme définie ?

— Oui… Comme si c'était son propre bus et non un bus public."

La chaleur était de retour, plus intense, quand Schwarz sortit sur le parking. Un papier jaune clair était coincé sous l'essuie-glace de sa voiture.

Une prune de mille trois cents balles. Il grommela que c'était une foutue journée de merde tandis qu'il s'asseyait au volant et plaçait ses béquilles sur le siège passager ; il prit un cliché de l'amende et l'envoya par SMS à Jeanette. *Sur ton budget*, lui écrivit-il.

Désormais, les sociétés qui distribuaient les prunes de stationnement étaient à peu près comme des jihadistes. C'était pour elles une guerre sainte et celui qui enfreignait les sacro-saintes lois de stationnement, petit ou grand, devait le payer cher. Plusieurs de ses collègues s'étaient fait épingler pendant leurs horaires de travail, et certaines des sociétés étaient coriaces.

Avant de se rendre à l'adresse de Mälarhöjden où l'attendaient Klara et sa famille d'accueil, il jeta un coup d'œil à ses mails.

Les techniciens du labo avaient comme promis été diligents : ils lui envoyaient une synthèse de tous les contacts téléphoniques et numériques de Lola Ljungstrand ces derniers mois.

42

QUARTIER KRONOBERG

Åhlund avait été chargé par Jeanette de regarder d'un peu plus près la vie privée de Per et Camilla Qviding. L'écran de son ordinateur montrait Rågholmen, l'île rocheuse boisée au large de Dalarö que le couple avait achetée à la commune quelques années plus tôt, ainsi que la maison qu'ils y avaient fait construire.

Tout en regardant les photos, il écouta un petit cours d'histoire dispensé par un inspecteur de Stockholm Sud : "Le fort de Dalarö était censé protéger Stockholm d'une attaque maritime venue du sud. Il paraît, mais c'est à mes yeux douteux, que le monticule de pierres sur l'île des Qviding est la ruine d'un ancien poste d'observation du XVIIe siècle."

Åhlund regarda de plus près une des images. Le monticule, au point culminant de l'île, était partiellement caché par la grande villa de Per et Camilla Qviding.

"Ce tumulus est plus vraisemblablement une ancienne tombe, continua l'inspecteur. Les Qviding ont payé trente millions pour l'île, vestiges compris… Complètement dingue, si vous voulez mon avis. Mais ils doivent avoir quelques amis influents, qui auront étouffé d'éventuelles irrégularités."

L'archipel de Stockholm à la rencontre d'Hollywood Hills, pensa Åhlund en examinant la photo. Une villa de luxe avec des façades en verre baignées de soleil, d'où un escalier taillé dans le roc descendait en serpentant jusqu'à un ponton équipé d'un sauna flottant. Un bateau à moteur mouillait à côté. Åhlund ressentit une pointe de jalousie : c'était un Pettersson de la fin des années 1920 ou du début des années 1930.

"Savez-vous autre chose au sujet des Qviding, qui aurait été mis sous le tapis ?

— Non, rien qui saute aux yeux, répondit l'inspecteur. Dans l'ensemble, ils font plutôt profil bas."

Après avoir raccroché, Åhlund continua à cliquer sur les photos, la plupart tirées de divers magazines de décoration intérieure. Une piscine dominait la vaste terrasse de la villa, avec une vue somptueuse et pittoresque vers le fort de Dalarö.

Une photo de Per et Camilla Qviding résumait cette idylle. Ils étaient assis dans un canapé sur la terrasse, devant une pergola couverte de vigne vierge, main dans la main. Per Qviding en tenue décontractée, panama, chemise blanche et short. Camilla en robe d'été claire, ses boucles noires lui descendant jusqu'à la taille. Son sourire était plus timide que celui de son mari.

Légèrement froid, pensa Åhlund. Mais malgré tout engageant.

Tandis qu'il passait à l'image suivante, une photo du couple à la foire du livre de Göteborg, on frappa au chambranle de sa porte.

"Dis-moi… Tu as un moment ?"

Jeanette était sur le seuil et, sur son signe de tête, vint s'asseoir dans un des sièges de visite.

"Je me demandais un truc, dit-elle. C'est plutôt d'ordre privé.

— Ah ? dit-il en sentant un chatouillis au ventre. Il s'est passé quelque chose ?"

Jeanette fit un sourire mystérieux.

"J'irai droit au but... Quand je suis passée vous prendre hier, Olivia et toi, tu avais l'air un peu embarrassé, et j'ai remarqué que vous sentiez le même shampoing."

Le chatouillis commençait à prendre la forme d'une boule au ventre.

"Avez-vous une relation, Olivia et toi ?"

Åhlund se sentit vide, ses pensées soufflées, un trou béant dans une fine coquille, tandis que Jeanette le fixait d'un œil impénétrable.

"Tu n'es pas obligé de répondre, finit-elle par dire. Mais si vous êtes amoureux, j'envisage d'envoyer Olivia travailler avec quelqu'un d'autre."

Åhlund inspira à fond, emplissant son vide intérieur d'oxygène revigorant.

"Nous ne sommes pas amoureux, dit-il aussitôt étonné de la décontraction de sa voix. C'était une aventure d'un soir. Une erreur. Nous en avons causé, et ça ne se renouvellera pas."

Pendant quelques interminables secondes, il regarda Jeanette droit dans les yeux avant qu'elle ne lui sourie à nouveau.

"Très bien, dit-elle. Remettons-nous alors au travail. J'ai parlé avec Per Qviding."

Åhlund avait atteint le point de l'enquête où les piles de papiers sur son bureau s'accumulaient selon un système de classement inconnu. Connu d'Åhlund seul, songea Jeanette.

Elle ne savait pas trop comment l'histoire de son bluff au téléphone avec Qviding serait accueillie, mais Åhlund avait un sourire en coin.

“On dirait que tes mensonges l'ont déstabilisé”, dit-il.

Jeanette hocha la tête et l'informa qu'elle avait confirmé à Per Qviding que la femme qui avait écrit cette lettre imaginaire était Lola Ljungstrand. Il lui avait alors encore une fois demandé de lui communiquer le courrier, et quand elle le lui avait à nouveau refusé pour raisons de confidentialité, il s'était dégonflé.

Avant de raccrocher, Qviding lui avait dit que son emploi du temps était chargé et qu'il la recontacterait dès qu'il aurait un créneau.

“Je ne pense pas qu'il se manifeste de lui-même, dit Jeanette, mais s'il le fait, je lui servirai encore d'autres mensonges.

— Du genre ?

— Eh bien, je ne sais pas, qu'il n'y aurait pas d'interview approfondie car le lancement de *tonlivre.se* avait capoté dans la dernière ligne droite. Ou que le grand Bob Dylan s'était rétracté et qu'il y avait de gros problèmes de financement.”

Åhlund sourit un peu.

“En tout cas, nous savons donc désormais que Qviding connaissait Lola. En outre, Camilla était la voisine des Ljungstrand entre 1999 et 2005, donc Per a dû plusieurs fois s'y rendre.”

Jeanette réfléchit.

“Voici un scénario basé sur ce qu’il m’a raconté : Lola était une harceleuse. Elle poursuivait les Qviding et les importunait.”

Åhlund secoua la tête.

“Voici un autre scénario : le contraire. Camilla avait des avis sur la façon dont Lola et Tommy élevaient Melissa. Camilla se mêlait de leurs affaires et a continué après la disparition de Melissa : Tommy a fini par menacer Camilla. Ce dernier point est mentionné dans la plainte qu’elle a déposée à la police, et Tommy ne l’a pas vraiment nié quand nous l’avons interrogé.”

Åhlund frappa du doigt une des piles de papiers.

“L’enquête sur les violences a été classée faute de preuves. Parole contre parole, et l’écorchure sur la joue de Camilla ne suffisait pas pour mettre en cause Tommy.”

Jeanette hocha la tête. Il a bien fait ses devoirs, se dit-elle.

“Camilla devrait avoir été entendue par la police dans le cadre de la disparition de Melissa. Tu as trouvé quelque chose ?”

Åhlund se tourna vers son ordinateur et cliqua plusieurs fois. Puis il tourna l’écran pour que Jeanette puisse voir. C’était un rapport de police daté du 16 décembre 2004.

“Un enquêteur est allé trouver Camilla et lui a parlé quelques minutes, dit Åhlund. Lis toi-même.”

Le paragraphe était titré *Interrogatoire d’une voisine, appt. 29*. Jeanette lut :

La locataire de l’appt. 29, Camilla Hjulberg (CH) a été entendue par l’insp. BV entre 08:00 et 08:05 le

16/12/2004. CH n'a rien remarqué de particulier dans la soirée / la nuit du 14 au 15 déc., à part que la porte de l'appt. appartenant à TL/LL était restée ouverte "en grand" vers 17 h le 14 déc., ce qui, d'après CH s'était déjà produit "à plusieurs reprises". CH confirme en outre d'autres témoignages concernant des comportements dérangeants du couple L, à savoir des fêtes bruyantes et le fait que TL a publiquement grondé sa fille en lui criant dessus avec des jurons. D'après CH, cela s'est produit au moins deux fois pendant l'automne, une fois dans la cage d'escalier, et une autre fois devant le porche de l'immeuble.

"C'est tout ? demanda Jeanette.

— Ouaip."

Åhlund redressa son écran au moment où un signal sonore l'avertissait de l'arrivée d'un mail. "C'est le labo, dit-il. Les listes des contacts téléphoniques et numériques de Lola… Attends une seconde."

Jeanette observa ses yeux aller et venir sur l'écran tandis qu'il le faisait défiler avec la souris. Soudain, son regard s'illumina.

"Treize appels de Lola à un numéro enregistré au nom d'une société, Qviding AB. La plupart n'ont duré que trente secondes, mais l'un d'eux, le dernier, culmine à dix-sept minutes et vingt-six secondes.

— Quand ?

— Le 7 juin à neuf heures du soir.

— Quelques jours avant qu'elle soit retrouvée morte", dit Jeanette.

Åhlund était concentré sur l'écran.

"Ils écrivent que la boîte mail de Lola contenait surtout des spams et de la pub, ainsi que des échanges de mails avec le syndic de la copropriété, l'école des garçons et la mère de Tommy. L'exception est un message de Lola, écrit début avril, à la société qui édite les livres de Qviding… Attends voir."

Åhlund lut à l'écran pendant dix, quinze secondes avant de se caler au fond de son fauteuil, l'air déçu.

"Une lettre de requête, dit-il en montrant l'ordinateur de la tête. Lola s'y présente comme une des plus grandes fans de Per Qviding et demande à l'éditeur de lui envoyer un prétirage de *Vie et mort de Stina*. Ce que l'éditeur finit par accepter en traînant les pieds, les exemplaires en prétirage étant avant tout réservés aux journalistes et aux blogueurs." Åhlund haussa les épaules. "Comme ça, nous savons au moins comment elle s'est procuré son exemplaire, même si ça ne nous avance pas à grand-chose.

— Tout ça confirme son profil de harceleuse", dit Jeanette.

Åhlund secoua la tête.

"Mais pourquoi parle-t-on avec sa harceleuse pendant dix-sept minutes et vingt-six secondes ?"

Jeanette n'avait pas de bonne réponse. Ils se turent un moment, jusqu'à ce que sonne le portable d'Åhlund. Il le posa sur la table et activa la fonction haut-parleur.

On entendait la voix de Schwarz sur fond de circulation.

"J'ai fini à Huddinge et je me dirige vers Mälarhöjden pour parler avec Klara Bondesson.

— Et comment ça s'est passé avec Besa Undin ?"

Schwarz résuma sa visite à l'hôpital, que Besa avait entendu Vladimir parler à Klara et lui dire de le suivre.

De monter dans son bus.

“On va voir si je peux me le faire confirmer par Klara, dit Schwarz. Dans ce cas, il s’agit bien d’une tentative d’enlèvement, et j’ai envisagé la possibilité que le bus en question ait pu être vu par une caméra de surveillance. J’ai chargé un collègue de visionner à nouveau toutes les images de Kvarnholmen.”

Quand ils eurent raccroché, Åhlund interrogea Jeanette du regard.

“Tu crois qu’il faudrait publier des photos de Vladimir, maintenant ? Ou allons-nous attendre de les avoir montrées à Kaspar ?

— Je pense qu’il faut attendre pour les publier, répondit Jeanette. Mais si cela ne donne rien avec Kaspar, alors oui, on l’envisagera.”

Åhlund paraissait dubitatif.

“D’un autre côté, une publication pourrait le conduire à se cacher quelque part… Quelque part où nous ne le trouverons jamais. Voulons-nous vraiment prendre ce risque ?”

43

HÔPITAL NYA KAROLINSKA

Un des surveillants avait oublié ses lunettes dans la salle d'interrogatoire, Kaspar les avait emportées dans sa cellule, les avait brisées et s'était profondément ouvert l'avant-bras. Les dégâts causés – veine endommagée, suites de l'hémorragie, dégradation de la fonction rénale et activité cérébrale perturbée – avaient suscité la confusion chez les médecins pour savoir qui devait le prendre en charge et son dossier avait circulé d'un service à l'autre comme si c'était le mistigri.

Nya Karolinska ne tournait à plein régime que depuis un an à peine, mais l'odeur d'hôpital s'était déjà incrustée dans les murs. Lars Mikkelsen fut tout aussi surpris de trouver les lieux si déserts. Dans presque chaque chambre, les lits étaient vides. Il n'avait pas suivi en détail le débat au sujet des scandales qui entouraient ce nouvel hôpital, mais il savait que son fonctionnement était régi par la gouvernance du *soin basé sur la valeur,* un modèle promu par des consultants comme une sorte de solution universelle pour la gestion du système de santé.

Quant au rapport avec la présence de lits vides, mystère, se dit-il en cherchant autour de lui l'ascenseur qu'on lui avait indiqué.

Les critiques à l'encontre du nouveau modèle de soin n'étaient pas sans rappeler celles contre la réorganisation de la police, et Lasse avait l'impression que la police et l'hôpital souffraient à peu près des mêmes problèmes. Les objectifs n'étaient pas atteints, dans la mesure où ni la direction ni les collaborateurs n'avaient de connaissances assez approfondies sur la façon dont leur activité était censée fonctionner, la police n'avait pas réussi à améliorer sa relation avec les citoyens ni l'hôpital avec ses patients. Ce qui avait été vendu comme une façon de maîtriser les coûts s'était révélé trop cher et tout était dû au fond à la tentative de faire cadrer de force une grande organisation avec un seul et même modèle universel.

C'est bien comme tous les produits taille unique universelle, se dit-il en montant dans l'ascenseur. Vendre l'idée qu'un modèle va à tout le monde est forcément une utopie ou un bluff, qu'il s'agisse de vêtements ou de soins hospitaliers.

Love, qui était plus de la partie, lui avait dit que ce modèle de *soins basés sur la valeur* provenait d'idées à l'œuvre dans l'industrie, et qu'il semblait que Nya Karolinska faisait un travail efficace pour des diagnostics simples et sans ambiguïté, mais que c'était plus problématique avec les patients aux pathologies multiples. En dernière analyse, on pouvait traduire ainsi : les patients étaient des produits en concurrence les uns avec les autres, et Kaspar faisait partie des perdants.

Lars Mikkelsen sortit de l'ascenseur et parcourut encore quelques couloirs jusqu'au service où Kaspar était soigné. La surveillante, assise sur une chaise en face d'une porte ouverte, lisait un journal du soir qu'elle replia en l'apercevant.

"Son bras cicatrise bien, dit-elle. Mais il a l'air dans les limbes. Personne ne comprend à quoi c'est dû mais je suppose que c'est un médicament qui le met dans cet état."

Kaspar avait perdu beaucoup de sang et un court moment, dans l'ambulance, à peine trente secondes, la respiration et le cœur s'étaient arrêtés.

Un coup d'œil de l'autre côté, pensa Lasse.

"Comment ça, les limbes ?"

Elle haussa les épaules.

"Entre le rêve et la réalité, il dort les yeux ouverts et parle dans son sommeil. Mais il se réveille de temps à autre, et semble assez en forme."

La surveillante indiqua de la tête la porte ouverte. Love était assis au chevet du lit où le garçon était étendu sur le dos, l'avant-bras gauche dans un bandage.

Lasse entra dans la chambre. Il avait du mal à savoir si Kaspar dormait ou non, ses yeux étaient fermés mais ses mains bougeaient, ses doigts tremblaient et tambourinaient sur la couverture. Son visage paisible ressemblait plus que jamais à celui d'un enfant.

Love brandit un carnet.

"J'ai enregistré et mis au propre tout ce que je l'ai entendu dire ce matin. C'est..."

L'air pensif, il feuilleta son carnet, il semblait contenir plusieurs pages de notes, mais Love n'eut pas le temps d'achever sa phrase qu'un gémissement monta du lit.

44

INTEMPORELLE

Il y a tant de choses que je veux te raconter,

l'ourse qui m'a laissé dormir près d'elle pour que je ne meure pas de froid,

la ruche devant la grande maison,

ce que ça m'a fait d'y plonger la main et de manger le miel,

comme ça chatouillait quand les abeilles m'ont couvert tout le corps,

comme ça brûlait d'extraire au couteau un plomb de mon bras,

les bruits de la forêt : ce qui gémit, sec, cassant, craquant, et ce qui chante avec un chuintement marécageux,

un vieux chevreuil, osseux et mal en point, qui s'était caché dans un trou pour mourir et que j'ai aidé à mourir avec mon couteau,

une femelle d'élan avec son faon qui ont déboulé sur la tourbière, dans l'éclat jaune des mûres des marais, tandis qu'un courlis cendré chantait solitaire à l'orée du bois

ils sont toujours là, ai-je dit, *alors que nous ne sommes que de passage*,

je veux te raconter le cerveau qui ressemble au chapeau d'un champignon, la moelle épinière à sa tige et les nerfs au mycélium qui aspire la nourriture du sol, tout ce qui vit et qui est bâti de la même façon dans un monde dessiné par un dieu,

galaxies, pétales, coquilles d'escargot, flocons de neige, ailes d'insecte, corps humain, atomes et espaces intérieurs, ellipses et cercles parfaits,

l'Étoile du matin, que j'ai suivie des mois durant à la recherche de la vie,

l'Étoile du matin, oui, je te parlerai beaucoup de l'Étoile du matin, là où le temps n'a pas d'importance,

qu'elle émet une lumière rouge,

qu'elle tourne à l'envers,

qu'elle est le seul corps céleste dont le jour est plus long que l'année,

qui, comme nous, avance à reculons vers l'avenir,

le temps n'est pas une voie rectiligne, je te le dis, *mais un labyrinthe, et quand on se penche contre la paroi d'un labyrinthe, n'importe lequel, on peut s'entendre soi-même de l'autre côté.*

Les étoiles brillent, un collier de perles blanches chante en travers du ciel,

nous flottons dans la soupe originelle, dans l'eau qui scintillait avant tout décompte du temps,

nous flottons chacun vers notre horizon,

toi vers la nuit et moi vers le matin,

je ne te vois plus mais je t'entends geindre, gémir comme un animal qui souffre et je suis désolé qu'il en aille ainsi,

pour toi la séparation a été sanglante et douloureuse, mais pour moi, ça n'a pas été plus difficile que de fermer les yeux, à présent nous flottons en nous éloignant,

les étoiles au-dessus s'éloignent, comme nous, très lentement l'une de l'autre,

certaines d'entre elles brûlent encore, d'autres se sont depuis longtemps éteintes et ce que nous voyons n'est qu'une lumière trompeuse surgie du début du temps,

bientôt je n'entendrai plus ta plainte,

tu as disparu et je remarque qu'aussitôt je commence à t'oublier,

avais-tu seulement un visage, une odeur ou une voix ?

peut-être n'as-tu jamais existé ?

je croyais que nous étions deux, mais ce n'étaient que des parties de moi-même,

ou alors nous étions des parties l'un de l'autre, toi un atome de l'ongle de mon pouce et moi un système solaire dans une larme que tu as versée enfant,

tu étais moi et j'étais toi,

la mer commence à tanguer autour de moi,

c'est l'éternité qui reprend son souffle,

tout recommence du début, tourne, tourne et tourne et je ris fort car c'est la connaissance la plus simple.

À présent, je vois bien que les étoiles au-dessus de moi sont de petits trous dans un bout d'étoffe,

que la lumière derrière vient d'une chambre blanche et je vois que la femmhomme est là, la femmhomme qui, exactement comme toi et moi, est homme et femme dans un seul corps,

et à présent je me souviens à nouveau de toi et je comprends qu'il me faut retrouver le chemin, car il y a vraiment tant de choses que je veux te raconter,

qu'on me poursuit,

ce que c'est d'être enfermé dans des pièces affreuses,

de courir sous terre,

de ne rien savoir,

te parler d'oublier les faux noms qu'on m'a donnés, mais ne jamais oublier mon vrai nom,

ne pas pouvoir parler,

mais j'entends à présent que je parle, et la femmhomme prend ma main,

au nord sur la route, dis-je d'abord,

le chariot de fer, dis-je ensuite en entendant qu'il est plus difficile de parler que de penser.

45

HÔPITAL NYA KAROLINSKA

Les yeux à moitié ouverts de Kaspar bougeaient rapidement dans tous les sens sous les paupières, comme lors du sommeil paradoxal. Love lança l'enregistrement sur son téléphone et lui prit la main.

"Au nord sur la route, dit le garçon de sa voix rauque et claire. Le chariot de fer…"

Il ouvrit les yeux, et Love vit aussitôt dans son regard une présence qu'il n'avait pas montrée depuis l'entretien à l'hôtel de police.

"Il y a tellement de choses que je veux te raconter, poursuivit-il. Je me suis endormi dans la neige, réveillé près d'une ourse, j'ai construit une hutte… Trouvé des œufs d'aigle, trouvé une ruche, me suis demandé où j'étais…"

C'est là autre chose que le délire fiévreux du matin, pensa Love, même s'il s'agit de phrases inachevées et de fragments d'informations.

"Où suis-je ?"

Kaspar fronça le front et regarda autour de lui.

"Tu es dans un hôpital à Stockholm, répondit Love. Tu as été opéré avant-hier."

Le garçon lâcha sa main.

“Ruche, ruche…”

Il se redressa sur les coudes et toucha des doigts le bandage de son bras.

“Tu as mal ?”

Il s’assit dans le lit.

“Non… Le bras me démange.”

Si Love avait auparavant évité les questions directes, parce qu’elles mettaient le garçon mal à l’aise, elles semblaient à présent toutes naturelles.

“Tu t’es coupé, mais la plaie cicatrise bien.” Love montra de la tête Lasse qui s’était assis sur l’autre chaise, au pied du lit. “Tu te souviens de nous ?

— Lars ou Lasse. Po-li-cier… Love. Psy-cho-logue. Femmhomme.”

Love rit, un rire spontané qui fit sourire Lasse, mais le garçon ne parut pas remarquer qu’il les avait amusés. Il se remit plutôt à tripoter son bandage.

Femmhomme, pensa Love. Un mot construit par un enfant ou une personne qui n’a jamais entendu parler de concepts comme transgenre ou non-binaire. Le fait que le garçon prononce policier et psychologue en détachant les syllabes suggérait en outre que ces titres professionnels lui étaient inconnus.

“Tu as une bonne mémoire des noms, dit Lasse. Veux-tu nous dire comment tu t’appelles toi-même ?”

Le garçon plaça l’index sur sa poitrine.

“Kaspar Hauser pas vrai nom… Le nom, on m’a volé… Vie volée sous faux nom.”

Lasse joignit les mains sur ses genoux, et parut réfléchir.

“Est-ce que tu connais ton âge ?

— Dans forêt longtemps." Il secoua la tête. "Nous savions avant… Difficile maintenant.

— Sais-tu quelle année tu es né ?"

Love remarqua que le garçon était sur ses gardes. Il détourna les yeux et commença à se gratter à travers son bandage.

"Nous sommes en 2019, lui rappela Lasse.

— Je me rappelle un papier, finit par murmurer le garçon en se frottant l'œil. Deux, neuf, zéro, huit, deux, zéro, zéro, zéro. Jour, mois, année."

Le 29 août 2000, pensa Love en voyant que Lasse avait lui aussi compris.

Le garçon qui n'était pas un garçon mais un jeune homme allait avoir dix-neuf ans dans deux mois, du moins si ce qu'il disait était exact.

"C'est quel genre de papier ? demanda Lasse.

— Des cases… des chiffres. Tampon bleu…

— C'est donc de ta date de naissance que tu parles ?"

Il hocha la tête.

"Un papier de l'état civil de Trondheim", dit-il de sa voix rauque et ténue de petit garçon.

46

MIDSOMMARKRANSEN

“Tu me manques, Johan, dit Jeanette en fixant l’emballage en polystyrène d’un plat thaï à moitié mangé sur la table du séjour.

— Toi aussi, maman.”

Johan chuchota quelque chose et on entendit une autre voix derrière. Avec le décalage horaire, il était juste un peu plus de six heures du matin à San Francisco, et sa copine avait probablement été réveillée elle aussi.

“Je t’appelle par Skype après mes cours, dit-il alors, on aura plus de temps pour se causer.”

Quand ils eurent raccroché, Jeanette se demanda si Johan s’était seulement souvenu que c’était aujourd’hui Midsommar, la Saint-Jean. Qu’on ne fêtait pas plus là-bas en Californie qu’on allait le fêter ici chez elle.

Midsommar à Midsommarkransen, songea-t-elle, se souvenant que son quartier tirait son nom d’une auberge du XVIIIe siècle dont la porte était décorée d’une couronne de fleurs. Peut-être aurait-elle dû sortir malgré tout boire quelques bières et descendre se promener jusqu’à Vinterviken ?

Il était quinze heures, et elle traînait toujours en culotte et débardeur. Elle se leva du canapé, mais, alors qu'elle se trouvait au milieu de l'escalier, on sonna à sa porte et elle rebroussa chemin.

De l'autre côté de la vitre dépolie de la porte, elle vit une personne large d'épaules dont elle pensa reconnaître le visage.

"C'est toi, Schwarz ? demanda-t-elle, un peu étonnée.

— Ouais…"

Elle attrapa un short de sport qu'elle enfila avant d'ouvrir.

"Tu n'es pas en congé aujourd'hui ?"

Schwarz avait sa sacoche d'ordinateur pendue sur une épaule, et des bières dans un sac accroché à la poignée d'une de ses béquilles.

"Non, je me suis assis dessus… Qu'est-ce que j'aurais pu faire ? La danse des grenouilles, tout seul ?"

Cinq minutes plus tard, ils s'assirent dans le hamac à l'arrière de la maison et Schwarz déplia l'écran de son ordinateur.

"Sûre, tu as le courage de travailler ?

— Tout à fait sûre", répondit Jeanette en ouvrant une bière avec son briquet.

Pendant bien des années, elle avait considéré Schwarz comme un gars léger, pas compliqué, un peu puéril sur les bords, et parfois légèrement borné par des œillères quand il s'agissait de réfléchir. Mais ces derniers temps, elle avait revu son jugement, ou alors c'était lui qui avait changé. Son style direct réveillait la Jeanette solide et terrestre qui ne se sentait jamais seule et abandonnée.

Elle but une gorgée de bière. Une saveur de vacances qui lui donnait l'envie de fumer.

"Åhlund m'a dit que ta conversation avec Klara Bondesson n'avait pas donné grand-chose de nouveau."

Schwarz hocha la tête.

"À part qu'elle a visiblement rencontré Vladimir plus d'une fois. Tu sais, les gosses sont toujours un peu tordus avec leurs histoires de loyauté et de serments. Avant hier, Klara n'en avait pas pipé mot. Et tu sais pourquoi ?

— Non, dit Jeanette en sortant son paquet de cigarettes.

— Parce qu'ils avaient *topé* de ne raconter à personne qu'ils s'étaient parlé, dit-il avec un sourire en coin. Logique imbattable pour une gosse de trois ans."

Jeanette alluma une cigarette.

"Et de quoi avaient-ils parlé ?

— Ce n'est pas clair, mais Klara semble penser qu'il travaille comme chauffeur de bus. Peut-être des bonbons ou des jouets faisaient-ils partie du deal, ou pas. Elle a du mal à se souvenir. Mais elle a dit qu'elle le trouvait gentil, et qu'il sentait bon.

— Sentait bon ?"

Schwarz haussa les épaules.

"C'est-à-dire, ça ne sentait pas vraiment la rose dans la caravane de Johnny, alors elle ne doit pas avoir beaucoup de points de comparaison. Mais de toute façon, ça n'a pas d'importance… Ce matin, j'ai eu accès à un film de vidéosurveillance que nous n'avions pas jusqu'ici."

Il fit s'afficher une fenêtre sur l'écran de son ordinateur, l'image d'une caméra placée en hauteur. Une clôture industrielle devant une rue passante. À demi masquée par la clôture, une aire de gravier avec une dizaine de voitures garées.

“C’est filmé depuis l’immeuble voisin du chantier de Kvarnholmen, expliqua-t-il. Il est 19 h 35, regarde ce qui se passe.”

Tout au coin du parking provisoire apparurent quelques secondes durant les dos de deux hommes en train de courir, avant qu’ils ne disparaissent de l’image, suivis dix secondes plus tard à peine par un troisième type.

“Tu viens de voir, dans cet ordre, Vladimir, Johnny Bondesson et Rikard Stridh en train de se poursuivre.”

Schwarz accéléra et l’horloge défila jusqu’à 19:43.

“Voici Vladimir qui revient…”

Il mit sur pause. L’image était floue, mais on reconnaissait la casquette, la barbe et les vêtements.

“Il lui a fallu huit minutes pour courir jusqu’au pont, abattre Bondesson et se carapater.

— Bon boulot”, dit Jeanette en comprenant aussitôt ce qui allait se produire sur le film.

Le meurtrier présumé ouvrait la porte d’une camionnette bleue et sautait à bord. Quand elle tournait sur la rue, on voyait la plaque d’immatriculation, tandis que la marque était cachée par la saleté.

“À qui appartient ce véhicule ? demanda-t-elle.

— C’est une Opel Movano de 2002 appartenant à une société d’assainissement de Falun. Elle travaille dans la lutte contre les nuisibles. Ou peut-être plutôt travaillait… J’ai vérifié, ils semblent avoir fait faillite.

— Attends voir…”

Lutte contre les nuisibles ? se dit Jeanette.

"Je suppose que, comme moi, tu penses à un poison ?" dit Schwarz.

Jeanette hocha la tête.

"Je pense à l'Uragan D2."

Extrait de *Vie et mort de Stina*,
de Per Qviding

Le 9 mars de ma dix-huitième année

Les Anciens t'ont remplacé, Ingar, par ton père.

Les Anciens disent : "Tout est pur pour les purs."

Les Anciens purifient l'âme avec des fleurs empoisonnées.

Que tous mes orifices soient recousus au gros fil. Sinon je vais mourir.

Cette nuit j'ai lu l'histoire de Tintomara, le passage où elle voit le fils de Dieu, le Sauveur, sur le grand tableau d'autel de l'église Sainte-Claire, et dit : "Oui, je le crois, il en est ainsi : il est divin d'être mort."

Je n'ai rien à ajouter. Je n'écrirai plus rien après cela.

47

MÉLANCOLIE BLANCHE

C'est le début du mois de mars de ma dix-huitième année, Pe et Em sont partis vers le sud et pendant que la mère d'Ingar garde Vidar à la maison, le père d'Ingar m'emmène à l'étang. Je n'y suis pas retournée depuis l'été dernier, quand nous avons trouvé l'Homme Noir dans les roseaux et, quand nous passons devant l'endroit, je m'arrête pour regarder vers la rive. Des roseaux, il ne reste pas grand-chose, quelques tiges blanches dépassent de la glace, échevelées par le givre.

"Viens, dit Valle en me tirant par la manche de ma veste. Nous devons arriver de l'autre côté et il faut nous dépêcher tant qu'il fait jour."

Il ne m'a encore pas dit où nous allions ni pour y faire quoi, juste que c'est quelque chose de secret que les Anciens nous ont ordonné et que j'aurai quelque chose à manger. Il a beau ne pas faire plus froid que moins sept et bien que je porte deux épaisses jupes et deux tricots de laine sous mon anorak, je grelotte. On n'y peut pas grand-chose quand la peau est plus fine que du papier et que celle du ventre menace de se déchirer sous l'effet des crampes.

Pour soulager la faim et la fatigue, il n'y a que les morceaux de sucre que le père d'Ingar a pris avec lui et qu'il me permet de temps en temps de sucer. Il porte aussi un sac sur son dos, dont je me demande ce qu'il contient. Il a l'air lourd, même pour Valle qui est grand, fort et noueux. Je me dis que, si Ingar avait vécu, son corps aurait peut-être fini par ressembler à celui de son père.

Le soleil décline quand nous traversons l'étang gelé et, arrivés de l'autre côté, la lumière paraît plus pâle. Quelques sapins font de l'ombre sur une plage plate, près d'un gros bloc de moraine. Le rocher avance dans l'eau et va nous abriter du vent qui commence à siffler sur la glace.

Valle pose son sac avec un choc sourd et le délace.

"Au lieu de te geler les fesses dans la neige, va nous chercher des pierres."

Il sort quelques morceaux de bois de chauffage de son sac.

"Si j'ai d'abord un morceau de sucre, dis-je.

— Prends tout le sachet, répond-il en me le lançant. Débrouille-toi toute seule pour te rationner."

Il ne reste que trois bouts qui s'effritent. Je m'en fourre aussitôt un dans la bouche, que je laisse écorcher mes gencives irritées. Comme d'habitude ça saigne dans ma bouche et, un moment plus tard, quand j'ai rapporté des pierres pour délimiter un foyer, la neige est couverte de crachats rouges.

Valle rassemble du petit bois en pyramide, s'accroupit et me demande de m'approcher.

"Ça, c'est une mormychka en plomb, dit-il en faisant tourner une petite balle lisse entre ses doigts. *Mormychka* veut dire crevette en russe."

Je m'agenouille devant lui et je vois que la balle se termine par un crochet rouillé mais qui semble pourtant tranchant comme un rasoir. Puis il sort de son sac un bâton grossièrement taillé.

Y est fixée une manivelle avec un fil qui court jusqu'à un anneau, tout au bout.

"J'ai tout fabriqué moi-même, dit-il. La mormychka sert à la fois de plomb et de leurre. Il ne manque qu'une chose, qu'on ne peut pas fabriquer… un appât."

Il tend la main et me caresse légèrement la joue avant d'écarter mes cheveux de mon oreille et de glisser un doigt derrière. "Regarde ce qui se cachait dans ton oreille", dit-il en ôtant sa main pour me mettre sous le nez quelque chose qui gigote beaucoup trop près et me fait reculer.

L'asticot gras se tord entre son pouce et son index. "Et dire qu'une pomme avec une peau aussi jolie que la tienne puisse être rongée aux vers…"

Il rit, met l'asticot dans une petite boîte d'écorce qu'il glisse dans sa poche.

"C'est interdit de pêcher, dis-je tandis que mon cou s'échauffe et que mon pouls accélère. C'est du Gâchis. Ce n'est pas…

— Il faut que tu manges quelque chose de chaud, m'interrompt-il. Tu n'as plus que la peau sur les os et l'étang est plein d'ombles. Les Anciens ont approuvé une exception. La condition est que rien de ce que nous faisons maintenant, rien de ce que nous ferons aujourd'hui ne soit révélé à personne."

Tandis que nous marchons sur la glace, il m'explique que l'omble est plus facile à capturer dans les zones peu profondes autour des échancrures du rivage, là où la glace est plus fine. Nous nous arrêtons et il la perce à l'aide d'un petit pic. L'eau jaillit avec un clapotis, comme si elle avait poussé depuis longtemps contre la glace et que l'étang désirait s'en débarrasser.

Au moment où le soleil commence à se terrer derrière la montagne, il saisit sa canne à pêche tronquée.

"Il faut avoir la main légère, dit-il en fixant l'asticot sur l'hameçon avant de faire descendre le plomb. On peut le laisser parfaitement immobile, mais aussi le faire monter et descendre tout doucement, ou trembler un peu, pourvu qu'on ne perde pas le bout des yeux."

Il tapote précautionneusement le fin anneau métallique tout au bout de la canne.

"Quand le bout se plie ou est un peu secoué, on l'a ferré. Le plus souvent, l'omble rôde juste sous la glace… Tu vas voir, avec un peu de chance, il n'y aura qu'à les sortir du trou, pas plus dur que de déterrer des pommes de terre ou des carottes."

Il a raison. Le premier omble mord au bout de quelques minutes et le deuxième juste après. Ils sont aussi grands que son avant-bras et il les attrape à la main. L'omble a le ventre jaune vif, mais son sang est rouge sombre, comme celui d'un homme, et il se répand sur la glace quand il écrase leurs petites têtes avec le côté émoussé de son pic en fer court mais lourd.

"À toi, maintenant", dit-il en me tendant la canne.

J'enfonce à contrecœur un asticot sur l'hameçon, je plonge la mormychka dans le trou et j'attends. Une minute entière passe, puis encore une ou deux avant que je cesse de les compter.

"Je ne suis pas très douée pour ça, dis-je, le regard toujours fixé sur la canne.

— Bien sûr que si, dit-il en posant sa main sur mon épaule. Allez, un peu de patience."

Il laisse longtemps sa main, elle est couverte de petites écailles argentées, avec une odeur sucrée de sang et de poisson. Mais quand l'anneau se plie au bout de la canne, il retire sa main.

"Doucement, laisse au poisson le temps de bien s'accrocher." Il me regarde avec un sourire en coin sous sa barbe. "Il faut d'abord le ferrer, tu comprends."

J'attends son signal puis je remonte la ligne. Le poisson est plus petit que ceux qu'il a pris, de la bonne taille pour que je puisse en saisir le corps dans ma main, mais plus je serre, plus il glisse, et j'arrive tout juste à le sortir du trou avant qu'il m'échappe et se sauve en frétillant sur la glace.

"Tu as la force de soulever ça ?"

Il me tend le pic. Le côté émoussé est plein de sang. Je secoue la tête.

"Si tu veux manger le poisson, tu dois aussi le tuer, dit-il. Si tu n'y arrives pas avec ça, il faudra l'écraser à coups de talon."

Je hoche la tête, j'ouvre le petit sachet de sucre et je me fourre les deux derniers bouts dans la bouche avant de me lever et de rejoindre en quelques pas le poisson qui se tortille sur la glace.

La nuit tombe sur l'étang quand nous mangeons les filets. Nous sommes assis sur une couverture en laine, et la chaleur se diffuse de l'extérieur et de l'intérieur du corps. Le feu crépite et les ombles sentent bon, un peu comme quand on fait frire des œufs sur la cuisinière à bois, à la maison. Le goût de la chair rouge est huileux, pas très différent de l'œuf, mais je n'en mange pas parce que j'en ai envie, mais pour suivre l'ordre des Anciens.

Ça n'a pas été beaucoup plus difficile de l'écraser à coups de talons que d'enfiler l'asticot sur l'hameçon, mais j'ai malgré tout une boule au ventre. C'est que l'omble avait de vrais yeux, où j'ai vu la vie s'éteindre tandis que je le piétinais. Après, quand il a été mort, attendant d'être nettoyé, une petite pellicule de glace s'est formée sur ses yeux.

La boisson que me fait boire Valle est forte et âpre, mais en même temps sucrée, elle me réchauffe, me calme et me fait un peu somnoler. Quand j'ai fini de manger, je me couche sur la couverture et je ferme les yeux.

La toute dernière fois qu'Ingar et moi nous nous sommes touchés, c'était dans la maison abandonnée voilà presque un an et demi, j'étais couchée sur le côté un peu dans la même position qu'aujourd'hui. Je peux encore sentir Ingar derrière moi, comme si j'avais mémorisé la sensation de ce contact pour toujours.

Le calme et la chaleur agréables me font me perdre dans mes pensées et, quand Valle se met à me parler, sa voix m'arrive de très loin.

"Tu sais, ce que je t'ai dit, que ce qui se passerait aujourd'hui ne doit être révélé à personne ? Peux-tu me le promettre ?"

J'ouvre les yeux en une petite fente où il m'apparaît flou, de l'autre côté du rougeoiement du foyer. Je murmure :

"Je le promets.

— Tu vas bientôt avoir dix-huit ans, une femme adulte, dit-il alors. Asta ne peut plus avoir d'enfants et Ingar est mort. C'est maintenant notre devoir…"

C'est bon d'être couchée comme ça et de somnoler.

Si je m'endors maintenant, la tête pleine de mes rêves d'Ingar, je pourrai me réveiller avec de nouvelles petites croûtes à mettre dans le bol sous mon lit à la maison.

"Tu écoutes, Stina ?"

J'ai commencé à rassembler les petites croûtes jaunâtres que j'ai au coin de l'œil le matin au réveil. Le plus souvent je rêve d'Ingar et si j'en récolte assez, je pourrai en faire une petite graine à planter quelque part.

Il poussera un arbre de cette graine, et il grandira, haut et florissant, et je l'appellerai Tintomara.

"C'est notre devoir d'assurer la survie du village, dit le père d'Ingar, d'une voix très lointaine. C'est comme ça… C'est bien que tu comprennes combien c'est important."

L'arbre portera des fruits, peut-être des pommes, et j'en mangerai chaque jour, et Ingar sera de plus en plus présent en moi jusqu'à ce que nous nous confondions, lui et moi.

Ensemble, nous deviendrons un *animal cœleste* – une créature divine.

"Couche-toi sur le ventre, Stina."

Je sens ses doigts autour de ma taille et tout tourne, tourne dans ma tête quand ses mains retournent mon corps.

Ce ne sont pas les mains d'Ingar qui me soulèvent la tête, me couvrent la bouche d'un tissu attaché d'un nœud très serré sur ma nuque. Ce ne sont pas les mains d'Ingar qui retroussent mes jupes.

Je sais que ce n'est pas bien, mais je ne peux rien y faire.

48

KLARASJÖ

Stockholm s'offrit comme d'habitude une grosse grasse matinée au matin de la Saint-Jean. La ville avait beau être dépeuplée des centaines de milliers de ses habitants ayant choisi d'aller faire la fête à la campagne, les rues et les parcs puaient la cuite. Pour certains, la courte nuit s'était insensiblement transformée en journée, et on apercevait ici ou là des groupes de personnes pour qui il était devenu indifférent qu'il soit huit heures du matin ou huit heures du soir. Comme pour le Nouvel An, on allait vendre de grandes quantités de pizzas.

À l'hôtel de police, le réveil était en demi-teinte, car la majeure partie des effectifs avait travaillé tard la veille : dans le service de Jeanette Kihlberg, deux bureaux sur trois restèrent vides toute la matinée. Au garage, il y avait l'embarras du choix des voitures banalisées : ils se mirent en route après avoir choisi deux des meilleures. Jeanette laissa Schwarz conduire la Volvo blanche tandis qu'elle était assise à côté de lui une liasse de papiers sur les genoux. Juste derrière eux roulaient Åhlund et Olivia dans un van Mercedes noir. Dans une heure, ils seraient trois de plus dans le véhicule : un garçon de dix-neuf ans à la mémoire défaillante, le psychologue Love Martinsson et un infirmier du service pénitentiaire. Ils continueraient plus au nord, sur le conseil de Love, jusqu'à Sveg dans l'Härjedalen.

"Le propriétaire de la société d'assainissement de Falun s'appelle Erland Markström, dit Schwarz.

— Oui, je vois ça." Sur le dessus de sa pile de documents, elle avait la fiche d'Insectum Dalecarlia AB dans le registre des sociétés. Schwarz avait appelé le propriétaire pour prendre le rendez-vous, où il se rendrait avec elle plus tard dans la journée.

"Donc, ils n'ont découvert aucun vol dans leur stock ?" demanda Jeanette.

Schwarz secoua la tête.

"Mais un produit comme l'Uragan D2 ne devrait-il pas être très strictement contrôlé ?"

Jeanette chercha dans sa pile de documents imprimés. Quelques photos pixélisées montraient que le poison, sous forme de feuilles de papier imbibées, était conservé dans une sorte de cylindre qui faisait penser à une boîte de conserve.

"Cet Erland semblait vraiment brisé par sa faillite quand je lui ai causé, dit Schwarz. Il n'a peut-être pas eu la force de contrôler... Ce qui est plus bizarre, c'est qu'il n'ait pas remarqué que le véhicule de la société avait lui aussi été volé.

— Emprunté", rectifia Jeanette, alors qu'ils descendaient vers Kungsbron.

Pour une raison inconnue, la fourgonnette bleue que Vladimir avait conduite lors de la tentative d'enlèvement de Klara, et vraisemblablement aussi lors du meurtre de Lola Ljungstrand, avait été restituée. Pourquoi se donner ce mal ? se demanda Jeanette. Certes, si on veut à tout prix cacher l'effraction et le vol du poison, on arrive à l'idée qu'il vaut mieux que tout paraisse normal, mais restituer le véhicule a dû malgré tout présenter un certain risque.

Du haut du pont, l'eau de Klarasjö semblait d'un brun clair compact sous la lumière violente du soleil. Schwarz tourna à gauche au rond-point et s'arrêta sur le parking du bureau du procureur.

"On est arrivés, dit-il en montrant le bâtiment de pierre gris. On y va."

Jeanette et Schwarz devaient essayer de convaincre le procureur de prononcer une décision de traçage des téléphones de Per et Camilla Qviding.

Elle referma le dossier sur la société d'assainissement et l'insecticide. Elle en avait un autre dans son sac, un tas considérable de documents résumant l'enquête de la police norvégienne sur un tueur d'enfant qu'il fallait désormais considérer comme innocent.

L'homme qui allait bientôt être lavé de tout soupçon s'appelait Santino Sanchez et avait été condamné en 2005 pour le meurtre de son fils de quatre ans.

Il y avait juste que le fils de Santino était on ne peut plus vivant. Il se trouvait pour l'heure à l'hôpital Nya Karolinska de Solna et allait avoir dix-neuf ans un peu plus tard dans l'été.

49

HÔPITAL NYA KAROLINSKA

Love était assis dans une des grandes salles d'attente de l'hôpital. Il était stupéfiant de voir la surface consacrée à du vent : la hauteur sous plafond tenait du château et la distance entre les bancs suffirait à laisser passer une voiture. Le fait qu'il soit seul dans la salle renforçait cette impression désertique et donnait un air de mauvaise blague à la saturation qui régnait dans les autres hôpitaux de Stockholm.

Il se cala au fond de son confortable siège, brancha ses écouteurs sur son téléphone et fit tourner la fin de l'enregistrement de la veille.

Il commençait par la voix de Lasse.

Tu t'es entaillé le bras avec un morceau de verre. Pourquoi as-tu fait ça ?

Pour sa part, Love avait choisi de ne pas poser cette question-là, car elle risquait de faire plus de mal que de bien s'agissant de personnes venant de faire une tentative de suicide, mais la réponse assez sibylline était venue directement, comme une évidence.

Voulais rentrer chez moi dans ma tête, rentrer chez moi, parce qu'il y a tant de choses que je veux te raconter.

Comme un mantra, pensa Love.

À qui voulait-il raconter ? Qui est "tu" pour lui ?

Ils l'avaient plusieurs fois interrogé sur ce "tu" sans obtenir de réponse. Et quand ils lui avaient demandé si quelqu'un lui avait fait du mal ou l'avait retenu prisonnier contre son gré, ils n'avaient fait que le rendre plus sombre et silencieux.

Où as-tu trouvé le papier avec ta date de naissance ?

À nouveau Lasse qui posait les questions.

Dans un tiroir.

Quel tiroir ?

À la maison.

Et où est-ce, la maison ?

Voulais oublier, et oublié... Regretter oublier, alors je veux revenir... Au nord sur la route, chariot de fer, ruche...

La fin se perdait en un chuchotement inaudible. Love revint en arrière et monta le volume de son téléphone.

Au nord sur route, chariot de fer, ruche... Tellement de choses à raconter pour Nino...

Nino ?

Love stoppa l'enregistrement, sortit son carnet et y nota la nouvelle information. En tout, ses notes couvraient une douzaine de pages. Il avait souligné les mots et expressions récurrentes.

Il remit l'enregistrement et, cette fois, c'est sa propre voix qu'il entendit.

De quelle ruche parles-tu ?

Love pressa les petits écouteurs dans ses oreilles et se concentra sur les premières secondes de silence. Puis un faible bruit de doigts martelant le cadre du lit.

Si doucement, pensa Love, qu'on l'entendait à peine.

Était-ce une mélodie ?

Puis à nouveau la voix rauque et enfantine.

Ruche blanche... maison rouge... Pommier, cassis, framboisiers, une dame en robe blanche... J'ai mangé le miel... Vers le nord à Sveg... Pas difficile trouver ruche... Plus difficile après.

Comment ça, plus difficile ?

Forêt, forêt, forêt... Pas de routes.

Tu veux que nous y allions ?

Vous et moi... Chariot de fer.

On entendit un froissement de papier quand Lasse sortit la photo de Vladimir pour la lui montrer. *Sais-tu qui est cet homme ?*

Silence, martèlement de doigts plus hésitant sur le cadre du lit. Love revit l'expression du garçon.

Un regard noir, indubitablement plein de haine.

Un regard qui disait tout.

Oublié... Enlève. Veux pas voir.

Un dernier martèlement de doigts puis il n'avait plus voulu parler.

Love était en train de feuilleter son carnet assis sur le banc quand Nils Åhlund et Olivia Jensen entrèrent dans la salle d'attente au moment où Lars Mikkelsen sortait d'un ascenseur. Après les salutations, Åhlund balaya d'un geste la salle d'attente vide.

"Comme il n'y a de toute façon personne, autant s'y mettre tout de suite."

Il se tourna vers Love.

"Pouvez-vous nous résumer vos conversations avec le gamin ? Lasse nous a expliqué ce qui en est ressorti hier."

Lasse s'assit à côté de Love, Åhlund et Olivia sur le banc en face.

"Je ne sais pas vraiment expliquer pourquoi il parle comme il le fait, commença Love. Si c'est parce qu'il a perdu une partie de sa langue suite à un long isolement, ou s'il s'agit d'une lésion au cerveau. Que son amnésie a provoqué une forme d'aphasie. Peut-être une combinaison des deux.

— Et comment cela s'exprime-t-il ?

— S'il s'agit d'aphasie, ce n'est pas un cas d'école. Normalement, l'aphasie est à la fois expressive – la difficulté à s'exprimer verbalement – et impressive – des problèmes pour assimiler les informations orales et écrites. Ici, je ne vois pas de difficultés de compréhension majeures, et il s'exprime par mots-clés et phrases raccourcies, un peu comme les notes d'un mémo. L'aphasie se manifeste presque toujours par la difficulté à trouver le mot juste, mais dans son cas, je crois que la raison pour laquelle il ne trouve pas les mots est qu'il ne les connaît pas, qu'il ne les a jamais entendus."

Love leur donna l'exemple concret de "chariot de fer" signifiant voiture, ou train. Åhlund sembla pensif.

"Mais il se rappelle Vladimir ?"

Åhlund regarda Lasse, puis à nouveau Love.

"Êtes-vous tout à fait sûrs qu'il l'a reconnu ?"

Love et Lasse hochèrent la tête de concert.

"Qu'a-t-il dit en parlant dans son sommeil ?" demanda Olivia.

Love prit son carnet.

"Il y a beaucoup de choses que je n'ai pas entendues, mais je peux lire ce passage qui a une certaine cohérence…"

Il ouvrit son carnet et lut :

"L'ourse qui m'a laissé dormir… la ruche… le couteau… le plomb… le chevreuil… l'élan femelle… son faon… les mûres… toujours là, ai-je dit… nous ne sommes que de passage… l'Étoile du matin… à reculons… pas une voie rectiligne, je te le dis… un labyrinthe…"

Love referma son carnet et Olivia secoua la tête.

"Une certaine cohérence, pour vous ?

— Il y a une certaine cohérence du thème de la nature, et comme dans son état de veille, il parle d'un « tu » inconnu, ce qui me fait penser qu'il a vécu avec quelqu'un d'autre à l'état sauvage… Mais ce n'est bien sûr qu'une supposition."

Åhlund se tourna vers Love.

"Son identité est établie à présent… Il a un nom. Nous avons eu l'information de la police norvégienne ce matin…"

Il sortit un papier de sa poche.

"Il est né à l'hôpital St Olav de Trondheim, sa mère est norvégienne, elle s'appelle Asse Bryngerd Hovland, son père Santino Sanchez, citoyen colombien."

Åhlund tendit le papier à Love.

"Il s'appelle Nino. Nino Hovland, et le papier que vous tenez est son certificat de décès."

50

QUARTIER KRONOBERG

Le rendez-vous au bureau du procureur avait réveillé les souvenirs des événements survenus dix ans plus tôt et que Jeanette considérait désormais comme le point de départ de la phase de sa vie dans laquelle elle se trouvait encore.

La vie, deuxième partie, pensa-t-elle en descendant vers le labo. La phase de solitude, la triste suite.

Le procureur qu'elle avait rencontré ce matin en compagnie de Schwarz avait dirigé l'enquête qui l'avait fait rencontrer Sofia Zetterlund. Sa seule existence avait conféré une clarté nouvelle aux souvenirs de cette époque.

Jeanette monta la dernière volée de marches et glissa son passe dans le lecteur. Tandis que les portes s'ouvraient, elle pensa à Sofia. La chaleur de son regard, ce qui était accueillant, ouvert et plein d'amour et qui vers la fin s'était transformé en vide et en froideur.

La dernière fois que Sofia avait donné de ses nouvelles, c'était par un SMS d'un seul mot :

Pardon.

Il est toujours trop tard, pensa Jeanette en s'avançant dans le couloir.

Il y avait une odeur spéciale à l'étage qu'occupait le labo de la police scientifique, une odeur de renfermé, de sueur et de café, témoignage d'heures supplémentaires et de travail de nuit. Tout au bout du couloir se trouvait le bureau d'Emilia Svensson. Jeanette refoula le souvenir de Sofia et entra.

Emilia lui tira un siège supplémentaire près de son bureau.

"Les données de l'opérateur concernant les portables de Per et Camilla Qviding viennent d'arriver, dit-elle. Le logiciel de surveillance est assez nouveau pour nous, je n'y suis pas encore très habituée, mais ça devrait marcher, j'espère..."

Deux écrans trônaient sur son bureau, dont l'un montrait une image satellite des banlieues sud de Stockholm, où brillaient une trentaine de points rouges, la plupart en grappe autour du centre de Botkyrka et de Tumba. Sur l'autre, un économiseur d'écran animait des poissons tropicaux et des coraux dans un aquarium.

"Comment avez-vous obtenu l'autorisation du procureur ? demanda Emilia en entrant un code. Pour la localisation d'un téléphone, il faut le soupçon d'un délit passible d'au moins six mois de prison ferme."

Jeanette s'assit à côté d'elle.

"Oui, et c'est aussi ce qu'a estimé le procureur quand nous l'avons vu ce matin.

— Parce que Per Qviding a déformé le contenu d'un vieux journal ?

— Parce que lui et sa femme sont soupçonnés d'avoir versé de pots-de-vin à des membres des administrations communale et régionale lors de l'acquisition de Rågholmen, leur île privée dans l'archipel." Elle marqua une pause et reprit : "La corruption active est justement passible de six mois de prison, si elle est jugée aggravée. Et ce procureur est justement spécialiste des affaires de corruption."

Emilia ralluma l'écran à l'aquarium et une liste de numéros de téléphone s'afficha.

"On trouve toujours quelque chose de sale quand on cherche, dit-elle tandis que les points rouges sur la carte de Stockholm s'éteignaient les uns après les autres.

— Les téléphones de membres de gangs ?" demanda Jeanette.

Emilia hocha la tête, entra une commande rapide sur le clavier et un point solitaire apparut à l'écran, à l'extrême est de la carte.

"Per Qviding est toujours sur son île, dit-elle tandis qu'un autre point rouge s'allumait sur Rågholmen.

— Et sa femme aussi", constata Jeanette.

Emilia zooma sur la carte qui à présent ne montrait plus que la bande côtière autour de Dalarö.

"Le logiciel vient d'un labo de Lyon, dit-elle alors avec un sourire en coin. J'ai été jadis fiancée à un Français, alors je sais à quel point ils peuvent être pinailleurs."

Elle agrandit encore la carte, jusqu'à ce que Rågholmen et la maison de Qviding couvrent entièrement l'écran.

"On peut très exactement déterminer les positions des téléphones."

Elle montra les deux points, placés l'un contre l'autre dans la maison.

"Cela vaut aussi pour l'altitude, et comme tu le vois, le téléphone de Per se trouve actuellement au sous-sol, ou à la cave, tandis que celui de Camilla est un étage au-dessus, plus précisément trois mètres plus haut.

— On peut repérer les téléphones même éteints ?"

Emilia secoua la tête.

"En général non, puisqu'il faut qu'ils soient en connexion avec les antennes, mais pourvu qu'on ait infecté le téléphone avec un cheval de Troie, ça marche, bien sûr.

— À condition que la batterie ne soit pas déchargée ou retirée, je suppose", dit Jeanette, et Emilia hocha la tête tandis qu'elles suivaient sur l'écran les positions de Per et Camilla Qviding en temps réel.

Les deux points rouges se mirent en mouvement, sortirent côte à côte de la maison et se dirigèrent vers le rivage sud.

Sur la plage, on voyait un ponton et aussitôt, les positions des téléphones se mirent à se déplacer à une vitesse nettement supérieure en traversant le détroit en direction de la terre ferme.

Extrait de *Vie et mort de Stina*, de Per Qviding

Automne 1881

Ne laisse pas les agents du port te rouler en te vendant un billet de troisième classe, écrivait mon cousin Axel, *car ils n'ont jamais quitté la terre ferme et ne voient les gens qu'à leur embarquement, encore pleins de santé et d'espoir, et pas comme ils sont quand le mal de mer et les maladies s'emparent d'eux – hommes, femmes et enfants serrés comme des harengs dans les excréments et le vomi, enfermés avec le bétail entravé, sans air, les nourrissons qui crient, les vaches qui meuglent et les moutons qui bêlent, les rats et les mouches, les poux et la tuberculose – crois-moi, Stina, arrange-toi pour réunir ce qu'il faut pour un billet de seconde classe, où au moins on n'est pas aussi serré que dans un bateau négrier…* Après avoir raconté son propre voyage de Glasgow à New York, Axel écrivait qu'il avait vraiment honte de le comparer aux voyages des vrais esclaves, d'abord de la Côte de l'Or jusqu'en Haïti, puis de Haïti jusqu'à la Jamaïque et de la Jamaïque à Trinidad. Là, les hommes étaient moins bien traités que des animaux. Pour finir, il écrivait : *Si tout se passe bien, quand cette lettre atteindra le bureau de poste de Göteborg, je serai déjà arrivé à*

Chicago. J'adresserai mes prochains courriers à un ami à New York, où tu pourras passer les prendre.

Stina épela silencieusement l'adresse pour ne pas l'oublier si elle perdait cette lettre pendant le voyage, puis elle fourra l'enveloppe dans sa besace et souffla la bougie.

Il était minuit passé, et les autres personnes dans la chambre dormaient. Trois petits garçons et deux filles presque adultes, leurs mère, père et oncle. En tout, plus de cent personnes étaient logées dans les neuf petites chambres de l'hôtel. Serrées comme des harengs, songea Stina en se rappelant les mots d'Axel, et il était amusant que la rue de l'hôtel s'appelle Sillgatan, rue du hareng, car elle était toujours pleine à craquer de monde, jusqu'à la douane et le quai d'Amérique, d'où les navires verts de la Wilson Line partaient tous les vendredis. Elle était à Göteborg depuis maintenant onze jours, et n'avait pas encore réussi à réunir la moitié du prix d'un billet de seconde classe à bord du SS *Orlando*.

Il lui semblait inconcevable que ces immenses vapeurs puissent flotter en emportant neuf cents personnes à bord, même si Axel lui avait écrit que la mer était infiniment plus vaste et plus lourde que n'importe quel bateau, et que les bateaux pouvaient pour cette raison y flotter comme sur un sol moelleux.

La question était de savoir si l'Atlantique était assez vaste pour tenir les Anciens à distance.

Ils continuaient à la hanter, dans sa tête, pas seulement la nuit, mais aussi en plein jour, et lui empoisonnaient le cerveau.

Elle déboucha la bouteille et but ce qui restait avant de remonter sa couverture. L'alcool pouvait éloigner ses hallucinations, en vidant ses rêves de leur contenu et en plongeant ses heures de veille dans le brouillard, mais chaque fois que l'ivresse s'estompait, les mots des vieux prêtres revenaient de plus belle dans sa tête, au point qu'elle avait commencé à hésiter entre les pensées lui appartenant en propre et celles qui n'étaient que leurs voix déguisées en pensées.

Parfois, ses pensées lui parlaient d'un dieu qui était bon, ne l'accablait pas de reproches mais pardonnait. D'autres fois, elles lui parlaient de son impureté qu'il ne serait jamais possible de laver si elle ne rentrait pas à Vitvattnet et laissait les Anciens exécuter au nom de Dieu la punition qu'Il lui destinait.

Chaque fois que lui venait une telle pensée, que Dieu était "Il", elle savait que cette pensée n'était pas la sienne, car tout au fond d'elle-même elle était certaine que Dieu n'était ni homme ni femme.

51

FALUN

“Imagine : fuir des fanatiques religieux et risquer sa vie à bord d’un bateau bourré à craquer, rien que pour finir dans un champ boueux.”

Schwarz embrassa du regard la zone d’habitation qu’ils traversaient. Un immeuble gris sale de trois étages cerné de bâtiments aux airs de baraques devant lesquels des traces de tracteurs se croisaient dans tous les sens en travers d’une esplanade de gravier où, faute de ballon, quelques gamins jouaient au foot avec une canette de bière.

C’est tordu de fourguer la responsabilité des nouveaux arrivants à d’anciennes localités industrielles ou minières, pensa Schwarz. Ajoutez à cela le dépotoir social de Stockholm, et vous avez un ghetto de drogués, de cas psychiatriques et d’ados traumatisés par la guerre.

Il se tourna vers Jeanette, qui gardait l’œil fixé sur son tas de documents.

“C’est la ceinture de rouille suédoise, tu sais, dit-il dans une tentative de rendre le voyage moins long par un peu de conversation normale. Ça commence à Hofors et Sandviken, continue à travers le sud de la Dalécarlie, le Västmanland et Närke, jusqu’au Värmland. C’est un vrai chapelet de localités en cours de dépeuplement.”

Jeanette leva les yeux de ses papiers.

“C’est encore long, jusqu’à Falun ?

— Genre une demi-heure.

— Alors j’ai le temps de vérifier deux ou trois choses avant qu’on arrive. À condition que tu te taises le reste du trajet.”

Elle revint à ses papiers et Schwarz envisagea de mettre le journal des sports à la radio, rien que pour la faire chier, mais il s’abstint.

“OK, boss”, marmonna-t-il tandis que Jeanette tournait une page.

De temps à autre, elle sortait son portable pour y saisir des recherches, après quoi elle prenait des notes sur une feuille à part avec un stylo bille qu’elle faisait cliquer d’une façon très énervante, plongée dans une profonde concentration au sujet de quelque chose qui visiblement ne le concernait pas. Il ne lui servait pas à lancer des ballons d’essai, n’était même pas un assistant. Il se réduisait à lui servir de chauffeur et, si nécessaire, de gros bras.

Au bout de vingt minutes de ce manège sans le moindre mot, il n’y tint plus.

“Dis, Jeanette… Ce ne serait pas correct de me dire ce que tu es en train de vérifier ? Juste pour la paix des ménages, quoi.

— Attends un peu”, dit-elle alors que Schwarz tournait vers Uddnäs, juste au sud de Falun, un raccourci vers la zone industrielle où Insectum Dalecarlia avait ses locaux.

À gauche de la route, la forêt de pins s’éclaircissait pour la première fois depuis longtemps, et il devinait le scintillement d’un lac. Quelque part, au loin, une colonne de fumée s'élevait vers le ciel, sans doute un incendie de forêt. Ils avaient commencé tôt cette année, comme l'année précédente.

Ils traversèrent des villages idylliques, maisons rouges aux angles blancs entourées de clôtures en bois et de bosquets de bouleaux. On avait du mal à imaginer plusieurs grosses industries juste à côté. Ce n'est que lorsque Schwarz ralentit pour tourner sur le parking de la société d'assainissement, un bâtiment en brique jouxtant une voie ferrée envahie de broussailles, que Jeanette ouvrit la bouche.

"On attend avant de montrer à Erland Markström les photos de Vladimir, dit-elle en rangeant son téléphone dans sa poche intérieure.

"Ah bon ?… Pourquoi ?

— Tu vas comprendre."

La fourgonnette bleue que Vladimir avait volée et utilisée lors de la tentative d'enlèvement de Klara Bondesson était stationnée contre la façade, sous le logo de la société. Schwarz se gara à côté.

Il ouvrit la portière et déplia ses jambes. La Volvo n'était pas automatique, il n'avait donc pas pu s'étirer correctement : au bout de deux heures et demie de trajet sa jambe blessée était engourdie presque jusqu'au genou. Fait chier, si jamais il y a du grabuge pendant cette virée, pensa-t-il.

Ces dernières semaines, il avait à quelques reprises essayé de sortir son pistolet de son holster tout en se tenant debout sur ses béquilles. C'était possible, certes, en jetant sa béquille droite et en se tenant en équilibre sur la gauche, mais le geste n'était ni rapide, ni élégant, ni commode. Le scénario cauchemardesque serait une situation d'urgence avec des collègues ou des innocents en danger.

Jeanette sortit, fit le tour de la voiture et prit les béquilles sur la banquette arrière.

"Pardon si j'ai été un peu cassante, dit-elle en se relevant.

— On fait avec, répondit-il. Donc c'est toi qui parles, je suppose.

— Tu as bien préparé le terrain, n'oublie pas ça."

La porte principale s'ouvrit et un homme dégingandé d'une cinquantaine d'années sortit et leur fit signe. À part son bleu de travail crasseux, il avait une allure de rond-de-cuir, bien rasé et coiffé court d'une raie soigneusement rabattue sur le côté, une paire de lunettes de lecture au bout de son nez fin.

C'était Erland Markström, propriétaire d'Insectum Dalecarlia.

"Je suis en train de faire un peu le ménage", dit-il.

Schwarz trouva que le regard de Jeanette s'attardait plus longtemps que d'habitude sur Erland, comme si elle détaillait chez lui jusqu'au moindre point noir.

"Vous devez arrêter immédiatement votre ménage", dit-elle en lui rappelant que sa société devait être considérée comme une scène de crime.

Schwarz avait lui aussi insisté là-dessus au téléphone dans la matinée, mais le message n'était visiblement pas bien passé. Peut-être que ce type avait le cerveau un peu en compote après avoir travaillé pendant vingt ans avec des insecticides et des raticides ?

Ils entrèrent dans un bureau si encombré de papiers et de dossiers qu'il fallut quelques secondes à Schwarz pour comprendre qu'il y avait là-dedans deux tables, et deux ordinateurs à gros écrans. En raison de toutes les piles de documents qui encombraient le sol, il avait du mal à trouver où poser ses béquilles.

Si Schwarz n'avait pas raté quelque chose dans ses recherches, Erland était le seul salarié régulier de la société depuis sa création à la fin des années 1990. Par le passé, dans les années plus fastes, Erland avait fait appel à des salariés extérieurs, mais ces derniers mois, au moins sur le papier, il avait tout fait lui-même.

"C'est une charge lourde, de porter tout ça tout seul, je suppose ?"

Les yeux d'Erland exprimaient une fatigue abyssale.

"J'ai été malade, alors je suis en retard dans la paperasse.

— Qui, à part vous, a la clé du véhicule et des locaux ? demanda Jeanette.

— Personne, mais il y a un jeu de clés de secours ici."

Il indiqua un des bureaux.

"Tiroir du haut à droite."

Jeanette enjamba un carton qui bloquait le passage, fit le tour du meuble et ouvrit le tiroir.

"Exact, dit-elle. Et ces clés n'ont pas bougé d'ici ?"

Erland hocha la tête en passant la main dans sa coquette raie de côté.

"Combien de temps la fourgonnette a-t-elle disparu ?

— Au plus une semaine… J'étais à la maison, mais tout ici était fermé à clé et sous alarme, alors je ne comprends pas bien comment…

— Montrez-nous le stock", dit Jeanette avec un geste vers la porte à l'autre bout du bureau.

La pièce intérieure était deux fois plus vaste et presque autant en désordre. Pulvérisateurs, bonbonnes, masques de protection, nombre de pots, bouteilles et bidons plastique, ainsi qu'une quantité d'équipements dont Schwarz était incapable de même imaginer l'usage. La société avait un site qu'il avait rapidement visité : il semblait qu'Erland pouvait exterminer à peu près tout, des punaises de lit, frelons et autres cafards aux plus gros animaux comme les rats ou les blaireaux. Une sorte d'Adolf Eichmann du monde animal, pensa Schwarz en souriant tout seul.

Erland ôta deux combinaisons de protection blanches accrochées à une imposante porte métallique sur le mur d'en face. La porte était couverte d'autocollants de mise en garde jaune et noir, et la poignée munie d'un cadenas à code.

Jeanette montra la porte de la tête.

“On peut y entrer ?

— Ah non… À moins d'avoir une habilitation.”

Pour la première fois, il sourit et Schwarz eut pitié de lui. Ça ressemblait davantage à une grimace, un sourire singé.

“Il faut avoir un équipement de protection, à la fois une combinaison de ce type…, reprit Erland en indiquant celles qu'il venait de mettre de côté, … et un masque avec un filtre spécial. En plus, il faut être formé pour. Il existe toujours un risque de dégagement involontaire d'HCN et d'autres substances qu'on n'a pas envie d'inhaler.

— HCN ? demanda Jeanette.

— Cyanure d'hydrogène”, glissa Schwarz, un peu surpris qu'elle ait raté ce détail dans la documentation qu'il lui avait fournie. Au moment où il s'apprêtait à la charrier à ce sujet, Erland se racla la gorge.

"Les tubes de D2 sont stockés à part, dans une armoire tout au fond de la remise. Juste avant votre arrivée, je suis entré vérifier, et je peux en tout cas vous dire que vous avez raison…" Il avait l'air désolé. "Ça ne devrait pas pouvoir arriver…

— Il manque du poison ?

— Oui, un tube manque… J'ai vérifié avec les listes des commandes et en effet, il manque un tube, et c'est déjà trop.

— Comme ça, au moins, vous avez sauvé la vie de quelques rats, dit Schwarz, ce qui lui valut aussitôt un regard noir de Jeanette.

— Qui connaît ce code ? demanda-t-elle.

— En ce moment, personne d'autre que moi, dit Erland. Quand j'engage des salariés, il faut bien sûr qu'ils aient accès au stock, mais je change de code régulièrement.

— Quand, la dernière fois ?"

Erland resta un moment silencieux, les mains dans les poches de son bleu.

"Vous ne vous en souvenez pas ? dit Jeanette. Pendant que vous y réfléchissez, nous allons jeter un coup d'œil au véhicule."

Ils le précédèrent, et Jeanette dut tenir la porte pour Schwarz qui sautillait sur ses béquilles. Une fois qu'ils furent ressortis à la lumière du jour, Erland pressa la clé, et la serrure de la fourgonnette vieille de presque vingt ans gazouilla.

Puis il ouvrit la portière coulissante malcommode. Ça ressemblait à peu près à toutes les fourgonnettes d'artisans, des étagères aux parois et des caisses sur le plancher.

"Rien ne manque, dit-il en ouvrant la porte du conducteur, avant d'insérer la clé de contact et de la tourner à moitié. Une fois, des jeunes cons ont tenté de faire démarrer ma Saab, continua-t-il. Heureusement ils n'y sont pas arrivés, mais en enfonçant un tournevis ils ont bousillé le démarreur, et on n'arrivait plus à y mettre la clé. Mais ici, ça semble intact, non ?"

Il fit tourner la clé de contact.

"Sans doute", admit Schwarz.

Erland déclipsa le cache sous le volant et souleva délicatement quelques câbles électriques.

"Et à première vue ça non plus, personne n'y a touché.

— On dirait bien."

Erland remit en place le cache et s'essuya le front.

"Indéniablement, il semble que la personne qui vous a piqué le véhicule s'est servie d'une des deux clés ?" dit Jeanette.

Il passa à nouveau la main sur sa raie.

"Oui… Bien sûr.

— Et comment se fait-il que cette même personne connaisse le code de votre stock de poison ?

— Je ne sais pas…

— Vous avez vous-même dit que les locaux étaient fermés et sous alarme pendant la période où la fourgonnette a disparu, constata Jeanette. Et pourtant, cette personne est entrée et sortie comme elle le voulait.

— Apparemment."

Elle soupira et sortit son téléphone de sa poche intérieure.

“Je crois en effet que vous n’avez pas la moindre idée de ce qui s’est passé.”

Tandis que Jeanette faisait défiler l’écran avec un petit sourire aux lèvres, Schwarz eut un déclic et il comprit pourquoi elle voulait attendre avant de montrer à Erland les photos de Vladimir.

Schwarz remarquait seulement maintenant qu’il y avait une certaine ressemblance entre les deux hommes.

“C’est votre frangin, hein ?” demanda Jeanette en levant l’écran de son téléphone devant les yeux fatigués de vivre d’Erland Markström.

52

SVEG

Love était assis dos à la route sur la première des deux banquettes du van. À côté de lui se trouvait un infirmier pénitentiaire, grand gaillard à l'air aussi ennuyé que taciturne. Sur l'autre banquette, en face d'eux, était installé Kaspar Hauser, qui avait à présent retrouvé son vrai nom.

Nino Hovland portait encore les vêtements gris fournis en détention et suivait avec de grands yeux ce qui se passait à l'extérieur des vitres teintées du van. Sur l'E4 jusqu'à Axmar au nord de Gävle, ils avaient roulé à une moyenne de cent vingt kilomètres-heure, et Nino s'était senti un peu mal à cette allure. Mais après, sur des routes plus petites où la vitesse oscillait entre cinquante et quatre-vingt-dix, il avait contemplé le paysage qui défilait avec une concentration presque recueillie. La route dans le Sud du Hälsingland avait été variée, elle était bordée non seulement de forêts mais aussi de champs ouverts, de montagnes bleues et de petites localités qui se succédaient le long du large fleuve Ljusnan. Au nord de Färila, la forêt de résineux s'était densifiée en un monotone couloir d'arbres plongeant droit au cœur de l'Härjedalen, et l'expression de Nino se faisait de plus en plus paisible à mesure qu'ils s'enfonçaient dans la forêt primitive.

Une affaire importante avait empêché Lasse de les accompagner, ce que Love regrettait. Il ne connaissait les policiers et l'infirmier pénitentiaire que superficiellement, et n'était pas sûr de ce qu'ils allaient penser de ses méthodes avec Nino. Jusqu'à présent, ils n'avaient pas eu l'occasion d'en voir grand-chose, puisque Nino n'avait jusqu'ici prononcé que quelques mots. "Maison avec ruche" et "Sveg" étaient son mantra et, pour l'heure, la police locale avait été chargée de recenser les apiculteurs des environs de Sveg, et de leur organiser un hébergement sur place.

Nils Åhlund et Olivia Jensen étaient assis de l'autre côté de la grille de sécurité, il conduisait et elle avait été absorbée par une conversation téléphonique. Il était clair qu'elle concernait Nino, mais Love ne savait pas vraiment de quoi il était question.

"D'accord, on fait comme ça, conclut Olivia. Vous contactez son avocat... Merci...

— Il m'a semblé entendre les mots *légitime défense*", dit Åhlund quand elle eut raccroché.

Olivia hocha la tête et jeta un œil par-dessus son épaule.

"Le procureur nous informe que les poursuites pour violences sur le type de Vasaparken ont été abandonnées et, s'agissant du vigile dans le métro, un employé de SL va témoigner en faveur de Nino, son arrestation a peut-être donné lieu à des actes de violence excessive. Reste en revanche l'infraction à la loi sur les armes blanches, et là, ce sera une amende."

Le regard de Nino était toujours dirigé vers la forêt le long de la route, ses yeux allant et venant en vitesse, au rythme du défilement infini des rangs de sapins. Au grand étonnement de Love, il se mit à parler.

"Qu'est-ce que c'est, une amende ?" demanda-t-il sans lâcher la forêt des yeux.

Olivia se pencha entre les sièges.

"C'est une somme d'argent qu'on doit payer quand on est condamné pour un délit… Dans ton cas, Nino, il s'agit d'entre quarante et cinquante unités de compte journalières. Chaque unité est de cinquante couronnes, ce qui signifie qu'en tout, il faudra payer entre deux mille et deux mille cinq cents couronnes au total. Ce n'est pas énorme.

— Deux mille cinq cents couronnes, dit-il. Je n'ai pas de couronnes.

— Non, dit Olivia, mais c'est si peu que ça finira bien par s'arranger malgré tout.

— S'arranger", répéta Nino en se grattant le bras.

Sous son tee-shirt à manches longues de détenu, il avait toujours son bandage.

Olivia regarda Love avec un sourire surpris. C'était la première fois que Nino s'adressait à quelqu'un d'autre que lui ou Lasse.

Le soleil était encore haut quand ils entrèrent dans Sveg par la rectiligne E45. Nino regardait autour de lui comme s'il cherchait quelque chose et, à l'approche du premier carrefour, au niveau d'un échangeur entre deux stations-services, il montra droit devant :

"Ours !"

Love ne vit d'abord rien d'autre que des panneaux routiers, des réverbères et les drapeaux des stations-services, puis il aperçut une grande silhouette près des arbres de l'autre côté du carrefour et, quand ils s'arrêtèrent au feu rouge, la sculpture en bois d'un ours stylisé s'éleva devant eux.

"Le plus grand ours du monde, sourit Nino. J'ai été ici, dormi dans cimetière."

Ils repartirent et dépassèrent l'ours géant. Effectivement, il jouxtait une église et son cimetière entouré d'un muret de pierre.

"Dormi près de grande tombe, ajouta Nino tandis qu'Åhlund ralentissait.

— Comment as-tu atterri à Sveg ? demanda Olivia.

— Marché, marché.

— En arrivant du nord ?"

Åhlund se rangea sur le côté pour laisser passer quelques voitures.

"Maison avec ruche, dit Nino. Arrivé des forêts au nord.

— Et combien de temps es-tu resté ici ?

— Une nuit, un jour…"

Nino se pencha et indiqua quelques grandes villas en bois.

"Voie ferrée là-bas, chariot de fer… Stockholm, Allemagne, Vienne, France et Kolmården… Amérique et Antarctique."

L'infirmier pénitentiaire secoua la tête tandis que Love réfléchissait à cette liste de destinations, certaines un peu inattendues. Mais il y avait peut-être une explication.

Le commissariat était quelques pâtés plus loin sur la gauche de la rue. Il partageait ses locaux avec une société d'exploitation forestière. C'était un bâtiment jaune de plain-pied en brique et panneaux de bois, le genre où on s'attend plutôt à trouver une supérette ICA ou Coop. Ils se garèrent et Åhlund venait de couper le moteur quand un pickup kaki vint se ranger à côté.

De la fenêtre ouverte côté passager dépassait la tête d'un berger allemand. Une grande femme large d'épaules en pantalon d'équitation et tee-shirt Helly Hansen descendit et fit le tour du véhicule. Elle portait ses cheveux gris en tresse sur une épaule.

Åhlund baissa sa vitre.

"Elisabeth Laatila ?

— Elle-même."

Elle glissa un œil dans le van et les salua de la tête avant de lâcher son chien.

"Vous avez attendu longtemps ?"

Elle avait un air austère, avec son visage ridé et marqué par la variole, tandis que sa voix et ses yeux bleu clair étaient pleins de douceur féminine.

"Dix secondes, dit Åhlund en ouvrant la portière.

— Et donc vous êtes venus pour une sorte de promenade ? demanda-t-elle quand ils furent descendus.

— Oui, dit Åhlund. Vous avez trouvé quelques apiculteurs ?

— Oh ça, oui, dit-elle en observant Nino. C'est donc toi qu'on va promener ?"

Nino ne répondit pas, toute son attention étant dirigée vers le berger allemand assis à côté de la femme et qui le regardait la tête de côté.

"Il s'appelle Charlie. Tu veux lui dire bonjour ?"

Nino se pencha, tendit la main, et le chien fit quelques pas pour lui flairer les doigts avec curiosité.

"Il t'aime bien, dit la femme en souriant. Et il est difficile avec les gens, sache-le."

Ils se dirigèrent vers l'entrée tandis qu'elle leur racontait que la Saint-Jean avait été mouvementée, et que chaque appel en urgence était lié à un abus d'alcool.

"À part toutes les conduites en état d'ivresse, il y a eu une grosse bagarre autour de la scène du Parc à Hede, détailla-t-elle. Et ici, à Sveg, une ado a arraché un gros bout de joue à sa copine après que l'une des deux, on ne sait pas clairement laquelle, a bécoté le mauvais mec."

Elle saisit un code sur le boîtier de l'alarme près de la porte d'entrée et sortit un trousseau de clés.

"Puis nous avons eu un type qui lançait des fléchettes autour de lui dans une fête, un autre qui a tenté de mettre le feu à l'ours en bois, et encore un qui a dévissé toutes les bouches d'égout au carrefour là-bas."

Elle indiqua la direction d'où ils venaient.

"Et à Stockholm, c'était comment ?

— À peu près pareil, je suppose, répondit Åhlund. À part l'ours."

Elle ouvrit la porte, alluma les locaux et les fit entrer dans une petite salle de réunion.

Charlie alla sagement dans un coin se coucher dans sa corbeille tapissée d'une peau de mouton, et Nino s'assit par terre à côté. Le berger allemand plaça aussitôt sa tête sur le bord de la corbeille et se laissa caresser.

"Malheureusement, je ne vous ai pas encore trouvé de logement, dit Elisabeth Laatila quand ils se furent installés. En revanche, je suis assez certaine d'avoir trouvé votre apicultrice. C'est à une vingtaine de kilomètres au nord, le long de la route 84…" Elisabeth leur expliqua que l'apicultrice, Tuija Hammarström, avait surpris une jeune fille dans son jardin un soir début juin.

"Étant donné la description de Tuija, j'ai du mal à croire qu'il s'agisse de quelqu'un d'autre que lui..."

Elle désigna de la tête Nino, à présent à moitié blotti dans la corbeille de Charlie.

"Tuija l'a trouvé près d'une de ses ruches, il tenait un rayon de miel et était plus ou moins couvert d'abeilles affolées.

— Ça alors..."

Åhlund se tourna vers Nino.

"Tu as été piqué ?"

Nino les regarda, l'air endormi, sans répondre. Le berger allemand lâcha un grognement, tandis que sa puissante cage thoracique montait et descendait dans une respiration calme.

Symbiose, pensa Love. Ils se rassurent mutuellement.

Quelque chose lui disait que les abeilles aussi se sentaient en sécurité auprès de Nino.

"Tuija vous attend plus tard ce soir, elle vous racontera exactement ce qui s'est passé, dit Elisabeth en soupirant. Le fait est qu'elle nous a appelés pour nous signaler l'incident, c'est arrivé sur le bureau d'un collègue, mais nous ne sommes ici que six policiers sur le terrain, avec un important territoire à couvrir. Comme vous pouvez le comprendre, nous n'avons pas le temps de nous déplacer pour tout, et malheureusement, à l'époque, cette affaire n'a pas eu la priorité."

Åhlund hocha la tête.

"Avez-vous reçu d'autres plaintes de... disons fin mai à début juin qui pourraient avoir un rapport avec lui ?

— Non, je ne crois pas, mais il sera peut-être plus facile pour moi de vous aider si vous m'en disiez un peu plus à son sujet. Vous ne m'avez pas dit grand-chose, à part qu'il s'appelle Nino Hovland et qu'il a peut-être vécu un certain temps à l'écart de la société. Qui est-ce, en fait ? Pour moi, Hovland sonne norvégien.

— Il est né dans une famille de drogués à Trondheim, dit Åhlund en voyant que Nino s'était selon toute apparence endormi, serré contre son nouvel ami. Il a été présumé assassiné à l'âge de quatre ans, en mai 2005."

Åhlund résuma ce qui était connu du passé de Nino. Que l'enquête norvégienne avait établi que Nino avait été maltraité enfant, que ses parents s'étaient rendus coupables de négligences répétées à l'égard de leur fils, et même de violence physique. Et que, selon le jugement qui avait été prononcé, Nino avait fini par être tué par son propre père. Ce qui se révélait donc faux.

"Le père a été arrêté au terme d'une course poursuite qui s'est terminée dans le fossé, raconta Åhlund. Il était sous l'emprise de la drogue, ses vêtements couverts du sang du garçon. Après une longue série d'interrogatoires, il a fini par admettre qu'il était possible qu'il ait fait du mal au gamin." Åhlund plissa le front. "Je n'ai pas bien compris le raisonnement du tribunal, mais il a fini par le condamner à quinze ans pour meurtre. Il aurait dû être relâché en mai l'an prochain, mais maintenant… Eh bien, je ne sais pas trop ce qui va se passer.

— Tant que Nino fait l'objet d'une enquête en Suède, il ne peut pas être remis aux autorités norvégiennes, dit Olivia. Mais il se pose aussi une question éthique, dans la mesure où ses deux parents sont en vie.

— Et la mère, qu'est-elle devenue ?

— Elle a commencé une nouvelle vie dans une petite localité en Norvège, dit Åhlund. Elle a changé de nom et gère une boutique d'artisanat. Apparemment, elle a assez bien réussi.

— Comment pouvez-vous être aussi certains qu'il s'agit bien du même garçon ?

— Avec son nom et sa date de naissance, la Norvège nous a rapidement répondu. C'est sûr à cent pour cent, celui qui dort dans le coin là-bas avec Charlie est le fils de Santino Sanchez et Asse Hovland, aujourd'hui Rogstad.

— On peut donc s'attendre à un scandale judiciaire en Norvège, dit Elisabeth.

— Oui, sans doute… Et nous pensons donc que Nino a été enlevé de son domicile à Trondheim en mai 2005 et que son ravisseur est ce type…"

Åhlund sortit deux photos de la poche intérieure de sa veste et les posa sur la table.

"Il se fait appeler Vladimir, mais nous venons d'apprendre qu'il se nomme en réalité Erik Markström. Ça vous dit quelque chose ?"

Elisabeth ramassa les photos et les examina soigneusement.

"Non, je ne crois pas, dit-elle au bout d'un moment en les reposant sur la table. Et au fait, comment comptiez-vous organiser cette promenade de reconstitution ? demanda-t-elle alors.

— Il y a une poignée d'endroits que nous voulons visiter, dit Åhlund en rangeant les photos dans sa poche. Nos équipes ont trouvé quelques bâtiments isolés dans la région. Ça grouille de réserves naturelles par ici, nous comptons donc devoir en rejoindre certains à pied, mais tout dépend de ce que Nino va nous montrer… Si tant est qu'il nous montre quelque chose."

Åhlund regarda Love et lui posa la main sur l'épaule.

"Sans Love, ici présent, Nino serait peut-être resté muet, alors espérons qu'il a plus d'un tour dans son sac de psychologue."

Sac de psychologue ? songea Love avec un sourire forcé.

"Je ne suis pas un magicien, mais je pourrai peut-être me rendre utile."

Il ne savait pas trop comment, maintenant que Nino s'ouvrait aussi aux autres.

"Mais nous voulons donc commencer par cette apicultrice", dit Åhlund.

Elisabeth Laatila hocha la tête.

"Je pense que je vais vous guider jusque chez Hammarström, ce n'est pas très facile à trouver, et la couverture du réseau mobile est moins bonne par ici. Est-ce que je peux faire autre chose pour vous ?

— Une petite leçon sur la géographie de l'Härjedalen serait la bienvenue, dit Åhlund. Vous pourriez peut-être ensuite nous donner une idée de la criminalité dans la région ? Si Nino a été kidnappé et retenu prisonnier, des gens ont pu voir quelque chose, effectuer des déclarations à la police, et là je ne parle pas de ces derniers temps, mais d'une période remontant à dix ou quinze ans."

Elisabeth se leva.

"Attendez un instant."

Le regard de Love se porta à nouveau vers le coin où Nino dormait à côté du grand berger allemand, et il se souvint des mots du garçon au cours de ses rêves éveillés à l'hôpital.

... endormi dans la neige, réveillé près d'une ourse... l'ourse qui m'a laissé dormir...

Quelques minutes plus tard, une immense carte de l'Härjedalen était étalée sur la table. Åhlund, Olivia et Elisabeth étaient penchés dessus, tandis que Love et l'infirmier pénitentiaire se tenaient en retrait.

“Vous me trouvez peut-être vieux jeu, dit Elisabeth, mais c'est un bon moyen pour se faire une rapide vue d'ensemble.”

Elle leur expliqua que la région était la moins densément peuplée de Suède : Härjedalen et la commune voisine de Berg totalisaient environ dix-sept mille habitants.

“Soit un habitant au kilomètre carré : autant dire qu'il y a surtout de la forêt, des tourbières et des montagnes. En remontant droit au nord de Sveg vers Östersund, il y a environ deux cents kilomètres de forêt, vers le nord-ouest encore de la forêt, des montagnes nues, avec un relief par endroits très accidenté. De très grandes zones sont situées au-dessus de la limite de la végétation, à plus de neuf cents mètres d'altitude, où il fait rarement plus de dix degrés, même en plein été. À l'ouest, les terres sauvages s'étendent jusqu'en Norvège.

— Les routes sont-elles praticables ? demanda Åhlund.

— Plus en été qu'en hiver, bien sûr, mais avec les chemins forestiers, on ne sait jamais. Les routes principales sont correctes, comme la 84, ou celles qui desservent les stations de ski, mais sinon, niveau entretien, on se croirait plutôt à la campagne dans un pays de l'Est.”

Elisabeth suivit du doigt la route 84 en partant de Sveg vers le nord-ouest, et s'arrêta devant quelques carrés noirs situés au bout d'une voie secondaire.

"Tuija Hammarström habite là, c'est une ancienne ferme, et je suppose que le rectangle plus grand est une grange.

— Est-il possible qu'un paysage naturel puisse réveiller sa mémoire ?" demanda Olivia.

Love mit quelques secondes à comprendre que la question lui était destinée.

"Cela dépend, dit-il en regardant la carte de plus près. D'une part de l'importance de la lésion cérébrale de Nino, d'autre part des expériences liées pour lui à tel paysage. Nino se souvient de la maison à la ruche et même du chemin de là jusqu'à Sveg. Sur la carte, il semble y avoir des paysages variés sur ce trajet, petits villages et quelques zones ouvertes. Mais quel souvenir garde-t-on de dizaines et dizaines de kilomètres de forêt dense ? Est-ce que la forêt est différente ici…" Il indiqua la vaste zone boisée au nord de la ferme de Hammarström. "… de là ?" Il déplaça le doigt vers une autre forêt, cent kilomètres plus loin.

"Si vous me le demandez à moi, la forêt est toujours pareille, dit Elisabeth. En revanche, il y a des points de repère dans le paysage, comme des montagnes, des cascades, etc."

Love hocha la tête.

"Pendant nos entretiens à l'hôtel de police, j'ai montré des images à Nino, entre autres une photo de montagne, le massif du Helags."

Il chercha sur la carte, mais Elisabeth le prit de vitesse et posa le doigt sur la zone désolée tout au nord de la commune de Berg, proche de la frontière norvégienne.

"Voilà le massif du Helags, dit-elle.

— Nino a dessiné au feutre sur la photo, expliqua Love. Sans aucun doute, son dessin représentait une cabane en bois… Qu'il avait placée au pied de la montagne."

Elisabeth le regarda avec étonnement.

"Il n'y a pas de cabane en bois là-bas, juste un refuge.

— Mais le massif du Helags est bien, comme vous disiez, un point de repère ?"

Elle regarda la carte tout en hochant la tête.

"Le massif du Helags culmine à mille huit cents mètres, c'est un repère géographique assez évident.

— Combien de temps faut-il pour marcher de la ferme d'Hammarström au massif du Helags ? demanda Olivia. Ça a l'air de faire dans les deux cents kilomètres.

— Si on suit les chemins qui existent malgré tout, il faut au moins trois jours, mais si on ne les connaît pas…" Elle balaya de la main un demi-cercle de Hede jusqu'aux zones montagneuses du Nord-Ouest. "Toute cette partie, comme vous le voyez, est principalement inhabitée, avec de grands dénivelés. Comme randonnée, c'est costaud, je peux vous le dire."

Elisabeth ouvrit son ordinateur portable.

"Vous vouliez aussi regarder des plaintes anciennes ? demanda-t-elle en cliquant sur une fenêtre de recherche. Comme je vous le disais, beaucoup de choses sont liées à la boisson. Conduite en état d'ivresse, bagarres d'ivrognes, violences domestiques, et de temps en temps un homicide sous l'empire de l'alcool. Puis nous avons le braconnage, il y a une grande densité d'armes à feu par ici, y compris un certain nombre d'armes illégales, nous sommes ouverts à toute heure pour les recueillir et les envoyer à la casse. Et croyez-le ou non, même ici, les jeunes se droguent, ils fument du fentanyl en patch et avalent toutes les merdes qu'on peut commander sur internet. Puis les feux de forêt se sont multipliés et ce n'est pas dû qu'au réchauffement climatique. C'est comme si la fumée attirait les pyromanes, et rien que cette année, nous avons eu une poignée de départs de feu suspects.

— Et la fréquence des kidnappings ? demanda Olivia.

— Égale à zéro, répondit Elisabeth. Même pas besoin de vérifier.

— OK… Mais qu'en est-il des *tentatives* de kidnapping, ou autres privations illégales de liberté ?"

Love nota qu'Åhlund et Olivia semblaient bien travailler ensemble. Åhlund avait beau être plus gradé, il ne semblait pas y avoir de question de prestige dans leur manière de conduire la conversation.

Elisabeth effectua quelques recherches dans le registre des plaintes et examina les résultats.

"Sept cas ces dix dernières années, dit-elle. Chaque fois, il s'agit de gros dégueulasses ou de pédophiles. On en a arrêté un, et la moitié de ces plaintes le concernent. Comme ça, spontanément, je ne crois pas que cet Erik Markström corresponde à aucun de ces signalements.

— Mais si on pensait à quelqu'un qui aurait aperçu Nino, dit Åhlund, quelqu'un qui l'aurait peut-être surpris sur sa propriété, comme Tuija Hammarström, je suppose que ce serait classé comme intrusion illégale ou tentative d'effraction. Pouvez-vous vérifier ?"

La liste des résultats était nettement plus longue, mais là non plus, Elisabeth ne voyait pas spontanément quelque chose qui puisse concerner Nino.

"S'il a été aperçu dans une situation que l'auteur du signalement a pu estimer suspecte, il peut y avoir une montagne de motifs possibles, dit-elle alors. Par exemple l'auteur du signalement peut penser avoir vu une personne recherchée, ou portée disparue… Il me semble bien que c'est arrivé une ou deux fois."

Elisabeth entra une nouvelle recherche.

"Trois disparitions signalées en 2009, constata-t-elle. Un gamin de sept ans que nous avons retrouvé plus tard noyé dans le Ljusnan, un colonel à la retraite qui s'est avéré s'être suicidé. Et le troisième, vous avez dû en entendre parler."

Elle tourna le portable pour qu'ils puissent tous voir. L'écran montrait la photo d'identité d'un jeune homme à la peau sombre.

"Il a disparu lors d'une randonnée pendant une tempête de neige l'automne dernier, ce qui a suscité un émoi national." Elisabeth sourit d'un air entendu. "Il faut dire qu'il était de Stockholm. Gosse de riches, adopté en Érythrée.

— Oui, je m'en souviens, dit Åhlund. Marcus Albelin. Ça n'a jamais été éclairci, n'est-ce pas ?

— Non, dit Elisabeth Laatila, qui ne souriait plus. Mais pour moi, aucun doute sur la façon dont ça a fini. La montagne l'a pris et il est mort, quelque part là-haut."

53

MÉLANCOLIE BLANCHE

Quand vient l'été, il est doux et agréable, ni trop sec ni trop humide. Mais à l'intérieur je n'éprouve que froid et dégoût et c'est pour ça que je joue tant de nyckelharpa : les mélodies chassent les pensées mauvaises, ne serait-ce qu'un moment.

Je pense que, si je cesse de me soucier des notes et des tons, je finirai par comprendre la vraie et réelle nature du son. Avec le temps, l'instrument jouera de lui-même d'une manière naturelle. Comme un enfant qui apprend à parler sans connaître les règles de la langue, qui ne sait pas nommer les classes de mots mais connaît leur sens, un enfant qui n'a jamais lu de livres mais a écouté des histoires.

Peu importe si les autres se plaignent des fausses notes que je tire de mon nyckelharpa, même Vidar dit que c'est affreux, car je sais qu'il me faut babiller de l'archet pour redécouvrir ce que c'était que penser et parler avec des mots pour la première fois. Pour la première fois prononcer son nom. *Ingar.*

Ingar que j'aime depuis le temps au-delà de tous mes souvenirs. Ingar et moi qu'étreignait la même mélodie, qui respirions le même chant.

Comme il fait bon les longues soirées claires de juin, je joue surtout dehors, et c'est un de ces soirs qu'un étranger est arrivé au village.

Assise dans l'herbe devant la maison, je jouais du nyckelharpa quand il est arrivé à pied de la forêt. Il avait beau être complètement chauve, c'était un homme encore assez jeune, son crâne était luisant de sueur et il était bizarrement habillé, d'un pantalon court et d'une veste sans manches, avec beaucoup de poches. Il m'a souri en me saluant de la main.

"Comme c'est drôle, ce que tu joues. Tu habites ici ?"

Je n'ai rien dit, puisque c'était Mal que parler aux étrangers. J'ai rangé le nyckelharpa dans son étui, je lui ai tourné le dos et je suis rentrée à la maison l'instrument sous le bras.

"Il y a un homme", ai-je dit en entrant dans la cuisine.

Em m'a lancé un regard noir, s'est levée de table et, quand elle est sortie, je me suis mise à la fenêtre. Cet homme était peut-être un peu idiot, car il continuait à sourire bêtement tandis qu'Em s'approchait de lui à grands pas dans l'herbe. Si Pe n'avait pas été en Dalécarlie et Valle quelque part en montagne, ils auraient pu l'aider à chasser cet homme.

Aussitôt, mère lui a fait signe de retourner vers la forêt en lui disant quelque chose. Impossible d'entendre quoi, mais son sourire a disparu.

Em n'avait pas l'air contente, elle l'a suivi un moment tandis qu'il s'en allait.

"Qu'est-ce qu'ils font ? a demandé Vidar, qui s'était glissé près de moi.

— Tu ne dois jamais parler avec quelqu'un qui n'est pas d'ici, ai-je dit en me tournant vers mon petit frère. Tu comprends ?"

Vidar a hoché la tête et s'est léché les lèvres.

"Tu as du sucre ?"

Vite, je suis allée en prendre un bout dans le petit sac en toile. Chaque semaine, quand je vois Valle près de l'étang, il y rajoute de nouveaux morceaux pour moi.

"Mange-le vite, avant qu'Em revienne."

Je lui ai donné une tape sur la tête et il a aussitôt commencé à croquer le morceau de sucre en regagnant la banquette de la cuisine.

Je ne voulais pas penser à l'étang, mais le sucre était bientôt fini, et cela m'a rappelé que dans deux jours il faudrait que j'y retourne avec Valle.

Tous les autres pensaient que nous allions cueillir des baies.

Les larmes me sont montées aux yeux. L'étang était jadis notre lieu secret, à Ingar et moi, mais c'était fini. Je pouvais toujours retrouver Ingar la nuit, mais le rivage et l'eau avaient disparu de mes rêves quand Valle avait commencé à m'y emmener. Le père d'Ingar avait piétiné mes souvenirs, aussi sûrement qu'une tête de poisson éclate quand on l'écrase sous son talon.

J'ai entendu les pas de mère sur le perron.

"Fini de jouer maintenant, a-t-elle lâché en montrant le nyckelharpa. Ça attire toutes sortes de gens bizarres. Range-moi ça."

Je suis allée dans ma chambre glisser l'instrument sous le lit.

Une heure plus tard, quand Vidar s'est endormi, je me faufile dehors par la fenêtre avec le nyckelharpa. Je peux être obéissante pour à peu près tout, mais pas question de cesser de jouer.

Il ne fait jamais nuit noire en cette saison. Je sors dans une pâle lumière jaunâtre. Il n'y a pas non plus de silence, car les oiseaux pensent que c'est encore le jour et continuent à chanter et gazouiller presque comme d'habitude.

Je m'assieds sur une souche à l'écart, du côté de la maison abandonnée, pour qu'ils ne m'entendent pas jouer, je laisse les odeurs de terre et de mousse humide m'envelopper et mes larmes peuvent couler comme elles le veulent.

Em est-elle au courant de ce qui se passe une fois par semaine derrière une moraine, sur la rive de l'étang ?

J'ai compté les semaines depuis cette première fois en mars. Seize fois et après-demain ce sera la dix-septième. Je suis percluse de fausseté d'avoir tu ce que me fait le père d'Ingar. Mais c'est *impossible* à raconter. Être forcée d'y aller a beau être affreux, et j'ai beau avoir tellement envie que ça cesse, je ne peux le dire à personne. Pas parce que les Anciens m'ont interdit d'en parler, mais avant tout parce que c'est une telle honte, une souillure si horrible que le seul fait de penser que d'autres vont savoir me donne envie de vomir.

J'ouvre l'étui et sors le nyckelharpa. J'en ai tellement joué ces derniers temps que l'instrument a appris à parler un peu par lui-même, il est pour ainsi dire curieux de savoir quelles mélodies nous allons pouvoir susciter, et ce n'est pas vraiment Haendel ni Schubert, plutôt les notes de quelque esprit des bois, des sons au sens inconnu.

Peut-être le nyckelharpa veut-il parler le même langage que Tintomara à Kolmården, quand elle se promenait parmi ses bosquets d'ormes, de noisetiers, d'érables et de merisiers ?

Non, me dis-je, pas vraiment. Ma Tintomara à moi sera sans doute plutôt une huldre laide qui chante les sapins et les bouleaux des montagnes. Et à Vitvattnet il n'y a pas des milliers de bourgeons et de fleurs multicolores à découvrir, comme à Kolmården, il faut se contenter d'airelles et de myrtilles, de mûres des marais et des tiges épineuses de maigres aubépines.

Laidehuldre. Ça pourrait faire un bon nom pour le nyckelharpa.

Je le pose contre mon ventre, je pince les cordes et passe l'archet dessus. L'instrument peut couver un enfant et le transformer en un être inconnu, et mon ventre aussi. Je panique aussitôt.

Qu'arrivera-t-il si je tombe enceinte ?

Je ne veux pas y penser, mais je ne peux pas m'en empêcher, alors j'appuie fort sur l'archet pour produire un son perçant, déchirant, qui envoie des vibrations droit dans mon ventre.

Le père d'Ingar ment quand il dit qu'il veut faire son devoir pour assurer la survie du village.

Souvent, il ne se vide même pas en moi comme il faut. Parfois il se retire juste avant et choisit de tout lâcher sur mon corps, d'autres fois il veut le faire dedans, mais aux mauvais endroits, alors qu'il devrait savoir que je ne peux pas tomber enceinte là.

Je répète mes coups d'archet bâclés sur les cordes de la Laidehuldre, de haut en bas, de plus en plus vite, tandis que j'appuie fort les bouts de mes doigts sur les touches. Les frondaisons des bouleaux bruissent d'oiseaux mis en fuite par mon vacarme, et je pousse un cri strident, comme pour me débarrasser du goût du père d'Ingar à force de hurler.

C'est bon de jouer sauvagement tout en criant, et je joue et je crie jusqu'à ce que tous les bruits de la forêt disparaissent et que la moindre fourmi se blottisse dans son nid.

Il n'y a plus que moi avec ma crampe au bras, mes cordes vocales à vif et mes doigts brûlants, et plus je joue vite, plus c'est mauvais et je le hais d'autant plus : comme si la Laidehuldre nourrissait la haine, la rendant plus grande et plus dangereuse.

Je n'entends pas le bruit de bottes derrière moi, quelqu'un qui accourt par la forêt, mais je sens soudain les doigts froids sur ma nuque.

On me tire fort par les cheveux et je tombe en arrière, le nyckelharpa encore dans les bras et l'archet à la main.

Au-dessus de moi, Em a les yeux noirs et des lèvres serrées qui tremblent de colère. Elle m'arrache l'archet et le brise en deux, puis tire sur le nyckelharpa qui lâche un bruit sourd en rebondissant contre la souche. Pour finir, elle lève l'instrument et l'abat avec une force inouïe sur le tronc renversé.

"Non..."

Ce petit mot noyé dans ma gorge enrouée est totalement absurde, puisque le nyckelharpa gît déjà près de la souche, sa caisse enfoncée d'où dépassent des éclats de bois, ses cordes sautées hérissées dans tous les sens.

Le matin du jour suivant se confond avec la nuit, car je reste comme enchaînée à mon lit sans pouvoir dormir, pas plus que je n'accepte de me lever. Vidar doit avoir de la fièvre, car il dort toujours dans son lit dans l'autre coin de la pièce, une rougeur luisante au front.

Au lieu d'Em, c'est la mère d'Ingar qui ouvre la porte et vient me trouver. Asta s'assied au chevet du lit, les mains jointes et un visage censé je suppose exprimer la compassion, sauf qu'il est juste figé.

"J'ai promis de m'occuper de Vidar quelques jours si tu veux te reposer", dit-elle.

Puis Asta m'apprend qu'Em est partie retrouver Pe. "Ils reviendront peut-être avec un nouvel instrument pour toi ?"

La mère d'Ingar sourit et ses yeux semblent doux, mais je ne fais confiance à rien.

"Emmène Vidar chez toi, lui dis-je. J'ai à faire. Et j'ai besoin que Valle m'aide pour quelque chose. Tu peux lui demander de venir à neuf heures ?"

Asta hoche la tête et je me retourne dans le lit, face au mur, dos à la pièce. Pendant qu'Asta réveille Vidar et l'habille, je pense à mon père et à l'histoire du chasseur et de l'huldre dans la forêt de montagne.

Cela fait bien longtemps que Pe ne me couche plus en me racontant des histoires, et parfois cela me manque. Il dit toujours que les contes aident les hommes à comprendre ce que c'est que vivre, et que même le plus petit enfant peut saisir le message.

À mesure que je grandissais, les histoires ont été moins enfantines, plus horribles, mais aussi plus excitantes. Après ma toute première semaine rouge, j'avais douze ans, je m'étais mise à me demander pourquoi le corps se comportait ainsi, pourquoi il devenait femme plus vite que ma tête. Je voulais des histoires qui parlaient de l'amour des adultes, et il m'avait alors raconté le chasseur et l'huldre.

Le chasseur vivait dans un petit village au pied d'une montagne, environné de forêts et de tourbières, un peu comme à Vitvattnet. Un jour, il partit comme d'habitude dans la forêt avec son fusil chercher à manger pour sa femme et ses petits enfants. Il y avait peu de gibier, toute la journée passa sans que le chasseur n'aperçoive même un mulot, et il avait si faim qu'il en tremblait, car la famine dans son village était aussi sévère qu'elle peut l'être à Vitvattnet.

Mais au moment où la nuit tombait et qu'il avait décidé de rentrer, il vit un lapin dans une clairière. C'était une proie facile, car il était absolument immobile, d'un blanc de craie qui luisait presque dans le noir, mais après l'avoir abattu, il s'aperçut qu'il était bien trop petit pour nourrir sa famille et, au lieu de le rapporter chez lui, il fit du feu, dépeça le lapin et le mangea.

Sa chair était juteuse et savoureuse et le chasseur fut étonnamment repu et très fatigué après ce repas. Tandis qu'il se reposait à la chaleur de son feu, il se mit à avoir honte d'avoir trahi sa femme et ses enfants, et décida de se dépêcher de rentrer auprès d'eux. Mais il était tellement difficile de ne pas fermer les yeux et s'abandonner au sommeil.

Il entendit alors une voix douce qui l'appelait par son nom et il ouvrit les yeux. À côté de lui, près du foyer, une jeune femme était assise, vêtue comme les filles du village mais si belle qu'il en eut le souffle coupé. Elle sourit et lui caressa la joue de ses doigts frais et blancs comme le lys.

Le chasseur resta avec elle toute la soirée et longtemps dans la nuit et, quand il s'endormit au coin du feu qui s'éteignait, il était plus heureux qu'il ne l'avait jamais été de sa vie. Mais le lendemain matin, il pleura en voyant que la belle femme avait disparu.

Il ne vit rien d'autre à faire que de rentrer auprès de sa famille et sur le chemin du retour, la chance lui sourit. Il tira d'abord un gras lagopède, puis un chevreuil et, à son retour au village, ce fut un vrai repas de fête. Avec la peau du lapin, il se fit une paire de gants.

Le temps passa et, au village, on comprit vite que quelque chose n'allait pas chez le chasseur. Il était devenu muet, fuyait ses semblables, cessait de s'entretenir, laissant sa barbe pousser sauvagement et la crasse s'incruster dans sa peau. Il ne quittait jamais ses gants blancs, pas même pour dormir.

Cela ne fit qu'empirer et, un an ayant passé, une affreuse odeur rance l'accompagnait partout où il allait et tout le monde au village avait peur de lui, même sa femme et ses enfants.

Et finalement, un soir, le chasseur descendit dans la forêt et beaucoup au village le virent partir, car c'était jour de fête. Quand Pe me racontait l'histoire, il l'adaptait selon la saison. Soit c'était la Walpurgis au village, avec son bûcher de mai, ou la Saint-Jean ou encore le marché de Noël. Mais peu importait la fête choisie, l'histoire finissait toujours de la même façon : le chasseur descendait jusqu'à l'orée du bois avec ses gants de lapin et retrouvait l'huldre.

Aux yeux du chasseur, la belle femme saisit sa main tendue et il vit que ses ongles étaient vernis de rouge pâle, puis elle l'embrassa sur la bouche et ses lèvres avaient goût de baies sucrées. Elle l'entraîna dans la forêt et il sut de tout son cœur qu'il allait enfin pouvoir se blottir dans ses bras et qu'à compter de cet instant, il vivrait heureux jusqu'à la fin de ses jours.

Mais la femme et les enfants du chasseur et tous les autres au village furent terrifiés de le voir disparaître dans la forêt main dans la main avec une femme nue aux yeux fous, à la queue de vache et au dos couvert d'écorce rugueuse.

Tous comprirent que le chasseur avait tué un des animaux qui appartenaient à l'huldre, et qu'elle ne lui pardonnerait jamais de lui avoir arraché sans permission quelque chose d'aussi précieux.

Quand le père d'Ingar vient à moi, sur le coup de neuf heures, je l'attends dans la cuisine dans ma robe d'été bleu clair. J'ai tressé quelques pissenlits dans mes cheveux qui resplendissent, jaunes comme des soleils, et j'ai noué mon châle vert foncé autour de ma taille. Je n'ai jamais porté autant de couleurs.

Il me toise, de mes pieds nus et mes chevilles jusqu'à ma tête.

"Tu as l'air déguisée… pourquoi des fleurs dans tes cheveux ?

— C'est Midsommar.

— Nous ne fêtons pas Midsommar, c'est une fête païenne."

Il avance d'un pas dans la pièce.

“Qu'est-ce tu voulais ?

— Je veux descendre à l'étang.

— Ce n'est pas aujourd'hui qu'on y va. C'est demain.

— Je ne veux pas attendre si longtemps. J'ai rêvé de toi cette nuit… Je te veux.”

Le père d'Ingar ne répond pas, il reste là à me regarder, dubitatif.

Je soulève ma robe, j'écarte les jambes et je lui montre tout.

“Regarde. Tu vois, maintenant, que je te veux ?”

Je me suis soigneusement lavée, et enduite de menthe odorante qui me brûle entre les cuisses et va lui piquer les yeux.

Il va être impatient et avec un peu de chance ne fera pas attention.

L'ordure.

“Pourquoi descendre jusqu'à l'étang, alors qu'il n'y a personne ici ?”

Il a un sourire sombre, referme la porte et tire le verrou.

“Couche-toi sur la table et montre ta chatte.”

Il déboutonne sa chemise et s'approche, avec déjà une bosse qui gonfle son pantalon, et je songe au pic en fer avec lequel il a percé la glace l'hiver dernier.

Je lui obéis, même si ça ne commence pas comme je m'y attendais. Je grimpe sur la table, je me couche sur le dos et je remonte ma robe jusqu'à ma taille.

Je ne voulais pas le faire à la maison, mais tant pis.

Je ne tarde pas à avoir sa barbe qui m'écorche et sa langue qui va et vient en moi, et je crispe les poings en serrant les dents.

J'essaie de supporter ça le plus longtemps possible, car je sais que ça le rend plus dur.

Plus il sera dur, mieux ce sera, l'ordure.

Je finis par serrer les cuisses en repoussant sa tête.

"Je veux le prendre, dis-je, tandis qu'une larme coule le long de ma joue. S'il te plaît, laisse-moi le prendre maintenant..."

Mes larmes sont absolument authentiques, je pleure pour de bon, mais pas pour la raison qu'il croit.

Il a un sourire brumeux tandis que je m'avance au bord de la table en me redressant, puis il s'empresse de farfouiller sa ceinture et sa braguette avant de baisser son pantalon sur ses genoux.

Le père d'Ingar se dresse devant moi et contemple le membre dont la nature l'a pourvu. Malgré moi je pense à Ingar, que j'aime d'une manière indubitable, c'est pour moi aussi évident que respirer. Aussi évident que je hais son père.

"Donne-moi ça", dis-je.

Il s'approche, et je le prends dans la main. Il est tellement différent de celui d'Ingar, beaucoup trop gros pour moi, et comme d'habitude couvert de dépôts blanc jaunâtre à l'odeur aigre et rance.

Je tire lentement dessus en allant et venant, je sais qu'il aime ça et que bientôt, comme toujours, il va tourner le regard vers le haut, puis fermer les yeux avec un grand gémissement.

"Tu peux te vider où tu veux", lui dis-je.

L'acier froid est bien calé sur mon ventre sous le nœud de mon châle, je devine son tranchant contre le tissu, tout près du bout fendu et gonflé de sang de son membre.

Je vais le vider, l'ordure, oui, je vais le saigner, extraire jusqu'à la dernière goutte de sang et jeter sur le sol de la cuisine les lambeaux de sa virilité.

54

FALUN

Le soleil du soir soulignait d'ombre les fissures de la surface goudronnée, derrière les locaux de la société d'assainissement, où s'étaient installés Jeanette et Schwarz. C'était une de ces tables de pique-nique en bois qu'on trouve dans les parcs et les cours de récréation. Jeanette passa le doigt sur un ancien graffiti gravé, LES BACKSTREET BOYS SONT DES TAPETTES, tandis que deux techniciens de la police de Dalécarlie discutaient devant l'entrée.

C'était pour leur laisser le champ libre que Schwarz et elle ne pouvaient procéder à l'interrogatoire d'Erland Markström dans son bureau. Erland, qui venait de comprendre que son frère était soupçonné de deux meurtres et de la tentative d'enlèvement d'une fillette de trois ans, échangea quelques mots avec l'officier de police local avant de se diriger vers eux. Quelques rapides coups de téléphone pour vérifier les déclarations d'Erland avaient permis de lui fournir des alibis. L'instinct de Jeanette ne l'avait pas trompée.

Le frère d'Erland s'appelait Erik Valdemar Markström, né à Falun le 14 novembre 1967.

Lorsque Erik s'était inscrit à l'hôtel clandestin pour kidnapper Klara Bondesson, il avait choisi le prénom

Vladimir, pas si éloigné de son deuxième prénom Valdemar.

Officiellement, Erik "Vladimir" Markström n'était pas marié, n'avait pas d'enfants et n'apparaissait pas dans le registre des immatriculations.

Erland s'assit en face d'eux.

"Vous pouvez y aller."

Il désigna de la tête le téléphone de Jeanette posé sur la table.

Jeanette lança l'enregistrement et, après avoir indiqué l'heure et le lieu de l'interrogatoire, demanda à Erland de leur parler un peu de son aîné de deux ans.

"Erik est un loup solitaire, et il l'a toujours été. Par exemple, il n'a jamais eu un truc comme ça, commença-t-il en montrant le portable de Jeanette. À peine un téléphone fixe. Errki n'aime pas les gens, et a plus ou moins coupé les ponts avec nous, sa famille. Ces dix dernières années, nous avons dû nous voir une poignée de fois, au maximum.

— Juste pour confirmer sur l'enregistrement… Errki est donc le surnom de votre frère Erik Markström ?"

Erland lui adressa avec lassitude un sourire en coin.

"Si vous voulez savoir pourquoi je l'appelle Errki, c'est parce qu'il déteste ça."

Jeanette hocha la tête.

"Et quand l'avez-vous vu pour la dernière fois ?

— Au printemps dernier, quand il a débarqué en me disant qu'il avait besoin d'argent. Je lui ai fait repeindre le bureau et poser des étagères en échange de quelques billets de mille. Il est resté ici quelques jours.

— À part le fait que c'est un loup solitaire, quel genre de personne est votre frère ?"

Erland soupira.

"Eh bien, voyez-vous… Encore une fois, nos relations sont assez mauvaises, mais je sais bien comment il était plus jeune, et je ne crois pas qu'il ait beaucoup changé… Un intellectuel, on peut le dire. En tout cas, c'est comme ça qu'il veut qu'on le voie. Il a beaucoup lu quand on était jeunes. Des trucs durs, Nietzsche et compagnie… Et pas mal de merde gauchiste.

— Que voulez-vous dire par merde gauchiste ?" demanda Schwarz.

Jeanette perçut une certaine irritation dans sa voix, qu'Erland parut lui aussi remarquer.

"De la littérature communiste, dit-il en croisant les bras. Plus tout un baratin sur le revenu citoyen et toutes ces conneries, histoire de pouvoir rester assis sur son cul sans rien faire. Errki critiquait le fait que je sois chef d'entreprise et me méprisait de gagner de l'argent. Lui, il n'a jamais eu de vrai travail. Je lui ai proposé un emploi stable, à l'époque où la boîte allait bien, mais il s'est mis à pinailler et m'a demandé combien son salaire allait coûter en tout à la société, avec les impôts et les prélèvements sociaux. Quand je lui ai dit que c'était presque le double de ce qu'il toucherait chaque mois, il m'a proposé de lui payer cette somme en liquide, directement dans sa poche. Vous voyez le tableau ? Il est comme tous ces gauchistes, avec leurs grands mots et leurs belles théories, mais au pied du mur, ce n'est qu'hypocrisie et double morale.

— Et ces billets de mille que vous lui avez donnés pour son boulot au printemps ? demanda Schwarz. Vous avez payé des impôts dessus ?"

Erland fit la moue et passa à nouveau sa main sur sa raie bien dessinée, comme pour s'assurer que sa coiffure était intacte.

"Si Errki avait pu décider, les gens vivraient dans la forêt et boulotteraient des légumes. Depuis son adolescence, il parle de vivre en tournant le dos au matérialisme, en ne faisant qu'un avec la nature. Mais avec son mode de vie prétendument indépendant, il parasite les autres. Demandez à papa et maman combien il leur a coûté toutes ces années, et profitez-en pour leur demander qui paie aujourd'hui pour leur maison de retraite."

Il se frappa l'index contre la poitrine.

"Compris, dit Jeanette. Erik est un parasite hypocrite. Mais il n'a jamais été condamné et est inconnu des services de police, que ce soit à Stockholm ou à Falun. Alors comment réagissez-vous au fait qu'il soit aujourd'hui soupçonné de meurtres et tentative d'enlèvement ?"

Erland sourit sans conviction.

"Je suis en train de le digérer.

— Les noms de Lola Ljungstrand et Johnny Bondesson vous disent-ils quelque chose ?"

Il secoua la tête.

"Jamais entendu parler.

— Connaissez-vous Per Qviding ?"

Il la regarda avec étonnement.

"L'écrivain ?

— Lui-même.

— Évidemment que j'ai entendu parler de lui…" Il plissa le front. "Mais qu'est-ce que c'est que cette question, à la fin ? Qu'est-ce qu'il a à voir avec tout ça ?"

Schwarz regarda Jeanette avec une expression tendue. Elle devina que, comme Erland, il trouvait la question idiote.

Schwarz se racla la gorge.

“Comment faites-vous pour joindre votre frère, s’il n’a même pas le téléphone ?

— C’est impossible, répondit Erland. Si nous devons nous voir, c’est toujours à ses conditions.”

55
HAMMARSTRÖMMEN

La piste s'enfonçait cahin-caha en serpentant au plus profond de la forêt, contournant des ravins, à flanc de montagne. Le pickup d'Elisabeth Laatila était mieux adapté au terrain que le van peu maniable que conduisait Åhlund, qui commençait à être à la traîne. Le plus gros problème n'était pas que la route soit par endroits si étroite que les branches rayaient la carrosserie, mais les inquiétants cahots de la suspension. Il craignait que toutes ces bosses ruinent les amortisseurs et la direction.

Tandis qu'il négociait lentement un virage en épingle, il s'imagina ailleurs, fonçant sur une piste de compétition à Vingåker, au volant d'une Saab 99 faite pour disputer des rallyes à tombeau ouvert.

On va finir par y arriver, pensa-t-il au moment où un panneau surgit sur le côté droit. HAMMARSTRÖMMEN, en lettres blanches sur fond bleu, une imitation assez réussie d'un panneau indicateur officiel.

Sur la gauche, la forêt s'ouvrait sur un pré d'herbe pâle qui descendait sur deux cents mètres jusqu'à la ferme de Tuija Hammarström. C'était une petite maison rouge de deux étages avec des angles blancs, ayant bien un siècle. Il vit Laatila garer son pickup dans la cour devant la grange, au moins trois fois plus grande que la maison d'habitation et entourée d'échafaudages. Tandis qu'Åhlund parcourait les derniers mètres, une femme d'âge mûr en salopette et foulard à fleurs sortit de la grange en tirant un chariot de gravats. Elle était petite et fluette, le chargement assez lourd, mais elle manœuvra sans effort apparent pour ranger son chariot le long de la route avant d'ôter ses gants de protection et de serrer la main d'Elisabeth.

L'horloge du tableau de bord indiquait vingt et une heure cinquante-huit, soit une heure avant le coucher du soleil, mais il ne ferait pas nuit noire, et Åhlund aimait bien ça. Ce serait bien, de se trouver un petit chalet dans le coin, se dit-il en se garant à côté du pickup. Pêcher, se promener dans la forêt et s'asseoir dans la véranda avec une bière fraîche pour contempler le spectacle du crépuscule se transformant directement en aube. Un chien ne gâcherait rien non plus.

Charlie sortit la tête par la fenêtre du pickup et Åhlund sourit au berger allemand d'Elisabeth avant de couper le contact et de se tourner vers Nino. Il avait du mal à s'habituer à ce nouveau nom, Kaspar lui était comme entré dans le crâne.

Quand l'infirmier pénitentiaire ouvrit la portière, Nino se dépêcha de descendre de voiture. Tuija Hammarström malaxait une chique de ses grandes mains noueuses, disproportionnées par rapport à son corps frêle. Nino la regarda avec curiosité. Elle se fourra la chique dans la bouche et s'essuya les mains sur sa salopette sale avant qu'Elisabeth vienne faire les présentations.

Nino tendit la main en dernier.

“Nino.

— Tuija… Tu te souviens peut-être de moi ?"

Nino hocha la tête.

"Tuija, reine des abeilles. Robe blanche et ruche blanche."

Åhlund songea à ce qu'avait dit Love sur l'aphasie et la problématique de la mémoire. Avant que Nino ne se mette à parler, Love avait soupçonné un mutisme sélectif, et on pouvait se demander si la mémoire de Nino ne fonctionnait pas elle aussi de manière sélective. Si "mémoire sélective" avait un sens, se dit Åhlund, regrettant de ne pas être plus au fait de la terminologie.

Ils se dirigèrent vers la maison et Tuija leur expliqua qu'elle était en train d'aménager la grange en logement pour sa fille et sa famille.

"La population d'Hammarströmmen va être multipliée par neuf, exactement autant que dans les années 1960, quand l'exploitation agricole était en activité et que la ferme de l'autre côté du champ était toujours là."

Tuija s'arrêta devant la pelouse en pente à l'arrière de la maison. Une ruche en bois peinte en blanc était à l'ombre d'un pommier, à dix mètres de là.

"Au fait, vous avez trouvé où dormir ?"

Elisabeth secoua la tête.

"Pas à moins de quatre-vingts kilomètres.

— Très bien… J'ai à peu près fini quelques-unes des chambres à l'étage de la grange, alors il y a la place si vous voulez y bivouaquer cette nuit.

— Vendu", dit Åhlund.

Les autres acquiescèrent, sauf Nino, dont toute l'attention était tournée vers la ruche. Åhlund comprit qu'il écoutait plus qu'il ne regardait. Un faible bourdonnement emplissait l'air tandis qu'il se dirigeait vers la ruche. Quelques abeilles semblaient ramper paresseusement dans les fentes du bois.

"Aucun danger, dit à voix basse Tuija. Elles ne s'agitent pas comme quand je l'ai trouvé il y a trois semaines, et il n'est sûrement pas allergique, vu le nombre de piqûres qu'il a eues cette fois-là."

Nino s'arrêta à cinquante centimètres de la ruche et resta un moment là, apparemment sans rien faire. Mais Åhlund l'entendit alors chantonner bouche fermée au diapason du bourdonnement des abeilles. Personne ne dit rien et, dans le silence, on distingua bientôt des mélodies, comme un chant sans paroles.

Tuija fit un pas vers Åhlund et confirma ce qu'il venait de penser.

"C'est comme s'il chantait avec elles, chuchota-t-elle. Comme la dernière fois, sauf qu'il était alors couvert d'abeilles… Incroyable, en fait. Même si les abeilles en essaim ne sont pas dangereuses, plutôt débordantes de bonheur, on peut se faire méchamment piquer."

Tuija leur raconta que Nino n'avait pas dit un mot, elle lui avait ôté quelques dards à la pince à épiler et avait nettoyé ses piqûres à l'alcool, puis l'avait conduit à la cuisine pour lui faire quelques tartines.

"J'ai tourné le dos pendant une minute, au maximum. Et paf, disparu. Je me suis demandé s'il ne s'était pas échappé d'un asile, alors j'ai appelé la police."

Nino s'assit dans l'herbe et, tout en continuant à chantonner, il se gratta le bras. Åhlund savait qu'il avait une cicatrice de la taille d'un ongle de pouce sous son tee-shirt, les médecins avaient pensé à la trace d'un vaccin, mais Åhlund avait déjà vu des blessures par balle.

"L'Étoile du soir est devenue l'Étoile du matin, elles étaient là en même temps, dit soudain Nino en levant le regard vers le ciel clair. Comme nous deux. Toujours en même temps."

Puis il fit un geste au-delà de la piste, là où la forêt était épaisse.

"Je suis arrivé de là, j'avais marché deux jours et deux nuits, en tournant le dos à l'Étoile du matin."

Venant du nord, pensa Åhlund. Ou peut-être du nord-ouest.

"J'ai tant de choses à te raconter, continua Nino, le regard dirigé vers la forêt. J'ai ruche blanche, j'ai église blanche… J'ai montagne blanche, église blanche… Eau blanche…"

Åhlund l'avait déjà entendu parler de montagne, mais cette église était quelque chose de nouveau.

Nino s'étendit sur le dos dans l'herbe et ferma les yeux avant de se remettre à chantonner sur le bourdonnement de cinquante mille ailes d'abeilles.

Tandis qu'Åhlund imaginait un avenir vraisemblable pour Nino entouré de psychiatres et de médecins occupés à fouiller dans son cerveau, Olivia se tourna vers Tuija avec la question qu'Åhlund s'apprêtait à poser.

"Y a-t-il des églises dans les environs ?

— Linsell est la plus proche, répondit Tuija. Un petit village au bord du fleuve.

— Et par « fleuve » vous voulez parler du Ljusnan ?"

Tuija hocha la tête.

“Il y a par endroits des rapides assez importants, c’est peut-être ça qu’il veut dire par « eau blanche ». En tout cas, l’église de Linsell est blanche.”

Quarante-cinq minutes plus tard, ils avaient pris congé d’Elisabeth Laatila et s’étaient installés au mieux dans l’immense grange de Tuija Hammarström. Ils étaient cinq à partager trois chambres. Åhlund s’était dépêché de proposer une répartition des lits car, étant donné ce qui s’était passé l’autre nuit, il voulait éviter de partager une chambre avec Olivia. Il allait de soi que l’infirmier pénitentiaire répondrait de Nino, et que Love, avec son capital de confiance auprès de lui, partagerait lui aussi la chambre. Pour sa part, Åhlund ne voyait aucun inconvénient à prendre la dernière, plus petite.

Elle n’était pas non plus minuscule, plutôt comme la moitié de son appartement de Hornstull, et comme dans les autres chambres de l’étage supérieur de la grange, il y avait au moins quatre mètres de hauteur sous plafond. Il n’y avait aucun autre mobilier qu’un lit étroit près d’une petite fenêtre qui n’avait pas encore été pourvue de rideaux : tout en s’installant, il s’attendait à une nuit blanche dans cette étrange lueur laiteuse qui ne faisait pas de différence entre le crépuscule et l’aube. Dès trois heures, le soleil se lèverait. Les murs étaient faits de rondins mal dégrossis entre lesquels il tenta de coincer une couverture, avant d’abandonner à force de la voir glisser.

Il sortit son téléphone qu’il régla en réveil, tout en constatant l’absence de couverture réseau. Et c’est ici que les petits-enfants de Tuija vont habiter, songea-t-il.

Des ados accros à internet et des gamins élevés un iPad à la main. Même la radio de la voiture ne captait pas, ce qui signifiait qu'ils ne pouvaient entrer en contact avec Jeanette et Schwarz à Falun.

Åhlund se cala à nouveau contre son oreiller et regarda par la fenêtre. Dehors, la forêt formait un mur bleuâtre sous un ciel qui allait bientôt atteindre sa nuance la plus sombre avant de s'éclaircir à nouveau. Gris pétrole, pensa-t-il en devinant des étoiles au-dessus des cimes des sapins. Nino avait parlé de l'Étoile du soir et de l'Étoile du matin, qui étaient deux noms de Vénus, et Åhlund se demandait si Nino s'était aidé de ces corps célestes pour trouver sa route hors des forêts. Dans ce cas, il était possible que par la même méthode il puisse retrouver l'endroit d'où il venait.

Quand Åhlund se réveilla, il n'avait aucune idée de combien de temps il avait dormi.

Un silence étrange régnait, alors qu'il faisait presque grand jour dehors. Une abeille désorientée tournait devant la fenêtre, il la chassa, saisit son portable et constata avec un soupir que l'écran indiquait 2:32. En reposant le téléphone, il devina un mouvement dehors, quelque part au sol sous les échafaudages. Il s'approcha de la fenêtre pour mieux voir.

Olivia marchait pieds nus dans l'herbe en tee-shirt et culotte. Elle regarda alentour et se hâta de gagner l'orée de la forêt.

Il comprit ce qu'elle allait faire et il ne put s'empêcher de regarder.

Comme la grange n'avait pas d'eau courante, Tuija leur avait indiqué la forêt pour satisfaire de petits besoins naturels. Olivia s'arrêta à quelques mètres de la ruche et se tourna, dos aux sapins. Puis elle baissa sa culotte jusqu'aux genoux, s'accroupit, et un mince jet gicla dans l'herbe sous elle.

Il aurait voulu cesser de regarder, mais ses yeux cherchèrent le doux pli au-dessus de ses hanches nues qu'il avait récemment tenues entre ses mains.

Cette nuit-là, elle s'était endormie la tête sur son ventre, et il avait longtemps regardé son visage en s'imaginant ce à quoi elle pouvait bien rêver.

Soudain, il se rendit compte qu'il n'éprouvait aucune gêne à la regarder uriner, et une étrange impression de complicité s'installa, le sentiment qu'avec elle il pouvait être lui-même.

Elle leva alors la tête et le regarda droit dans les yeux. Un petit sourire se dessina au coin de ses lèvres et elle lui fit un signe de la main.

Il fut incapable d'y répondre. Il s'écarta de la fenêtre et se plaqua contre le mur.

Il maudit sa cachette pathétique.

Après avoir repris ses esprits un moment, il regarda à nouveau par la fenêtre et, constatant qu'elle n'était plus là, il retourna se coucher.

Tandis qu'il fixait la charpente tout là-haut, il entendit ses pas légers dans l'escalier et se dit que la première chose qu'il ferait au matin serait de s'excuser auprès d'elle.

Comme si cela ferait une différence.

Il ferma les yeux et essaya de penser à autre chose pour parvenir à se rendormir, mais de nouveaux pas retentirent bientôt dans le couloir, et cette fois, ce n'était sûrement pas Olivia.

Quand Nils Åhlund entendit le bruit d'une lourde chute dans l'escalier, il se précipita hors de son lit.

56

FALUN

L'ancienne prison régionale était située au centre de Falun et abritait désormais un hôtel et une auberge de jeunesse de cent lits. Schwarz et Jeanette avaient eu la dernière chambre libre. La nuit commençait à tomber quand ils ouvrirent la lourde porte de la cellule où ils allaient passer la nuit. La pièce était étroite, la fenêtre haut placée sur le mur du fond et, derrière ses barreaux, on avait la vue que des centaines de détenus avaient fixée depuis l'ouverture de la prison en 1849.

Schwarz saisit la structure métallique du vieux lit superposé badigeonné de noir et la secoua.

"Ça m'a l'air solide, mais je serais plus rassuré si toi qui n'es pas handicapée tu prenais le haut."

Jeanette hocha la tête et posa son sac pendant que Schwarz passait le sien au bout du lit.

"Peut-être que Svartenbrant a occupé cette cellule, dit-il. C'est bien à Falun qu'il a commencé sa carrière de taulard ?

— Peut-être bien", répondit-elle.

Du côté de Jeannette, c'était silence radio ces dernières heures : Schwarz se demandait s'il s'était passé quelque chose qu'il ignorait. Son comportement était froid et réservé, plus même que d'habitude.

"C'est drôle, que ce soient deux flics qui partagent la dernière cellule libre de la cabane, poursuivit-il dans une nouvelle tentative de l'égayer, qui lui valut un profond soupir pour toute réponse.

— J'ai une faim de loup et le bar est toujours ouvert", dit-elle en ressortant dans le couloir.

Comme Schwarz n'avait pas très envie de passer le reste de la soirée dans cette cellule à rendre claustrophobe, il lui emboîta le pas sur ses béquilles.

Le bar était situé dans l'ancienne cour de promenade, entre un haut mur et les trois étages en pierres peintes en jaune du bâtiment de la prison. C'était presque bondé, dans une ambiance légère, comme pour s'excuser des libations excessives de la Saint-Jean. Un braséro marquait le petit comptoir extérieur et le long du mur, sous des pavillons de bois, s'alignaient quelques tables dont une seule était libre.

Un moment plus tard, ils étaient assis chacun devant sa bière et une saucisse-frites. Pour quelqu'un qui avait une faim de loup, Jeanette mangeait très lentement et sans conviction.

"Tu as l'air fatiguée", constata-t-il en posant ses couverts dans son assiette presque vide.

Sur la table, l'exemplaire couvert des annotations de Lola Ljungstrand de *Vie et mort de Stina*, que Jeanette feuilletait tout en essayant de manger. Schwarz avait lui aussi son exemplaire du livre de Qviding, mais sa lecture était poussive.

"C'est un peu préoccupant qu'il ne semble y avoir ni couverture mobile ni contact radio là où se trouvent Åhlund et Olivia, dit Jeanette d'un air absent en refermant le livre. Et encore, si on savait où ils sont exactement…

— Pas de nouvelles, de leur côté ?

— Non, à part le traçage des téléphones qui indique que les Qviding ont quitté leur île et se trouvent pour la nuit dans leur pied-à-terre de Kungsholmen", dit-il en buvant une gorgée de sa bière.

Pour les boissons, c'était l'inverse de la nourriture. De la bière de Jeanette ne restait plus qu'un peu de mousse, alors que la sienne était à peine à demi bue.

"Pourquoi tu ne m'as pas dit tout de suite que Vladimir était le frangin d'Erland Markström ? demanda Schwarz. J'ai dû avoir l'air assez tarte aux yeux d'Erland.

— Je trouvais ça mieux comme ça", lâcha-t-elle.

Jeanette regarda alentour et fit un signe à une des serveuses avant de poser les coudes sur la table, de joindre les mains sous son menton et de baisser la voix.

"Le truc, c'est que tu bluffes mal et que tu as tendance à parler avant de réfléchir. Si Erland avait deviné que son frère était suspect, il aurait pu chercher de le protéger en nous cachant des choses, et c'était un risque que je n'avais pas envie de prendre."

La serveuse vint à leur table leur demander ce qu'ils voulaient commander.

"Une bouteille de rouge ?" proposa Jeanette en regardant Schwarz.

Il acquiesça et elle demanda deux verres et l'addition et, tandis que la serveuse repartait avec son assiette vide et celle à peine entamée de Jeanette, cette dernière sourit pour la première fois depuis plusieurs heures.

"Je vais te raconter quelque chose que personne ne sait parmi les collègues, à part quelques vieux de la vieille, dit-elle. J'ai déjà passé une nuit en cellule, quand j'avais dix-neuf ans. Tu imagines pourquoi ?"

Dans le brouhaha du bar retentit l'éclat de rire d'une femme qui avait visiblement trop bu.

"État d'ivresse ? proposa-t-il.

— Je n'en ai aucun souvenir, mais il paraît que je m'étais endormie à moitié plongée dans une fontaine", dit Jeanette tandis que la serveuse posait deux verres à vin.

Jeanette rejeta ses cheveux derrière son oreille avant de goûter le vin, l'approuva et, une fois l'addition payée, la serveuse les laissa à nouveau seuls.

"Ce n'est pas tous les jours que tu racontes ce genre de choses, dit-il. D'habitude, tu es très réservée sur ta vie privée"

Quelque chose d'acéré passa dans ses yeux bleus.

"Je ne suis pas du genre à passer mon temps à parler de moi, rétorqua-t-elle, et Schwarz perçut la pique.

— Non, peut-être. Mais tu ne t'étends pas beaucoup dans tes réponses quand on te pose une question.

— Et tu m'as déjà demandé quelque chose de moins superficiel que l'équipe de foot que je supporte ?"

Hammarby, pensa-t-il.

"Peux-tu donner le nom d'un seul de mes amis ? continua-t-elle.

— Non."

Elle rit.

"Bon, là, tu es tout excusé, puisque je n'en ai aucun."

Puis elle inclina la tête et le fouilla du regard.

"Sais-tu si j'ai ou j'ai eu une liaison avec quelqu'un, depuis qu'Åke s'est barré ?"

Il se rappelait qu'elle avait une fois mentionné un type, mais c'était il y avait longtemps, il ne se souvenait pas des circonstances et encore moins du nom du garçon. Il secoua la tête.

“Je vais te dire pourquoi, dit-elle, avec un sourire à présent moins amusé que cynique. J’en ai eu assez de commettre la grande erreur dans laquelle la plupart des femmes se complaisent sans arrêt, à savoir d’imaginer pouvoir un jour comprendre pourquoi les hommes se comportent comme ils le font. Dès qu’on les laisse seuls, ils jouent à des jeux vidéo ou matent du porno, ils sont infidèles et paresseux dans tous les domaines, et nous leur inventons sans arrêt des excuses, de toutes sortes, de l’idée qu’ils ont été gâtés par leur mère jusqu’à des explications plus fumeuses, selon lesquelles leur comportement asocial viendrait de quelque chose de mystérieux qu’ils portent en eux, quelque chose de bien trop compliqué pour nous. Mais la simple vérité est que les hommes agissent toujours en suivant leurs pulsions, ils sont en rut, ils veulent baiser, puis ils veulent dormir.

— Tu ne serais pas en train de généraliser un brin, là ?” objecta-t-il.

Jeanette fit une grimace.

“Åke était un grand bébé incapable de faire le ménage, la lessive ou la vaisselle. Il était très clair qu’il trouvait confortable que je l’entretienne. Quand nous nous sommes rencontrés, je le trouvais mignon et charmant, et il a réussi à me faire croire qu’il recherchait autre chose que ma chatte et mon fric, mais quand il a commencé à en avoir assez de voir la même chatte tous les jours, il s’est barré.”

Elle soupira en regardant la table, faisant tourner son verre un moment sans rien boire.

“Allez, on s’en fout de tout ça, on retourne dans notre chambre et dodo”, dit Schwarz.

Jeanette hocha la tête, se leva et rangea la chaise sous la table.

Vingt minutes plus tard, il était couché en bas du lit superposé et essayait de lire le livre de Per Qviding pendant que Jeanette prenait une douche dans la salle de bains commune plus loin dans le couloir. Il ne l’avait jusqu’ici que feuilleté, et n’en était qu’à la page trente-six. Cela commençait tout juste à être un peu intéressant, en même temps que ce qu’il lisait était un peu problématique.

C’était une scène de sexe entre Stina et Ingar décrite avec beaucoup de complaisance, et il se demandait si on pouvait vraiment considérer comme acceptable de parler de sexe entre deux mineurs de seize ans avec ce type de détails. Mais bon, l’élite culturelle, tous un peu des pervers, non ? se dit-il tandis qu’il lisait la description de Stina et Ingar nus sur le rivage après un bain nocturne dans l’étang.

Son corps fut transpercé comme d’un éclair, car c’était comme si elle n’avait pas de peau à cet endroit, comme si son sang y palpitait à vif, et elle se mit à se déhancher, faisant glisser son renflement luisant sur sa langue.

Bordel de Dieu, pensa-t-il avant de continuer sa lecture une rougeur croissante aux joues. La scène s’étendait sur deux bonnes pages où les jeux du jeune couple étaient dépeints en périphrases poétiques évoquant tour à tour divers actes sexuels. Il finit par pousser un grand soupir.

On ne pourrait pas tout simplement écrire que le garçon avait léché la fille jusqu'à l'orgasme ? Qu'elle l'avait ensuite sucé et qu'ils avaient fini par baiser, en sueur ? Au lieu de débiter cent mots tirés par les cheveux pour bite et chatte ?

Ça l'avait pourtant un peu embarqué dans la lecture et, au moment où Stina et Ingar regardaient le ciel étoilé enlacés sur le rivage, la serrure cliqueta et Jeanette ouvrit la lourde porte de la cellule.

Quelle foutue tartine, pensa Schwarz en refermant le livre et en faisant bouffer la couverture pour camoufler la réaction gênante qu'avait provoquée chez lui ladite tartine.

“La salle de bains était propre ? demanda-t-il quand Jeanette entra dans la cellule vêtue d'un pyjama trop grand, une serviette nouée autour des cheveux.

— Oui, ça va.”

Elle défit la serviette et la mit à sécher à l'un des portemanteaux près de la porte, avant de baisser le store.

Elle prit ensuite dans sa valise son exemplaire de *Vie et mort de Stina* et fit grincer le sommier en s'asseyant aux pieds de Schwarz sur la couchette du bas. Il se sentit un peu gêné et poussa ses jambes.

“Pardon pour aujourd'hui, dit-elle. Tout turbine dans ma tête en ce moment, ça fait plusieurs nuits que je dors à peine… Tantôt je sens qu'on est à deux doigts de la solution, et l'instant d'après, je m'emmêle dans un tas de pensées.

— Qu'est-ce que tu veux dire ?”

Elle ouvrit la page où Lola Ljungstrand avait noté ses remarques et tourna le livre pour qu'ils puissent lire tous les deux.

7 MAI 2001, PAGE 14, lut Schwarz.

DOS DE STINA, PAGE 76.

TABLEAU, PAGE 119.

Jeanette montra la date.

"Le 7 mai 2001, c'est la date de naissance de Melissa Ljungstrand, expliqua-t-elle. Si tu lis page quatorze, tu vois que cela correspond avec celle de Stina Qviding, à cent cinquante ans près, bien sûr."

Elle feuilleta le livre jusqu'à la page en question et lut à haute voix :

"Stina est née le 7 mai 1851 dans la ville de garnison Gävle, que la famille a quittée pour Vitvattnet l'automne de la même année. On peut trouver stupide de déménager dans un endroit aussi rude et désolé si loin au nord à l'approche de l'hiver, mais Dieu seul sait les raisons qu'avait Pe."

Schwarz réfléchit un moment.

"Pe, ça n'est quand même pas très différent de Per."

Jeanette sourit précautionneusement.

"Dans la préface, on nous dit que le père de Stina s'appelait Karl Petter, ce qui n'est pas non plus très différent de Pe, non ?"

Schwarz se redressa pour s'asseoir à côté d'elle et lut la note suivante.

"Dos de Stina, page soixante-seize ? De quoi s'agit-il ?

— C'est un peu dispersé dans le texte, répondit Jeanette en ouvrant à cette page. En résumé, Stina avait des problèmes de dos quand elle était petite, parce que sa jambe gauche était plus courte que la droite, et qu'elle portait à l'adolescence une sorte de semelle primitive pour compenser son pied creux."

Elle marqua une pause.

“Tu vois ce que Lola a écrit dans la marge…”

Schwarz se pencha et ils lurent ensemble.

PREUVE : MÊME JAMBE QUE MELISSA. SCOLIOSE INFANTILE.

RETROUVER LE DIAGNOSTIC DE MELISSA.

NOUS DEVIONS ESSAYER LA SEMELLE DE COMPENSATION EN JANVIER.

“Je n’ai pas le temps de vérifier, mais admettons que ce soit exact”, dit Jeanette, toujours un sourire prudent aux lèvres.

Puis son portable vibra pour signaler un appel. Elle tendit la main pour décrocher.

“C’est Emilia… Je mets le haut-parleur.”

Jeanette répondit et la voix de la technicienne informatique retentit dans la petite cellule.

“Le traçage des téléphones de Per et Camilla Qviding montre qu’ils ont quitté leur pied-à-terre de Kungsholmen, pris l’E4 vers le nord, et se trouvent en ce moment même dans une salle d’attente VIP d’Arlanda.

— OK, fit Jeanette. La grande question est donc de savoir ce qu’ils y font.”

Il n’y a pas grand-chose à faire à Arlanda, pensa Schwarz, à part attendre quelqu’un qui arrive en avion, ou prendre soi-même un avion.

“Ils se barrent”, dit-il.

57

HÄRJEDALEN

La première fois que Nils Åhlund avait poursuivi Nino à pied, quelques semaines plus tôt dans le parc Vasa, le garçon s'était comme évaporé.

La deuxième fois, la poursuite avait eu lieu depuis la station de métro Medborgarplatsen dans le tunnel rejoignant Slussen puis dans une ruelle de la vieille ville, et même s'il l'avait rattrapé cette fois-là, ce n'était pas du tout parce qu'il avait été plus rapide, mais bien parce que Nino s'était laissé arrêter.

Maahinen, songea Åhlund en poursuivant pour la troisième fois ce fantôme des forêts, bien conscient du peu de chances qu'il avait de le rattraper.

En atteignant l'orée du bois derrière la ferme de Tuija Hammarström, il jeta un coup d'œil en arrière et vit l'infirmier pénitentiaire boiter lamentablement devant la grange après sa chute dans l'escalier.

Åhlund jura à voix haute quand ses manches de chemise s'accrochèrent aux branches sèches des broussailles où Nino venait de se précipiter, mais il ne regrettait pas d'avoir sacrifié quelques secondes à s'habiller. Nino ne portait rien d'autre que ses légers vêtements de détenu, pas de chaussures, et même si les pieds du garçon semblaient recouverts d'une bonne corne, il risquait de se faire mal. Le terrain était rocailleux et couvert d'une végétation rampante traître. Des blessures aux pieds pouvaient ralentir n'importe qui.

Åhlund contourna quelques rochers et au moment où il allait gravir la première montée, il entendit les battements d'ailes d'oiseaux en fuite.

Quelque part, de l'autre côté de la crête, difficile de dire à quelle distance, mais si c'était Nino qui les avait effrayés, il était encore assez près pour que tout ne soit pas perdu.

Arrivé à la crête, un ravin fendait la forêt et Åhlund vit Nino en contrebas, courant d'un pas léger sur la mousse, puis de pierre en pierre, franchissant d'un bond agile le petit torrent qui coulait au fond, puis remontant l'autre versant jusqu'à atteindre des broussailles denses et le sous-bois de sapins. Ce qu'il vit pendant ces quelques secondes était suffisant.

Poursuivre Nino seul et à pied était vain. Mieux valait lui couper la route près du fleuve, pensa Åhlund. Pour autant qu'il choisisse ce chemin.

Extrait de *Vie et mort de Stina*, de Per Qviding

Le 9 avril de ma dix-huitième année

Cela fait aujourd'hui un mois que je t'ai écrit, et c'était un mensonge. Les mots que j'ai notés au soir du 9 mars n'étaient pas les derniers – comme je le prétendais – que j'écrivais dans mon journal.

Ceci sera en revanche la dernière fois, car tout sera bientôt fini.

Quand j'étais petite, Pe m'a parlé du manchot empereur qui nidifie en Antarctique, le lieu le plus inhospitalier de la terre. Dans le froid le plus dur et le vent le plus furieux, les oiseaux se serrent par milliers les uns contre les autres et couvent chacun son œuf.

Si une femelle empereur n'a pas d'œuf, elle couve une pierre à la place.

Pendant soixante-quatre jours, elle protège sa pierre comme les autres leur œuf, et il arrive qu'elle couvre cette pierre de neige pour qu'elle ressemble davantage à un œuf.

L'homme est comme le manchot empereur, disait Pe. Nous voulons à tout prix appartenir à la communauté, ne pas nous différencier des autres et risquer d'être rejetés.

Il avait raison. Depuis la première fois que j'ai suivi ton père à l'étang, je couve une pierre blanche glaciale que personne – personne – personne ne pourra jamais voir.

Le blanc signifie l'Innocence, mais aussi la Mort et le Néant.

Seul le blanc convient au ciel et sur terre. Seul le blanc sauve et aide. Le blanc fait à chacun ce qui est juste. Deux choses sont blanches – l'Innocence – l'Arsenic.

À la fin du livre, quand tu dois mourir, il est décidé que ton costume pour ton exécution sera blanc, après quoi on te dit :

Bien que femme, tu as pris habit d'homme, et sous ce dernier, tu as commis un crime pour lequel tu es punie. Pour cette raison, tu marcheras à la mort dans un vêtement qui ne marque pas ton sexe, mais qui, par son indétermination, sera la marque de ta propre ambiguïté dans ce domaine.

On dit que tu es un Rien indéfini. Que tu n'es ni homme ni femme et pour cette raison ne peux pas appartenir à la communauté.

Là *est la vraie raison pour laquelle ils voulaient te tuer.*

Mais même un Rien a besoin d'un nom.

Le dernier mot que j'écrirai jamais sera ton nom, mon bien-aimé Ingar Markström.

58

MÉLANCOLIE BLANCHE

En certains instants, le temps se tord en arche à travers le présent, une voûte depuis laquelle il est possible de tranquillement regarder d'en haut ce qui survient, l'événement qui se produit en même temps que les mots sont formulés pour le décrire.

Moi, Stina de Vitvattnet, j'ai tressé des fleurs jaunes dans mes cheveux et je porte une robe d'été bleu clair avec un châle vert mousse noué autour de la taille. Je suis assise au bord d'une table en bois, ma robe retroussée jusqu'aux hanches et devant moi se tient le père d'Ingar, son pantalon sur les chevilles. Je serre fort sa bite dans ma main, parce que c'est comme ça que Valle veut que je fasse, serrer de toutes mes forces le manche juste avant qu'il ne se vide.

Mon autre main, la droite, est elle aussi serrée sur un manche. Il est taillé dans un bois de renne et je sens distinctement contre ma paume les monstres mystérieux gravés sur ce vieux couteau same. Ce couteau que Pe a eu quand il était petit, et qui est encore si tranchant qu'il coupe une tomate rien qu'en posant son fil sur la peau.

Je me suis préparée en répétant ce geste en forêt. Un arbre noueux avec un moignon de branche qui dépassait, la main gauche tenant fermement l'écorce rugueuse et la main sur le couteau à la taille, puis un rapide mouvement de bas en haut, le tranchant vers le haut, et la lame est facilement entrée d'un bon centimètre, en arrachant un gros bout d'écorce, tandis que sous mes yeux béait une plaie ouverte hérissée de blancs éclats de bois.

Je tiens son membre aussi fermement que s'il était attaché à un arbre et j'attends les petites mais puissantes contractions dans ma main gauche. Quand le jet monte et que le père d'Ingar s'approche pour que sa bite me crache dessus, je fais le même mouvement rapide que devant l'arbre noueux. J'ai à peine le temps de voir passer ma main droite, et je crois d'abord n'avoir tranché que du vent.

Mais la chair humaine n'a pas les fibres dures de l'arbre et la lame aiguisée comme un rasoir ne rencontre pas grande résistance en traversant une fine peau, de la viande gorgée de sang, des veines et un urètre. La coupure est si fine qu'elle ne saigne pas tout de suite, mais bientôt ça se met à couler sur ma main fermée et mon poignet, et je lève les yeux vers lui.

Lui aussi regarde le plafond, et pousse un profond gémissement comme s'il jouissait, et je lâche alors sa bite et le reste du sang jaillit comme l'eau d'un trou tout juste ouvert dans la glace.

Il baisse la tête avec un regard aussi éteint que celui du poisson qu'il m'a forcée à tuer à coups de talons sur la glace de l'étang, et entre ses jambes tremblantes pend un bout de chair rouge sombre accroché à quelques fragiles tendons.

Je m'écarte de lui, je me traîne en arrière sur la table le couteau à la main, tandis que quelques pissenlits tombent de mes cheveux et atterrissent sur le sol de la cuisine, d'un jaune vif dans cette bouillie rouge, et c'est alors qu'il crie, l'ordure, un cri étouffé tourné vers l'intérieur qui lui arrache la gorge, strident, et dans ses yeux brille soudain un désir désespéré de vivre.

Je laisse le père d'Ingar gisant à terre, les mains pressées contre son bas-ventre. Je souris à Asta quand nous nous croisons dans la cour de la ferme, mais elle se précipite, livide, en voyant le couteau ensanglanté dans ma main et les éclaboussures sur ma robe.

Je vais alors chercher Vidar dans la maison voisine, je soulève mon petit frère fiévreux sous un bras avant de ressortir et de traverser le terrain jusqu'à la remise. J'y trouve trois bouteilles de pétrole lampant et une grosse boîte d'allumettes. Je demande à Vidar de m'attendre. "Ne sors pas, sinon je te bats", lui dis-je et, une fois mon petit frère blotti derrière le placard à confitures, je sors avec les bouteilles de pétrole en refermant derrière moi.

C'est une belle journée d'été avec un soleil qui – même s'il veut sûrement bien faire – brille bien trop chaud. L'herbe sèche craque et ses tiges piquent les pieds nus comme des échardes. La sueur dans les yeux, je vide la première bouteille de pétrole sur le perron de la maison des voisins.

Je répands ensuite le contenu des deuxième et troisième bouteilles dans l'herbe autour de la maison où Vidar et moi avons grandi, et j'entends à l'intérieur les sanglots d'Asta ponctués des râles rauques de Valle. Ils ne remarquent même pas quand je mets le feu, car personne ne crie ni ne se précipite dehors, même pas quand les flammes se mettent à crépiter bruyamment dans leur danse sur les murs de rondins. Quand j'ai fini, ma robe d'été poisse sur mon corps qui, même si la situation est un peu meilleure que l'hiver dernier, ressemble presque à un squelette.

Je regagne la remise, remplis un sac à dos avec de la nourriture, des couvertures, et même le couteau same après en avoir essuyé le sang. Je prends alors Vidar par la main et quand nous nous mettons en route, j'entends un caquètement solitaire dans le poulailler.

Des deux poules qui ont survécu à l'attaque du glouton, il n'en reste qu'une, que je décide d'emporter. Elle a une curieuse façon de marcher : au lieu de la promenade saccadée des autres poules, elle balance doucement tout son corps, dandinant du postérieur comme une dame distinguée, ce qui m'a fait la baptiser Marie-Antoinette.

Elle s'arrête à un mètre de moi, incline la tête de côté et me regarde fixement.

Idiote cervelle de poule, me dis-je en la fixant à mon tour.

Aussi idiote que moi.

Sur le crâne de la poule blanche, la crête est rouge comme une flamme et ses yeux vides sont rouges eux aussi. Il ne doit pas y avoir grand-chose de sensé dans cette petite tête.

Main dans la main avec Vidar et Marie-Antoinette sous le bras, je prends le sentier vers la maison abandonnée. La seule chose qui me fait mal, c'est que Pe sera désespéré à son retour de Dalécarlie, en trouvant tout détruit et ses enfants disparus. Si jamais Em pleure, puisse-t-elle le faire très longtemps en songeant à ce qu'elle m'a fait.

Je pense à Pe, et mes yeux commencent à me brûler. J'ai détruit notre maison, j'y ai mis le feu.

Il me semble que le petit chalet penche encore plus qu'à ma dernière visite. Comme les pins tortueux alentour, le vent a poussé toute la maison vers l'est. J'entends un étrange sifflement au loin, suivi d'un grondement. C'est peut-être le vent du nord-ouest qui roule sur la montagne, même si pour le moment il n'y a pas un souffle par ici.

Pendant que Marie-Antoinette se dandine dans les herbes hautes du terrain en picorant de quoi manger, je vais ouvrir la porte de la maison. Comme d'habitude, elle racle contre le sol, et tout le reste est à l'avenant, inchangé : les fissures du conduit de la cheminée comme des éclairs et les fenêtres condamnées par des planches clouées.

Je me penche pour avancer sous la toiture enfoncée. Même le lit armoire tout au fond de la maison semble comme d'habitude. La seule différence depuis la dernière fois est la chaleur désagréable.

“Entre te coucher.”

Je pose mon sac à dos sur le sol de la cuisine et je sors une couverture pour Vidar, qui se blottit aussitôt dans le lit.

Par terre, à côté du poêle à bois, un bric-à-brac s'entasse dans la poussière. J'y trouve un tisonnier assez solide que je glisse sous la planche qui condamne la fenêtre de la chambre. Le bois cède avec un craquement et quelques clous rouillés sautent du mur quand je fais levier avec la tige de fer. La fenêtre qui ouvre vers le muret a un trou béant par lequel s'engouffre l'air frais emplissant la maison.

Le sol semble différent, là-bas, près du mur, pas d'herbe, rien que la terre brune.

Je sors regarder, là où Ingar m'a montré l'Intemporelle, la Vierge Nue qui fleurit en automne plutôt qu'au printemps comme les autres fleurs.

Alors, elle resplendissait de pourpre, mais il ne reste plus aujourd'hui qu'une poignée de tiges pâles et flétries aux pétales fanés.

Une grosse pierre est posée à côté du mur, comme si on l'avait descendue là, et la terre tout autour semble encore meuble, comme si un trou avait été creusé, puis rebouché.

Tandis que j'arrache les fleurs empoisonnées avec leurs racines, je me demande qui peut avoir creusé ce trou, et quand. Peut-être au printemps, ou l'été dernier, avant que la terre ne gèle ?

Est-ce l'Homme Noir qui est enterré là-dessous ?

Après avoir brûlé son corps, les Anciens ont peut-être enfoui là ses restes d'os et dans ce cas, le plus vraisemblable est que cela remonte à l'été passé.

Je regagne la maison et je mets les fleurs dans le poêle pour les brûler. Pétales, tiges, racines et les capsules de graines qui sont les plus dangereuses. Après avoir refermé la trappe, je renifle mes doigts, et l'odeur me noue le ventre.

C'est la même saveur amère que dans la tisane que Pe me fait parfois boire avant mon sommeil, et je me demande s'ils en ont aussi donné à Vidar, mais je ne crois pas. En tout cas, je ne l'ai jamais vu faire.

Ingar disait que le poison de la Vierge Nue était aussi puissant que l'arsenic et que quelqu'un avait forcément planté ces fleurs, qui ne poussent naturellement que beaucoup plus au sud.

Deux jours plus tard, alors que le soleil plonge derrière l'horizon, depuis la crête du champ abandonné, je regarde les forêts vers le sud. On aperçoit plusieurs colonnes de fumée au loin, et je me demande si l'incendie du village s'est étendu à la faveur du vent. Asta et Valle sont peut-être morts dans la maison, en train d'attendre de retrouver leur fils dans l'autre monde.

Je pense qu'Ingar se vengera d'eux dans la mort, de son père et de sa mère qui ont pilé des graines de poison dans le mortier, et ont fait en sorte que des démons le hantent les derniers temps de sa vie.

Puis ils l'avaient abattu comme un animal malade.

Je vois des flammes et des arbres calcinés droit devant moi, il me semble entendre la résine orangée exploser dans les troncs sous l'effet de la chaleur.

Au loin, à l'ouest, le massif du Helags s'élève comme un géant embrasé dans la nuit de la Saint-Jean, et il me semble que la montagne respire.

Quand je rentre dormir, je trouve Vidar assis dans le lit, la fièvre encore visible dans ses yeux las et brillants.

"Je vais te parler du monde, lui dis-je. Après ça, tu voudras dormir pour ne plus avoir à penser combien il est affreux."

Nous nous installons, moi sur le dos, la tête chaude de mon petit frère sur l'épaule. Je lui caresse le front et je commence à lui parler du monde, tel qu'il apparaît au-delà de notre petit village, des grandes forêts et des montagnes. Mon père m'a raconté la même chose quand j'étais petite, je le restitue de mon mieux.

"Dans le vaste monde, il y a d'horribles machines qui détruisent les arbres, les fleuves, les lacs et les mers. Ces machines sont inventées par des personnes cupides qui ne veulent pas payer les pauvres pour leur travail, alors que les machines travaillent presque gratuitement. Mais elles peuvent être dangereuses, un peu comme le monstre de Frankenstein, se mettre à penser toutes seules et nous exterminer.

— C'est quoi, un monstre de Frank-en-stein ?" demande Vidar en train de s'assoupir.

Je ne sais pas exactement ce que c'est, à part ce que Pe m'en a dit, et je lui explique que c'est un livre qui parle d'un docteur qui fabrique une sorte de machine à partir d'un cadavre.

"Le monstre-machine n'aimait pas ça et s'est vengé sur le docteur et tous les autres hommes, dis-je. Voilà ce qui peut se passer dans le vaste monde, à Stockholm, en Allemagne, en France, en Autriche, et surtout en Amérique, qui est un pays jeune qui se comporte comme un gamin stupide et gâté."

Ces derniers mots sont exactement de Pe. Que toute l'Amérique n'est qu'un gamin stupide avec bien trop de machines dangereuses à sa disposition pour jouer, et que ce gamin stupide salit tout comme ce n'est pas permis, fait du bruit et des caprices.

“Certaines personnes sont si paresseuses qu’elles ne se fatiguent même pas à penser ou parler elles-mêmes, dis-je encore. Et pour elles, il y a des machines avec des boutons spéciaux sur lesquels on appuie pour qu’elles racontent des histoires.”

Je réfléchis. C’est à peu près comme ça que ça marche, si je me souviens bien.

Je chatouille le nez de mon petit frère du bout de l’index.

“Imagine que je suis une machine en train de te raconter une histoire.”

Il me serre dans ses bras, un peu trop fort, comme il le fait parfois.

“Tu n’es pas une machine.

— C’est notre mission de vivre simplement avec ce que la terre nous donne, dis-je avec les mots de père. Si les temps sont durs et que nous avons faim, nous devons le supporter. La graine qui ne pousse pas aujourd’hui poussera demain.

— Poussera demain, répète Vidar, qui a lui aussi entendu la rengaine de Pe.

— Le vrai bonheur, dis-je, se trouve chez les peuples primitifs en Afrique.”

Vidar commence à s’endormir pendant que je lui parle de ces femmes et hommes noirs pauvres qui vivent si près de la terre qu’ils ont une connaissance innée de qui ils sont et de comment tout, vraiment tout fonctionne *réellement*.

“Ils ont à peine des vêtements. S’ils veulent quelque chose de joli, un bijou, peut-être, ils le fabriquent plutôt que de l’acheter. Ils n’ont jamais eu de chef qui les trompe et leur ment pour avoir le pouvoir et la richesse, et pour cette raison leurs histoires sont toujours vraies, leurs récits parlent de notre être le plus profond et de notre lien avec les animaux et la planète tout entière."

Je me suis appuyée contre l'épaule de père de la même façon que Vidar se repose contre la mienne, et il m'a mise en garde contre le monde : *Quoi que tu fasses quand tu seras grande, ne t'approche pas des villes, et surtout de la capitale.* Il m'a raconté à quel point Stockholm était horrible, sale et laide et pleine de vacarme et de gens rendus fous par la cupidité ou malades de ne pas s'y sentir bienvenus.

"L'humanité va s'anéantir elle-même, de son plein gré", dis-je dans le noir, mais la respiration lente de mon petit frère me montre qu'il s'est endormi.

J'écarte quelques mèches trempées de sueur du front de Vidar et je me dis que demain il faudra que j'essaie de faire quelque chose contre sa fièvre. Peut-être qu'il y a quelque part une machine pour ça ?

Je n'en ai jamais entendu parler, mais en revanche, au cours de mes voyages nocturnes, j'ai vu des machines. Ce ne sont peut-être que des rêves, mais peut-être aussi des souvenirs d'autres mondes et d'autres vies.

Je me souviens que j'étais enfermée et attachée avec une grosse sangle dans une petite maison. Cette maison n'était pas immobile comme les maisons normales, mais se déplaçait entre d'autres maisons, et certaines d'entre elles allaient vraiment très vite. Il y avait aussi des maisons posées sur le sol, avec tant d'étages qu'on n'en voyait pas le toit.

Quand j'étais plus petite, j'avais parfois l'impression de me trouver dans une pièce blanche avec une boîte fixée au mur, dans laquelle je pouvais regarder. Dans la boîte, il y avait un théâtre de marionnettes, mais avec des gens vivants qui se promenaient et parlaient entre eux, et qui ne savaient pas que je les observais.

Voilà les pensées qui me traversent, moi, Stina de Vitvattnet, quand je couche mon petit frère malade de la fièvre dans le lit des piqueurs.

Au bout d'un moment, ma respiration se confond avec celle de Vidar et toutes mes pensées disparaissent.

Notre sommeil est si profond que nous n'entendons pas la porte d'entrée racler sur le sol. Elle reste à demi ouverte et nous ne voyons pas les hommes qui jettent un œil à l'intérieur, et ils ne nous voient pas non plus, cachés que nous sommes dans l'ombre du lit armoire.

Quand ils referment la porte, elle racle à nouveau sur le parquet et, encore à demi endormie, je soulève doucement la tête de Vidar de mon épaule et je me tourne sur le côté.

Mes pensées me reviennent et j'entends des hommes parler.

"Elle est en ruine depuis longtemps.

— On dirait.

— Ça ne vaut pas le coup de s'en occuper."

J'ouvre les yeux et regarde dans le noir. Un peu de lumière entre par la fenêtre cassée, et dans la cuisine la poussière tourbillonne.

Puis un claquement sourd dehors, et je suis entièrement réveillée.

59

ROUTE NATIONALE 84

Dès la veille, quand ils avaient emprunté la piste pour rejoindre la ferme de Tuija Hammarström, Åhlund avait senti que la mauvaise qualité du revêtement risquait d'abîmer les suspensions du van. Tout juste après quatre heures le matin suivant, à mi-chemin sur la même route, un choc puissant ébranla le châssis. Il freina et coupa le moteur.

Ils se trouvaient au milieu d'un virage, une roue avant dans un nid-de-poule, devant une montée raide parmi les sapins.

"Qu'est-ce que c'était ? demanda Love depuis la banquette arrière.

— Un ressort pneumatique qui a craqué ?" proposa l'infirmier pénitentiaire.

Åhlund chercha dans ses souvenirs, car ce bruit ne lui était pas complètement inconnu.

"Le ressort pneumatique droit et l'amortisseur du même côté", dit-il avant de défaire sa ceinture et d'ouvrir la portière. En sautant dehors, il maudit tous ces voyants d'alerte qui ne clignotaient pas en rouge quand ils auraient dû, mais s'allumaient à tort et à travers quand il n'y avait absolument aucun problème.

De l'extérieur, tout semblait normal, ce qui était bizarre, puisque le lourd châssis du minibus aurait dû s'affaisser au moins un peu.

La situation exigeait de réagir vite. Quand il eut décidé quoi faire, il se remit derrière le volant, démarra et regarda Olivia.

“Je sais qu'il est tôt, mais pourrais-tu appeler Laatila pour lui expliquer que nous devons rouler au pas jusqu'à Linsell ? Ce serait bien qu'elle envoie quelqu'un à notre rencontre, au cas où cette caisse rendrait l'âme.”

Nino avait quarante-cinq minutes d'avance et, s'il avait pris le chemin que pensait Åhlund, il y avait urgence. L'itinéraire le plus court, à travers bois, faisait quinze kilomètres jusqu'à l'église de Linsell. Si Nino voulait continuer au nord-ouest, ce qui était le plus plausible, le pont de Linsell était le passage le plus proche pour traverser le Ljusnan sans avoir à nager.

Le compteur de vitesse plafonnant à dix kilomètres-heure, ils se traînèrent en haut de la pente, et Åhlund devina que leurs chances de le prendre de vitesse venaient de se réduire.

Elisabeth Laatila vint à leur rencontre un quart d'heure plus tard, alors qu'ils venaient de quitter la piste et avaient atteint un maximum de trente à l'heure sur la route 84.

Åhlund se gara sur le bas-côté empierré.

“Elle est bonne pour le garage, dit-il avec un soupir. Je crois que la raison qui nous permet seulement de rouler est que le ressort de la suspension est maintenu en position haute par un amortisseur défectueux coincé contre le joint de transmission. Une pure chance, si tu veux mon avis.

— Je ne sais absolument pas de quoi tu parles, mais c'est sans importance, dit Elisabeth par sa fenêtre ouverte. Une « personne en tenue de prisonnier » a été vue traversant le pont il y a bientôt une demi-heure."

Il y a une demi-heure ? pensa Åhlund.

Putain, ça ne collait pas.

"Impossible, dit-il.

— Apparemment pas, répondit Elisabeth. Un chauffeur routier a vu Nino plonger dans la forêt en direction de Sonfjället. C'est une zone sans aucune route, et c'est pour ça que j'ai appelé un hélicoptère."

Ils prirent leurs affaires et rejoignirent le pickup d'Elisabeth. Åhlund s'assit sur la place du milieu et Olivia à côté, le terminal radio sur les genoux.

"Les autres, il va falloir vous mettre derrière, dit Elisabeth, sur quoi Love et l'infirmier pénitentiaire grimpèrent sur le plateau du pickup.

— Nos hélicoptères, à Östersund, sont mobilisés sur les feux de forêt plus au nord, et c'est la même chose pour ceux du secours en montagne, reprit-elle. Mais j'ai réussi à en obtenir un de Mittådalen qui va nous prendre au bord du fleuve."

Åhlund s'apprêtait à demander pourquoi ils n'envoyaient pas des chiens, mais s'abstint. Les distances étaient sans doute trop grandes pour pister le fugitif de cette façon.

Elisabeth effectua un demi-tour et repartit vers le nord sur la route 84.

“Il y a un village same à Mittådalen, qui nous a déjà aidés avec son hélicoptère par le passé, et ils connaissent bien le terrain. Vous allez faire la connaissance d’un gars un peu spécial, mais ne vous méprenez pas. Je vous garantis qu’il sait exactement ce qu’il fait.

— Ils ont des caméras thermiques, n’est-ce pas ? demanda Olivia tout en guettant la réception sur l’écran de la radio. Pour surveiller les rennes ?”

Elisabeth hocha la tête.

“Et pour abattre les prédateurs. Il y a beaucoup de loups.

— Contact, dit Olivia en appuyant sur un bouton. C’est Jeanette…

— Vous me recevez ?”

La voix de Jeanette retentit dans l’habitacle.

“Cinq sur cinq, dit Olivia. Où vous êtes ?

— En route vers le nord… Le traçage des téléphones de Qviding a montré un intéressant développement au cours de la nuit. Les signaux se sont éteints juste après deux heures et demie du matin, à Arlanda, et ils se sont rallumés il y a dix minutes à l’aéroport de Røros. Ils ont pris une voiture.”

Olivia fronça les sourcils.

“En Norvège ?

— Oui, Røros est en Norvège, répondit Jeanette, mais pas à plus de quarante minutes en voiture de la frontière suédoise, et c’est dans cette direction qu’ils roulent en ce moment même.”

60

ROUTE RÉGIONALE 301

Jeanette se mordit une peau d'ongle, en arracha un petit morceau, de quoi provoquer une légère douleur, suffisamment cuisante pour la distraire de sa nausée. Schwarz roulait vite, à la limite de ce qui était nécessaire.

"Je n'avais aucune idée que Qviding disposait d'un avion privé, dit-il tandis qu'ils traversaient Ovanmyra, encore un petit village de maisons rouges à coins blancs. Que dit Swedavia à propos de l'appareil ?

— Un Cessna, enregistré au nom de sa maison d'édition norvégienne."

Sur son téléphone, Jeanette suivait le trajet des Qviding grâce au lien envoyé par Emilia Svensson vers le logiciel français de traçage. Les deux points rouges venaient de franchir la frontière suédoise et s'approchaient d'une localité appelée Fjällnäs. Les Qviding roulaient sur la nationale 84, la même route que le groupe d'Åhlund, mais cent trente kilomètres à l'ouest.

"Les Qviding vont bientôt bifurquer vers le nord, dit Jeanette, plus précisément au prochain embranchement, à Funäsdalen.

— Comment peux-tu en être aussi sûre ?

— Si tu avais lu *Vie et mort de Stina* plus attentivement, tu aurais pu le deviner toi-même.

— Est-ce que ce livre contiendrait une sorte de description d'itinéraire ? demanda Schwarz, alors qu'ils traversaient encore un autre village idyllique badigeonné de rouge de Falun.

— Par élimination, on peut circonscrire une zone, assez vaste, mais cependant délimitée. Ajoute à ça qu'ils ont atterri à Røros et non Åre ou Sveg, alors…

— Ah bon… Mais Per Qviding a l'air de fabuler un peu comme ça lui chante. Et si tout était inventé ? On parle quand même d'un roman, là."

L'imagination de Qviding n'est pas retorse à ce point, pensa-t-elle, tout en reconnaissant par-devers elle que Schwarz avait dans une certaine mesure raison.

"Au fait, tu arriveras à piloter un quad, si besoin ? demanda-t-elle un peu plus tard.

— Ça ne posera sans doute aucun problème côté pied, répondit-il. Tu crois que le couple Qviding se dirige vers le même endroit que Nino ?"

Elle hocha la tête.

"Tout semble l'indiquer, mais nous l'aurions compris plus tôt si nous n'avions pas commis une certaine négligence.

— Une erreur, tu veux dire ?

— Oui… Nous n'aurions pas dû nous contenter de montrer les photos de Vladimir à Nino. Nous aurions dû lui montrer aussi celles de Per et Camilla Qviding.

— Facile d'avoir raison après coup…, dit Schwarz. Et pourquoi es-tu si certaine que Nino les aurait reconnus ?

— Il n'aurait pas seulement « reconnu » les Qviding, dit Jeanette. Il les *connaît*, parce qu'ils ont une relation personnelle."

61

MÉLANCOLIE BLANCHE

Par une fente entre les planches de la fenêtre condamnée de la cuisine je regarde les trois hommes vêtus de noir, crasseux, tandis qu'ils quittent la maison, l'un d'eux emportant la poule.

Pe et Em m'ont mise en garde contre les voleurs et les vagabonds, mais j'ai entendu ce que ces hommes ont dit en jetant un coup d'œil à l'intérieur – que la maison était depuis longtemps en ruine, et qu'elle ne valait pas la peine qu'ils s'en occupent – alors ils ne reviendront sans doute pas.

Marie-Antoinette agite de temps en temps ses ailes blanches, des ailes aussi incapables de voler que l'est sa cervelle de penser, car pour le reste cette idiote reste calme dans les bras du voleur, comme si elle imaginait une vie meilleure avec eux. Ils sont sûrement carnivores et bientôt, dès qu'ils s'apercevront que Marie-Antoinette ne pond presque pas d'œufs, ils lui couperont le cou.

Je les vois disparaître dans la forêt. Ils l'écorcheront et la saigneront. Feront un bouillon avec sa carcasse et mangeront le reste.

Je retourne auprès du lit et je regarde Vidar qui ronfle toujours, le front brûlant, pâle. Je regrette d'avoir quitté le village dans une telle précipitation, sans avoir emporté davantage de provisions. Un morceau de pain, un bocal de cornichons et un sac de haricots, ça ne va pas durer longtemps.

Si nous voulons habiter ici, je vais devoir nous trouver de quoi manger tous les jours. En cas de nécessité, je pourrai pêcher, un peu comme Valle me l'a enseigné. Ça me fait penser à sa courte canne à pêche et son hameçon *mormychka*. Ça aurait été bien de l'avoir ici, mais tout a dû brûler avec leur maison.

En revanche, j'ai pris les allumettes, et je fouille dans la cendre à la recherche de quoi allumer le poêle pour brûler les fleurs empoisonnées. Parmi les débris qui jonchent le sol de la cuisine, je trouve une pile de papiers sales et jaunis dans lesquels j'entreprends de déchirer de petites bandes à glisser dans la trappe du poêle.

Le papier est délavé et couvert de taches d'humidité et de vieilles crottes de souris, mais on voit qu'il vient d'un livre ou peut-être d'un journal.

En déchirant une page, comme la saleté en tombe, je m'arrête sur un petit portrait imprimé. Je vois aussitôt que c'est une image photo de la même belle femme brune qui était dans le livre caché sous le lit d'Ingar.

La femme porte sa couronne de reine sur la tête et sourit, heureuse. LES FIANÇAILLES ONT ÉTÉ PROCLAMÉES LE 12 MARS, lit-on sous l'image, mais le reste du texte est difficilement lisible à cause de toute la poussière. J'ouvre l'arrivée d'air, je gratte une allumette et l'approche du poêle.

J'ajoute le papier avec l'image de la reine. Le papier brûle bien. Mais pas l'Intemporelle. Les fleurs léchées par les flammes se contentent de lâcher un peu d'un liquide mousseux et, tandis que je regarde le beau visage de la reine prendre des formes grotesques sous l'effet de la chaleur avant d'être avalé par les flammes, je me souviens enfin de tout le reste de ce que j'ai laissé au village et qui a probablement connu le même sort que ce papier dans le poêle, car tout ce que j'ai oublié d'important était fait de papier, l'aliment favori de tous les feux.

Non. Je suis plus idiote que la plus idiote des poules.

Le Joyau de la reine a dû brûler.

Il était sur l'étagère de mon lit dans ma chambre, avec *Don Quichotte* et *Les Voyages de Gulliver.* Et dans un carton il y avait toutes les partitions.

Et mes carnets, me dis-je en refermant la trappe du poêle, tandis que les larmes me montent aux yeux. Même si je n'y ai pas touché depuis avril, quand j'y ai écrit pour la toute dernière fois en me promettant de ne plus jamais rien y écrire, je ne veux pas qu'ils soient détruits.

Mais ils auront peut-être résisté.

À la différence des bibles et de *Walden* de Thoreau, qui étaient sur une étagère à la cuisine, mes carnets sont j'espère encore intacts, cachés sous une latte branlante du parquet de ma chambre, près de mon lit.

Je ne me suis pas donné la peine de mettre le feu à la Maison des Anciens. Peu importe qu'ils s'en soient sortis, puisqu'il n'y a que des choses mortes là-dedans, et rien à manger. Rien sinon de la nourriture pourrie pour les moustiques, les mouches et autres carnivores.

Je comprends qu'il faut que je retourne au village voir si mes carnets sont toujours là. Et au village il reste aussi des provisions dans la remise, qui n'a peut-être pas brûlé. Avant tout, il faut de l'eau fraîche. Je décide d'aller faire un tour sur les hauteurs pour voir s'il y a un torrent, puis dans la forêt pour trouver quelque chose à manger. Avec un peu de chance, j'aurai le temps de tout faire pendant que Vidar dort.

S'il va mieux demain, je pourrai retourner au village, me dis-je pendant que je cherche quelque chose à brûler dans le poêle.

Tout au fond de la remise à bois, je trouve un carton contenant une paire de chaussures. Elles sont rouges, semelles en bois, avec une étiquette sur le bord du talon : MELISSA, ÉCOLE MATERNELLE DE BERGSHAMRA.

62

MÏHTE

L'hélicoptère les attendait dans un des petits champs au bord du Ljusnan. D'après Elisabeth Laatila, le pilote, Jovva Spiik, était à la fois éleveur de rennes et pilote d'hélicoptère depuis la fin des années 1960. Il était noueux, de petite taille, sans doute soixante-dix ans passés, vêtu d'une chemise de bûcheron jaune et noir et d'un pantalon de travail élimé.

"Un Eurocopter EC120 Colibri ? demanda Åhlund, dont Love comprit alors que l'intérêt pour les véhicules et les moteurs s'étendait aussi aux hélicoptères. Quatre passagers plus le pilote ?

— Oui, répondit Jovva qui leur tournait le dos, en train d'ajuster un des sièges.

— Ça soulève une demi-tonne, non ?

— Tout juste", marmonna Jovva penché sur la banquette arrière pour contrôler quelque chose.

Åhlund posa la main sur l'épaule de Love.

"Je préférerais vous avoir avec Olivia et moi là-haut. Vous avez un effet apaisant sur Nino, et nous ne savons pas dans quel état il sera quand… Si nous le retrouvons.

— On va retrouver le garçon", dit Jovva Spiik avant de monter dans l'hélicoptère et de se mettre aux commandes.

Il y avait trois sièges identiques séparés à l'arrière, et deux à l'avant, semblables à ceux de voitures de course, hauts et étroits, tendus de cuir noir. Love s'attacha à l'arrière, sur la place du milieu. Olivia s'assit à sa droite et Åhlund à l'avant, tandis qu'Elisabeth et l'infirmier pénitentiaire restaient au sol, laissant la dernière place de l'hélicoptère pour Nino.

Jovva distribua un casque à chacun, pour pouvoir communiquer. L'hélicoptère s'éleva lentement en s'inclinant légèrement de côté. La stabilité assurée par la ceinture de sécurité à trois parties était la bienvenue. En contrebas, les hautes herbes des champs se transformèrent en une mer verte houleuse.

"Tout va bien, Love ?" demanda Olivia.

Il lui sourit en s'efforçant de cacher son haut-le-cœur. Le vaste paysage s'étendit bientôt à perte de vue et, monté à trois cents mètres, l'hélicoptère se stabilisa. Sous eux, des forêts épaisses où serpentaient des cours d'eau, au-delà des terrains plus ouverts et plus hauts, des toundras couvertes de lichens et, tout au fond, on apercevait le Sonfjället dans des nuances passées gris-violet et vert clair.

Alors que la beauté de la vue avait fait oublier à Love son estomac inquiet, il aperçut les colonnes de fumée des incendies de forêt plus au nord et à l'ouest du massif montagneux.

La caméra thermique était installée sous l'hélicoptère. Quand Jovva alluma un écran sur le tableau de bord, Åhlund se pencha en avant pour regarder par le grand pare-brise arrondi.

"À combien sommes-nous de la montagne ? Vingt kilomètres ?

— Dix-huit, répondit Jovva en rajustant son casque.
— Et quelle altitude, le sommet ?
— Mille deux cent soixante-dix-huit mètres."

Jovva tapa du doigt sur l'écran qui montrait le paysage forestier sous leurs pieds. Les formes des arbres, des buissons et des petits ruisseaux apparaissaient nettement dans une échelle détaillée de gris, tandis qu'au milieu une silhouette blanche se déplaçait rapidement au sol.

"*Gaup*, dit Jovva, avant d'actionner le manche aux allures de joystick entre ses genoux, ce qui les fit commencer à glisser vers l'avant.

— Un lynx ?" interrogea Åhlund, mais Jovva Spiik paraissait profondément concentré sur le pilotage et ne répondit pas.

La silhouette blanche du félin disparut de l'écran et Åhlund fit tourner une molette qui gérait le zoom. Quand Olivia commença à tester sa caméra thermique manuelle, Jovva jeta un coup d'œil à Love en prononçant sa plus longue phrase jusqu'ici :

"Il y a des jumelles normales sous votre siège, si vous voulez aider."

Love prit les jumelles et balaya le paysage. Pendant qu'ils attendaient l'hélicoptère, Elisabeth leur avait expliqué que l'accès à la zone par voie terrestre était déconseillé en raison des incendies. En temps normal, le trafic aérien était limité, Sonfjället étant un des plus anciens parcs naturels d'Europe, mais la situation exceptionnelle exigeait des interventions par les airs. Plus au nord, on apercevait des canadairs et des hélicoptères.

"Qu'est-ce que c'est, là ? demanda Olivia en montrant le flanc ouest de la montagne.

— Bœuf musqué", répondit Jovva.

Love parvint à le saisir dans ses jumelles. L'énorme animal avançait en équilibre sur une crête, son pas lourd faisant glisser des paquets de pierres le long des pentes.

"Les bœufs musqués ne vivent pas plus à l'ouest, vers la frontière norvégienne ? demanda Åhlund.

— Si, lâcha Jovva en faisant un peu prendre de l'altitude à son hélicoptère. Mais plus maintenant.

— À cause des incendies ?

— Oui, c'est ça", dit le vieil homme.

L'hélicoptère monta encore et Love commença à se sentir à nouveau mal en reposant les jumelles quand il réalisa soudain combien ils étaient haut.

"Dans l'Härjedalen, il y a en tout six mâles et trois femelles, dit Jovva. Là, c'est un taureau qui erre à la recherche de femelles, d'un autre troupeau.

— Qui donc n'existe pas ? demanda Love.

— Qui n'existe pas."

Jovva pressa sur un bouton du tableau de bord et rapprocha le micro de son casque de sa bouche.

"Ici Spiik. R61. Quelles directives ?"

Il changea de fréquence, on n'entendit plus la conversation et Love reprit son observation aux jumelles. Plus près de la montagne, on ne voyait rien. Pas d'animaux, pas même d'oiseaux, et la fumée des incendies semblait augmenter.

"OK, fit Jovva et, quand Love reposa ses jumelles, le contact radio était coupé. Un canadair et des hélicoptères arrivent. Nous devons changer de route, mais nous pouvons continuer."

Il indiqua l'incendie le plus proche :

“Celui-ci est criminel.”

Olivia secoua la tête.

“Ah, quels crétins !

— Il faut économiser son mépris, eu égard au grand nombre des nécessiteux”, dit Jovva sans quitter des yeux son tableau de bord.

Olivia rit.

“Et qu’est-ce que ça veut dire ?

— Proverbe.”

Jovva poussa doucement le manche vers la gauche, toujours concentré sur les cadrans devant lui.

L’hélicoptère décrivait un demi-cercle au sud-ouest du massif, ce qui n’était pas optimal pour la recherche par caméra thermique. Les incendies constituaient des sources de chaleur. Tandis qu’ils passaient à l’ouest de la montagne, ils emplissaient presque entièrement l’écran.

Åhlund soupira.

“Je vois plusieurs sources de chaleur en mouvement, mais s’il s’agit d’animaux ou de personnes… Je ne sais pas. C’est trop loin.”

Deux hélicoptères approchaient depuis le nord chargés de leurs seaux, énormes sacs rouges pendant au bout de longs filins. Plus à l’ouest scintillait une poignée de petits lacs, et Jovva leur expliqua que c’était une chance.

“D’ici quelques heures, ce sera éteint, dit-il. C’est plus grave vers le massif du Helags.”

Les sacs s’ouvraient dans une explosion d’éclaboussures, la légèreté de l’eau dans l’air trompait l’œil en donnant l’impression que tout se déroulait au ralenti.

Love partageait l’inquiétude d’Åhlund face à la situation au sol. Un enfer de feu ponctué par d’énormes bombes d'eau. Pourtant, quelque chose lui disait que Nino était parvenu plus loin qu'ils ne le croyaient. Il fit glisser ses jumelles plus vers l'ouest, vers les petits lacs à la limite du parc national.

Une route étroite serpentait à travers le paysage, depuis laquelle plusieurs équipes de pompiers luttaient contre les incendies au sol. Le terrain était assez ouvert, avec des landes parsemées de maigres bosquets de bouleaux nains.

Si Nino était parvenu jusque là-bas, il avait évité le gros des incendies.

Au moins provisoirement.

En général, les localités sames n'étaient pas des villages à proprement parler, mais de vastes zones d'habitat dispersé. Mïhte, Mittådalen en dialecte same du sud, ressemblait pourtant à une sorte de bourg.

Il était huit heures du soir, et pour la première fois le fond de l'air était frais, ce que Love trouva bienvenu. Il était plus facile de réfléchir.

Ils étaient assis sur quelques bancs en bois autour d'un feu, le retour sur terre s'accompagnant d'une curieuse impression de légèreté, comme si, après une journée entière dans les airs, la gravité avait perdu de son influence sur les corps.

Un peu plus loin, près d'une hutte recouverte d'herbe, le drapeau du territoire Sápmi flottait au bout d'une hampe. On retrouvait ses couleurs, jaune, rouge et bleu sur l'arche en bois près de la route. Une sorte de porche surmonté de bois de rennes, avec le texte *Buerie Båateme* en lettres bleues sur fond jaune. Jovva Spiik leur avait expliqué que cela signifiait quelque chose comme bienvenue.

Leur première ronde en hélicoptère n'avait rien donné, pas plus que la seconde, partie de Högvålen. Ces deux vols avaient couvert une zone de cent kilomètres au nord-ouest de Linsell, jusqu'à Mïhte, et même si les incendies compliquaient les recherches, le travail des pompiers du ciel impliquait une bonne vue d'ensemble de l'activité humaine au sol. Mais Nino n'avait été localisé nulle part.

Sur le banc, entre Åhlund et Olivia, une carte était repliée : ils avaient passé une heure et demie devant le feu à essayer d'estimer jusqu'où Nino avait pu arriver et quels itinéraires il avait le plus vraisemblablement empruntés pour éviter les incendies.

"Demain, nous nous concentrerons sur la zone autour du massif du Helags", dit Åhlund en mordant dans un rouleau de pain à la viande de renne fumée.

Jovva Spiik ne s'était pas montré depuis qu'ils avaient atterri sur la route un kilomètre plus au nord. Il était resté près de l'hélicoptère à attendre l'équipement dont il avait besoin pour sa dernière rotation de la journée, en soutien à la lutte contre les incendies. Love s'étonnait de l'endurance du bonhomme. Pour sa part, il avait parcouru en titubant le chemin qui descendait de l'hélicoptère vers Mïhte, toutes ces impressions lui faisant tourner la tête. Ils allaient essayer de dormir quelques heures avant de reprendre les recherches à l'aube. Love doutait que cela suffise. Les autres aussi semblaient fatigués.

Le feu crépita, la chaleur et l'odeur de fumée étaient très marquées. Que ressentait-on, au milieu d'un incendie de forêt ? se demanda-t-il en passant la main sur son bras, dont la peau lui parut brûlante sous sa paume. Derrière le feu, on voyait le torrent qui se divisait en deux, formant la petite île sur laquelle ils se trouvaient. De temps à autre, une brise rafraîchissante arrivait de l'eau.

Au moment où Love pensait demander à Åhlund et Olivia s'ils avaient envisagé la possibilité que Nino ait pu se déplacer en suivant un ruisseau ou une rivière, le téléphone d'Åhlund sonna.

"C'est Jeanette", dit-il avant de répondre.

Åhlund appuya ensuite sur un bouton à l'écran.

"Maintenant, ils t'entendent, dit-il en posant le téléphone à côté de lui sur le banc.

"Salut, c'est Jeanette", dit Jeanette Kihlberg dans la fraîche soirée de l'Härjedalen.

C'était une voix surgie du passé, et Love réalisa malgré lui combien elle lui avait manqué pendant ces neuf années écoulées.

Åhlund ne savait pas si le sourire de Love était triste ou gêné, peut-être les deux.

"Qui est là ? demanda Jeanette.

— Olivia et moi, répondit Åhlund. Et Love Martinsson. Tu n'as pas rencontré Love, n'est-ce pas ?

— Non, mais nous nous sommes parlé au téléphone. Bonjour, Love.

— Bonjour, Jeanette, murmura Love.

— J'envoie un lien sur ton portable pour visualiser le traçage des téléphones, Olivia", dit Jeanette.

Olivia sortit son portable de sa poche intérieure.

“Devinez par où Schwarz et moi sommes passés il y a quelques heures ? demanda Jeanette pendant qu’Olivia pianotait sur son téléphone.

— Vous êtes passés à Mittådalen.”

Olivia brandit l’écran qui montrait une carte et des points rouges.

“Nous sommes en train de regarder le traçage, et il y a six points. Tu peux m’expliquer ?

— Les deux points à trois kilomètres au nord-est de la vallée de Ljungdalen, au milieu de nulle part, c’est Per et Camilla Qviding. Les deux dans Ljungdalen, plus précisément chez un loueur de quad, c’est Schwarz et moi. Les deux autres, toi, Olivia, et Åhlund.”

Åhlund eut l’impression qu’Olivia pensait en cet instant précis la même chose que lui. Que “toi, Olivia, et Åhlund” ne sonnait pas mal du tout.

“Les Qviding ont laissé leur voiture dans Ljungdalen, dit Jeanette. Nous ne savons pas où ils vont, mais nous les suivons à distance. Quand redécollez-vous ?

— Le pilote a proposé à l’aube, vers deux heures et demie du matin. Mais nous ne savons pas… Il devait revenir après une autre mission, mais ne s’est pas encore pointé.”

Vingt minutes plus tard, Åhlund se trouvait avec Love à regarder les dernières braises s’éteindre. Olivia s’était installée dans la maison où ils étaient accueillis pour se reposer quelques heures.

“C’est sacrément beau par ici, dit Åhlund. Un peu une impression d’Amérique du Nord, avec les montagnes et les grands espaces. Je crois que je vais me chercher un chalet quelque part dans le coin."

Pour la pêche, ça doit être le pied, pensa-t-il.

"C'est beau, dit Love. J'ai randonné en montagne avec mon père quand j'étais petit, mais le plus souvent un peu plus au nord." Il montra de la tête la hutte couverte d'herbe. "J'ai même dormi dans un truc comme ça, une fois."

Love baissa le regard vers ses mains jointes. Les traits de son visage étaient très doux dans la lumière du soir et même si Åhlund avait déjà remarqué une certaine féminité chez Love, elle n'avait jamais été aussi marquée.

"Vous avez sans doute remarqué que j'ai été un peu ému quand Jeanette a appelé, dit alors Love. Nous nous étions bien sûr déjà parlé, au téléphone, quand elle m'avait appelé à propos de Besa Undin. Mais elle n'avait pas reconnu ma voix…

— Pas reconnu votre voix ?"

Love hocha la tête.

"En fait, nous nous sommes déjà rencontrés. Il y a longtemps… Quand tout était très différent.

— Vous vous êtes rencontrés ?"

C'était quelque chose dont Åhlund s'était douté, mais il était pourtant surpris de l'entendre confirmé.

"Que voulez-vous dire, tout était différent ?

— Disons que je vivais une autre vie à cette époque. Vous savez déjà que…"

Love s'interrompit en regardant vers les maisons du côté de la route.

"Jovva est revenu, mais je pourrai vous en raconter davantage quand tout ça sera fini…"

Åhlund se retourna. L'homme sec les salua de la main et, quand il approcha, Åhlund vit qu'il avait de la suie sur le visage.

Jovva semblait soucieux quand il s'assit sur le banc à côté de Love.

“Écoutez… Ça ne veut pas forcément dire grand-chose, mais…”

Il leur signala que les pompiers avaient localisé une personne dans la forêt, à une distance relativement sûre du feu.

“Ils travaillaient à un pare-feu un peu au sud d'Uggvallen il y a quelques heures.”

Jovva attrapa la carte posée sur le banc à côté d'Åhlund et la déplia sur ses genoux.

“Là”, dit-il en posant le doigt sur une zone boisée à environ quarante kilomètres au sud-est de Mïhte. Mais quand j'ai demandé une reconnaissance aérienne du secteur, l'observation n'a pas pu être confirmée. »

Åhlund réfléchit. Si c'était Nino, c'était bon signe.

“Autre chose.”

Jovva sortit une pipe et un petit sachet plastique de tabac de la poche de sa chemise.

“Comme vous avez lancé un avis de recherche d'habitations isolées, j'ai creusé ma mauvaise mémoire, continua-t-il en bourrant sa pipe. Dans la vallée entre les massifs du Helags et d'Oviks, il y a beaucoup de forêt. Ça s'appelle Anaris et c'est sur le territoire du village same de Tåssåsen, alors j'y vais rarement, mais il y a dix ans, j'ai repéré un élan blessé par balle du côté de la montagne…”

Il alluma sa pipe avec une allumette et tira dessus en soufflant de petites bouffées de bois de santal et de foin.

"Il n'était pas censé y avoir des maisons dans ce coin-là, dit-il alors. Mais j'ai vu une cheminée fumer. Et quelques poules qui couraient en liberté."

63

MÉLANCOLIE BLANCHE

Pendant la journée, je fais ce que j'ai prévu. Dans le ruisseau, je remplis une bouteille qu'il y avait dans la cuisine de la maison. C'est plus difficile de trouver des baies, mais je finis par découvrir un endroit où poussent des fraises des bois, dont je remplis ma robe nouée en corbeille.

Le soir venu, Vidar s'endort sous la couverture, mais son corps dégage une telle chaleur que je sue et n'arrive pas à trouver le sommeil.

Je pense à tout ce que Valle m'a fait depuis six mois. Ses mains qui ont pincé la peau de mes seins et de mes hanches, ses mains qui m'ont tiré les cheveux si fort que j'ai vu des éclairs, et je pense à sa bite, sa maudite bite et tout ce qu'il m'a fait avec. Le pire était quand il me l'enfonçait dans le mauvais trou et qu'il en coulait du sang et de la merde et que j'avais du mal à marcher et à m'asseoir pendant plusieurs jours.

C'est bizarre, mais malgré toutes ces horreurs, je pense que Valle m'aimait bien quand même, m'aimait presque, et que ce qui me manquait était ce qui me différenciait d'Ingar : que j'étais une femme.

Le père d'Ingar m'a aimée, mais m'a haïe parce que j'étais une femme.

Le lendemain, il fait plus frais qu'il n'a fait depuis longtemps et, quand je pose ma main sur le front de Vidar, il me semble lui aussi plus frais. Il me regarde de ses grands yeux ronds et je m'imagine qu'ils ne sont pas aussi brillants qu'hier, plutôt secs, ce qui est sans doute bon signe. Je lui explique :

"Il faut que je retourne à la maison. N'ouvre pas si quelqu'un vient et reste silencieux, il y a des voleurs et des brigands partout, comme dans *Don Quichotte.*"

Il fait un clin d'œil las en hochant la tête.

"Sancho Pança, dit-il d'une voix rauque.

— Oui, quand je reviendrai avec des provisions, tu pourras être Sancho Pança et moi don Quichotte et nous pourrons partir à la recherche du bijou volé à ta femme Teresa, pour le lui rapporter."

C'est un jeu auquel Vidar veut parfois jouer, mais comme il lit très mal, le déroulement du jeu se mélange un peu avec ce qui se passe vraiment dans le livre.

"Mange les fraises, lui dis-je alors. Sinon je ne jouerai pas avec toi de tout l'été."

Je sors, et le soleil est déjà haut, mais les vents sont froids. Une brume plane sur les sapins, ou bien ce sont les nuages qui sont descendus plus bas que d'habitude, et pas un oiseau ne chante, pas même quand je descends vers la vallée. Il y a une étrange lumière rougeâtre sous les branches et le vent qui souffle par intermittence entre les troncs me fait frissonner : sous ma jupe, la peau de mes cuisses se couvre de petites bosses comme celle d'une poule.

Et le voilà.

Le dangereux vent du nord-ouest, qui peut être violent au point d'arracher à la montagne des masses de rochers capables d'enterrer des villages entiers, et son grondement vient d'en haut, comme si tout était déjà sur moi, et je m'arrête les yeux vers le ciel.

Aucune pierre ne me tombe dessus, mais le nuage de fumée couvre le ciel, une fumée faite de gravier et de terre arrachée à la montagne, et je me précipite pour me protéger, blottie sous les branches épaisses.

Exactement comme Pe m'a dit de faire quand on est surpris dehors par le vent du nord-ouest, je m'accroupis sous les arbres, mes bras autour d'un tronc que je serre très fort pour ne pas être emportée, puis je ferme les yeux.

Le crépitement de gravier qui vole retentit dans la forêt tandis que le puissant sapin gémit au-dessus de moi et craque dans mes bras, comme si le tronc était la jambe d'un géant luttant contre le vent. Contre le vent du nord-ouest qui secoue les bras et le corps du géant et emplit l'air d'écorces et de petits débris qui me fouettent le visage.

Puis vient un grincement de l'intérieur de l'arbre, comme si toute la forêt soufflait quand le vent soudain cesse et que le calme revient au sol.

Le bruit venu d'en haut ne ressemble plus au vent, plutôt à un ronflement et à un bourdonnement.

Je crache les aiguilles de sapin et les saletés qui m'emplissent la bouche et j'ouvre les yeux.

Puis je sors un peu de sous les arbres en rampant et j'écarte une grosse branche.

Ce que je vois n'existe pas réellement, et pourtant je le vois distinctement et mon corps devient léger, aussi volatil qu'une vapeur que le moindre souffle peut dissiper.

Je suis au pays des géants.

Comme on l'appelle dans *Les Voyages de Gulliver*, où les rats sont grands comme des hommes.

Là-haut, comme des ombres dans la fumée, volent deux libellules géantes côte à côte, deux monstres de l'air avec leurs ailes géantes qui hachent la lumière du jour en faisant scintiller toute la forêt.

64

ANARISFJÄLLEN

Per Qviding avait toujours aimé la vue depuis ce promontoire.

Là où les chemins finissaient, quand restait encore la partie du trajet la plus éprouvante physiquement pour rejoindre les maisons de Vitvattnet. Les dernières forêts presque intactes avant les pentes désolées du massif d'Oviks. Pendant bien des années, ce paysage l'avait empli d'une chaleur accueillante.

Mais ces derniers étés, tout avait changé et la vue était aussi inquiétante aujourd'hui qu'elle l'avait été l'année précédente. Les crêtes étaient couleur de rouille après une longue sécheresse et la fumée tenace des incendies flottait au-dessus des cimes des arbres. Ici et là, on apercevait les feux rampants, avec leur fumée plus noire et leur lueur jaune vif au ras du sol.

Camilla passa son bras autour de sa taille.

"Ça ne brûle quand même pas chez nous ?

— Je ne sais pas", répondit Per.

La zone boisée la plus proche des maisons était elle aussi envahie par la fumée, mais il ne semblait pas y avoir de foyer là-haut.

Pas encore, pensa-t-il quand Camilla se serra contre lui.

“Comment allons-nous faire ?” demanda-t-elle.

Per réfléchit.

“Si Valle et Asta n’ont pas déjà monté les enfants à la maison abandonnée, il faudra qu’on le fasse.”

Camilla poussa un bruyant soupir et s’écarta de lui.

“Maudit Valle, ce salaud…”

Ils descendirent de l’autre côté du promontoire et comme toujours, il fallait être vigilant à cet endroit. Des pierres roulaient sur la pente jusqu’à l’orée du bois en contrebas.

Camilla avançait quelques pas devant Per et il savait qu’elle pensait la même chose que lui. Que Valle avait passé les bornes.

“Si on veut éviter d’être vus par les hélicoptères des pompiers, ça va faire un sérieux détour, dit Per tandis qu’ils contournaient un éperon rocheux.

— Va pour le détour, alors, dit-elle. On va passer par Tåssåsen.”

Au lieu de prendre comme d’habitude en suivant le ruisseau qui coulait dans la forêt à une cinquantaine de mètres de là, ils continuèrent sur le pierrier à flanc de montagne.

Au bout de quelques minutes, Camilla s’arrêta pour souffler en s’essuyant le front de la main.

“Je sens que j’ai envie de laisser tomber.”

Per et Camilla Qviding embrassèrent du regard le paysage ravagé par le feu. Deux hélicoptères et autant d’avions volaient au-dessus de la forêt.

“Est-ce qu’on aurait pu faire autrement ? demanda Per, le regard sur ce chaos. Ça avait pourtant si bien commencé… Comme si c’était prédestiné.”

À nouveau, Per savait qu'ils pensaient à la même chose. À la nuit où il était devenu Pe et Camilla Em, comme l'initiale de Milla.

Tandis qu'il dormait dans un hôtel à Cologne après une conférence sur une péniche lors d'une croisière entre Düsseldorf et Cologne, Melissa Ljungstrand était devenue Stina Qviding.

65

Quinze ans plus tôt

Il était vingt-trois heures passées quand Camilla Hjulberg, grelottante, entra dans son immeuble de Bergshamra et fit tomber la neige de ses chaussures.

Elle détestait cet immeuble et espérait que tout allait vite s'arranger, pourvu que Per soit fort et demande le divorce, pour qu'ils puissent s'installer ensemble.

Elle en avait assez des cachotteries, assez de devoir courir à la rescousse de collègues incompétents au service anesthésie, comme elle venait de le faire ce soir, assez de ses chefs, assez de Bergshamra, oui, de ce foutu Stockholm et de la ville en général.

Comme d'habitude, l'ascenseur sentait l'urine et elle se boucha le nez jusqu'au quatrième étage.

Ce que vit Camilla quand les portes de la cabine s'ouvrirent ne l'étonna pas, puisque rien ne la surprenait plus de la part des voisins d'en face, et pourtant elle en eut le souffle coupé.

Devant l'ascenseur arrivait leur fillette, elle souffrait de jambe courte et boitillait sur les dalles du palier en traînant ses chaussettes comme des manches à air.

Elle portait un pyjama blanc beaucoup trop petit, et le sac Fjällräven qu'elle avait toujours sur son dos.

Quel âge avait-elle ? se demanda Camilla. Au moins trois ans, mais elle en fait à peine deux.

"Mais enfin, ma chérie", dit Camilla en s'accroupissant devant la fillette.

Elle lui remonta correctement ses chaussettes et sentit autour de Melissa la même odeur que dans l'ascenseur.

La porte de Lola et Tommy Ljungstrand était grande ouverte, comme elle l'avait été vers cinq heures cet après-midi, ainsi qu'un certain nombre de fois précédemment.

Foutus idiots, pensa-t-elle. Qu'est-ce qu'ils fabriquent ?

Pas la fête en tout cas, pas un bruit ne sortait de l'appartement.

Camilla prit la fillette par la main et se dirigea vers la porte ouverte. Quand elles pénétrèrent dans l'entrée, Melissa lui serra si fort la main que Camilla redouta qu'il se soit passé quelque chose d'horrible.

"Tu peux me lâcher la main, chuchota-t-elle, la gorge serrée. Reste ici pendant que je vais voir ta maman."

Lola Ljungstrand était à moitié vautrée sur la table de la cuisine. Camilla compta quatre bouteilles de vin vides, deux sur la table et deux près de l'évier.

Sur la table, elle vit aussi une plaquette de médicaments vide, et une pointe d'inquiétude la traversa.

Elle s'approcha de la table et posa la main sur l'épaule de Lola.

"Ohé ?" lâcha-t-elle à haute voix en donnant quelques tapes à la jeune femme.

Son corps était anormalement mou, sa tête vacilla d'avant en arrière puis heurta la table avec un bruit sourd.

Comme elle s'apprêtait à vérifier sa respiration, Lola se mit à ronfler et son inquiétude se mua aussitôt en un débordement de colère. Camilla se retint de la gifler.

Melissa était restée dans l'entrée et regardait sa maman avec de grands yeux. Le corps de la fillette paraissait plus frêle que sous les néons de la cage d'escalier : la pénombre de l'appartement creusait ses épaules et ses mains, qui auraient dû être douces et dodues, à la manière des enfants, étaient osseuses.

En voyant cela, les larmes brouillèrent le regard de Camilla, qui tenta de sourire.

"Tu peux dormir chez moi, si tu veux. Et on parlera à ta maman demain."

Ses grands yeux toujours écarquillés, Melissa hocha la tête.

"Je veux t'aider", dit alors Camilla.

Elle chercha dans son sac à main le téléphone Nokia que Per lui avait acheté. Une chose moderne, avec appareil photo intégré.

"Attends encore un peu dans l'entrée, je vais juste faire quelques photos."

Personne ne devra remettre ça en doute, pensa Camilla en photographiant la mère de la fillette, avachie sur la table de la cuisine au milieu des cadavres de bouteilles et des plaquettes de cachets. Puis l'évier, à l'hygiène douteuse, encombré de vaisselle sale.

Elle sourit à Melissa, qui attendait sagement dans l'entrée.

"Je peux prendre aussi quelques photos de toi ?"

La fillette sourit à son tour et hocha à nouveau la tête.

"Tu peux te mettre contre le mur, près des toilettes ?"

Camilla n'avait jamais vu d'entrée plus inhospitalière que celle des Ljungstrand. Si vide et miteuse que le tableau aux couleurs vives accroché près de la porte des toilettes semblait une moquerie.

Ce tableau montre tout ce qu'il n'y a pas ici, se dit-elle. Une idylle campagnarde ensoleillée, où les enfants peuvent être des enfants.

Camilla Hjulberg se réveilla tôt le matin suivant, dès cinq heures et demie. Melissa était assise à côté d'elle dans le lit avec un livre.

C'était l'édition allemande du *Voyage de la vie* de Per, qui était sur la table de nuit. Évidemment un livre incompréhensible pour la fillette qui le tournait et le retournait dans tous les sens, très précautionneusement, comme s'il s'agissait de quelque chose de précieux. Le pyjama qu'elle portait faisait partie des vêtements d'enfants neufs que Camilla avait rassemblés pendant l'automne, alors qu'elle croyait pour de bon à la promesse de Per de demander le divorce et de commencer une vie nouvelle avec elle.

Une vie nouvelle avec l'enfant d'amour qu'elle pensait pouvoir lui donner. Mais il s'était avéré qu'elle souffrait de problèmes de fertilité assez graves.

D'après le médecin, elle ne pourrait vraisemblablement jamais être enceinte.

Et voilà qu'une petite fille était assise sur son lit. Par terre, il y avait les chaussures rouges à semelles de bois de la fillette, la seule chose qu'elle ait prise dans son sac à dos.

"Tu veux un petit-déjeuner ? demanda Camilla. J'ai des œufs, du fromage blanc, du jus d'orange, du pain grillé et du fromage, mais pas de viande, désolée."

Melissa ne répondit pas. Elle reposa soigneusement le livre sur la table de nuit et regarda Camilla.

Pendant quelques secondes, Camilla eut l'impression purement physique d'être aspirée par les yeux de la fillette. Elle avait reçu le même regard quand elle avait aidé Melissa à laver plusieurs semaines de crasse dans la baignoire, quand elle avait précautionneusement démêlé les nœuds dans les cheveux de la fillette et quand elle lui avait mis des vêtements propres.

C'étaient des yeux qui n'avaient jamais été vus par personne, qui exprimaient un désir de proximité et d'encouragement, contenu depuis la naissance dans les bras d'une mère froide et perdue.

Il n'y avait aucune autre réaction naturelle que de prendre l'enfant dans ses bras, de la serrer comme tous les enfants aimaient qu'on les serre, et elles restèrent longtemps ainsi tandis que ses larmes coulaient et qu'elle écoutait la respiration calme de Melissa.

"Est-ce que je peux habiter avec toi ?" demanda sa frêle voix de petite fille, et c'est alors que Camilla prit sa décision.

Cette décision s'ancra dans tout son être pendant toute cette longue journée où personne ne vint frapper à sa porte pour demander à Camilla si elle avait vu la fillette de trois ans qui habitait dans l'appartement d'en face.

Un enfant devrait valoir mieux que ça.

Ce n'est que vingt-quatre heures après que Melissa lui avait quémandé proximité et chaleur qu'un policier se présenta, à huit heures le matin du 16, et ce fut alors sans retour.

Melissa se cachait derrière la porte de la chambre et ne fit pas un bruit pendant la brève conversation qu'eut Camilla dans l'entrée avec le policier.

Quand il fut parti, leur vie commença pour de bon.

66

MÉLANCOLIE BLANCHE

De ma cachette derrière ce rocher, je vois ce que je n'ai jamais vu de ma vie, et ce que je vois me serre le cœur.

La fumée de l'incendie est épaisse dans la forêt au plus près des maisons et, à un endroit, le feu a dévoré les sapins, n'en laissant que des moignons calcinés d'un mètre de haut. Sur le sol se sont formées des flaques d'eau noires de suie et, à la place d'une voûte protectrice de sapins, le ciel s'ouvre sur une large route de dévastation qui descend jusqu'à notre maison, presque entièrement brûlée.

Il y a au moins dix hommes là-bas, plus que je n'en ai jamais vu rassemblés au même endroit.

Tous sont souillés de suie et portent les mêmes tenues noires et bouffantes que les voleurs qui ont emporté ma poule, et certains d'entre eux portent des masques bizarres qui les font ressembler à des cochons.

Je me dis qu'ils ont vu l'incendie et sont venus en volant dans leurs grandes libellules magiques pour piller ce qui restait, et voilà qu'ils entrent et sortent de nos maisons avec des caisses pleines de choses, qu'ils posent dans la cour, puis d'autres hommes en noir les emportent sur le sentier qui descend à l'étang, à couvert des arbres épargnés par l'incendie. J'imagine Pe et Em revenant avec un sac de provisions, des légumes frais et des fraises de Dalécarlie et un nouveau nyckelharpa, beau, bien plus beau que Laidehuldre. J'imagine leur effarement devant cette désolation, je les vois tomber à terre de désespoir, les hommes en noir aux groins de cochon sortir des maisons fumantes pour faire prisonniers père et mère, et je ne veux pas en voir davantage. Je remonte la pente en courant, à la lisière des terres ravagées par le feu, encore fumantes.

Je cours et cours à travers les broussailles et les buissons d'épines, je monte par les terres rocheuses vers la maison abandonnée où Vidar est malade et a besoin de moi, et je regrette tout, vraiment tout depuis que j'ai suivi Valle à l'étang la toute première fois, j'aurais pu faire semblant d'être malade, n'importe quoi, ne pas être allée avec lui et ne pas l'avoir laissé me toucher, alors le village n'aurait pas brûlé et je n'aurais pas été à présent en train de courir, et mes jambes me brûlent, se crispent en crampes et finissent par disparaître sous moi, et je m'effondre à terre.

Ma vue tressaille, comme si les ligaments et les petits muscles au coin des yeux vivaient leur propre vie, et mon regard erre de-ci de-là, sans que je puisse l'en empêcher.

Je me redresse sur mes coudes et mon nerf optique vibre au point que les sapins sont secoués devant mes yeux, montent vers le ciel et tombent et au bord de la pente, en contrebas du côté du village, on aperçoit des chariots de métal, peints en rouge, avec de grandes roues hérissées de pointes, et je ne sais pas s'ils se déplacent ou non, mais ils sont violemment secoués comme les sapins et je ne veux pas en voir plus alors je me relève sur mes jambes que je ne sens plus.

Je cours comme si je flottais dans l'air et je vois sous moi mes maigres jambes blanches en sang et mes pieds couverts de la suie et du charbon charriés par l'eau noire qui noie Vitvattnet et a aboli le temps et l'espace. Je comprends que le monde qui est venu à moi n'est pas le pays des géants, mais une contrée qui s'appelle Intemporelle, et qui m'a empoisonné la tête et le corps tout entier, qui m'a comme la Vierge Nue craché son poison dans le sang et tout en courant je le recrache, je veux cracher le poison par la bouche, cracher, cracher, cracher…

Puis le calme revient soudain, comme suspendu entre ce pas et le suivant.

Le monde ne tremble ni ne secoue plus, on peut avoir les idées claires et je m'arrête, j'essuie la bave sur mon menton et laisse ma respiration se calmer en appuyant mes mains sur mes genoux.

C'est l'endroit des fraises des bois près de la maison abandonnée et je me demande comment je suis arrivée jusqu'ici. Mais personne ne connaît le cours des choses au pays de l'Intemporelle. Inutile alors de ressasser ça.

Je reste là un moment, je ferme les yeux et il me semble voir Vidar. Il s'est réveillé dans le lit des piqueurs, il a déjà fini les fraises mais il en veut encore et son ventre gargouille quand il se lève. Il y a tant de choses dans le monde qu'il ne comprend pas, et comme il touche à tout et qu'il est un peu bête, il est facile pour la Vierge Nue de l'attirer vers le poêle et de lui faire glisser la main dans la trappe. C'est là qu'elle est, l'Intemporelle, attendant qu'on la prenne, et Vidar voit sa racine nue et croit que c'est une sorte de tubercule, nourrissant et bon pour le ventre.

Je vois que ça brûle un peu plus loin, ça rougeoie entre les troncs et le feu s'approche, cherche à gravir la pente de la montagne, comme tout feu veut monter, et je cours jusqu'au bout de la forêt.

J'ouvre la porte de la maison et me précipite vers le lit.

Le bol de fraises des bois est intact et Vidar est étendu là, comme je l'ai laissé. On voit clairement qu'il respire, mais par acquit de conscience je me penche sur lui et approche mon oreille de sa bouche, il respire avec un léger râle. Je touche son front. Il est beaucoup plus frais à présent, à moins que ce soit moi qui me sois échauffée.

Je vais à la cuisine ouvrir la trappe du poêle. Les fleurs empoisonnées n'ont pas été touchées sous les restes de papier calcinés.

Je prends la plus grande fleur, casse un bout de tige que je fourre dans ma bouche.

L'amertume familière se répand sur ma langue. Je pense d'abord la recracher, mais je l'avale et ça se met à me chatouiller bizarrement à l'intérieur des joues.

Quand je referme la trappe du poêle, la fatigue me saisit, mais je ne veux pas réveiller Vidar, alors je me couche sur le plancher de la cuisine avec une couverture et quelques chiffons que j'ai trouvés dans une caisse sous le lit.

Je m'endors d'épuisement dans l'odeur de fumée.

C'est un de ces rêves qu'on peut guider par la pensée si on commence par compter ses doigts dans son sommeil. Si leur nombre est différent de d'habitude, si par exemple au lieu de cinq doigts il y en a douze ou huit à chaque main, on a la certitude de se trouver dans l'autre monde, et non dans celui régi par les lois de la nature.

Je suis dans un champ de blé aux confins de la Russie et je compte soigneusement les doigts : sept sur la main droite et six sur la gauche.

À présent tout peut arriver, absolument tout ce que je veux peut arriver. Parfois, cela se produit à l'instant même où je le décide, parfois dès avant.

Il en va ainsi dans ce monde-là et je me mets en marche vers la ferme, qui est un peu plus loin, dont je viens juste de décider où elle était. Les blés me montent jusqu'aux hanches, ils sont doux et frais sur mes jambes nues. C'est comme marcher dans l'eau fraîche et calme d'un étang et en même temps que j'ai cette pensée la ferme disparaît et je découvre qu'au lieu de traverser un champ de blé je marche dans l'eau de l'étang, en montagne, au plus près de la rive, là où le fond en pente est sableux.

C'est moins profond en arrivant au bord, je vois des petits poissons filer en scintillant avant d'égoutter mes cheveux et de monter sur l'herbe. Le soleil me chauffe la peau, ma peau qui n'est pas pâle et grisâtre, mais rebondie, comme avant, quand Ingar était auprès de moi.

Et le voilà revenu. Il est couché au bord de l'étang et m'attend, et je décide qu'il ne reste dans ce monde que lui et moi, l'eau fraîche et la petite bande du rivage.

Je me couche sur le flanc contre lui, je me serre plus près en passant une jambe au-dessus de sa cuisse.

Là, je resterai autant que je veux, car là, chaque minute peut être vécue mille ans durant si on le veut. Et c'est ce que je veux, car il n'est pas une minute avec lui qui ne mérite d'être hors du temps.

Je caresse son torse du bout des doigts, je suis la ligne de son cou, puis le menton jusqu'aux lèvres, et je lui embrasse l'épaule en pensant que nous allons rester couchés ainsi mille ans, presque immobiles, laissant nos corps se souvenir et doucement se redécouvrir, puis les mille ans suivants seront plus sauvages et plus remplis de plaisir, d'amour et de jouissance meilleurs qu'il n'y en a jamais eu dans aucun monde.

Mais je vais d'abord m'assoupir un peu contre son épaule, au plus quelques secondes, et à l'instant où je pense cela je m'endors dans mon rêve.

Quand moi, Stina de Vitvattnet, j'ouvre l'œil, je suis couchée sur le sol dur et froid de la maison abandonnée, et le corps qui m'étreint par-derrière est chaud et doux.

La respiration tranquille d'Ingar me chatouille le cou.

67

ANARISFJÄLLEN

Jeanette et Schwarz se trouvaient chacun sur un quad sur la même crête où d'après le traçage de leurs téléphones Per et Camilla Qviding étaient passés quatre heures plus tôt. Le paysage en contrebas était plongé dans une épaisse fumée grise qui gommait la plupart des ressemblances avec la carte satellite.

Jeanette pressa le téléphone plus fort contre son oreille en se bouchant l'autre de la main pour étouffer le bruit des hélicoptères au-dessus d'eux et du vent qui forcissait. Temps sec et vent signifiaient risque accru de propagation du feu : au cours de la dernière heure, elle avait à plusieurs reprises envisagé de suspendre la poursuite des Qviding en attendant une amélioration de la situation.

"Pouvez-vous répéter ce que vous venez de dire, Elisabeth ?"

Elisabeth Laatila haussa la voix.

"Plus tôt aujourd'hui, un type s'est présenté au commissariat de Sveg pour faire un signalement. Voilà quelques jours, il s'est perdu pendant une sortie de pêche et il est tombé sur un groupe de maisons visibles sur aucune carte. Dans la cour, une jeune fille jouait du nyckelharpa… Il a été chassé sans ménagement par une femme, d'une façon qu'il a trouvée globalement désagréable… Et surtout, il a déclaré que la joueuse de nyckelharpa était extrêmement dénutrie et donnait l'impression d'être fragile mentalement, peut-être soufrant d'une maladie psychique.

— Je crois que je sais déjà de quel endroit il s'agit", dit Jeanette.

Elisabeth l'informa alors du dernier rapport des secours en montagne. Vers treize heures, un groupe de pompiers a appelé un hélicoptère médicalisé sur un site habité entre les massifs du Helags et d'Oviks. Pendant leur intervention, ils avaient trouvé quelques chalets et deux personnes décédées. Mais la communication n'a pas été optimale, du fait de la priorité donnée à la lutte contre le feu, et il n'est pas encore clair de qui il s'agit.

Et avec un incendie, pas moyen de discuter, pensa Jeanette.

"Il semble qu'il s'agisse du même endroit où le type a vu la fille au nyckelharpa", dit Elisabeth, avant de lui donner les coordonnées.

Puis Elisabeth l'informa d'un autre rapport arrivé au cours de la journée. Un coordinateur et deux pompiers étaient en train d'étudier de possibles lignes coupe-feu pour contenir les incendies.

"Pendant leur reconnaissance, ils ont trouvé une maison délabrée proche de la limite des arbres, expliqua Elisabeth. Il s'agit d'une maison abandonnée, mais ils y ont aussi trouvé une poule égarée, ce qui peut suggérer une activité humaine dans les environs."

Jeanette raccrocha et Schwarz l'interrogea des yeux, avant d'embrasser le paysage du regard.

“Alors, qu’est-ce qu’on fait ?”

Elle savait qu’il n’hésiterait pas une seconde à continuer. Le quad avait sérieusement dopé sa confiance en lui et elle l’admettait : malgré son attelle, il était beaucoup plus à l’aise qu’elle sur ce terrain accidenté. Ses béquilles dépassaient derrière lui, solidement amarrées au siège.

“Si nous revenons un peu sur nos pas pour contourner la crête rocheuse, nous arriverons peut-être jusqu’au bord de la tourbière, dit Jeanette. Vu la sécheresse des sols, ça ne devrait pas être trop marécageux.

— Si on descendait plutôt en ligne droite, on gagnera au moins un quart d’heure pour rejoindre la tourbière…”

Jeanette regarda la pente en contrebas, pleine de pierriers, non sans ressemblance avec la descente de Tornberget à Stockholm. C’était raide, très raide, avec beaucoup de rochers coupants.

Elle jeta un œil à l’écran de son téléphone.

“Les Qviding remontent le long d’un cours d’eau, plein nord, et il leur reste à peine dix kilomètres jusqu’aux coordonnées que nous a données Elisabeth.”

On verra bien si l’endroit correspond à la description de Vitvattnet dans le roman, pensa-t-elle.

On voyait sur la carte un petit lac, à environ un kilomètre de là. L’étang où Stina Qviding et son petit frère avaient trouvé le cadavre d’un homme noir. Où Stina avait ses rendez-vous amoureux avec Ingar.

Jeanette agrandit la carte. Dans la zone plus en altitude, à la limite de la forêt, à une dizaine de kilomètres au nord du drapeau rouge marquant leur destination, se trouvait un bâtiment carré. Sans aucun doute la maison abandonnée où Stina et Ingar se réfugiaient.

Ingar, dont le nom de famille n'était mentionné qu'une seule fois dans le roman de Qviding, dans le tout dernier extrait du journal de Stina.

Le dernier mot que j'écrirai jamais sera ton nom, mon bien-aimé Ingar Markström.

Le père d'Ingar s'appelait Markström. Erik Valdemar Markström.

Et il y a plus, pensa Jeanette en rangeant son téléphone dans la poche de son blouson.

"L'automne dernier, un randonneur a disparu dans la région, dit-elle. Il s'appelait Marcus Albelin, originaire de Stockholm, mais adopté en Érythrée."

Schwarz fronça les sourcils.

"Le gosse de riches de Danderyd ?"

Jeanette mit le contact et inspira à fond quand le moteur vrombit.

"Oui, c'est ça.

— Et quel rapport avec tout ça ?

— Je crois que Marcus Albelin est enterré quelque part là-haut, assassiné."

Dans le livre, on l'appelle l'Homme Noir, pensa Jeanette Kihlberg tandis que son quad s'engageait sur la première corniche en faisant rouler des pierres dans la pente.

68
ANARISFJÄLLEN

Deux fois, ils avaient survolé l'endroit où dix ans plus tôt Jovva Spiik avait vu des poules et même une fumée de cheminée. Quand Love lui avait demandé comment on faisait la différence entre la fumée de cheminée et celle d'un feu de bois, Jovva avait répondu que ce n'était pas toujours simple, mais que si la fumée était translucide, comme de la vapeur d'eau, cela indique qu'il s'agit d'une cheminée avec une aération bien réglée et nettoyée.

La fumée qui montait du sol lors des deux survols venait à la fois de la forêt en feu et de vapeur d'eau provenant du travail des pompiers.

Jovva avait raison. Il s'agissait bien d'habitations. Lors de leur troisième passage, le foyer d'incendie était éteint, et on y voyait mieux. Une douzaine de pompiers équipés de véhicules tout-terrain étaient en train de nettoyer et, d'après les nouvelles, deux personnes, un homme d'âge moyen et une femme plus jeune, avaient été retrouvées mortes, brûlées. Love avait eu honte de la joie qu'il avait éprouvée en comprenant qu'aucun des deux n'était Nino.

"Service de sauvetage d'Östersund, entendit-on dans les casques de l'hélicoptère. Un de nos pilotes a observé une personne à la limite de la forêt… Il y a un bâtiment que le coordinateur avait éliminé. Attendez un peu.”

On leur communiqua la position exacte, la communication coupa et Jovva fit monter l'hélicoptère.

“Dix kilomètres plein nord, dit-il. Je connais l'endroit, mais je croyais que c'était rasé depuis longtemps. Il y a des pâturages là-haut, si le garçon s'est réfugié là, le feu peut l'encercler, et vous avez bien entendu que la maison avait été abandonnée à son sort.”

69

VITVATTNET

Les pierriers n'avaient pas été si terribles quand Schwarz et Jeanette étaient descendus de la crête. Ça s'était gâté une fois dans les tourbières, qui n'étaient pas aussi plates qu'elles le paraissaient sur la carte et assurément pas asséchées. Une gerbe noire d'eau et de tourbe jaillissait derrière Jeanette quand ses pneus patinaient dans des creux profonds parfois de cinquante centimètres, et Schwarz devait garder ses distances pour ne pas se faire complètement éclabousser.

La chaleur des incendies formait comme un mur sur leur droite, où les flammes s'étaient propagées jusqu'à la lisière de la forêt. L'idée de ce qui pouvait lui arriver s'il restait enlisé, avec ses trente kilos de plus que Jeanette, lui donnait des palpitations.

Serre les dents, bordel, se dit-il quand un nouvel éclair de douleur lui traversa le pied, comme cela se produisait à intervalles de plus en plus rapprochés. Impossible de rester longtemps assis. Il fallait se tenir à moitié debout, genoux pliés et, chaque fois qu'il se faisait surprendre par un nid-de-poule, sa cheville protestait en lacérant les nerfs qui remontaient le long de sa cuisse.

Jeanette s'arrêta dans une zone assez sèche et lui indiqua le haut de la forêt, où un cours d'eau ouvrait entre les arbres un pare-feu naturel.

Elle se retourna. Il vint se ranger à côté d'elle et se redressa sur son siège en poussant un gémissement de soulagement dans les vapeurs d'essence. Quand Jeanette sortit son téléphone, il remarqua qu'elle n'était même pas essoufflée, encore un signe de sa capacité anormale à utiliser à rebours de toute logique médicale son adrénaline comme un calmant.

Elle laissa son moteur tourner au point mort et descendit du quad.

"Est-ce qu'il ne serait pas possible de monter jusqu'à l'étang en suivant le ruisseau ? Ça ne peut pas être à plus de huit ou neuf kilomètres."

Elle se plaça à côté de lui pour qu'il puisse mieux voir.

"Nous sommes là, dit-elle en montrant d'un doigt terreux les deux points rouges sur la tourbière. Et les Qviding sont là."

Deux autres points rouges apparurent immédiatement à l'ouest de l'étang.

"Ils sont bientôt arrivés, et doivent sans doute avoir remarqué toute cette agitation."

Jeanette le regarda.

"Tu as mal ? demanda-t-elle en essuyant du pouce un peu de boue sur sa joue.

— Le pied tient le coup."

Ça passe, ou ça casse, pensa-t-il en se souvenant de ce que les médecins avaient dit au sujet de l'importance d'une rééducation prudente et du risque de problèmes circulatoires.

"Bordel ! lâcha Jeanette en montrant le téléphone. Leurs signaux viennent de s'éteindre..."

Schwarz se pencha pour regarder l'écran. Leurs propres signaux étaient clairement visibles. S'il avait bien compris, cela signifiait que les batteries des Qviding étaient à plat ou détruites, puisqu'il n'était pas possible de tromper le logiciel de traçage en éteignant simplement le téléphone.

"On nous informera en direct de ce que voient les moyens aériens", dit Jeanette en remettant les gaz.

Quand ils repartirent, Schwarz prit la tête. Le ruisseau était peu profond, et même si la montée était parfois raide, on arrivait à prévoir les meilleurs passages. Au-dessus de leurs têtes, le ciel était bleu pour la première fois depuis plusieurs heures, et l'odeur de fumée n'était plus aussi forte, mais sa jambe gauche était comme engourdie et il avait un goût de métal dans la bouche.

Le terrain s'aplanit bientôt et ils quittèrent le ruisseau pour contourner l'étang par l'ouest et le nord. Le dernier tronçon suivait un sentier étroit. Plus ils approchaient, plus la dévastation apparaissait nettement.

Une poignée de véhicules tout-terrain étaient garés sous quelques sapins calcinés et le sol jusqu'aux maisons était couvert de cendre et de flaques boueuses.

En coupant les moteurs, tandis qu'un des pompiers venait à leur rencontre, Schwarz vit, à côté d'un certain nombre de cantines métalliques scellées, deux sacs plastique noirs sur des civières devant un des chalets brûlés. À l'ombre de quelques arbres qui avaient échappé aux flammes, on voyait deux baraques dans l'enclos d'un poulailler.

Ils se présentèrent et demandèrent au commandant des pompiers de leur donner une vue d'ensemble de la situation.

"Mieux vaut que vous vous fassiez vous-même une idée", leur répondit-il tandis que Schwarz détachait les béquilles de son porte-bagages.

Il les suivit tant bien que mal jusqu'aux deux civières. Le pompier s'accroupit, tira la fermeture éclair d'un des sacs et écarta le plastique.

Une femme, la trentaine au jugé, brune, le visage couvert de suie, regardait en l'air, les yeux vides.

"Elle respirait encore quand nous l'avons sortie, dit le commandant. Mais c'était trop tard… Elle est morte avant l'arrivée de l'hélicoptère. Avez-vous une idée de son identité ?

— Pas la moindre", dit Schwarz.

Quand le pompier ouvrit l'autre sac à cadavre, il n'y eut aucun doute, même s'il ne restait des cheveux que quelques touffes brûlées et que la peau d'un côté du visage n'était plus que bulles sanglantes.

"Erik Markström, dit Schwarz. Vladimir.

— Erik Valdemar Markström, précisa Jeanette. Le père d'Ingar", ajouta-t-elle.

Le commandant les regarda avec étonnement.

"Comme vous le comprenez peut-être d'après ce que vous voyez, cet homme était déjà mort quand nous l'avons trouvé… Je ne crois pas que ses brûlures soient la cause unique du décès, mais ce sera à l'autopsie de le préciser. Je vous recommande de ne pas regarder, mais de me croire sur parole quand je vous dis que son organe sexuel est tranché… ou presque tranché.

— Nous vous croyons", dit Jeanette.

Le pompier secoua la tête tout en refermant les sacs. "Nous avons trouvé trois bouteilles de pétrole lampant vides, reprit-il en se redressant. Mon hypothèse est que le feu que le vent a propagé vers le haut de la montagne a commencé près d'une de ces maisons."

Schwarz se tourna vers l'autre maison, à trente mètres de là. Elle avait encore moins bien supporté l'incendie. Il n'en restait plus qu'un squelette noir, les angles des murs et les poutres de la charpente.

"Et sinon ? demanda Jeanette.

— Nous avons vidé les deux baraques dans l'enclos, là-bas. L'une semble avoir été utilisée comme garde-manger et l'autre a dû jadis servir de poulailler."

Deux pompiers remontaient d'un creux derrière l'autre maison.

"Il y a une autre maison par-là, dit le commandant. Elle est plus grande que ces deux-là et s'en est tirée parce qu'elle est bâtie sur pilotis et que le terrain est humide là-bas… Nous n'avons rien touché dedans, vu ce que nous y avons trouvé."

Les deux pompiers les rejoignirent.

"C'est vous qui êtes de la police ?" demanda l'un d'eux.

Schwarz hocha la tête.

"La maison est vétuste, il y a une marche cassée et un trou dans le plancher, les prévint-il. Mais sinon, on doit pouvoir y entrer sans risque."

Ils partirent rejoindre leurs collègues qui avaient commencé à ranger leur équipement, et Schwarz remarqua qu'ils semblaient choqués en parlant entre eux, ce que confirma aussitôt le commandant.

"Nous ne savons pas bien ce que nous avons trouvé, dit-il. À part que c'est quelque chose de vraiment bizarre… Pour ne pas dire tordu.

— Tordu ? s'étonna Schwarz.

— Oui… Il y a un foyer au milieu, avec des chaises en demi-cercle autour. En entrant, nous avons d'abord cru que des cadavres y avaient été placés."

70

ANARISFJÄLLEN

Pendant les dernières heures de vol, Jovva Spiik avait changé physiquement : il ne restait plus aucune malice dans son corps sec de septuagénaire. D'après ce que Love avait compris, Jovva ne se contentait pas de piloter un hélicoptère : il lui arrivait encore d'enchaîner plusieurs jours de travail sur la selle d'une moto ou d'un scooter des neiges pour conduire des rennes sur des distances de deux cents kilomètres en terrain difficile, avec la responsabilité de quatre cents animaux.

Il n'y avait pas que ses gestes qui étaient plus rapides et plus évidents, c'était aussi le cas de sa façon de parler.

"Nous pensons qu'il y a des gens par ici, dit-il dans son micro. Envoyez un bombardier d'eau.

— Je vais voir ce que je peux faire", grésillèrent les écouteurs.

Jovva coupa la radio et Love dirigea ses jumelles vers la maison abandonnée. À un kilomètre à peine, on apercevait un chalet de rondins gris entouré de terres déboisées.

Olivia se pencha en avant depuis son siège à côté de Love.

"La situation est-elle si grave que ça à cette altitude ? Ça avait l'air pire dans la vallée.

— L'apparence est trompeuse."

Jovva tira le manche vers lui pour une dernière montée.

"Les gaz produits par l'incendie ont été répandus par le vent vers le haut de la montagne. Ici, ils vont sécher en un rien de temps le peu d'humidité qui reste dans l'herbe. Normalement, des incendies au ras du sol se propagent à dix mètres par minute, mais ici, on est sur une pente sud très exposée au soleil et plus elle est raide, plus la propagation est rapide, avec en plus le coup de pouce des gaz d'incendie… Ça double la vitesse, jusqu'à vingt mètres par minute."

Jovva désigna une zone en bas, sur la droite.

"Là, vous voyez."

Quelques flammèches avaient déjà pris dans l'herbe, et le front de l'incendie se rapprochait rapidement des terres ouvertes et de la maison abandonnée. Love regarda d'abord le front d'incendie, dont le cœur blanc témoignait d'une chaleur plus intense que celle des flammes rouges et jaunes au sommet des arbres, puis il remonta la pente dans ses jumelles jusqu'au champ.

Du coin de l'œil, il perçut alors un mouvement entre deux avancées rocheuses, il revint en arrière en retenant son souffle pour avoir une vision aussi stable que possible.

Mais rien, à part les hautes herbes qui ondulaient dans le vent.

C'était à quelques centaines de mètres sur la gauche, hors du champ des caméras thermiques. L'écran devant Åhlund ne montrait qu'un paysage uniformément gris, les dernières pentes herbeuses avant la maison.

Love se tourna vers Olivia qui scrutait le sol munie de sa caméra thermique manuelle.

“Tu peux regarder si tu trouves une source de chaleur, sur la gauche, dans l’herbe entre ces deux rochers, là-bas ?

— Je vois bien la zone en ce moment, mais rien qui ressemble à des personnes… Mais je surveille.”

Quand un faible tremblement blanc apparut à l’écran, montrant le chalet de rondins, Love se pencha en avant.

Bientôt, cela cessa de trembler, le blanc prit forme et contour, et Åhlund tourna la molette du zoom, agrandit l’image de ce qu’il y avait en bas et alors tous purent voir.

Love sentit la respiration d’Olivia qui accélérait à côté de lui.

“Deux ou trois personnes ?

— Trois, dit Åhlund en zoomant encore. Une plus petite, sans doute un enfant, et deux plus grandes. Toutes sont couchées, les deux plus grandes serrées l’une contre l’autre.

— Nous ne pouvons pas atterrir dans l’herbe, dit Jovva. Le feu va y arriver vite, alors il va falloir essayer dans la cour, de l’autre côté du muret.”

Il jeta un coup d’œil vers l’arrière. “Est-ce que quelqu’un voit quelque chose qui puisse compliquer l’atterrissage ?”

Love essaya d’ignorer l’impression que sa pensée et ses capacités de jugement étaient en liquéfaction.

“Il y a un petit arbre juste contre la maison, dit-il, la gorge sèche.

— Oui, je le vois aussi, dit Jovva. Pas de problème avec ça. La surface est assez grande pour l’atterrissage, mais vois-tu des pierres ou d’autres irrégularités ?”

Love ne voyait que de l’herbe, mais il était difficile de déterminer sa hauteur et si quelque chose pouvait se cacher dessous.

“Non… Ça a l’air plat, dit-il. Je crierai stop si…”

Sa gorge le brûlait, il déglutit pour l’humecter.

“Ça fera l’affaire, dit Jovva. Accrochez-vous… Il y a des rafales de travers et c’est un peu étroit.

— Ce sera au millimètre”, dit Åhlund quand ils commencèrent à descendre pour atterrir et que l’arbre approchait sur son côté.

Les oreilles de Love se bouchèrent et le calme l’envahit.

Il lui fallut quelques secondes pour comprendre qu’ils étaient posés.

Par la fenêtre, il vit les pales du rotor ralentir avant de s’immobiliser avec un grincement métallique, à quelques mètres à peine des branches noueuses de l’arbre.

Il y avait sensiblement plus de fumée au sol qu’ils n’en voyaient d’en haut, et il n’y avait aucun mouvement du côté de la maison battue par le vent.

“Il faut faire vite”, dit Jovva.

71

LA MAISON ABANDONNÉE

La dernière chose qu'Åhlund avait vue sur l'écran de la caméra thermique avant qu'ils atterrissent était la chaleur des trois corps encore en vie, mais d'une immobilité inquiétante, alors que le souffle de l'hélicoptère avait secoué les murs de la maison. Il savait qu'il fallait faire vite, des flocons de suie virevoltaient dans l'air et le ciel s'était obscurci, mais quelque chose lui disait qu'il fallait pour l'heure privilégier le calme et la réflexion. Il ouvrit la porte vermoulue le plus précautionneusement possible.

Elle racla sur le sol et il entendit quelqu'un tousser à l'intérieur.

"Nino ?" murmura Olivia, qui se tenait derrière lui.

Les fenêtres étaient condamnées, l'obscurité et le silence étaient complets. Åhlund aperçut une paire de jambes dépasser derrière la porte ouverte, puis encore une paire, et il devina alors un mouvement dans le noir.

Nino se redressa, drapé dans un bout de tissu usé jusqu'à la trame, en se frottant les yeux.

Sous un tas informe d'autres tissus, ne montrant que ses jambes maigres, était étendue l'autre personne.

"Ça brûle, dit Nino tandis qu'une main pâle écartait le tissu et qu'un fin visage se montrait.

— C'est la libellule magique", dit la fille d'une voix rauque et fluette.

Le regard affolé de la fille rappela à Åhlund la toute première fois qu'il avait vu Nino, perdu dans une rue de Vasastan, au mauvais endroit au mauvais moment.

Melissa Ljungstrand pensa-t-il.

72

ANARISFJÄLLEN

Comme à l'époque, avant le bruit de fond industriel, pensa Per Qviding en nouant la manche arrachée de sa chemise autour de sa bouche et de son nez. En ce XIXe siècle nordique où vivait cette Stina avec laquelle il partageait un même sang. Pas de contacts avec le monde extérieur, aucun élément perturbant, rien qui dérobe de la place dans le cerveau. Rien qui *entrave.*

"Là."

Per passa à Camilla l'autre bout de tissu, grimpa sur le rocher et regarda en direction de la maison abandonnée. À cent mètres, derrière la fumée jaunâtre, on apercevait les silhouettes d'un hélicoptère et d'un groupe de personnes.

"Tu les vois ?" demanda Camilla de derrière le mince masque en manche de chemise.

Il n'était pas certain de ce qu'il voyait.

Si, une personne qui portait quelque chose.

"Un petit corps, dit-il, la voix brisée.

— Quoi, « un petit corps » ?"

Camilla grimpa à ses côtés.

"Vidar ?

— Peut-être."

Elle lui prit l'épaule et le secoua.

“Ça n'est pas possible… Il faut y aller avant qu'ils décollent. Ils ont Stina et Vidar, tu ne comprends pas… Pense au cœur de Vidar.

— Laisse faire, dit Per tandis que la fumée piquante faisait couler ses larmes. Ils vont s'en sortir… C'est bien. On va les aider… Leur heure n'est pas encore venue.”

La réceptivité permettant de sentir l'autre côté, *d'y vivre*, n'était pas une affaire d'hérédité, il en avait à présent la preuve.

“Per… Pour moi non plus, l'heure n'est pas encore venue.”

Cette Stina qui n'avait pas de lien du sang avec lui lui avait prouvé que l'hérédité était subordonnée à l'environnement. Que n'importe qui pouvait être réceptif à l'extracorporel, pourvu qu'on offre à l'enfant les bonnes conditions.

Comme Melissa. Qui était devenue Stina. Une autre Stina.

“De toute façon, c'est la fin”, dit-il quand Camilla disparut dans un brouillard d'étincelles charrié par le vent qui remontait de la vallée.

Parmi les ombres qui sortaient de la maison, il reconnut Stina et, à ses côtés, une silhouette tout aussi fine et maigre.

Ingar, pensa-t-il. Ça n'est pas possible.

Ingar, dont les restes auraient dû reposer quelque part en forêt. Ingar qui était au contraire bien vivant et qu'on conduisait avec Stina dans l'hélicoptère.

Une fois qu'il eut décollé et disparu au-dessus des cimes des arbres, un fracas retentit dans le ciel et il leva les yeux au moment où les premières gouttes d'eau lui tombaient sur les joues.

Per Qviding attendit, ses yeux irrités grands ouverts.

Quand, trente ans plus tôt, il était plongé dans le coma, son expérience de la mort avait été dérangée par l'environnement de l'hôpital, par l'électricité et les mixtures chimiques qu'on lui avait injectées. Une visite de l'autre côté, une seule, et il n'avait jamais réussi à retrouver le chemin.

À présent quelqu'un allait venir, peut-être sa mère ou son père qui avaient déjà franchi le pas. Quelqu'un qu'il avait beaucoup aimé allait prendre sa main et lui montrer le chemin.

Alors s'abattit le déluge.

73

VITVATTNET

Les huit solides pilotis soulevaient la maison trois mètres au-dessus du sol marécageux. Jeanette reconnut l'odeur de la tourbière qu'ils avaient traversée peu avant. Le lédon des marais, le parfum acide et âcre de la terre nordique.

“Ça ressemble à ces remises sames sans fenêtres devant lesquelles nous sommes passés hier, dit Schwarz. *Stolpbodar*, un nom comme ça…”

Le bâtiment faisait environ cinq mètres en largeur, dix en profondeur et quatre en hauteur. Il avait un toit ordinaire à deux pans, couvert de mousse vert sombre qui par endroits avait aussi colonisé les façades en bois grisâtre. La maison avait une profonde avancée à balustrade, une sorte de vestibule en plein air, abrité par le rebord du toit. On devinait la porte d'entrée au fond, dans l'ombre.

Vieille d'un siècle, pensa Jeanette. Ou trois, ou cinq.

Les murs et l'escalier raide qui menait à l'avancée gouttaient encore de l'eau larguée par les hélicoptères.

“Prends-moi une béquille, dit Schwarz, sinon je n'arriverai pas à monter.”

La porte était lourde et Jeanette dut la soulever un peu au-dessus du seuil pour qu'elle s'ouvre d'elle-même et, entraînée par son propre poids, aille buter avec un choc sourd contre le mur.

Le jour qui entrait parvenait jusqu'au milieu de la pièce, où il rencontrait un filet de lumière qui tombait d'une petite trappe tout en haut du mur opposé.

Comme l'avaient dit les pompiers, il n'y avait qu'une grande pièce vide avec un foyer au centre et, derrière, sept chaises en arc de cercle où siégeaient des silhouettes humaines voûtées.

Le plancher grinça sous le poids de Schwarz appuyé sur une seule béquille, la lampe de son téléphone allumée. La lumière froide balaya les murs, permettant à Jeanette d'entrevoir des rayonnages et des armoires basses à tiroirs, ainsi qu'une table debout sur son petit côté, appuyée au mur.

Le sol était jonché de chutes de peaux de renne tout autour du foyer, fait de pierres empilées en cercle et surmonté d'une hotte de cheminée couverte de suie qui montait jusqu'au toit.

Schwarz dirigea alors le faisceau de sa lampe vers les chaises.

“Pourquoi les gars n'ont rien dit de la puanteur ?”

Ça sentait le pourri dans la pièce, quelques mouches bourdonnaient autour des capuches grises et, un instant, Jeanette fut prise par l'illusion qu'il s'agissait vraiment de sept hommes assis là, drapés, totalement immobiles. Des vieillards voûtés, pensa-t-elle en s'approchant d'eux.

Sous la grossière toile de jute, on devinait des têtes, des épaules tombantes, des bras croisés et des genoux qui dépassaient et desquels la toile descendait comme une traîne jusqu'au sol.

“Les pompiers devaient avoir l’odorat abîmé par la fumée.”

Schwarz se couvrit le visage du creux de son coude.

“Mais putain qu’est-ce que c’est ? Des poupées ?

— Faites de branches”, dit Jeanette en observant le plus proche de ces mannequins accoutrés comme des moines.

D’une fente du tissu, là où il aurait pu y avoir un visage, dépassaient quelques fines tiges blanches. Elle écarta le vêtement.

La tête était faite des brindilles entremêlées de quelque buisson, et elle voyait à présent que la toile de jute était fixée au cou du mannequin au moyen d’une broche primitive : deux os d’animaux jaunâtres, réunis au moyen d’une lanière de cuir passant dans un trou.

Elle ôta doucement le tissu du reste du corps, libérant des sortes de mouches et une bouffée d’air putréfié et renfermé.

Encore d’autres brindilles entremêlées, des branches plus grosses. Derrière, elle aperçut autre chose.

“Une cage thoracique, dit-elle. D’un animal.

— Un renne, je suppose”, dit Schwarz.

Contre une des chaises était appuyé un long tisonnier et, pendant que Jeanette se demandait ce qu’elle était en train de regarder, Schwarz saisit l’objet métallique et le soupesa.

“Du lourd…”

Jeanette se remémora les passages de *Vie et mort de Stina* concernant la Maison des Anciens. Elle constata que la pièce était décrite très précisément. Quant aux Anciens, ces grandes poupées faites de branches et d’os d'animaux étaient loin d'être aussi vivantes que les prêtres qui, dans le livre, recueillaient les témoignages et se livraient à une sorte de confession purificatrice.

Tandis que Schwarz fouillait le foyer du bout du tisonnier, Jeanette s'approcha d'une des armoires basses contre le mur. C'était de la menuiserie grossière, et elle dut forcer un peu pour ouvrir le tiroir du haut.

À part quelques piles d'assiettes en porcelaine poussiéreuses et des couverts en argent, il y avait un bocal en verre plein d'une sorte de graisse, et elle sut ce que c'était avant même d'avoir dévissé le couvercle.

De la menthe, se dit-elle quand l'odeur fraîche parvint à ses narines. Elle y trempa le doigt, en prit une noisette et se le passa sous le nez comme Em l'avait fait avant de conduire Stina à l'incinération du cadavre. Ils avaient brûlé dans le foyer le corps que Stina et Vidar avaient trouvé dans les roseaux de l'étang.

"Tu trouves quelque chose ? demanda-t-elle à Schwarz qui triturait toujours la cendre avec le tisonnier.

— Euh... On dirait un circuit imprimé, ou quelque chose comme ça, et il y a ici et là des petites boules de plastique noir fondu.

— Un téléphone portable, dit Jeanette, avant de citer la description soulignée par Lola Ljungstrand : « un étui grand comme la paume de la main. D'un côté il était lisse et noir, avec de l'autre un couvercle en verre. »"

Schwarz la regarda.

"Il y a des éclats de verre dans la cendre, dit-il.

— Regarde si tu trouves un bracelet en métal. Il devrait être encore en assez bon état.

— Un bracelet en métal... Comment le sais-tu ?

— Per Qviding l'écrit. Mais il omet de préciser que ce bracelet était celui d'une montre que je soupçonne avoir appartenu à un certain Marcus Albelin."

Ils quittèrent la maison les mains couvertes de suie.

La police scientifique arrivait, et Jeanette s'attendait à se faire remonter les bretelles à cause de tout ce qu'elle avait touché avec Schwarz.

Elle tenait à la main un sachet plastique contenant les restes d'un téléphone portable, dont une carte SIM et une batterie. Schwarz, lui, portait dans un sachet une lourde montre-bracelet en argent noir d'oxydation, et même s'ils n'avaient pas retrouvé le cadran, très sûr de lui, il avait affirmé qu'il s'agissait d'une Omega.

Une fois sur la terre ferme, Jeanette jeta un œil au logiciel de traçage sur son téléphone : les deux points rouges avaient réapparu.

Leur signal était plus intense qu'avant. Per et Camilla étaient en train de descendre de la montagne.

Près des maisons, les pompiers étaient prêts à partir. Les deux corps allaient être envoyés à Östersund, ainsi que les cantines métalliques.

On entendait de temps à autre les bombardements d'eau dans la montagne et Jeanette leva les yeux vers la pente derrière une des maisons. Un corridor d'incendie couvert de troncs calcinés, noirs, nus comme des mâts de bateaux. Cela fumait encore par endroits, et un pompier y circulait avec deux extincteurs sur un chariot. Une mousse blanche jaillit en crachotant dans la pente. Une odeur irritante flottait lourdement au fond de la vallée.

Jeanette savait que l'impression de calme qui accompagnait un incendie de forêt éteint pouvait être trompeuse. Des foyers invisibles peuvent se consumer sous terre, rougeoyer dans les racines des arbres ou sous des lichens et des mousses, et éclore en nouveaux incendies dès que l'eau des pompiers aura disparu.

"Regarde…"

Schwarz montrait quelque chose à flanc de montagne et Jeanette se retourna.

Elle ne vit d'abord que la désolation, la forêt de squelettes d'arbres détrempés, mais ensuite elle les vit. Deux êtres abîmés en train de descendre vers les maisons.

Les cheveux de la femme pendaient en mèches détrempées sur son visage et l'homme roux qui s'appuyait à elle saignait d'une plaie à la tête.

Extrait de *Vie et mort de Stina*, de Per Qviding

Automne 1881

Stina Qviding n'avait jamais vu autant d'eau que dans le vaste Skagerrak, et jamais tant de fumée noire et irritante que sur le pont du SS *Orlando*.

Le jeune homme appuyé au bastingage à côté d'elle lança un crachat qui décrivit un long arc dans le vent avant d'être avalé par le sillage du vapeur.

"Là-bas, vous voyez, c'est l'île de Styrsö, dit-il. C'est la dernière chose que mademoiselle verra du pays de ce fils de pute de roi, car vous n'allez pas revenir, n'est-ce pas ?"

Stina secoua la tête. Plus jamais la Suède, pensa-t-elle, plus jamais Vitvattnet, plus jamais de bol de soupe dans la Maison des Anciens.

Elle regarda les tout derniers restes de sa patrie, un îlot rocheux avec des maisons rouge et blanc, être engloutis dans les brumes d'automne à l'est. Puis la cloche du repas sonna et elle s'en alla.

On lui donna du café sucré dans un quart en fer-blanc, accompagné d'une tranche de pain de guerre beurré avec un petit bout de hareng. Après, elle dut faire longtemps la queue sur le pont enfumé pour avoir de l'eau.

À bord des vapeurs verts de la Wilson Line on était censé avoir de l'eau potable, mais pas même deux heures après le départ de Göteborg, elle était déjà couverte d'une pellicule de suie.

"Une mesure par billet", dit le gardien en montrant la louche en bois attachée au tonneau.

Elle but rapidement. Si le café au moins n'avait aucun goût, l'eau était croupie et la suie collait à la langue et au palais. Mais Stina ne se plaignait pas comme certains dans la queue, car elle ne se plaindrait plus jamais de rien.

Non, elle allait s'installer dans le Minnesota, vivrait du produit de la terre et trouverait un homme au bon cœur avec qui vieillir, et quand elle aurait accompli tout cela, elle dirait adieu à Dieu.

"L'Amérique est vaste, vous savez, mademoiselle…"

C'était le jeune homme qui avait salué la Suède d'un crachat un moment plus tôt.

Elle ne l'avait pas bien regardé jusque-là, mais elle vit alors que ce morveux, comme son cousin Axel, avait des yeux bleu clair et des longs cils de fille, des taches de rousseur et des cheveux roux comme un feu qui crépite.

74

VINGÅKER

C'était le dernier vendredi de juillet et le soleil était de retour, du moins à Vingåker et au rallye de Trollåsen. Nils Åhlund était derrière la rambarde au plus près de la piste et assistait au baptême du feu d'une employée de l'hôtel de police de Kronoberg.

Au début de l'été, la surveillante Olga Svitolina avait pris en charge Nino Hovland, encore anonyme à l'époque, et Åhlund et Olga avaient eu plusieurs occasions de bavarder. Sans en parler à personne, elle s'était inscrite à sa première compétition. Pendant plusieurs années, ils avaient tous les deux partagé le rêve de transformer une vieille Saab. Aujourd'hui elle l'avait réalisé, et lui restait sur le bord à regarder.

Finir ses jours sur un rallye, pour une voiture, c'est comme mourir au combat, pensa Åhlund, quand le peloton de tête, constitué de trois véhicules cabossés, dont la Saab 99 d'Olga Svitolina, peinte en noir avec un éclair rouge à la Ziggy Stardust en travers du toit, négocia le virage dans un nuage de poussière.

Plutôt que de rouiller dans une arrière-cour ou finir pressée en cube dans une casse, la voiture de rallye a l'occasion de mourir sur le champ de bataille. Cela lui fit penser à la mythologie nordique, selon laquelle les guerriers qui ne sont pas morts au combat sont punis en étant envoyés à la déesse de la mort Hel, au Nifelheim. Pour les héros, c'est le banquet au Valhalla, dans la grande salle de Folkvang.

C'était le quatrième groupe du troisième tour des qualifications, et Olga était deuxième, derrière une Opel jaune qui roulait à la limite de la faute.

Åhlund poussa un juron quand cette dernière tamponna en traître l'aile gauche de la Saab.

"Qu'est-ce qu'ils attendent, les arbitres, à mettre le drapeau noir à cette Opel ?" grommela-t-il tandis qu'Olga redressait la situation d'un habile coup de volant.

Il ne faut pas plaisanter avec le coup du lapin.

Per Qviding le savait tout particulièrement, lui qui portait toujours une minerve après sa chute en montagne, emporté par quelques milliers de litres d'eau.

Åhlund soupira en s'appuyant à la rambarde. C'était fou, le mal que les gens pouvaient se faire sans vouloir le comprendre, se dit-il.

Pendant que Jeanette et Schwarz s'étaient occupés du couple Qviding, veillant qu'ils soient transportés par avion à Stockholm pour leur audience d'écrou, il avait avec Olivia passé trois jours auprès de Nino, Stina et Vidar. Le frère et la sœur étaient à moitié morts de malnutrition, et Vidar avait plus de quarante de fièvre. Et il y avait en plus ce problème au cœur auquel il aurait pu être remédié dans n'importe quel hôpital quand il était petit, augmentant ainsi sensiblement ses chances de mener une vie normale.

Mais les Qviding l'avaient refusé au gosse, en faisant passer leurs idées tordues avant la santé de l'enfant. Et ils s'étaient défendus en prétendant avoir "libéré" l'enfant du malheur ?

Vidar n'aurait pas survécu sans Olivia. Pendant tout le trajet en hélicoptère jusqu'à l'hôpital régional d'Östersund, elle était restée avec lui dans la soute à bagages à lui faire de la respiration artificielle et un massage cardiaque.

Les voitures rugissaient comme des fauves tandis que le peloton s'approchait dans la ligne droite, et Åhlund se pencha pour mieux voir. De la tôle jaune se froissait contre de la noire, et une pluie de gravier cribla la rambarde métallique et ses mollets nus quand l'Opel dérapa, glissa avec la roue arrière dans le fossé et perdit du terrain, laissant la Saab d'Olga prendre la tête. Yes ! pensa-t-il en serrant le poing.

"Salut, chéri", dit Olivia, qui s'était glissée derrière lui.

Elle l'embrassa dans le cou et lui tendit un gobelet de café fumant.

Il la remercia, et elle lui tendit alors un sandwich dans un film plastique.

"Prends aussi ça. C'est mieux qu'une saucisse."

Il n'avait rien demandé à manger, mais il sentait à présent que ça le tentait bien. Il posa le café pour le laisser refroidir tandis qu'il déballait le sandwich.

Olivia portait le même tee-shirt que dans la cour, devant la grange de Tuija Hammarström. Il associerait longtemps ce vêtement à ce moment.

"Jeanette a appelé", dit-elle en s'appuyant à la rambarde à côté de lui. Elle sirotait son café tout en suivant des yeux les évolutions des voitures sur la piste.

“Apparemment, Melissa refuse de revoir Tommy. Peu importe les documents qu’on lui montre… Elle dit qu’elle n’acceptera jamais de le reconnaître comme son père biologique.”

Åhlund se rappelait la scène qui avait eu lieu quelques semaines plus tôt. Même si Tommy Ljungstrand avait depuis plusieurs années choisi de considérer sa fille comme morte, il avait fondu en larmes quand on les avait réunis dans une salle de l’hôtel de police. Melissa en revanche avait été glaciale et n’avait pas dit un seul mot pendant que Tommy lui parlait de ses premières années en lui montrant des photos de leur domicile de Bergshamra. Au bout d’un moment, elle s’était tournée vers Olivia en lui disant : Je ne veux plus jamais voir cet homme. Emmenez-moi loin d’ici.

“Jeanette voulait autre chose ?” demanda Åhlund en attaquant son sandwich. C’était le top, selon une recette de grand-mère ayant fait ses preuves : un petit pain au pavot fendu en deux avec beaucoup de beurre, une épaisse tranche de fromage et juste ce qu’il fallait de radinerie sur la tomate et le cornichon pour ne pas trop mouiller le fromage.

Les voitures disparurent sur un tronçon qu’ils ne voyaient pas de là où ils étaient et Olivia le regarda à nouveau.

“Les deux labos ont fini, et c’est bien ce qu’on pensait. On peut relier le téléphone et la montre à Marcus Albelin. Schwarz avait raison… c’était une Omega.

— Et le légiste ?

— En creusant sur le terrain de la maison abandonnée, on a retrouvé des restes d’os dont les tests ADN ont prouvé qu'ils appartenaient comme nous le redoutions à Marcus Albelin."

Åhlund se tourna à nouveau vers la piste quand le peloton de voiture réapparut.

Abattu d'une balle dans la tête à bout portant, pensa-t-il tandis qu'Olga Svitolina fonçait vers la ligne d'arrivée.

75
QUARTIER KRONOBERG

Août approchait, promettant encore plus de pluie, et même si Jeanette Kihlberg ne regrettait pas la sécheresse de juin, un peu de soleil et de chaleur n'auraient pas fait de mal après un mois de juillet particulièrement gris et humide. Elle ouvrit son parapluie avant même de sortir du restaurant thaï en face de l'hôtel de police, et l'averse se mit à crépiter violemment contre la toile.

Tandis que Jeanette traversait la rue, son téléphone sonna. C'était Emilia Svensson, la technicienne informatique, qui l'informait que sa contribution à l'enquête Qviding était achevée, et qu'elle travaillait à présent sur une autre affaire.

"Et de quoi s'agit-il ? demanda Jeanette en marchant.

— Regarde ce que j'ai posté sur l'intranet.

— Je n'y manquerai pas."

Elles raccrochèrent et, un peu plus tard, Jeanette était dans son bureau, devant son ordinateur.

On voyait à l'écran la photo d'un homme d'une quarantaine d'années domicilié à Sollentuna. Il ressemblait à n'importe quel Suédois ordinaire de cet âge, cheveux blonds coupés court, début de calvitie et lunettes. Il faisait l'objet d'une enquête pour avoir pendant plusieurs années menacé et harcelé sexuellement vingt-cinq personnes en tout. Toutes des femmes, neuf députées au parlement et trois policières de haut rang. L'enquête allait bientôt atterrir à la Säpo, car plusieurs des victimes se trouvaient sous la protection des services secrets.

L'homme était divorcé, père de trois enfants, magasinier dans un supermarché. Il vivait seul et consacrait la majeure partie de son temps libre, y compris les pauses sur son lieu de travail, à haïr et harceler. Il avait utilisé une vingtaine de cartes prépayées anonymes, et la Säpo avait réussi à associer tous ces numéros à un téléphone spécifique. L'homme avait été filmé par une caméra de vidéosurveillance en train de recharger la carte de son portable.

Qu'est-ce qui ne tourne pas rond chez les gens ? se demanda Jeanette en fermant la fenêtre et en ouvrant le fichier qu'elle était en train de peaufiner pour le service de presse.

Pendant tout le mois écoulé, en qualité de responsable principale de l'enquête Qviding, elle avait travaillé à plein temps à parler au téléphone et à répondre à des mails, à préparer des communiqués de presse et à faire des points avec le procureur et les avocats. De préférence, elle se chargeait elle-même, assistée de Schwarz, des interrogatoires des époux Qviding. Ces derniers jours, Per et Camilla avaient commencé à parler, quand ils avaient compris que leurs trois premières semaines de silence presque total les plombaient plutôt qu'elles ne les servaient.

Jeanette avait réussi à garder la majeure partie des détails techniques de l'enquête au sein de l'hôtel de police, et heureusement, car pour les médias c'était la nouvelle la plus fracassante depuis plusieurs années, et même à l'étranger, où les livres de Per Qviding étaient traduits dans quarante langues et publiés dans presque soixante-dix pays. Il s'était lui-même chargé de rendre publique sa détention en ayant l'idée idiote de publier par l'intermédiaire de son avocat star du barreau un long plaidoyer dans les principaux journaux suédois. En Suède et dans un certain nombre d'autres pays, les éditeurs avaient retiré de la vente jusqu'à nouvel ordre tous les titres de Per Qviding, et toute son œuvre était remise en question.

La mise en examen était enfin prête, et Jeanette vérifiait une dernière fois qu'il n'y avait ni oublis ni erreurs dans le document pour le service de presse.

Il y avait quinze chefs d'accusation contre Per Qviding et onze contre Camilla, parmi lesquels les plus graves les concernaient tous les deux : complicité de meurtre sur la personne de Lola Ljungstrand, meurtre et complicité de meurtre sur la personne de Marcus Albelin, enlèvement et complicité d'enlèvement sur les personnes de Melissa Ljungstrand et Nino Hovland, ainsi que tentative d'enlèvement sur la personne de Klara Bondesson.

S'y ajoutait une longue série concernant le traitement des enfants, et Jeanette supposait que leurs qualifications étaient susceptibles d'évoluer au cours de l'enquête préliminaire.

Et puis il y avait Vidar, le petit frère de Stina – nom utilisé dans les documents de l'enquête, alors que d'un point de vue formel elle s'appelait Melissa. Vidar était le seul des enfants qui n'avait peut-être été victime d'aucun crime. Il était né à Vitvattnet, fils biologique de Per et Camilla.

Il souffrait d'une anomalie cardiaque congénitale, en partie responsable de son effondrement lors de son évacuation.

Syndrome de Down, pensa Jeanette tandis qu'on frappait à sa porte.

C'était Lars Mikkelsen.

"Nous avons fini d'analyser les rapports d'autopsie, dit-il en lui tendant un dossier. Pour résumer, je peux dire qu'on observe chez Asta des lésions au niveau du vagin et de l'anus qui indique qu'elle a pu être violée dès l'âge de treize ou quatorze ans, mais il y a aussi des lésions plus récentes qui montrent clairement..."

Il soupira.

"... sinon des viols, du moins un type de pénétration qui a dû être extrêmement douloureux pour elle."

Lasse avait l'air fatigué.

"Comment vas-tu ?" demanda Jeanette.

Il secoua la tête et lui dit qu'il aimerait une vie moins compliquée, un peu comme celle que vivait son chien.

"Manger, dormir et partir en promenade. Une vie tranquille sans tracas autres que quelques appareils électroménagers bruyants."

Il lui raconta que l'ennemi héréditaire de son caniche avait été une machine à soda, qu'il avait dû donner, son chien refusant de cesser d'aboyer dessus.

"L'aspirateur, il a fini par l'accepter, comme un visiteur pénible qu'on boude jusqu'à ce qu'il arrête son vacarme et retourne dans son cagibi... Et toi, comment ça va ?"

Jeanette se demanda si elle allait lui parler de la proposition d'emploi qu'elle avait acceptée plus tôt dans la semaine. Un poste prestigieux qu'elle supposait être une récompense de son travail dans l'affaire Qviding.

"Johan rentre à la maison ce week-end, répondit-elle plutôt pour éviter les questions. Je vais faire la connaissance de sa petite amie américaine. Elle s'appelle Eliza, c'est une hippie de Sausalito, au nord du Golden Gate."

Lasse rit.

"Une hippie ? Passionnant !"

Quand il fut parti, Jeanette se demanda si c'était Asta qui avait castré Erik Markström. Asta était originaire de Sundsvall et sa vie avait mal tourné dès le collège, quand toute sa famille avait péri dans un accident de voiture. À treize ans, elle avait plongé dans la drogue et avait commencé à se prostituer. Après une overdose à quatorze ans, elle avait disparu de l'hôpital comme de tous les fichiers publics. Rien sur elle aux services sociaux, à la sécurité sociale, à l'agence pour l'emploi ni nulle part ailleurs. Elle s'était comme volatilisée depuis 2005.

Il y avait plusieurs couteaux dans le chalet où elle avait été retrouvée à côté d'Erik Markström. Jeanette réfléchit à ce qui avait bien pu se passer. Ne supportant plus sa brutalité, avait-elle pris un couteau de cuisine pour le mutiler avant de mettre le feu à la maison en se laissant brûler avec son tortionnaire mourant ou presque mourant ?

C'était l'explication la plus simple, la plus logique.

Les bouteilles de pétrole lampant qui, d'après le rapport des pompiers, avaient été vidées sur les murs de la maison étaient couvertes des empreintes digitales de tous les habitants de Vitvattnet. D'après Melissa et Vidar, ils avaient été surpris par l'incendie et avaient fui avec tout ce qu'ils pouvaient emporter, dont une poule.

Aucune raison de ne pas les croire, pensa Jeanette, tout en sachant qu'il y avait une autre explication à ce qui s'était passé, tout aussi simple et logique.

Personne n'avait cependant rien à gagner à se mettre à fouiller tout ça. Melissa et Vidar s'étaient déjà fait voler leur vie, mise en scène par les adultes qui les entouraient, pour participer à une expérimentation bizarre.

Pendant leurs interrogatoires, les Qviding avaient été très peu diserts sur qui étaient les Anciens et ce qu'ils symbolisaient, mais quelques pistes étaient apparues après la perquisition de leur maison sur l'île en face de Dalarö.

Per Qviding avait pour habitude de rassembler ses notes. Une petite compilation d'observations quotidiennes, de remarques linguistiques, de proverbes maison et de considérations philosophiques gribouillés sur tout ce qui lui tombait sous la main, post-it, tickets de caisse ou pages de carnet arrachées.

Le dossier intitulé *Vie et mort de Stina* ne contenait pas grand-chose qui puisse apporter de la lumière sur ce qui s'était passé pendant quinze ans dans ce lieu isolé du sud-ouest du Jämtland. Quinze ans de notes dont quatre-vingt-quinze pour cent étaient un bric-à-brac superficiel, mis au rebut et exclu du roman.

Mais il y avait un billet de train Stockholm-Gävle, daté de novembre 2005, dont Jeanette fit s'afficher la photo sur son ordinateur.

Le billet avait un format d'environ dix centimètres par vingt, en papier cartonné. Au dos, Per avait écrit ce qui ressemblait à un manifeste, suivi d'une longue liste de produits.

Les Anciens appartiennent à l'ère préindustrielle, quand l'homme ne s'était pas encore rendu dépendant des machines. Les Anciens nous ont appris à être nous-mêmes.

…

Matières brutes naturelles pour vêtements et chaussures comme :

Toile de lin.

Toile de jute.

Chanvre.

Laine/Angora de mouton/chèvre.

Peaux et os d'animaux sauvages (morts naturellement)

…

Pour la vie quotidienne :

Savon et stéarine à base de graisse animale/végétale.

Casseroles en cuivre.

Bassines en zinc.

Objets en terre/en pierre.

Allumettes (exception).

Pétrole lampant (exception).

…

Et cela continuait ainsi sur trois colonnes au dos du billet de train, une longue liste de matériaux et aliments autorisés. Le tout en pattes de mouche.

Un peu une variante nordique du mode de vie amish, pensa Jeanette en notant qu'il était assez ironique que les deux seules choses que Qviding avait considérées comme des exceptions dans sa liste de produits de première nécessité pour la vie quotidienne étaient justement celles qui avaient causé la fin du village.

Pétrole et allumettes.

76

ARRÊTS DE KRONOBERG

"Tu peux répéter ? Compression... quoi ?"

Il a mal en permanence, pensa Jeanette. Mais il refuse de l'admettre et préfère souffrir tout seul dans son coin.

"Compression pneumatique intermittente, dit Schwarz avec un sourire forcé. Je n'aurais jamais cru apprendre à prononcer trois mots pareils à la file, mais maintenant je les ai entendus si souvent que ça s'est imprimé."

Il posa les couverts en plastique dans l'emballage avec les restes de son kebab et referma le couvercle. On peut aussi dire CPI, comme les médecins. »

C'était une sorte de manchette en tissu fixée autour de sa cheville, avec laquelle il était soigné depuis trois semaines. Les médecins espéraient que ce traitement minimiserait le risque de faire d'autres embolies après celle dont il avait été victime à la suite de son équipée en quad dans les montagnes d'Anaris. Même s'il ne l'avait pas dit ouvertement, Jeanette avait compris que les médecins avaient mis en garde Schwarz contre le risque qu'il courait d'avoir des difficultés durables à marcher normalement s'il ne se mettait pas en congé maladie et ne prenait pas sa rééducation au sérieux.

"Je n'aurais jamais dû te traîner dans le Nord, dit-elle. J'aurais plutôt dû t'ordonner de rester chez toi.

— Je suis content qu'on ait arrêté les Qviding ensemble. Ce sera un bon souvenir du travail avec toi, avant que tu deviennes agent secret."

Schwarz ricana. Il était le seul à savoir qu'elle allait quitter son poste.

"Arrête ça, dit Jeanette en se levant pour aller jeter ses restes à la poubelle.

— Tu ne peux pas me donner au moins un indice sur ce pour quoi on t'a recrutée ?" insista-t-il.

Elle ricana à son tour.

"Moins tu en sais, mieux cela vaut.

— Alors ça va continuer comme d'habitude, quoi. Je n'ai aucune idée de ce sur quoi tu enquêtes dans ta tête et quand je demande, tu fais une réponse évasive."

Dans le mille, pensa Jeanette.

"C'est en gros comme ça que ça va continuer, oui.

— Tu comprends quand même que je sais que c'est la Säpo, dit-il. C'est pour ça qu'on t'a conseillé de ne pas te montrer à la presse.

— Si tu le dis", répondit-elle en tournant le robinet de la kitchenette. Si seulement il savait, se dit-elle en se lavant les mains, dos tourné.

"Comme d'habitude, à la fin d'une enquête, je t'offre quelques bières, dit-il alors. Ce soir, quand on en aura fini avec Qviding. Enfin, si tu veux ?"

Jeanette ferma le robinet et s'essuya les mains avec une serviette en papier.

"Si on s'en tient à quelques bières… Volontiers."

“Interrogatoire de Per Qviding, dit Jeanette avant d’indiquer l’heure et le lieu pour le procès-verbal. Dirigé par Jeanette Kihlberg, commissaire. Assistant : Jimmy Schwarz, inspecteur. Présent : Ulf Ringström, avocat de Per Qviding.”

Après avoir indiqué en note préliminaire sur l’enregistrement que la plaignante Melissa Ljungstrand pourrait être renommée Stina Qviding et le plaignant Nino Hovland Ingar Markström, Jeanette demanda à l’avocat s’il avait une déclaration à faire avant le début de l’interrogatoire.

“Non, ce n’est pas nécessaire, répondit Ringström. Per va se montrer aussi ouvert et coopératif que précédemment, et je n’ai rien à ajouter à ce sujet.”

Temps d’enregistrement gâché à parler pour ne rien dire, pensa Jeanette en se tournant vers Per Qviding.

“Bien, Per… Continuons là où nous en étions restés ce matin. Vous nous avez parlé de vos premières impressions de Melissa Ljungstrand quand vous rendiez visite à Camilla à Bergshamra au début des années 2000.”

Ni ses vêtements de détenu ni la minerve qu’il était forcé de porter après s’être trouvé sous un bombardement d’eau en montagne ne lui avaient ôté son air de gendre idéal : Jeanette pensa à toutes ces femmes qui suivaient les communiqués de presse sur l’affaire, à combien d’entre elles le faisaient les larmes aux yeux par sympathie pour l’idéaliste romantique et incompris. Le beau gosse qui, tout en écrivant une littérature inspirée avait aussi posé sa main protectrice sur des enfants en détresse.

Il se racla la gorge.

“J’ai cru comprendre que certains médias me dépeignent comme un sociopathe, mais rien n’est plus éloigné de la vérité… Je suis une personne empathique. Demandez à mes enfants, Stina et Vidar. J’ai une expérience personnelle de la violence psychique et physique. Mon père, en apparence un honnête travailleur tout à fait ordinaire, machiniste chez Sandvik, et membre qui plus est d’une ligue de tempérance, m’a couvert de bleus de un à quinze ans… Il m’est déjà arrivé de porter un truc comme ça, vous comprenez…”

Il tapa du doigt sur sa minerve et son regard se fit aussitôt plus froid.

“Per Qviding montre sa minerve, glissa Schwarz.

— Je ne pourrais jamais faire de mal à un enfant. Notez aussi ça dans votre procès-verbal. Il y a partout des parents qui ne méritent pas de l’être, puisqu’ils traitent leurs enfants comme mon père me traitait. Mais nous qui ne pouvons pas avoir d’enfants…

— Vous avez eu Vidar”, le corrigea Schwarz.

Per se tut à nouveau un instant.

“Vidar était un miracle, dit-il en joignant les mains devant lui. Mais Stina… Melissa, donc… Elle est venue se réfugier auprès de nous et nous avons pris soin d’elle. C’était évident pour nous. Qu’aurions-nous dû faire ?”

Il décocha son sourire télévisuel breveté et, pour la première fois, Jeanette décela un sentiment authentique sur son visage photogénique. Que ce sentiment soit ambigu ne le rendait pas moins authentique, et il n’y avait qu’un pas pour penser que les intentions initiales de Per et Camilla étaient peut-être bonnes. Pour autant qu’on puisse discuter de cette affaire en termes de bien et mal.

"Vous aviez besoin d'un lieu isolé où habiter sans être découverts, proposa Jeanette, et c'est là qu'Erik « Valle » Markström entre en scène, n'est-ce pas ?"

Per Qviding hocha la tête.

"Tout est allé très vite… Les années sont passées comme ça… C'était merveilleux, les années de la petite enfance ont été merveilleuses…

— Voulez-vous nous parler davantage de Valle ?"

Jeanette crut saisir une hésitation chez l'avocat Ringström. Il changea de position sur sa chaise, couvrit sa bouche de sa main et pianota sur ses pousses de barbe. Mais alors qu'il semblait avoir décidé de conseiller à Per Qviding de garder le silence, l'écrivain se mit de lui-même à parler.

"Je connaissais Valle depuis l'an 2000, à l'époque du *Voyage de la vie*. Il était assidu à mes conférences. Nous partagions les mêmes idées sur l'influence délétère de la société moderne sur les valeurs spirituelles et il était comme moi amoureux de la nature, passait beaucoup de temps dans la forêt et les terres sauvages. Nous avions un lien commun avec les montagnes du centre de la Suède, le Jämtland, l'Härjedalen et le Nord du Hälsingland… Il savait qu'il y avait là-haut des maisons abandonnées dont personne ne connaissait l'existence à part les Sames et… Bref, je lui ai tout simplement fait confiance pour ça, et nous avons trouvé notre Vitvattnet.

— Le vrai Vitvattnet était ailleurs ?"

Per Qviding hocha la tête et se gratta sous sa minerve.

Jeanette réfléchit. Lors de l'installation à Vitvattnet, Erik Markström avait trente-sept ans et était célibataire.

D'après Per et Camilla, il s'était rendu à Trondheim, d'où il était revenu avec Nino, alors âgé de quatre ans, et une jeune fille "à la dérive".

"Saviez-vous qu'Asta avait quatorze ans quand il vous l'a présentée ?

— Non. Même si Milla et moi la trouvions très jeune, elle disait avoir dix-neuf ans. Ils prétendaient s'être mariés civilement.

— Et ces quinze dernières années, vous avez alors cherché à reconstituer une forme de vie du XIXe siècle dans laquelle la fiction se mêlait à la réalité ?"

Per Qviding secoua la tête, mais ne dit rien.

"Bon, passons à des choses plus concrètes, reprit Jeanette. Voilà six mois, vous avez commencé à vous organiser pour chercher un nouvel enfant, et vous avez alors trouvé Klara Bondesson. À peu près en même temps ont commencé les menaces de chantage de Lola Ljungstrand. Quel était votre plan ?

— Nous en avons déjà parlé dix fois."

Schwarz soupira.

"Et à présent, nous allons en parler pour la onzième fois, c'est comme ça."

D'après les Qviding, tous les appels de Lola Ljungstrand visaient à extorquer de l'argent. Quinze ans après la disparition de Melissa, Lola se souciait davantage de ses finances que de sa fille. Pour autant que ce soit là toute la vérité. Et on ne pouvait bien sûr pas le lui demander.

"Valle a promis de s'occuper de tout, dit Per au bout d'un moment. *Nous* n'avions pas de plan, lui en revanche affirmait en avoir un, en nous assurant qu'il n'était absolument pas question de violence. Bordel, je n'avais pas la moindre idée de ce qu'était l'Uragan D2 avant que vous m'en parliez."

Première fois qu'il jure lors d'un interrogatoire, pensa Jeanette.

"Nino a dit s'être fait tirer dans le bras en cherchant à vous fuir..., commença-t-elle, aussitôt interrompue par la main levée de Per Qviding.

— Stop, arrêtez ça, dit-il en haussant sensiblement la voix. Ingar... Nino ne nous fuyait pas, il fuyait Valle.

— Pinaillage, marmonna Schwarz.

— Vous et Valle avez tous les deux poursuivi Nino, dit Jeanette. Selon Nino, c'est Valle qui tenait le fusil. Peu après a été tiré un autre coup de feu, qui a touché une autre personne. Pour quelle raison Marcus Albelin se trouvait-il chez vous l'automne dernier ?"

Qviding inspira profondément avant de soudain sursauter et faire une grimace de douleur en portant la main à sa nuque.

"Je ne sais pas, gémit-il alors. Je n'ai pas vu ce qui s'est passé... Mais Valle a dit que le garçon a surgi de nulle part et qu'il s'est retrouvé dans la ligne de tir... Que c'était tout simplement une balle perdue.

— Une balle perdue en pleine tête, pas de chance, dit Schwarz.

— Pure spéculation, fit remarquer l'avocat Ringström. Tenez-vous en aux faits."

Les faits, songea Jeanette. Le fait est qu'il est impossible de prouver comment ça s'est passé.

Elle ne pensait pas pouvoir aller plus loin sur ce point, en tout cas pas pour le moment.

Per Qviding semblait s'être un peu calmé. Elle lui proposa de l'eau, et comme il hochait la tête, elle demanda à Schwarz d'aller chercher le pichet.

Pendant que Schwarz partait en boitant, Jeanette essaya d'imaginer à quoi la vie des familles Qviding et Markström pouvait ressembler aux yeux des enfants.

Un bout de nature et quelques maisons, aucun point de comparaison.

D'après ce que Melissa avait raconté, les enfants n'avaient aucun autre moyen de connaître le monde extérieur que les récits des adultes.

Ceux-ci avaient inventé une représentation du monde destinée aux enfants, entièrement conforme à leurs idées, et comme si cela ne suffisait pas, ils faisaient usage de poison, de jeûnes forcés et d'autres moyens physiques.

Jeanette n'était toujours pas certaine que la violence physique, sous forme d'étranglement ou d'étouffement ait été pratiquée sur de Melissa. D'après elle, ce n'était pas le cas.

Quand Schwarz eut rempli les verres, elle posa la question suivante.

"Nous aimerions que vous nous expliquiez pourquoi vous avez initié votre fille à l'exploration de la frontière entre la vie et la mort. Nous avons compris que l'intérêt pour ce sujet est en quelque sorte de famille, et que vous avez vous-même eu ce genre d'expérience. Mais pourquoi Stina ?"

Per Qviding but une gorgée d'eau, tandis qu'un trait de chagrin traversa son regard.

"Dès sa première année avec nous, j'ai vu combien elle était réceptive à… Comment dire ? À une autre forme de pensée. Elle posait des questions profondes, comme je m'en suis posé toute ma vie, depuis tout petit... Que sont les rêves ? continua-t-il avec un doux sourire. Qui suis-je ? Que se passe-t-il quand on meurt ? Ce genre de questions... Auxquelles on ne peut répondre si on n'a pas *vu*. Il faut voir pour comprendre. C'est aussi simple que ça.

— Vous n'avez pas compris le risque que vous faisiez courir à la fillette, avec ces pratiques ?"

Il secoua la tête l'air de dire que c'était *elle* qui n'avait rien compris du tout.

"C'est la révélation la plus merveilleuse qui existe, répondit-il. Et qui ne veut pas offrir à ses enfants ce qu'il y a de plus grand ?"

Après l'interrogatoire, Jeanette alla dans son bureau essayer de démêler la pelote embrouillée que leur avait lancée Per Qviding.

Comment faire comprendre à un criminel que ce qu'il a fait est criminel ? Au moins, Camilla Qviding avait montré quelques hésitations au cours de ses interrogatoires, mais Per n'en démordait pas.

La vision du monde qu'il s'était créée était inébranlable. Omnipotent, tyrannique et narcissique étaient les mots qui venaient spontanément à l'esprit de Jeanette.

Était-il en pleine possession de son jugement ? Absolument, mais quel sens cela avait-il exactement ? En pleine possession de *son* jugement, selon sa propre conception, ou selon ce qui était généralement considéré comme compatible avec la responsabilité pénale ?

Quand ils avaient commencé à poser des questions sur les poupées de taille humaine, faites de branches et d'os d'animaux, qu'on avait trouvées dans la Maison des Anciens, il avait immédiatement été sur la défensive.

Vous pourrez chercher longtemps avant d'y trouver quoi que ce soit d'illégal, avait-il répondu, et Jeanette était prête à le croire. Mystère, pensa-t-elle. Réservé aux initiés, et ça s'arrêtait là.

Per les avait juste renvoyés à une lettre des années 1860, qu'elle avait à présent à la main.

La lettre était datée d'avril 1866, écrite par l'ancêtre de Per Qviding, Stina.

Tu l'ignores, Axel – c'est un conseil de sept religieux, dont grand-père Arfvid, mais ils ne sont plus en vie, et pourtant on les nourrit de viande de renne.

Le premier mot qui vint à Jeanette pour décrire ces Anciens était "théâtre".

Ou spectacle, pensa-t-elle. Une sorte de mise en scène dont ils se servaient pour effrayer les enfants et les faire obéir.

Au cours des dernières semaines, plusieurs psychologues avaient avec un succès variable pris en charge les "enfants de Vitvattnet" comme on les appelait dans les médias. Par définition Nino et Melissa n'étaient plus des enfants, mais ils le restaient à bien des égards, et Nino s'était de plus en plus souvent refermé comme il le faisait au début.

Love Martinsson avait ouvert son cabinet un mois plus tôt que prévu, et avait à présent entamé avec les enfants une sorte de thérapie de groupe.

Love que Jeanette n'avait pas encore rencontré en personne.

Comme s'il m'évitait, pensa-t-elle.

77

MÉLANCOLIE BLANCHE

C'est la septième fois que je monte dans ce chariot malodorant qu'ils appellent "voiture". Je commence à m'habituer, je ne vomis plus. C'est Nils qui conduit cette fois, et même si Olivia et lui disent rouler lentement et prudemment, je ne suis pas d'accord.

Vidar appuie sa tête contre mon épaule tandis que je serre la main d'Ingar, Ingar qui ne veut plus s'appeler Ingar, mais Nino. C'est difficile à comprendre, et j'ai décidé de l'appeler Ingar-Nino pour le moment, ce qui l'a fait rire.

S'il n'avait pas été avec moi, là, je serais devenue folle.

Ils prétendent que je m'appelle Melissa, mais je ne veux pas les écouter. Ils prétendent en plus que ma vraie mère est morte et que mon vrai père s'appelle Tommy.

Je n'accepterai jamais ça. Ils m'ont forcée à le rencontrer une fois, et j'ai tout de suite vu qu'il avait les mêmes yeux de loup affamé que Valle.

Bien sûr, Tommy a pleuré, mais aucune larme ne peut cacher ce regard de prédateur.

Ce qu'il a raconté sonnait comme des mensonges, et les images-caméra qu'il m'a montrées ne disent rien, à part que la fillette en miniature n'avait pas l'air heureuse.

Pour moi, mes vrais parents sont Pe et Em, mais Vidar et moi n'avons pas pu les voir depuis notre arrivée à Stockholm, puisqu'ils ont été enfermés par la police. En revanche, Ingar-Nino a pu rencontrer ses vrais parents. Ils vivent en Norvège, et je l'accompagnerai peut-être un jour là-bas avec Vidar.

En traversant la ville, je vois beaucoup d'images de Pe et Em. Ce sont des papiers affichés aux murs et aux vitrines, avec toujours les mêmes choses écrites, faciles à apprendre par cœur. QVIDING : MEURTRE ET CULTE DE LA MORT. ÉDITION SPÉCIALE SUR L'AFFAIRE QVIDING : LES ENFANTS DE VITVATTNET AFFAMÉS ET EMPOISONNÉS.

C'est curieux qu'ils aient mis tant de papiers absolument identiques, alors qu'il aurait suffi d'un de chaque, mais il y a tant de choses curieuses dans cette ville.

Une grande curiosité est qu'il y ait tant de vieux à Stockholm. Avant d'arriver ici, la personne la plus âgée que j'aie jamais vue était mon père, mais ici, une personne sur deux se promène appuyée sur une canne ou se traînant sur une sorte de chaise avec des roues.

Pe a parlé des petits vieux et petites vieilles, et pourquoi il ne fallait pas se moquer d'eux. Quand ils perdent la mémoire ou la tête et commencent à parler avec des personnes que les autres ne voient pas, peut-être des amis morts depuis longtemps, tout est en fait normal. Certains croient que le cerveau des vieillards dépérit, mais en réalité, le cerveau s'éteint exprès pour laisser la place à des perceptions de l'Autre Monde. Le cerveau humain est fait pour interpréter la vie terrestre, et cet effort inouï prend beaucoup de place et cache la vue à l'œil de l'âme.

Devenir vieux, confus, perdre la mémoire, c'est se trouver sur le seuil entre les deux mondes, et j'imagine que c'est comme apercevoir l'éternité et entendre les voix accueillantes et désirantes qui proviennent de l'autre côté.

Maintenant que je suis dans ce chariot malodorant et que je regarde tous ces vieux dans les rues, je me demande ce qui est arrivé à mon propre cerveau quand je suis arrivée ici. Peut-être mon cerveau s'est brouillé parce qu'il n'y avait pas assez de place pour toutes les choses incompréhensibles que j'ai vues ?

Je ne me souviens pas grand-chose de la première semaine, presque rien à part la quantité de visages et de machines, et que j'ai volé haut dans le ciel et vomi et beaucoup dormi.

Mais je me souviens qu'Ingar-Nino était avec moi, tout le temps, et que Vidar était couché dans un lit blanc avec des fils accrochés à lui, des fils reliés à une machine.

Ils ont dit qu'il avait quelque chose qui s'appelle le syndrome de Down, qui le rend différent des autres. Je ne comprends pas ce qu'ils veulent dire : Vidar, c'est Vidar.

Maintenant Dieu merci il est guéri de sa fièvre et nous allons voir l'ami de Nino, celui qui à part Nils et Olivia a été le plus gentil avec nous depuis notre arrivée ici.

Tout le monde croit que Love est un homme, mais je sais que ce n'est pas tout à fait vrai, et Ingar-Nino le sait lui aussi, parce que nous en avons parlé et il pense la même chose.

Love est les deux, un peu comme un arbre et des fleurs ne sont pas des hommes et des femmes, mais juste un arbre et des fleurs.

Love sait mieux que les autres comment la tête fonctionne, et il-elle va nous aider à comprendre ce nouveau monde et à nous habituer à être ici, mais je trouve que c'est inutile.

Ça part peut-être d'une bonne intention, mais je n'ai jamais voulu être ici.

Je ne l'ai demandé à personne.

La voiture arrête enfin de faire du bruit devant une grande porte moitié en verre et moitié en bois. C'est une sorte de porte habituelle à Stockholm, à la différence de Vitvattnet, où les fenêtres sont aux murs, là où les fenêtres ont leur place, et pas sur les portes.

Ingar-Nino montre la haute maison en pierre gris-vert, adossée à une autre identique mais gris-brun, un peu comme la remise et le poulailler chez nous, mais ici c'est terriblement plus grand.

"Love habite ici ? demande-t-il. C'est grand.

— Il n'habite pas tout seul ici, dit Olivia. Il y a beaucoup de gens dans l'immeuble.

— Combien ? je demande.

— Je ne sais pas."

C'est aussi une bizarrerie de ce monde. Les gens disent souvent qu'ils ne savent pas la réponse quand je leur pose une question, ou alors ils disent que c'est difficile à expliquer ou alors *impossible* à expliquer sans apprendre d'abord plein de choses pour comprendre la question que je pose. Et pourtant tout ce que je demande concerne ce que nous avons tous sous nos yeux.

Certaines questions que je pose n'ont pas une seule réponse, mais beaucoup, toutes différentes.

Par exemple, il y a des écrans et des tableaux partout à Stockholm, pas très différents de la boîte que j'ai parfois vue dans mes rêves à Vitvattnet. Mais ce n'est pas comme je croyais avant, que des gens habitaient dedans. Ce sont des images-caméra mobiles et des textes et quelque chose qui s'appelle pro-*gramme*.

J'ai posé des questions sur ces écrans et ces tableaux, et on m'a presque toujours fait des réponses différentes. Télé-*vision*, ordi-*nateur*, moni-*teur*, et d'autres s'appellent encore *tablettes*, même si elles n'ont pas de pieds comme leurs grandes sœurs. Quand je demande à quoi ça sert, on me donne des réponses différentes, qui n'ont presque rien à voir l'une avec l'autre, au point que je me demande si les gens savent ce qu'ils regardent, souvent toute la journée, à ce qu'il semble.

Nous descendons de voiture et Nils appuie sur les boutons à côté de la porte, qui la font siffler, bourdonner et s'ouvrir toute seule. Ça aussi, c'est habituel avec les portes à Stockholm et j'ai déjà posé une question à ce sujet, mais je ne me rappelle pas ce qu'a dit Nils, à part que ça a l'air horriblement compliqué. En tout cas, il est doué pour ça, puisque les portes s'ouvrent toujours, alors qu'Olivia est parfois obligée de demander conseil à son télé-*phone* pour savoir comment faire. C'est la plus petite sorte d'écran ou de tableau, et ils prétendent que ça permet de parler avec des gens qui se trouvent partout dans le monde, jusqu'en Amérique. Comme dans la plupart des maisons à Stockholm, il y a dans celle de Love une cage qui est soulevée d'un étage à l'autre au bout d'une chaîne ou d'une corde. Ça s'appelle *ascenseur*, et j'ai le souvenir d'en avoir déjà pris un pareil, il y a longtemps, ou dans un rêve.

Cet ascenseur n'est pas assez grand pour tout le monde, et Vidar doit voler en premier jusqu'en haut avec Nils. Vidar trouve ça amusant, on l'entend rire dans toute la maison.

L'escalier passe devant beaucoup de portes qui ressemblent davantage à celles de Vitvattnet, en bois, avec de vraies poignées, avec des noms dessus, certains curieux, car il y a des gens d'autres pays que la Suède.

Devant une porte tout en haut de la maison, Nils et Vidar nous attendent, et il y a écrit Love Martinsson dessus.

Olivia frappe et Love ouvre.

Il-elle a fait cuire quelque chose qui sent une bonne odeur sucrée.

Je prends une petite gorgée de sirop, le meilleur que j'aie jamais bu, et je vais faire durer longtemps mon verre. Vidar et Ingar-Nino n'en ont presque plus et ont fini leurs biscuits.

Il me reste trois tuiles au miel, j'en mords un bout et je le mâche longtemps.

"Tu crois que Vidar et moi on pourra voir Pe ?"

Love hoche la tête et se penche en avant dans son grand fauteuil moelleux en joignant les mains comme pour une prière.

"Je ne comprends vraiment pas pourquoi vous n'avez pas déjà pu le faire, mais je vais essayer d'organiser ça."

Nous sommes chacun dans un fauteuil comme celui de Love, c'est si bon que j'aimerais rester longtemps dedans.

On voit que Love réfléchit bien.

“Je dirai que votre père et votre mère vous manquent, à Vidar et toi, et que cela vous fait du mal de ne pas les voir. Que vous pourriez être malades si on vous le refusait, et que ce serait très mauvais que vous tombiez malades.”

Je hoche la tête et je regarde les autres. Ingar-Nino comprend, mais Vidar n'écoute pas, parce qu'il préfère regarder toutes les choses qu'il y a dans la grande pièce de Love.

Ça sent la colle et une autre odeur qui est nouvelle pour moi et pique un peu le nez. Love nous a expliqué que toutes les pièces venaient d'être refaites, peintes et tapissées, et que c'est la peinture qui sent encore comme ça.

Sinon, cette pièce est sans doute la plus belle de tout Stockholm. Il y a une grande fenêtre sur le toit qui donne droit dans le ciel et c'est comme être assis dehors. Love n'a pas d'écrans sur les murs, ni de faux tableaux qui clignotent ou couinent ou restent complètement noirs. Les tableaux de Love sont de vrais tableaux, un peu comme celui que j'avais au mur au-dessus de mon lit, qui représentait cette ferme russe, mais qui a été détruit quand la maison a brûlé.

Par chance, mes carnets s'en sont tirés, parce que Pe les avait cachés ailleurs sur une île qui s'appelle Rågholmen. Mais *Le Joyau de la reine* et les autres livres ont brûlé.

Love a plusieurs bibliothèques avec des centaines de livres, et c'est incroyable qu'il y en ait tant à choisir. Les policiers m'ont dit que Pe avait écrit seize livres et que l'un d'eux parle de moi et de notre vie à Vitvattnet. Ils me l'ont montré et m'ont laissé le lire.

Plein de passages ressemblaient beaucoup à mes journaux, mais Pe a changé des choses.

Je n'ai pas encore décidé ce que je dois penser de ce qu'il a fait.

Love nous regarde avec ses yeux pensifs.

"Peut-être que toi, Nino, tu pourrais nous parler de quelque chose qui t'est arrivé à Stockholm et que tu aimes voir ou faire ?"

Ingar-Nino prend ma main.

"Drôle de question, dit-il. Maintenant que Stina est là."

Il caresse ma paume avec un doigt, ça chatouille un peu.

"La douche, dit-il ensuite. Montré comment faire."

Love hoche la tête.

"Bien… Autre chose ?

— Notre chambre à l'hôpital."

Je sais exactement ce qu'il veut dire. Au bout d'une semaine, quand ça s'est calmé dans ma tête et que j'ai arrêté de crier et de vomir, j'ai pu habiter avec lui dans une chambre où on nous a laissés seuls. Toutes les nuits. En pensant cela, je sens son cœur battre dans sa main.

Cette chambre est la seule chose qui soit vraiment bien à Stockholm.

Nous avons pu emprunter un violoncelle et un nyckelharpa, et ce n'est pas très grave qu'on n'ait pas le droit d'en jouer le soir et la nuit.

Vidar a une chambre à côté de la nôtre, pleine de jouets. Je sais que mon petit frère lui aussi est content de sa chambre. En fait, il est plus content ici que chez nous à Vitvattnet, et même si c'est bizarre, tant mieux.

Je demande :

"Qu'est-ce qui se passera, après le procès ?"

Je sais ce que c'est qu'un procès, parce que Tintomara en a subi un.

Mais ce procès-là sera différent, parce que la police croit que Pe et Em nous ont fait du mal à moi, à Vidar et à Ingar-Nino. Je ne suis absolument pas d'accord. Autant que je sache, Pe n'a jamais fait exprès du mal à quelque chose ou à quelqu'un.

Bien sûr, Em est méchante, mais pas au point de devoir aller en prison. Le seul qui était vraiment méchant, c'est Valle, et lui, c'est clair et net. Il a été exécuté.

Mais ça, je suis assez maligne pour le garder pour moi.

"Après le procès, Nino et toi, vous allez déménager dans un foyer dit Love, et si j'ai bien compris, Vidar ira dans une famille d'accueil."

Alors c'est malgré tout comme les policiers ont dit, et en pensant cela j'ai aussitôt envie de vomir.

Love me regarde à nouveau pensivement.

"Vous ne voulez pas, hein ?

— Non, dis-je. Aucun de nous ne veut ça."

Le foyer, ça peut peut-être aller, Ingar-Nino et moi nous habiterons un peu comme à l'hôpital, quelque part où des gens viendront nous voir.

Mais famille d'accueil, ça veut dire que Vidar ira vivre ailleurs, peut-être à des kilomètres, avec un nouveau père et une nouvelle mère.

"Ça n'est pas juste, dis-je en regardant Vidar. Il doit habiter avec nous."

Love se cale au fond de son fauteuil.

"Je ne peux rien vous promettre, dit-il, mais je vais faire tout mon possible pour vous aider et essayer de trouver une autre solution.

— Il y a encore des gâteaux ?" demande Vidar.

Je lui fais les gros yeux en chuchotant :

"Arrête ! Tu n'as pas honte ?

— Ce n'est pas grave."

Love se lève.

"Je vais en chercher une autre assiette. Vous voulez encore à boire ?"

Nous hochons tous les trois la tête et Love se dirige vers l'escalier tournant qui descend dans sa cuisine. J'aime bien cette maison dans la maison. Nous pourrions vivre un moment dans une maison comme ça, en attendant de rentrer chez nous. Vidar à un étage et Ingar-Nino et moi à l'autre.

J'enfonce mes orteils dans le tapis moelleux sous la table de Love. Il est tissé d'innombrables petits fils, et j'imagine que c'est l'herbe entre nos maisons à Vitvattnet. L'été, l'herbe est fraîche de rosée et son odeur est si forte que je peux sentir sa couleur. Parfois c'est une flaque quand il a plu, d'autres fois elle est sèche et cassante comme du foin, au point qu'on peut sentir le parfum du soleil lui-même.

À Stockholm, en revanche, il n'y a pas beaucoup d'herbe, c'est le plus souvent dur comme la pierre ou l'asphalte ou triste comme le linoléum.

Voilà comment vont mes pensées, quand moi, Stina de Vitvattnet, je rêve de partir d'ici.

Je lève les yeux par la fenêtre vers le ciel bleu au-dessus des toits, et je vois que c'est le même ciel ici que là-bas.

78

QUARTIER KRONOBERG

Jeanette Kihlberg regarda par la fenêtre ouverte de son bureau. Le brouhaha indolent des terrasses et le bruit de la faible circulation au niveau de la rue étaient de temps à autre interrompus par les cris des mouettes. Dans les immeubles d'en face, les gens avaient réinvesti leurs balcons.

Après avoir passé toute sa vie à Stockholm, elle commençait à se lasser de la façon dont les Stockholmois idéalisaient l'été nordique. Nous devrions mieux profiter de nos automnes, songea-t-elle. Sortir plutôt quand il pleut, dans l'odeur de feuilles en décomposition, et penser à la mort. Mais non, dès qu'arrive la nuit, nous nous enfermons devant nos séries télévisées et nous retournons dans les salles de sport pour préparer l'été suivant. Nous nous figurons que les étés sont le point culminant de la vie, que la mort est très loin, alors qu'en fait elle n'est jamais aussi traître que lorsque tout est le plus lumineux.

En automne, en revanche, la mort est sincère et évidente. Sombre, froide et humide comme une tombe.

Quand le téléphone interne sonna, elle ferma la fenêtre sur la rue, les bruits de l'été disparurent et elle activa le haut-parleur.

“Bonjour, Jeanette, dit la jeune femme du standard. J’ai un appel pour toi des États-Unis, de Chicago.

— OK… Qui est-ce ?

— Elle dit qu’elle s’appelle Stina.”

Quand Jeanette retrouva Schwarz à l’entrée de l’hôtel de police pour aller prendre les bières promises, elle avait un sujet de conversation tout trouvé pour le distraire de lui poser des questions sur son nouveau poste, dont elle n’avait ni le droit ni l’envie de parler.

Ils s’installèrent dans le premier endroit potable, un pub si minuscule qu’elle ne l’avait encore jamais remarqué. Il y avait deux sièges libres au bout du bar, dans une pièce par ailleurs bondée, alors qu’il n’était pas même huit heures.

“La mise en examen des Qviding est une nouvelle mondiale et, comme tu le sais, on a reçu des appels plus farfelus les uns que les autres, dit Jeanette quand le barman leur eut servi une première tournée de lager blonde. Mais je viens de recevoir un coup de fil des États-Unis qui ne semble pas du tout relever de cette catégorie.”

Schwarz passa le doigt dans la mousse de sa bière et le lécha.

“Et de quoi s’agissait-il ?

— Celle qui m’a téléphoné s’appelle Stina Pierce-Wilson.

— Stina ?”

Jeanette hocha la tête.

“Elle habite Lake Forest, une des banlieues les plus chics de Chicago, et a été baptisée d’après son arrière-grand-mère, la première de la famille Qviding à avoir mis le pied sur le sol américain."

Schwarz but une gorgée de bière.

"Ah, putain… Je crois deviner où ça nous mène.

— Maintenant, nous savons ce qui est arrivé à la Stina Qviding historique", dit Jeanette.

Puis elle lui restitua l'histoire que lui avait racontée l'ancienne professeure de collège Stina Pierce-Wilson, soixante-dix-sept ans. Qu'elle avait conservé une trentaine de lettres de la deuxième moitié du XIXe siècle, une correspondance entre Stina Qviding et son cousin Axel.

"Stina a retrouvé Axel à Chicago, dit Jeanette. Elle avait alors trente ans et était accompagnée d'un jeune homme de dix ans son cadet avec qui elle s'est plus tard mariée. Ils ont déménagé dans le Minnesota, mais n'ont pas eu un lopin de terre, plutôt une baraque dans Swede Hollow, le bidonville suédois de Saint Paul."

Jeanette coupa les détails pittoresques que l'enseignante lui avait donnés au cours de leur conversation téléphonique, que Stina avait rencontré l'amour de sa vie alors que le SS *Orlando* avait à peine dépassé Styrsö dans l'archipel de Göteborg, et que ce jeune homme avait une tignasse roux clair peu commune qui se perpétuait dans la famille.

Comme dans la branche suédoise, pensa Jeanette.

"Le couple a eu quatre enfants, dit-elle. Comme par « *a miracle from God* » tous ont survécu, dont la grand-mère maternelle de Stina Pierce-Wilson."

Schwarz fronça les sourcils.

"Et que cherchait-elle en te racontant tout ça ?

— Elle voulait entrer en contact avec Per Qviding, puisqu'ils sont parents, quand bien même lointains.

— Et comment sais-tu que ce n'est pas une personne farfelue ?"

C'est le genre de choses qu'on sait, c'est tout, pensa Jeanette.

"L'intuition", répondit-elle.

La vieille enseignante avait dit qu'elle savait depuis longtemps avoir un lien avec la Suède et un parent qui était un écrivain connu, mais elle n'avait pas voulu l'importuner jusqu'ici. Maintenant qu'il était en prison et avait sûrement besoin de nouvelles positives, elle avait pris son courage à deux mains.

Well, it cannot harm your investigation, avait-elle dit. *His story can come to an end with a miracle. Who knows? Maybe he becomes a better person? God is all about miracles, you know. My life has been wonderful and I would not exist without Stina Qviding.*

Ce dernier mot prononcé en allongeant la syllabe : *Quee-ding*.

"Je lui ai donné le numéro de Ringström, l'avocat de Per Qviding", dit Jeanette en souriant au souvenir de la foi évidente en Dieu et ses miracles exprimée par la vieille dame américaine.

Pour sa part, elle était partagée.

Dès lors qu'un miracle se produit, ne cesse-t-il pas d'être un miracle ? Il est examiné sous toutes les coutures, expliqué avec une logique sèche, la même logique qui n'accepte pas des phénomènes comme l'intuition, et on finit par arriver à la conclusion que ce n'était pas si miraculeux qu'on l'avait d'abord cru, mais plutôt une conséquence plus ou moins évidente de données objectives.

Les miracles ne se produisent que dans les contes de fées.

79

RENSTIERNAS GATA

Love était dans son séjour avec le livre qu'il avait lu pendant quelques-unes des soirées lourdes et grises de juillet. *No Mercy – Sans Pitié* de Mercy Abiona, la fille qu'il avait jadis suivie en thérapie au foyer de Skutskär. C'était le récit bouleversant de ce que c'était que se perdre soi-même, devenir quelqu'un d'autre et être ballottée entre plusieurs versions de son moi. La jeune fille partageait avec Love cette expérience de la perte d'identité, et ce livre avait fait penser Love aux enfants de Vitvattnet, en particulier à Melissa qui avait visiblement le plus de mal des trois à maîtriser le sentiment que plus rien ne correspondait avec son ancienne vision du monde.

Après une petite enfance dans des familles de toxicomanes, Nino et Melissa, devenus Ingar et Stina dans les contrées sauvages du Jämtland, se retrouvaient et Ingar redevenait Nino et Stina Melissa. Et voilà qu'apparaissait en même temps une Stina fictive inventée par son père et une Stina aînée de cent cinquante ans.

Tout ce qui restait à Melissa était Nino et son petit frère Vidar. Per et Camilla n'étaient pas ceux qu'elle pensait, et Melissa allait devoir devenir une personne nouvelle dans un contexte nouveau.

Pendant son entretien avec elle et Nino, Love avait eu l'impression qu'ils se considéraient l'un l'autre comme un être unique. Comme un *animal cœleste* plutôt que comme un homme et une femme.

Love s'assit devant son ordinateur et ouvrit le document qu'il avait commencé à rédiger dès après les événements en montagne de la fin juin.

Ton nom, c'est toi, avait écrit Love.

Ton nom est ton identité. Une preuve concrète de ton existence.

Love avait l'expérience de toute une vie de ce que c'était que porter différents noms et être ballotté entre des identités et des réalités. Ce qu'il avait écrit jusqu'à présent n'était adressé à personne, un choix conscient, puisque ce texte ne devait être lu par personne d'autre que lui-même.

Il avait raconté l'histoire d'une femme qui avait choisi de tout quitter, de rompre avec sa vie à Stockholm et de partir pour un voyage sans but. À son retour, elle avait assisté la police lors du procès d'un tueur en série.

Après quoi, avec l'aide de Lars Mikkelsen, alors à la brigade criminelle, elle avait fait les premiers pas hésitants pour devenir Love Martinsson.

Martinsson était un ami d'enfance qui était mort. Love tout simplement parce que c'était un prénom non genré.

Il se cala au fond de son siège, tendit la main vers la bouteille de vin blanc et se versa un verre.

Il se souvenait de la femme qui était devenue Love Martinsson, une femme qui avait déjà porté plusieurs noms au cours de ses différentes vies.

Elle avait reçu son prénom à sa naissance. Son nom de famille en septembre 1988 et cette fois aussi, c'était grâce à Lars Mikkelsen.

Lasse, le seul en ce monde à savoir qui était vraiment Love Martinsson.

Il finit son verre, s'en resservit un autre et se mit à écrire.

Trente ans plus tard, il se rappelait presque au mot près sa première rencontre avec Lasse.

Septembre 1988, écrivit-il. *Hôtel de police de Kungsholmen.*

Mon père avait ouvert une grande plaie dans ma vie, comme un requin qui fend l'eau. Là où d'autres, comme mon psychologue, avaient vu la nageoire et devinait la présence terrifiante sous la surface, j'avais vu en face la gueule ouverte du requin et sa faim surgie du fond des âges.

Love ferma les yeux et se remémora le bureau de Lasse à la brigade criminelle, avant de continuer à écrire.

La première fois que j'ai rencontré Lasse, j'avais encore mal à l'entrejambe après les examens du service médico-judiciaire. Je lui ai raconté les innombrables agressions sexuelles dont j'avais été victime toute ma vie et je lui ai dit que chacune était supportable en elle-même, mais que, toutes ensemble, elles étaient devenues une seule et unique agression impossible à porter.

Love hésita sur la façon de continuer. Ce qui était arrivé à Melissa, Nino et Vidar actualisait la vérité que Lasse lui avait ensuite exposée en ce jour d'automne 1988.

Il s'agissait de possession et de propriété.

Lasse m'a expliqué qu'il restait dans notre société des reliques du Moyen Âge.

Au Moyen Âge se produisaient des rapts de femmes : un homme avait le droit de se marier avec une femme et de s'approprier tous ses biens en l'enlevant et en la violant. Le viol n'était pas considéré comme une atteinte aux femmes, mais à la propriété.

Les lois réprimant le viol qui ont vu plus tard le jour n'ont été écrites que pour protéger le droit de l'homme à la propriété sexuelle.

Quand Lasse a dit qu'il restait aujourd'hui des traces de cette façon médiévale de considérer les femmes, j'ai exactement compris ce qu'il voulait dire.

Être remise en question après avoir été prise par violence.

Est-ce que tu mens pour l'envoyer au trou ?

Pourquoi n'as-tu pas fui ?

Pourquoi étais-tu si légèrement vêtue ?

Love réfléchit. Il savait ce qu'il avait vu dans le regard de Melissa. Les agressions sexuelles ne peuvent pas se balayer en un clin d'œil. Elle avait été violée à Vittattnet, et Love était sûr de savoir qui lui avait fait subir cela. Erik "Valle" Markström ne l'importunerait plus jamais physiquement, mais il continuerait de la hanter.

Il revint à son texte. Après avoir expliqué cette conception du viol et de la femme comme propriété de l'homme, Lasse avait abordé un autre aspect de cet héritage médiéval. Love écrivit :

Longtemps encore au XIXe siècle, les enfants ont été traités comme de petits adultes et punis par les mêmes lois que les adultes. Encore aujourd'hui, dans le monde entier, il arrive encore que des enfants soient emprisonnés, et même exécutés.

L'enfant est privé du droit de décider tout seul de sa vie, l'enfant est donc à la fois irresponsable et responsable pénalement.

La chose la plus importante est de se souvenir qu'encore aujourd'hui, des adultes considèrent leurs enfants comme leur propriété et qu'ils les éduquent et les punissent selon leurs propres lois.

Love enregistra le document. Lasse avait dit que des lois toutes particulières pouvaient être en vigueur au sein d'un groupe restreint de personnes. Les enfants de Vitvattnet avaient été entièrement abandonnés aux lois et aux punitions en vigueur dans le lieu isolé où ils avaient grandi.

Pour Love, ce cercle fermé avait été constitué de sa famille, ou plutôt de son père et de ses amis.

Papa Bengt, le requin affamé.

Maman Birgitta, la vaste mer silencieuse qui les entourait.

L'enfant, une plaie qui saignait sans cesse et qui mettait en chasse le requin.

Son père et Per Qviding présentaient les mêmes traits de tyrans omnipotents, et nourrissaient des fantasmes d'affirmation de soi. Une seconde après, ils pouvaient totalement se dévaloriser.

Love savait que ces brusques retournements entre affirmation tyrannique et autodénigrement venaient du fait que ces personnes souffraient d'une fausse image d'elles-mêmes.

Toc toc.

Love Martinsson sursauta en entendant frapper à sa porte. Il regarda l'heure, 22 h 22, et réalisa qu'il devait s'être endormi devant son ordinateur.

Toc toc.

Il se leva, et alla ouvrir.

Jeanette Kihlberg était dans la cage d'escalier, les yeux brillants.

"Salut, Sofia, dit-elle. Je veux que tu me racontes tout sur Love Martinsson. Tu comprends ?"

Love hocha la tête. Sa gorge commençait à se serrer, toute sèche.

"J'espère qu'il n'est pas trop tard pour te raconter, dit-il avec la voix plus faible et plus claire de Sofia Zetterlund.

— Il n'est jamais trop tard", dit Jeanette en entrant.

OUVRAGE RÉALISÉ
PAR NORD COMPO À VILLENEUVE-D'ASCQ
REPRODUIT ET ACHEVÉ D'IMPRIMER
EN FÉVRIER 2025
PAR NORMANDIE ROTO IMPRESSION S.A.S.
À LONRAI
POUR LE COMPTE DES ÉDITIONS
ACTES SUD
LE MÉJAN
PLACE NINA-BERBEROVA
13200 ARLES

DÉPÔT LÉGAL
1re ÉDITION : MARS 2025
N° impr. : 2406157
(Imprimé en France)